rororo

Ivy Pembroke ist Juraprofessorin mit der Fachrichtung Copyright- und Markenrecht, Spezialgebiet Fanfiction. Sie schreibt schon ihr ganzes Leben lang, benutzt viel zu viele Kursivierungen und findet nichts schöner als eine Geschichte, die den Leser zum Lächeln bringt. Sie lebt abwechselnd auf Rhode Island und auf einer Farm im US-Staat Mississippi.

Ivy Pembroke

Liebe ist das schönste Geschenk

Roman

Aus dem Englischen
von Sabine Längsfeld

Rowohlt Taschenbuch Verlag

Die Originalausgabe erschien 2017 unter dem Titel
«Snowflakes on Christmas Street» bei
Sphere/Little, Brown Book Group, London.

Veröffentlicht im Rowohlt Taschenbuch Verlag,
Hamburg, November 2019

Redaktion Elisabeth Mahler
Covergestaltung ZERO Werbeagentur, München,
nach dem Original von Little, Brown Book Group
Coverabbildung Robyn Neild
Satz aus der ITC Legacy
bei Pinkuin Satz und Datentechnik, Berlin
Druck und Bindung CPI books GmbH, Leck, Germany
ISBN 978-3-499-27461-9

Für Jordan, Isabella, Gabriella
und Audrey – in tiefer Liebe

Prolog

Würde Jack diese Geschichte erzählen, er würde sagen: Ich erzähle euch eine Geschichte über die Dinge im Leben, von denen man glaubt, man könnte sie niemals verlieren; über Dinge, die man dann doch verliert; und über Dinge, die zurückgelassen werden, aus Versehen oder mit Absicht.

Dies ist auch eine Geschichte über die Dinge im Leben, von denen man glaubt, man würde sie niemals finden, und über Dinge, die andere zurücklassen und die man sich zu eigen macht.

Jack hatte eine Familie – bis zu dem Tag, als er plötzlich keine mehr hatte. Aber dann bekam er eine ganze Straße.

Jack hat eine Familie verloren und viele Familien gefunden.

Weihnachten ist eine ganz besondere Zeit.

Und Jack ist ein ganz besonderer Hund.

1

Reihenmittelhaus zu verkaufen

Charmantes Stadthaus, drei Etagen mit hellem, großzügigem Flair und vielen originalen Stilelementen. Offener Koch- und Essbereich mit Zugang zum eingewachsenen Garten. Schlafbereich im ersten Stock mit drei Zimmern und großzügigem Bad. Das ideale Familienzuhause in ruhiger, charmanter Wohnstraße mit guter Anbindung an den öffentlichen Nahverkehr.

Als Bill Hammersley damals in die Christmas Street zog, war die Christmas Street eine Straße mit ordentlichen, gepflegten, ruhigen Reihenhäusern, in der jeder jeden kannte. Aber was noch viel wichtiger war: Hier *verstanden* alle einander. Man sprach dieselbe Sprache, ging denselben Berufen nach, aß dieselben Dinge und hörte dieselbe Musik. Niemand fuhr mit unerträglichem Getöse durch die Straße, niemand störte mit Getrommel die Ruhe, niemand hangte sich skurril gemusterte Vorhänge in die Fenster. Die ordentlichen Gärten mit den wunderschönen Rosenbüschen waren gepflegt, man tauschte Höflichkeiten aus und borgte sich gegenseitig, wenn nötig, eine Tasse Zucker oder Milch. Es war einfach nur *nett* hier und *freundlich*.

Bill hatte keine Ahnung, ob die Leute in seiner Nachbarschaft heutzutage überhaupt noch Zucker oder Milch besaßen, gesetzt den Fall, er würde danach fragen. Gott allein wusste, was diese Leute eigentlich unter Essen verstanden. Garantiert kochten sie mit seltsamen Gewürzen, von denen Bill noch nie etwas gehört hatte, oder benutzten diesen «Bio»-Zucker, als wäre normaler Zucker nicht mehr gut genug, oder gar Milch aus Nüssen. Als würden Nüsse Milch geben! Jeder Idiot, der wusste, wie eine Nuss aussah, begriff, dass da im Leben keine Milch rauskommen konnte. Die Welt um Bill herum hatte völlig den Verstand verloren.

Und jetzt auch noch dieser Flamingo. Der Flamingo brachte das Fass endgültig zum Überlaufen. Und genau das sagte Bill zu Jack: «Hast du den Plastikflamingo gesehen? Was glauben die, wo sie sind? Hast du bei uns schon jemals einen Flamingo gesehen? Ich meine, die Welt hat sich verändert – weiß Gott, und wie –, aber so sehr dann auch wieder nicht, Jack. Noch nicht! Oder etwa doch?»

Jack wedelte mit dem Schwanz.

«Du hast recht.» Bill seufzte. «Vielleicht hat sich die Welt tatsächlich so sehr verändert.» Zur Belohnung kraulte er Jack, diesen nie versiegenden Quell der Weisheit, hinter den Ohren. Soweit Bill das beurteilen konnte, war Jack inzwischen der intelligenteste Nachbar, den er hatte. Außerdem hatte Jack keine ungezogenen Teenager-Gören, die ungefragt durch fremder Leute Gärten latschten, als würden sie ihnen gehören, und auch wenn Jack manchmal durch die Straße rannte, um das eine oder andere Eichhörnchen zu jagen, schleppte er dabei kein grünes, schleimiges Getränk im Plastikbecher mit sich durch die Gegend. Jack trank nach dem Laufen Wasser. Wasser war nach dem Laufen schon immer das Beste. Grüne Schleimgetränke – das war doch abartig!

Nebenan, wo der anstößige Flamingo aufgestellt worden war, zog eine Familie ein: ein Mann, eine Frau, ein kleiner

Junge. Es war der kleine Junge gewesen, der den Flamingo mitten in Dolores' preisgekrönte Rosensträucher gepflanzt hatte. Was, bitte, hatte ein Flamingo in einem ordentlichen britischen Vorgarten zu suchen, inmitten wunderschöner alter Rosensorten? Was für ein Unfug, ausgerechnet diesen dämlichen Flamingo zuerst auszupacken!

«Als wäre es nicht genug, dass wir tagelang von morgens bis abends dieses Gehämmer ertragen müssen», sagte Bill zu Jack. «Und die vielen wildfremden Menschen in unserer Straße. Die musstest du alle im Auge behalten, und das hast du wirklich gut gemacht. Aber darum geht es ja nicht, stimmt's? Es geht darum, dass die Menschen heutzutage die Dinge einfach nicht mehr so nehmen können, wie sie *sind.*»

Bill erwärmte sich immer mehr für sein Thema, während Jack verständnisvoll und mit schiefgelegtem Kopf lauschte.

«Nein, heutzutage müssen die Leute, ehe sie irgendwo einziehen, alles niederreißen und durch dämliche Plastikflamingos ersetzen. Ein rosaroter Plastikvogel im Vorgarten, mitten in Dolores' Rosenbeeten!» Bill stieß mit dem Zeigefinger in Richtung von Dolores' Rosen, vor denen jetzt Menschen standen, die nicht Dolores waren. Die neuen Nachbarn. Die *neuen* neuen Nachbarn, denn Dolores lebte schon seit Jahren nicht mehr in dem Haus, hatte es an Jacks frühere Besitzer verkauft, die es ihrerseits nun auch wieder weiterverkauft hatten. Weil heutzutage einfach niemand mehr bleiben konnte, wo er war. Noch mehr neue Leute. Es gab heutzutage viel zu viele *neue Leute.*

Bill ließ den Finger sinken, beobachtete die neuen Nachbarn und seufzte. «Weißt du noch, früher hat sich dieser Ort noch angefühlt wie ein Zuhause und nicht wie ... wie ein Ort, der fremden Menschen gehört. Ich weiß schon fast nicht mehr, wie sich das anfühlt.»

Jack wedelte mit dem Schwanz.

Was Bill als Denkanstoß interpretierte. «Du hast recht», sagte er und schüttelte entschlossen den Kopf. «Rumsitzen und Trübsalblasen hat auch keinen Wert. Wann hat Trübsalblasen schon jemals was verändert?»

❄

Mit Jack im Schlepptau steuerte Bill schnurstracks auf seinen neuen Nachbarn zu, der gerade mit der nächsten Umzugskiste kämpfte.

«Sie heben das völlig falsch», blaffte Bill ihn an. Die Leute heutzutage hatten einfach von nichts mehr eine Ahnung! «Wissen Sie denn nicht, dass die Kraft aus den Beinen kommen muss?»

Der Mann gab sich im Kampf mit der Kiste geschlagen, richtete sich auf und wischte sich die Haare aus dem Gesicht. Würde er ab und zu zum Friseur gehen, hätte er damit auch kein Problem, dachte Bill. Der Mann sagte: «Stimmt, Sie haben recht, ich fordere das Schicksal heraus.» Er lächelte ungezwungen und streckte die Hand aus. «Ich bin Sam.»

«Also. Der Flamingo.» Bill ignorierte die Hand und deutete stattdessen auf den Flamingo, falls dieser neue Nachbar namens Sam zu dämlich war, um zu verstehen, was Bill meinte.

Der Mann blickte hinüber zum Rosenbeet. «Oh. Ja, Bob.»

Bill blinzelte ihn an. Mit dieser Reaktion hatte er nicht gerechnet. «Wie bitte?»

«Der Flamingo. Er heißt Bob.»

Bill wich zurück. Zum Kuckuck! Seine neuen Nachbarn waren geistesgestört.

«Hallo, mein Freund», sagte der neue Nachbar.

Bill löste irritiert den Blick vom Flamingo und sah, dass Sam inzwischen in die Hocke gegangen war und Jack die Ohren kraulte, genau so, wie Jack es mochte. Jack wedelte mit dem Schwanz, aber dafür hatte Bill Verständnis. Wenn er die ganze bekloppte Nachbarschaft im Auge behalten wollte, blieb Jack gar nichts anderes übrig, als sie zu unterwandern. Bill billigte diese Herangehensweise.

«Sie haben hier einen ganz schönen Radau veranstaltet, wissen Sie das?», sagte Bill, damit Sam nur ja nicht auf die Idee käme, ein solcher Lärm wäre akzeptabel. «Gehämmer von morgens bis abends. Ich habe kaum meinen Fernseher gehört, weil Sie ständig gegen die Wohnzimmerwand gehämmert haben, um Ihre moderne Kunst oder sonst was aufzuhängen.»

«Die Elektrik musste erneuert werden», sagte Sam. «Es bestand akute Brandgefahr.»

Was war das denn für eine Erklärung? Bill blaffte: «Die alte Elektrik war wohl nicht gut genug für Sie? Früher hat kein Mensch von Brandgefahr geredet.»

Sam fügte hinzu: «Und in den Schlafzimmern war Schimmel, da mussten wir uns auch drum kümmern.»

«Schimmel! Ein bisschen Schimmel hat noch niemandem geschadet.»

«Davon kann man richtig krank werden», antwortete Sam.

«Ihr jungen Leute habt doch überhaupt keine Ahnung, was ‹richtig krank sein› überhaupt ist», sagte Bill. «Zu meiner Zeit haben wir uns von ein bisschen Schimmel jedenfalls nicht gleich ins Bockshorn jagen lassen. Wo kommen Sie eigentlich her?»

«Aus Amerika», sagte Sam.

«Aha», antwortete Bill. «Das erklärt alles. Vergessen Sie bloß nicht, auf der richtigen Straßenseite zu fahren.» Bill fand, dass damit alles gesagt war. Er machte auf dem Absatz kehrt und stapfte entschlossen davon.

«Ich stamme ursprünglich von hier», rief Sam ihm hinterher.

Als hätten wer weiß wie viele Jahre in Amerika *darauf* keinen Einfluss.

Zurück in seiner Küche beschloss Bill, sich ein Tässchen Tee zu kochen und sah sich nach Jack um. Vielleicht hatte der ja Lust auf einen Hundekeks. Ein wenig überrascht stellte er jedoch fest, dass Jack nirgendwo zu finden war. Aber wahrscheinlich war es nur klug von ihm, die neue Bagage nebenan gründlich auszuspähen. Man konnte heutzutage gar nicht vorsichtig genug sein.

❄

Teddy Bishop saß nicht freiwillig im Garten. Doch der freie Wille spielte in Teddys Leben momentan sowieso keine Rolle. Teddy war ja nicht mal freiwillig in diesem *Land*.

Im Haus stapelten Dad und Tante Ellen eine völlig absurde Anzahl von Kisten in irgendwelchen Zimmern und taten, als wäre Auspacken ein Kinderspiel. Und weil Teddy von Anfang an nicht hierher gewollt hatte, besaß er auch keinerlei Interesse, beim Auspacken zu helfen. Deshalb saß er im Garten.

Das Problem war, dass er auch an diesem Garten keinerlei Interesse hatte. Der Flecken Erde hinter dem Haus hatte rein gar nichts mit einem «Garten» zu tun. Er war klein und hässlich. Der größte Teil war gepflastert. Ganz hinten gab es ein winziges Stück Rasen, aber definitiv viel zu klein, um Baseball zu spielen; dazu ein paar hässliche Büsche und ein einzelner, dämlicher Baum. Rechts und links trennte jeweils ein hoher Zaun das Grundstück von den Nachbargärten ab. Dieser sogenannte «Garten» war in Wirklichkeit ein Käfig.

Direkt hinter dem einen Zaun ertönte Geschrei: Eine Frau rief ein paar Mal einen komischen Namen, irgendwann kam zur Antwort ein genervtes *Mum!*, und dann hörte man eine Tür zuknallen.

Teddy stand auf, um nachzuforschen. Er wollte nur mal schauen, aber durch den dämlichen Lattenzaun war so gut wie nichts zu erkennen.

Und als Teddy sich wieder umdrehte, hockte auf dem Fleck, wo er eben noch selbst gesessen hatte, plötzlich ein Hund. Er reichte Teddy ungefähr bis zum Bauch und war ein bisschen zottelig. Er hatte Schlappohren, und sein Fell war schwarz, nur an Brust und Bauch war ein bisschen Weiß zu sehen.

«Wer bist du denn?», fragte Teddy spontan, und dann wurde ihm klar, dass der Hund natürlich nicht antworten konnte.

Der Hund antwortete auch nicht. Aber er stand auf und wedelte mit dem Schwanz.

Teddy ging näher, sah ihn an und fragte sich, ob der Hund ihn wohl beißen würde.

Der Hund sah allerdings nicht so aus, als würde er beißen.

Vorsichtig streckte Teddy die Hand aus und tätschelte

dem Hund den Kopf. Der Hund wedelte noch ein bisschen heftiger mit dem Schwanz.

Teddy musste lächeln. «Ich glaube, du bist ganz okay, oder?»

Der Hund wandte den Kopf, um Teddy die Hand abzuschlecken.

«Aber der Rest hier ist richtig blöd», sagte Teddy, nur um sicherzugehen, dass der Hund verstand, was er meinte. «Dieser dämliche Baum da zum Beispiel. Ich glaube, der ist nicht mal groß genug für ein Baumhaus. Bei uns zu Hause hat meine Mum mir ein megatolles Baumhaus gebaut. Aber in diesem Baum könnten wir nicht mal dann eins bauen, wenn Dad bei so was nicht auch noch völlig unfähig wäre.»

Der Hund stupste mit dem Kopf gegen Teddys Hand. Teddy merkte, dass er aufgehört hatte, ihn zu streicheln, und machte schnell weiter.

Er sah hinab zu diesem seltsamen Hund an diesem seltsamen Ort und dachte darüber nach, dass er hier absolut nichts und niemanden kannte – weder die Nachbarn noch diesen Hund, der hier in seinem eigenen Garten stand; er kannte nicht mal die Aussicht von den oberen Ästen dieses dämlichen Baumes. Und weil es irgendwie leicht war, mit dem Hund zu sprechen, und weil hier die Leute, mit denen Teddy hätte sprechen können, nicht gerade Schlange standen, sagte er: «Ständig wird alles anders. Ich weiß nicht, warum sich immer alles verändern muss. Wieso kann nicht einfach alles bleiben ... wie es ist? Mir hat's gefallen, wie es war, aber nein, alles musste sich verändern. Und ich kapiere einfach nicht, warum.»

Der Hund winselte leise, als wollte er sagen: *Ich weiß auch nicht, warum nicht alles bleiben kann, wie es ist.*

Teddy seufzte. Er hätte es schön gefunden, wenn wenigstens seltsame englische Hunde auf solche Fragen eine Antwort gewusst hätten. Aber Teddy war sich ziemlich sicher, dass auf solche Fragen niemand eine Antwort hatte. Das hatte er schon vor einer ganzen Weile gelernt.

«Ich hätte einfach gern einen Ort, der sich wie ein Zuhause anfühlt», gestand Teddy dem Hund. «Und keinen Ort, der ... fremden Menschen gehört. Ich weiß schon fast nicht mehr, wie sich das anfühlt.»

Der Hund legte den Kopf auf Teddys Knie.

Dann hob der Hund den Kopf und bellte ein Eichhörnchen an, das von einem Ast zum nächsten hüpfte.

Und dann legte der Hund den Kopf zurück auf Teddys Knie.

❄

Sam Bishop sah seinem neuen Nachbarn nach. Er lief mit der typischen Behutsamkeit von Menschen seines Alters. Sam schätzte ihn auf etwa achtzig. Trotzdem hielt er sich aufrecht, die Schultern zurück und den Kopf hoch erhoben – aus seiner Haltung sprachen Stolz und Sturheit in schrulliger Verpackung.

«Na, das lief ja super», sagte Sam zu Bob dem Flamingo.

Der weder zustimmte noch widersprach. Das war das Besondere an Bob: Er war absolut unvoreingenommen. Im Unterschied zu neuen Nachbarn, beispielsweise.

Sam wuchtete die Kiste auf die falsche Weise hoch und kämpfte sich damit durch die Diele bis nach hinten in die Küche. Die vorderen Zimmer waren bereits voll mit Umzugskartons, und nun waren er und seine Schwester Ellen auf dem besten Wege, auch die Küche zu füllen. Sam begann allmählich, sämtliche einschneidenden Entscheidungen seines Lebens in Frage zu stellen, allen voran die Entscheidung, quer über ein Weltmeer umzuziehen. Auch wenn der Ort auf dieser Seite des Weltmeers früher einmal sein Zuhause gewesen war.

Ellen hockte auf der Küchentheke und aß Chips, was Sam nicht besonders hilfreich fand.

Er stellte die Kiste neben ihr ab und sagte: «Ich habe einen der Nachbarn kennengelernt.»

«Wunderbar! Hast du einen guten Eindruck gemacht?»

«Er hat was gegen Bob.»

«Schade für Bob», sagte Ellen. «Wer ist Bob?»

«Der Flamingo.»

«Der Flamingo heißt Bob?»

Sam ignorierte die Frage. «Er hat was dagegen, dass ich die Elektrik erneuert habe, und ist der Meinung, ich sollte mir in Sachen Schimmel ruhig eine robustere Konstitution zulegen.»

«Bob der Flamingo?»

Sam machte ein böses Gesicht und klaute ihr zur Strafe ein paar Chips. «Nein. Unser neuer Nachbar. Er wollte wissen, warum meine Handwerker einen solchen Radau veranstalten mussten.»

Ellen prustete. «Oh, oh, das klingt nach Sand im Getriebe. Wie willst du jetzt noch wilde Partys schmeißen?»

«Ich glaube, in Sachen wilde Partys sorgt eher mein achtjähriger Sohn für den Sand im Getriebe als der schrullige Nachbar», bemerkte Sam.

«Für deinen achtjährigen Sohn könnte ich den Babysitter machen», sagte Ellen. «Bei deinem Nachbarn hätte ich da eher Zweifel. Du wirst ihn wohl mit einladen müssen. Als Gast kann er sich immerhin nicht beschweren.»

«Irgendwie ahne ich, dass der einen Weg findet, sich über alles zu beschweren», versetzte Sam trocken.

«Ach, so einer?», sagte Ellen und nickte wissend.

«Ja. Also ...» Sam stemmte die Hände ins Kreuz, beugte sich sachte zurück und beschloss, auf keinen Fall zuzugeben, dass sein Rücken womöglich gerade anfing, gegen die falsche Art des Kistenschleppens zu protestieren. «Nur noch ein paar Kartons, dann haben wir's geschafft.» Er sehnte sich nach dem Ende des Kistenschleppens. Was natürlich hieß, dass er dann sämtliche Kisten *auspacken* musste. Aber nicht, ohne sich dazwischen ein paar Pint zu genehmigen.

«Bist du sicher?», fragte Ellen. «Ich dachte schon, da käme nie ein Ende in Sicht. Ich glaube, die vermehren sich unkontrolliert. Hast du etwa eine effektive Methode zur Kistengeburtenkontrolle entwickelt? Umzugskistenkondome verteilt?»

«Merkst du eigentlich, was für ein unglaublicher Blödsinn manchmal aus deinem Mund kommt?», fragte Sam.

«Nein», erwiderte Ellen aufrichtig. «Ich bin selbst immer wieder überrascht.»

Sam lachte, weil einem manchmal gar nichts anderes übrigblieb, als über Ellen zu lachen.

Die legte die Chipstüte weg, nahm Sam bei der Hand und machte ein ernstes Gesicht: «Ich möchte dir was sagen, Sam. Es ist zwar ein totales Klischee, aber es kommt aus der tiefsten Tiefe des Herzens deiner großen Schwester. Und das ist kein Blödsinn.»

Sam sah seine Schwester misstrauisch an. «Mir schwant Übles ...»

«Sie hätte gewollt, dass du wieder jemanden findest, Sam. Sie hätte nicht gewollt, dass du dich einigelst und aus deinem Leben ein einsames, immerwährendes Denkmal für sie machst.»

«Das tue ich auch nicht», wehrte sich Sam. «Ich habe alles zusammengepackt und bin mit meinem Sohn ans andere Ende der Welt gezogen. In England gibt es kein einziges Denkmal für Sara.»

«Außer Bob, dem Plastikflamingo. Der einzige Gegenstand in diesem Kistenmeer, von dem du sofort wusstest, wo er ist.» Ellen stieß zur Unterstreichung ihres Arguments mit der Turnschuhspitze gegen einen Karton zu ihren Füßen.

Sam ging in die Verteidigung: «Der war für Teddy. Ich wollte, dass er was hat, was ihm ein Gefühl von Zuhause gibt.»

«Sie würde nicht wollen, dass du alleine bist, Sam.»

«Ich bin nicht allein. Ich habe Teddy. Ich habe dich, so fragwürdig dieser Umstand ab und zu auch sein mag. Und ich habe deine Mädels.»

«Das meine ich nicht», sagte Ellen. «Und das weißt du.»

«Glaub mir, Ellen. Ich weiß momentan herzlich wenig. Ich habe meinen kleinen Sohn gerade gezwungen, alles aufzugeben, was ihm in seinem Leben vertraut war, um in ein völlig fremdes Land zu ziehen, wo er nichts und niemanden kennt.»

«Er kennt die Mädels, und er kennt mich», widersprach Ellen.

«Und davon spreche *ich* nicht», wiederholte Sam ihre Worte. «Und das weißt *du*.»

Ellen musterte ihn einen Augenblick lang, dann sagte sie: «Du hast mit den allerbesten Absichten gehandelt, Sam.»

«Mitten in einem Meer aus Pappkartons mit einem

Kind vor der Terrassentür, das nicht mit mir spricht, ist es schwer, mich daran zu erinnern, was genau gleich noch mal die besten Absichten waren», sagte Sam und hasste sich dafür, dass er so selbstmitleidig klang.

Doch eines hatte Sam in den vielen Jahren in den USA nicht vergessen: Es war erlaubt, vor seiner großen Schwester selbstmitleidig zu klingen. Ellen rutschte von der Anrichte und nahm ihn in den Arm, und Sam war gerade nicht in der Verfassung, eine Umarmung auszuschlagen. Er drückte seine Schwester fest an sich, und ihm wurde klar, dass auch dies ein Grund gewesen war, weswegen er zurückgekommen war: um jemanden in der Nähe zu haben, von dem er sich mal in den Arm nehmen lassen durfte, statt immer nur der Umarmer zu sein. Sam hatte sich und Teddy aus vielen Gründen nach England zurückverfrachtet, und dieser Grund erschien ihm im Augenblick absolut überlebensnotwendig.

«Du bist ein guter Vater», sagte Ellen. «Ich weiß, dass du das weißt, es ist im Moment nur einfach ein bisschen schwer. Aber du bist ein wirklich guter Vater, und Teddy liebt dich sehr, er wird das hinkriegen. Teddy ist robust.»

«Ja», sagte Sam. «Ist mir auch schon aufgefallen.» Sam wünschte, es hätte keinen Grund gegeben herauszufinden, dass er ein robustes Kind hatte.

«Er wird Freunde finden, er wird sich eingewöhnen. Er schafft das.»

«Ja.» Sam holte tief Luft. «Ja, du hast recht.» Er machte sich von seiner Schwester los und wollte sich wieder der überwältigenden Aufgabe eines Umzugs widmen.

Aber Ellen fasste ihn am Arm. «Warte, ich muss dir noch was sehr Wichtiges sagen.» Sie zog ihn zurück in die Umarmung. «*Du* kriegst das auch hin.»

Sam hätte nie im Leben zugegeben, dass er genau das hatte hören wollen – im Gegenteil, Sam hätte gesagt, dass er es schon eine ganze Weile wieder ganz gut hinkriegte –, trotzdem war er plötzlich furchtbar froh, dass Ellen da war.

❄

Pari Basak spionierte durch den Zaun die neuen Nachbarn aus.

Pari war eine ausgezeichnete Spionin.

«Pari!», rief ihre Mutter. «Komm mal kurz ins Haus!»

Pari runzelte die Stirn und beugte sich ein Stückchen näher an den Zaun. Der neue Junge saß im Garten, machte aus unerfindlichen Gründen ein miesepetriges Gesicht, und Pari hätte schwören können, dass sie gesehen hatte, wie Jack sich in den Nachbargarten zwängte.

Ihr Jack.

«Pari!», rief Mum jetzt energischer.

«Menno!», murrte Pari. «Mum!» Sie rannte ins Haus, um dagegen zu protestieren, ins Haus gerufen zu werden. «Ich hatte *zu tun*!»

«Was gibt es denn dadraußen zu tun?», fragte Mum abwesend, denn Mum war sehr beschäftigt. Sie war damit beschäftigt, Pakoras zu verpacken.

«Ich ... ich hab mir den neuen Jungen angesehen.» Paris Mum konnte das Wort «spionieren» nicht ausstehen.

Mum hob den Kopf. «Welchen neuen Jungen?»

«Der, der nebenan eingezogen ist», sagte Pari.

«Lass ihn in Ruhe», antwortete Mum automatisch. «Willst du mit zu deinem Onkel?»

Pari hatte null Interesse an einem Besuch bei ihrem Onkel. Sie wollte hierbleiben und den neuen Jungen ausspionieren und herausfinden, wo Jack steckte. Jacks Aufenthaltsort war für sie von großer Wichtigkeit. «Nein», sagte sie.

«Dann bleibst du hier und wartest, bis dein Bruder aus der Bibliothek nach Hause kommt», sagte Mum.

Paris Bruder Sai war nicht in der Bibliothek. Sai war bei seiner Freundin Emilia, bei den Pachutas zwei Häuser weiter. Wenn ihre Mutter das wüsste, würde sie, wie Sai sich ausdrückte, *mega ausflippen*. Es war nicht vorgesehen, dass Sai sich mit jemandem traf. Sai sollte den lieben langen Tag von morgens bis abends in der Bibliothek verbringen und lernen, damit er eine gute Universität besuchen und eine Eins-a-Karriere machen konnte. Obwohl Sommerferien waren.

«Ja-ha», sagte Pari gedehnt, die mit ihrem großen Bruder nur einer Meinung war, wenn es darum ging, ihre Mutter vom Ausflippen abzuhalten. Außerdem hatte Pari ein winziges bisschen Mitleid mit Sai, weil es todlangweilig war, die ganzen Sommerferien in der Bibliothek zu verbringen. «Ich warte, bis Sai nach Hause kommt.»

Mum versuchte, sämtliche Pakoras einzusammeln und Pari gleichzeitig mit dem mütterlichen Zeigefinger zu ermahnen. «Und lass den Jungen von nebenan in Ruhe.»

«Jaa-ha.» Pari nickte.

Und dann hielt Mum inne und sah sie an, lächelte.

Pari kannte dieses Lächeln. Sie wusste, was jetzt kam.

«Du bist so wunderhübsch», sagte Mum und küsste Pari auf den Scheitel. «Bis nachher!», rief sie.

Pari ging zum Vorderfenster und sah Mum hinterher, bis sie verschwunden war.

Dann schlüpfte sie zur Hintertür in den Garten hinaus, lief zum Zaun und spähte durch zwei Latten zu dem neuen Jungen rüber. Rüber zu *Jack. Ihrem Jack. Drüben bei dem neuen Jungen!*

❄

«Wir waren beschäftigt», sagte Sai zu seiner Schwester, als er ihr bei Emilia die Tür aufmachte.

«Ihr habt doch nur rumgeknutscht», sagte Pari. «Das ist nicht wichtig. Aber ich hab was Wichtiges.»

«Hi, Pari.» Emilia kam in die Küche und band sich beim Gehen die blonden Haare zu einem Pferdeschwanz. «Willst du 'ne Tasse Tee?»

«Nein!» Pari kapierte nicht, wie Emilia in einer solchen Situation an Tee denken konnte. «Es gibt einen Notfall.»

«Was denn für einen Notfall?» Sai fläzte sich auf einen Hocker am Küchentresen und sah kein bisschen beunruhigt aus.

«Neben uns zieht eine neue Familie ein!»

«Hab ich gesehen.» Emilia holte eine Packung Kekse aus dem Schrank. «Wollt ihr?» Sie hielt Sai und Pari die Kekse hin.

«Danke, Baby», sagte Sai.

Emilia gab ihm einen spielerischen Klaps auf den Hinterkopf. «Nenn mich nicht ‹Baby›!»

Sai streckte ihr die Zunge raus und grinste.

Emilia schüttelte den Kopf, nahm ihre Tasse Tee und ging mit ihnen zurück ins Wohnzimmer.

Pari schlug einen drängenden Tonfall an, damit die beiden sich konzentrierten. «Da wohnt ein neuer Junge, und er sitzt draußen im Garten. *Mit Jack.*»

«Na und?», fragte Sai und setzte sich zu Emilia aufs Sofa.

Pari verschlug es die Sprache. Wie konnte es sein, dass Sai nicht kapierte, was für eine Riesensache das war? «Na und?», äffte sie ihn nach. «*Na und?* Bist du *bescheuert?* Wie kann Mum glauben, dass du den ganzen Tag in der Bibliothek hockst, wenn du in Wirklichkeit so dämlich bist?»

Sai runzelte die Stirn. «Ein Junge und ein Hund sind in einem Garten. Wo ist das ...»

«Jack ist aber *mein* Hund!», sprach Pari das Offensichtliche aus.

«Jack ist nicht dein Hund», antwortete Sai. «Jack gehört niemandem. Er ist der Straßenhund.»

«Stimmt. Noch. Aber er wird meiner sein, sobald ich Mum und Dad überredet habe.»

Sai und Emilia wechselten einen Blick, der sagte *«Das wird nie passieren»*, obwohl genau das absolut und hundertprozentig passieren würde.

Logisch. Außer der neue Junge nahm ihr Jack weg. Pari setzte sich im Schneidersitz auf den unbequemen schicken Stuhl im Wohnzimmer der Pachutas. Die Situation verlangte dringend nach einer Strategie.

Emilia warf einen Blick zum Fenster auf die Straße hinaus, setzte sich ein bisschen gerader hin und sagte: «Oh, oh! Euer Dad kommt nach Hause. Ihr solltet euch wohl besser zurückschleichen. Pari, fang bitte wegen Jack keinen Krieg an. Es ist genug Jack für alle da.»

Pari rollte mit den Augen. Emilia checkte es einfach nicht.

Sai gab Emilia einen Kuss.

Emilia sagte: «Bis morgen, Baby.»

Sai erwiderte: «Nenn mich nicht ‹Baby›.»

Emilia streckte ihm die Zunge raus.

Arthur Tyler-Moss kam nicht oft vor Darsh Basak nach Hause, weswegen Arthur auch nicht oft Zeuge der Aufregung wurde, die Darshs Erscheinen an der Straßenecke auslöste. Während er Kräuter für das Durcheinander hackte, das auf dem Herd vor sich hin blubberte, beobachtete Arthur durchs Küchenfenster, wie der Basak-Teenie und das kleine Basak-Mädchen sich plötzlich durch den baufälligen Gartenzaun zu seiner Linken quetschten, durch seinen höchsteigenen Garten huschten, um rechts durch den nächsten baufälligen Zaun wieder zu verschwinden.

«Wir müssen dringend unseren Gartenzaun reparieren», sagte Arthur zu Max.

«Unsinn!», widersprach Max. «Du hast doch wohl nichts dagegen, dass unser Garten einer jungen Liebe Vorschub leistet?»

Als Nächstes kam mit fröhlichem Gebell und ebenfalls von links Jack durch den Garten gerannt, blieb, als er Max erblickte, wie angewurzelt stehen, änderte schlagartig die Richtung und kam schwanzwedelnd auf die Terrassentür zugesprungen.

Arthur sah Max streng an. «Wieso bettelt der Hund an unserer Hintertür?»

«Ich habe keine Ahnung», antwortete Max mit Unschuldsmiene. «Ganz sicher nicht, weil ich ihn jemals füttern würde.»

Arthur seufzte, bückte sich, griff ganz nach hinten in den Schrank unter der Spüle, zog das Päckchen Hundekekse heraus, das Max dort «versteckt» hielt und schüttelte es in Richtung Max.

Max machte kein zerknirschtes Gesicht, denn Max

kannte keine Reue. Er sagte nur: «Danke, Liebling», nahm Arthur die Schachtel aus der Hand und öffnete die Terrassentür, um Jack ein paar Leckerli zu geben.

«Anderer Leute Ehemänner verstecken die Beweise ihrer Treulosigkeit, weißt du? Du versteckst Hundekekse», meinte Arthur.

«Was für ein Glück für dich, dass das einzige Wesen, mit dem ich eine Affäre habe, ein Hund ist», entgegnete Max.

«Das klingt beunruhigend. Sag mir bitte nicht, du hast eine Affäre mit dem Hund.»

Grinsend machte Max die Tür wieder zu und ließ Jack im Garten stehen. Jack wedelte noch einmal mit dem Schwanz, drehte sich um, bellte ein Eichhörnchen an und folgte den Basak-Kindern in ihren Garten.

Arthur wandte sich wieder den Kräutern zu. «Nicht dass ich etwas gegen eine junge Liebe hätte ...»

«Ach, da bin ich froh. Ich hatte schon Angst, du wolltest etwas grässlich Unromantisches von dir geben», sagte Max.

«... aber wenn den Kindern was passiert, während sie sich durch baufällige Gartenzäune auf unser Grundstück quetschen, dann ...»

«Nicht weiterreden!», sagte Max. «Das *war* grässlich unromantisch. Du klingst wie ein Versicherungsvertreter.»

«Ich bin Versicherungsvertreter.»

«Wir haben neue Nachbarn.» Max wechselte das Thema und kam näher, um den Finger in Arthurs Mischmasch zu stecken und neugierig zu kosten.

«Ich habe den Flamingo gesehen», sagte Arthur. «Wie schmeckt's? Gut?»

«Abenteuerlich», urteilte Max.

Abenteuerlich war gut genug, um gegessen zu werden, entschied Arthur. Er warf den Kräuterhaufen in den Topf, rührte um und sagte: «Hast du vorbeigeschaut und hallo gesagt?»

«Wo?», fragte Max verdutzt.

«Bei unseren neuen Nachbarn?»

«Wie bitte?», sagte Max. «Natürlich nicht. Machen wir so was neuerdings?»

Arthur zuckte die Achseln. «Keine Ahnung. Vielleicht könnten wir ja jetzt damit anfangen. Es wäre zumindest höflich.»

«Das Höflichste wäre, wenn wir uns alle gegenseitig ignorieren, unser eigenes Leben leben und uns in das der anderen nicht einmischen. Der alte Mann war auch schon drüben, um ihnen auf die Nerven zu gehen.»

«Woher weißt du das?»

«Ich habe natürlich spioniert. In Wirklichkeit spioniere ich die Leute aus, während ich den ganzen Tag zu Hause bin und ‹male›.» Max zeichnete demonstrativ zwei Gänsefüßchen in die Luft.

«Ach! Wusste ich's doch, dass das mit der Malerei ein ausgeklügelter Trick von dir ist. Na komm, Liebster, lass uns mein abenteuerliches Nachtmahl verspeisen.»

Sie setzten sich gemeinsam an den Tisch, und Arthur schaltete den Fernseher an, um die Nachrichten zu sehen. Er nahm einen Bissen und kam zu dem Schluss, dass Max mit seiner Einschätzung, das Essen sei «abenteuerlich», richtig gelegen hatte.

Nach einer kurzen Pause sagte Max: «Ist alles in Ordnung?»

«Alles gut», antwortete Arthur wie aus der Pistole geschossen, und ohne den Blick vom Fernseher zu nehmen.

Max ließ sich nicht beirren. «Du warst heute so früh zu Hause ...»

«Alles gut», wiederholte Arthur.

«Ich weiß, dass die letzte Woche ...»

«Mir geht's gut!», sagte Arthur, so überzeugend er nur konnte. Und dann, weil er sich gemein vorkam, fragte er: «Und du? Wie geht's dir?» Er löste den Blick vom Fernseher und sah Max an.

Max wich seinem Blick nicht aus. «Gut», antwortete er nach einem kurzen Zögern.

«Gut», antwortete Arthur. «Uns geht es also beiden gut.» Er widmete seine Aufmerksamkeit wieder dem Fernseher.

Max sagte: «Wir konnten es noch einmal versuchen, Liebster. Es muss ...»

«Können wir dieses Thema bitte nicht jetzt diskutieren?», fragte Arthur und hoffte, dass er sich nicht anhörte, als würde er betteln, obwohl er genau das tat. Er bettelte. «Ich möchte jetzt nicht darüber reden.»

Und nach einem kurzen Zögern sagte Max, der gute Max, glücklicherweise: «Ja, okay.»

❄

Vor dem letzten Haus in der Reihe, in dem Penelope Cheever ihr Singledasein führte und als freiberufliche Journalistin Artikel über alle möglichen Themen verfasste – und wo sie nach einem Artikel über die Entwicklung des Grünen Daumens umsichtig einen Kräutergarten angelegt und nach einem Artikel über die Bedeutung von Hummeln für die Umwelt ein kleines, ums Überleben kämpfendes Hummelvolk angesiedelt hatte –, stellte Pen eine Schüssel gesundes Hundefutter für Jack bereit. Denn wenn sie es nicht tat, tat es niemand. Außerdem schüttelte sie ihre Locken aus, die sie zum Laufen in einen Pferdeschwanz gezwungen hatte, holte sich die Zutaten für ihren Proteinshake aus dem Kühlschrank und machte sich auf dem Schreibblock, der für Gelegenheiten wie diese in der Küche bereitlag, eine Notiz: *Flamingos. Warum rosa? Welche anderen Tiere sind rosa? Wieso stehen sie auf einem Bein? Sind Vögel an sich seltsam? JA, WEGEN DER DINOSAURIER.*

Kritisch musterte sie die Stichpunkte und beschloss, das Thema im Kopf noch ein bisschen reifen zu lassen. Man wusste nie, wo man auf eine gute Idee für den nächsten Artikel stieß, und der Flamingo, der soeben in dem handtuchgroßen Vorgarten ein Stück die Straße rauf aufgetaucht war, mochte sich als wertvolle Inspiration erweisen.

Sie rief dem Hund, der inzwischen aus dem Nichts aufgetaucht war, um sein Futter zu vertilgen, ein fröhliches «Hallo, Jack!» zu, genoss das Schwanzwedeln, das sie zur Antwort bekam, und wandte ihre Aufmerksamkeit dann endlich ihrem Proteinshake zu.

❄

Ein Umzug, dachte Sam, in ein neues Haus voll neuer Geräusche und alter Sachen, die plötzlich alle irgendwie am falschen Platz waren, fühlte sich erst in der ersten Nacht real an.

Sam hatte in seinem Leben genug Umzüge mitgemacht, doch die lagen alle schon Ewigkeiten zurück. Mit Sara und Teddy war er an Ort und Stelle geblieben. Er war, was Kistenpacken betraf, definitiv aus der Übung, und er hatte vergessen, wie haltlos man sich in einem Haus fühlen konnte, dessen Knarzen, Ecken und Winkel einem noch nicht vertraut waren. Ellen hatte er nach Hause geschickt, damit sie sich um ihre Mädels kümmerte; Teddy und er müssten sich früher oder später in dem neuen Haus sowieso allein zurechtfinden, hatte er gesagt, und da war ihm früher statt später gerade recht gewesen. Jetzt fragte er sich allerdings, ob das womöglich eine grobe Fehleinschätzung gewesen war. Er vermisste Ellens Gegenwart. Wie ihm jetzt klarwurde, hatte sie den Schmerz deutlich abgemildert, den er empfand, wenn er Teddy so unglücklich sah.

Sam hatte in der Essecke einen kleinen Klapptisch aufgestellt und Umzugskartons zu Stühlen umfunktioniert. Er wollte das Ganze als großes Abenteuer inszenieren, doch Teddy wirkte nur leidlich interessiert an seiner Pizza und erst recht nicht an einem großen Abenteuer.

Genau das sagte Sam auch: «Du wirkst aber nicht so, als würdest du gerade ein großes Abenteuer erleben.»

Teddy sah Sam an, als hätte der nicht mehr alle Tassen im Schrank.

Sam fragte sich, ob andere Leute von ihren achtjährigen Kindern auch manchmal solche Blicke ernteten. In den Staaten hatte Sam kaum Eltern von anderen Achtjährigen gekannt. Sara war mit ein paar Eltern befreundet gewesen, aber Sams Freunde waren alle kinderlos. Auch das war ein Punkt gewesen, der für den Umzug zurück nach England gesprochen hatte: Er wollte neu anfangen, Freundschaften mit den Eltern von Teddys Klassenkameraden schließen, und er wollte nicht mehr ständig mit dem Etikett «Der Typ, dessen Frau gestorben ist» durch die Gegend laufen – der Typ, über den getuschelt wurde, wenn er auf dem Flur vorbeiging.

Trotz Teddys Skepsis gab Sam nicht so schnell auf. «Dabei ist das hier echt ein riesiges Abenteuer.»

«Hast du schon gesagt.» Teddy klang ziemlich desinteressiert.

«Von jetzt an», sagte Sam, einer spontanen Eingebung folgend, «machen wir Folgendes: Wir erzählen uns beim Abendessen immer ein Abenteuer, das wir im Laufe des Tages erlebt haben.»

«Jeden Abend?», fragte Teddy.

«Jeden Abend, beim Abendessen ... ja, jeden Abend.»

Teddy zog die Augenbrauen hoch. «Glaubst du echt, dass wir jeden Tag ein Abenteuer erleben?»

«Ja, ganz bestimmt!», sagte Sam. «Und wenn das Abenteuer nur darin besteht ... hm ... dass man im Bad eine Riesenspinne gefunden hat.»

«Das ist ein blödes Abenteuer», sagte Teddy.

«Oder dass man sich morgens von oben bis unten mit Milch bekleckert hat.»

«Das ist auch blöd», sagte Teddy, aber in seinem Mundwinkel zuckte der Vorbote eines echten Lächelns, und das fand Sam als Kontrast zu seiner todtraurigen Miene ganz wunderbar.

Augenblicklich durchforstete Sam sein Hirn nach einem noch blöderen Abenteuer. «Oder dass man sich aus Versehen die Zähne mit Schlamm geputzt hat.»

Teddy fing an zu kichern. «Das ist eklig!», sagte er. «Wie soll das denn gehen?»

Sam sah seinen Sohn lachen und beschloss, für den Rest seines Lebens nur noch die dämlichsten Dinge von sich zu geben, die ihm einfielen. Hauptsache, Teddy lachte. «Keine Ahnung. Das ist ja das Abenteuer. Hinterher weiß man nicht mehr, wie es überhaupt passiert ist. Und deshalb weiß ich auch, dass wir jeden Tag ein Abenteuer erleben werden. So funktioniert das Leben nun mal. Das Leben ist eine Abfolge von Dingen, die sich im Nachhinein nicht mehr erklären lassen. Lauter Abenteuer.»

Teddy schenkte ihm seinen typisch skeptischen Blick, und die Fröhlichkeit war wieder verschwunden. «Wie nach England zu ziehen?»

«Nach England zu ziehen ist das größte Abenteuer, das wir seit langem unternommen haben», sagte Sam. «Und das ist gut. Findest du nicht? Findest du nicht, dass wir dringend ... ein neues Abenteuer gebraucht haben? Bei uns waren es doch jeden Tag dieselben Abenteuer, tagein, tagaus, und das waren nicht mal *gute* Abenteuer ... Das ist nicht gut. Das ist doch kein Leben.» Er sah Teddy forschend an und fragte sich, ob Teddy begriff, was er damit sagen wollte. Er wusste, dass er nicht der Einzige war, der sich in der Tragikschublade gefangen gefühlt hatte, aus der ihr Umfeld sie einfach nicht wieder rauslassen wollte, selbst nach Jahren nicht. Und er wusste, dass Teddy das auch gespürt hatte; er war sich nur nicht sicher, ob Teddy das auch zugeben würde.

Teddy sagte: «Aber zu Hause in Amerika, das waren *unsere* Abenteuer.»

«Und wem gehören die Abenteuer hier, die, die wir jetzt erleben? Doch auch uns. Dir und mir. Es sind immer noch unsere Abenteuer.»

Teddy starrte auf seine Pizza und popelte an der Salami herum. Er wirkte immer noch skeptisch.

Sanft sagte Sam: «Hör zu, Teddy. Wir werden es schön haben hier. Wir lernen nette Menschen kennen, finden neue Freunde und erleben die tollsten Abenteuer.»

Teddy lugte unter seinem sandblonden Pony hervor. «Woher willst du das wissen?»

«Weil ich sehr schlau bin?»

«So schlau nun auch wieder nicht», erwiderte Teddy wie aus der Pistole geschossen.

«Aua», sagte Sam. «Das hat gesessen. Es gab Zeiten, da hätte ich damit jede deiner Frage beantworten können.»

Teddy sah Sam aus seinen blaugrünen Augen unbewegt an, und auch wenn Teddy auf den ersten Blick nicht viel Ähnlichkeit mit Sara hatte, erkannte Sam sie manchmal in der Art wieder, wie er den Kopf schief legte oder ihn bedeutungsschwer anschaute, wenn er *mehr* von ihm verlangte.

«Ich weiß es nicht», gab er zu. «Ich habe einfach ein sehr gutes Gefühl.»

Teddy sah Sam noch einen Moment schweigend an, und Sam versuchte herauszufinden, was er dachte. Aber Teddy konnte sehr verschlossen sein, was seine Gefühle betraf. Sicher war nur, dass Teddy plötzlich leise sagte: «Was war denn dein Abenteuer heute?»

Und das interpretierte Sam als Friedensangebot. Wie aus der Pistole geschossen antwortete er: «Mein Abenteuer des Tages war, dass mir eine Kiste mit Büchern direkt auf den großen Zeh gefallen ist und er trotzdem nicht gebrochen ist.»

«Ist er geschwollen und dunkelrot und sieht eklig aus?», fragte Teddy. «Ist der Nagel ab?»

«Nein», antwortete Sam.

«Schon wieder ein blödes Abenteuer», sagte Teddy. «Warum fallen dir eigentlich nur blöde Abenteuer ein?»

«He! Immerhin ist der Zeh nicht gebrochen, das werte ich als positiv», protestierte Sam. «Was war dein Abenteuer des Tages?»

Teddy überlegte. Dann sagte er: «Ich bin einem Hund begegnet.»

«Ach, ich auch! Wo hast du deinen Hund getroffen?» Er war wirklich neugierig, weil Teddy im Grunde den ganzen Tag traurig im Garten hinterm Haus gehockt hatte.

«Im Garten hinterm Haus», sagte Teddy.

Hätte ich mir eigentlich denken können, dachte Sam. Er fragte sich, ob das der Hund des alten Mannes gewesen war. «Wie ist der denn in den Garten gekommen?», fragte er.

«Die Zäune sind ziemlich schrottig. Aber das kannst du ja nicht wissen, weil du nie rausgehst.»

«Ich gehe sehr wohl manchmal raus», verteidigte sich Sam, obwohl Teddy nicht unrecht hatte: Sams Alltagsaktivitäten spielten sich momentan in der Tat hauptsächlich im Haus ab. Automatisch fügte er der ellenlangen To-do-Liste für unerwartete Probleme, die ihm während des Einzugs aufgefallen waren, im Geiste *Zaun reparieren* hinzu. Als wären marode Elektrik und Schimmel nicht genug. «Und was ist aus dem Hund geworden?»

«Keine Ahnung. Der ist wieder irgendwohin verschwunden.»

«Durch den kaputten Zaun?»

Teddy nickte, den Blick auf die Pizza gesenkt. «Mach dir keine Sorgen. Das war ein lieber Hund. Der war überhaupt nicht böse. Eigentlich war er das Beste am ganzen Tag.»

Das war definitiv ein Pluspunkt für den alten Griesgram und seinen Hund, fand Sam.

❄

Jack besaß ein gutes Zeitgefühl. Bill dachte oft, dass Jack ein besseres Zeitgefühl besaß als die meisten Menschen heutzutage. Die tauchten einfach auf, wann es ihnen gerade passte, und hatten überhaupt kein Problem damit, einen warten zu lassen, während sie auf ihre dämlichen Telefone starrten. Jack kam nie zu spät zum Abendessen. Auf Jack konnte man sich verlassen.

Als Jack ankam, ließ Bill ihn ins Haus und sagte: «Na, wie war dein Tag? Hast du was über die neuen Nachbarn herausgefunden? Wie ich sehe, hast du den Plastikflamingo in Ruhe gelassen. Das hättest du nicht tun müssen. Es wäre kein großer Verlust gewesen. Du hättest das Ding ruhig ein bisschen ankauen dürfen.»

Jack hielt den Kopf gesenkt und beschnupperte sein Fressen. Jack war ein Hund mit gesundem Appetit. Was Bill schätzte. Und er hätte eigentlich wissen müssen, dass es wenig Sinn hatte, mit Jack ein ernsthaftes Gespräch über den Flamingo zu beginnen, während der mit seinem Abendessen beschäftigt war.

Bill ließ Jack also in Frieden fressen und ging zur Haustür, wo er wie jeden Abend nachsah, ob auch wirklich der Riegel vorgeschoben war. Dann ging er ins Wohnzimmer, trat ans Fenster und sah auf die Straße hinaus. Nur ein kurzer Blick, um nachzusehen, was für eine Verrücktheit dadraußen womöglich wieder lauerte. Doch dort war alles ruhig, jetzt, wo die Nachbarn endlich ein- und die Handwerker abgezogen waren. Die indische Frau, die zwei Häuser weiter wohnte, kam gerade nach Hause, und durch den Vorgarten strich eine der polnischen Katzen.

Bill wandte sich von der Straße ab und zog die Vorhänge zu. Jack war offensichtlich mit dem Abendessen fertig und kam fröhlich mit dem Schwanz wedelnd ins Wohnzimmer spaziert.

«Na gut, Jack», sagte Bill. «Zeit fürs Fernsehen, was meinst du? So wie immer. Mal sehen, ob wir irgendwas finden, das sich lohnt.»

❄

Die Umzugsleute, die sich um die großen Möbelstücke gekümmert hatten, hatten die Betten aufgebaut, die Sam gekauft hatte. So konnten Teddy und er wenigstens irgendwo schlafen.

Die Betten waren allerdings nicht bezogen, und Sam hatte keine Ahnung, wo in seinem Kistenmeer sich das Bettzeug befand. Also hatte er sich von Ellen ein paar Decken geliehen und Teddy auf der nackten Matratze ein provisorisches Nachtlager gebaut. Eben noch hatte Teddy sich lauthals über die unmögliche Schlafsituation beschwert («Das ist ein *Abenteuer*», hatte Sam ihn erinnert), eine Minute später schlief er bereits tief und fest. Was entweder der letzte Nachhall vom Jetlag war oder pure Erschöpfung vom endlosen Rumnörgeln.

Sam ließ seinen schlafenden Sohn allein und ging gähnend nach nebenan in sein eigenes Zimmer. Er war selbst fix und fertig. Es war höchste Zeit, einen Schlusspunkt hinter diesen allerersten Tag in ihrem neuen Zuhause zu setzen. Der erste Tag war immer der schlimmste. *Du wirst dich besser fühlen, wenn du dich erst eingerichtet hast,* hatte Ellen vorhin beim Hinausgehen gesagt, und Sam hatte ihr zugestimmt. Er wünschte, es wäre bereits der zweite Tag im Haus, der dritte Tag, der vierte, oder noch besser der achtundvierzigste. Er wünschte sich in die Zukunft, in eine Zeit, wo das Haus sich anfühlte wie ein Zuhause. Wo er sich an die Schatten an der Schlafzimmerdecke gewöhnt hatte und wusste, wo sich die Lichtschalter befanden. Sie mussten nur den ersten Tag hinter sich bringen, und das hatten sie beinahe geschafft.

Sam zog sich aus, putzte sich die Zähne und kroch in das Schlaflager auf seiner eigenen Matratze. Er hatte gerade die Augen zugemacht, als – von ferne, aber deutlich hörbar – Schlagzeugspiel durchs offene Fenster hereindrang. Es kam nicht von direkt nebenan – bei dem alten Mann herrschte Grabesstille – und auch nicht von den Nachbarn auf der anderen Seite, die er noch nicht kennengelernt hatte.

Aber nichtsdestotrotz: In der Nachbarschaft spielte jemand Schlagzeug. Eindeutig.

Zugegeben, es war noch früh am Abend, und Sam war klar, dass man mit einem gewissen Maß an Geräuschen rechnen musste.

Sam drehte sich um und grunzte ein hilfloses Lachen in sein Kissen. Ellens Kommentar fiel ihm ein, über die wilden Partys, die Sam in Zukunft schmeißen sollte. Diese Nachbarn würden Ellen mit Sicherheit gefallen.

2

Ellen: Brauchst du Hilfe? Kann mit zwei Teenies Kisten auspacken helfen. Minimale Meckergefahr inklusive.

Sam: Nicht nötig! Keine Sorge, wir gehen euch in Zukunft noch oft genug auf den Wecker. Da bin ich mir sicher.

An Tag zwei ihres neuen Lebens packte Sam Kisten mit Weihnachtsdeko und Teddys alten Babyklamotten aus und machte sich langsam ernsthaft Sorgen um seine logistischen Fähigkeiten, weil beide Kisten mit KÜCHE beschriftet waren.

Teddy saß im Garten und bekam ab und zu Besuch von dem Hund, den er am Vortag kennengelernt hatte und den Sam als den Hund wiedererkannte, der den alten Mann von nebenan begleitet hatte.

«Der gehört dem Nachbarn», sagte Sam zu Teddy. «Wir sollten ihn zurückbringen.»

«Er geht selbst, wenn er will», sagte Teddy und streichelte den Hund, der zufrieden zu seinen Füßen lag. «Ich will nicht, dass er denkt, er wäre hier nicht willkommen.»

Seit sie englischen Boden betreten hatten, hatte Teddy nicht so glücklich ausgesehen, und Sam beschloss, wegen einem streunenden Hund jetzt kein Fass aufzumachen. Ehrlich gesagt, war er ein bisschen neidisch auf den Hund. Hunde mussten keine Kisten auspacken. Hunde hatten gar nicht genug Zeugs für Kisten. Hunde konnten tun und lassen, was sie wollten.

Für Teddy war es das Abenteuer des Tages, als der Hund ihm gezeigt hatte, dass er eine Rolle machen konnte. Sams Abenteuer war, dass er schließlich unter sechs absolut nutzlosen Kartons doch noch eine Kiste mit Küchenutensilien gefunden hatte.

An Tag drei ihres neuen Lebens packte Sam eine Kiste voller altem Geschenkpapier aus und kam zu dem Schluss, dass seine logistischen Fähigkeiten weniger peinlich wären, wenn er beim Einpacken wenigstens betrunken gewesen wäre. Teddy berichtete beim Abendessen, dass der Hund ein Eichhörnchen gejagt hatte, was sehr abenteuerlich gewesen sei.

Sam meinte: «Findest du nicht, dass du mal vor die Tür gehen könntest, um ein paar Kinder aus der Straße kennenzulernen?»

Woraufhin Teddy entgegnete: «Was? Soll ich ernsthaft an fremde Türen klopfen und schauen, ob es Kinder gibt, die mit mir spielen möchten? Was, wenn einer von den Nachbarn ein Axtmörder ist? Das kann man nie wissen. Das sind alles völlig Fremde.»

Das waren natürlich weise Worte, und Sam dachte ein bisschen darüber nach, ehe er sagte: «Mein Abenteuer heute war, dass ich wieder einen Tag überlebt habe, obwohl in unserer Nachbarschaft ein Axtmörder leben könnte.»

Teddy grinste.

An Tag vier ihres neuen Lebens wurde das schöne Wetter grau und nass. Sam ging eine vollbeladene Kiste Geschirr zu Bruch, während Teddy miese Laune hatte, weil er den Hund den ganzen Tag nicht gesehen hatte. Sam beschloss, dass sie dringend aus dem Haus mussten, und ging mit Teddy zur Hauptstraße vor, um noch etwas zu kaufen.

«Wir können schließlich nicht ohne Teller leben», erklärte er.

«Warum nicht?», fragte der kluge Teddy und folgte Sam durch die Gänge des Warenhauses. «Wir kochen ja nicht mal.»

«Ich brauche aber was, wo ich das Fertigessen drauf aufwärmen kann», entgegnete Sam.

«Wir könnten Pappteller nehmen.»

«Aber irgendwann bekommen wir möglicherweise doch Besuch, und dann hätte ich schon gern ordentliches Geschirr zur Verfügung.»

«Wen denn?», fragte Teddy. «Wer außer Tante Ellen und Sophie und Evie sollte uns denn besuchen?»

«Keine Ahnung.» Sam versuchte sich darüber klarzuwerden, ob er schlichte weiße Teller oder vielleicht doch was mit Muster nehmen sollte. «Vielleicht, wenn du neue Freunde kennenlernst?»

«Du hast auch noch keine Freunde», stellte Teddy fest.

«Da ist was dran», sagte Sam, denn sein Sohn hatte recht. Das war ein Grund dafür gewesen, nach England zurückzuziehen: weil er sich einen neuen Freundeskreis schaffen wollte. «Vielleicht finde ich ja welche.»

Teddy bedachte ihn mit seinem üblichen skeptischen Blick.

«Was? Glaubst du, ich kann keine neuen Freunde finden?»

«Freunde finden ist schwer, Dad», sagte Teddy. «Das macht man nicht ... einfach *so*.»

Sam hob den Blick von dem Tellersortiment und sah seinen Sohn an. Teddy stand im Gang mit dem Geschirr und wirkte gelangweilt und verloren und ... sehr, sehr klein. Furchtbar klein in einer Welt, die auch an Sam zehrte, dabei hatte er jahrzehntelange Erfahrung im Umgang mit ihr. Furchtbar klein in einem völlig neuen Land und mit niemandem außer seinem Dad, um das riesengroße Unbekannte irgendwie in Schach zu halten.

Sicher gab es eine Million kluge Dinge, die Sam jetzt hätte sagen können, aber nicht hier mitten in einem Kaufhaus beim Telleraussuchen. Also sagte er: «Du hast recht. Wie wär's, wenn ich es für uns beide versuche?»

Teddy wandte den Blick von den Regalen hin zu Sam. «Was versuchen?»

«Freunde finden», sagte Sam. «Ich kümmere mich um die Sache mit den Freunden. Das ist schwer, und die schweren Sachen sind mein Job.»

Teddy runzelte die Stirn. «Du willst Freunde finden?»

«Kein Grund, so skeptisch zu sein», sagte Sam ein bisschen verstimmt. Er wusste, dass Teddy ihm gegenüber grundsätzlich skeptisch war, aber wenigstens in die Fähigkeit seines Vaters, Freunde zu finden, könnte der Junge ein bisschen Vertrauen haben.

«Wo denn?», fragte Teddy.

«Weiß ich auch noch nicht», gestand Sam. «Aber irgendwo werde ich schon Leute finden, mit denen ich mich anfreunden kann.»

«Was für Leute?» Teddy ließ nicht locker.

Sam sagte das Erste, was ihm in den Sinn kam: «Die Nachbarn.»

Bill inspizierte argwöhnisch seine Glasvitrine. Die Gläser kamen ihm ungewöhnlich wenig vor. Er vermutete, dass ihm im Laufe der Jahre dann doch das eine oder andere

Exemplar kaputtgegangen war, trotzdem war unfassbar, wie wenige Gläser in seinem Schrank standen.

«Als Agatha und ich heirateten, hatten wir einen vollständigen Satz Gläser», sagte Bill zu Jack. «Das weiß ich ganz genau. Sie kamen in dieser Vitrine wunderbar zur Geltung. Agatha hat sich so darüber gefreut. Sie liebte es, ihre Gläser und das Geschirr, und was wir da sonst noch drin hatten, zur Schau zu stellen.» Bill spähte in die Tiefen der Regale, verstaubt und sehr viel leerer, als er sie je zu Zeiten gesehen hatte, als Agatha noch am Leben war.

Jack wirkte angesichts des spärlichen Inhalts der Vitrine angemessen besorgt.

«Ich begreife einfach nicht, wo die Gläser hingeraten sind. Ich kann mir beim besten Willen nicht erklären, wohin die Hälfte der Dinge, die ich mal hatte, verschwunden ist. Ich meine, ich weiß, dass man den Menschen heutzutage nicht mehr über den Weg trauen kann, aber wer stiehlt denn Gläser?», fragte Bill.

Jack legte den Kopf schief und wedelte ein wenig mit dem Schwanz.

Bill seufzte. «Du hast recht. Es ist tatsächlich unwahrscheinlich, dass jemand meine Gläser gestohlen hat.» Er nahm eines aus der Vitrine und füllte es mit Wasser. «Wahrscheinlich habe ich sie im Laufe der Jahre einfach irgendwo verräumt, und jetzt weiß ich nicht mehr, wohin.» Bill strich sanft mit der Hand über das Dekor der Glasvitrine und dachte daran, wie sehr Agatha sie geliebt hatte, wie gut ihr die schlichte Schnitzerei gefallen hatte, mit der er den Schrank versehen hatte. *Art deco*, hatte sie dazu gesagt, als wäre es was ganz Edles gewesen. «Alles fühlt sich immer an, als wäre es erst gestern gewesen, bis man innehält und

Inventur macht und feststellt, was im Laufe der Jahre alles verschwunden ist.»

❄

Teddy hatte Jack den ganzen Tag nicht gesehen, und als er in den Garten ging, um ihn zu suchen, hörte er, wie das Mädchen von nebenan ganz offensichtlich mit ihm Fangen spielte. Missbilligend marschierte Teddy zurück ins Haus, wo Dad gerade die neuen Teller in einen Schrank räumte.

«Die von nebenan haben den Hund gestohlen», sagte Teddy in einem dem Drama angemessenen Brustton der Empörung.

«Der Hund gehört nach nebenan», antwortete Dad.

«Nein!» Teddy schüttelte den Kopf. «Auf der *anderen* Seite. Das Mädchen von nebenan. Sie ist im Garten und spielt mit ihm. Jetzt gerade!»

«Oh, gut!», sagte Dad. «Die perfekte Gelegenheit für dich, rüberzugehen und dich vorzustellen.»

«*Du* wolltest doch mit den Nachbarn Freundschaft schließen», erinnerte Teddy seinen Dad, weil der manchmal einfach alles vergaß.

Dad warf ihm einen seiner Blicke zu. «Sie ist ungefähr so alt wie du, und ihr mögt beide diesen Hund. Ihr habt schon eine Verbindung.»

«Das ist keine Verbindung!», sagte Teddy. «Alle Leute mögen Hunde. Sie hat den Hund gestohlen!»

«Niemand hat den Hund gestohlen», sagte Dad.

Weil Dad es einfach nicht *kapierte*.

❄

Pari hatte einen genialen Plan ausgeheckt. Wenn Jack nicht bei ihnen im Hause bleiben durfte, dann konnte sie ihn wenigstens bei Emilia unterbringen, und das wäre fast das Gleiche, weil sie sowieso fast ständig dort waren.

«Einer von uns muss Jack zu sich nehmen, bevor der Winter kommt», informierte Pari Emilia.

Emilia zog die Augenbrauen hoch. «Bis zum Winter ist es noch ewig hin.»

«Stimmt. Aber wir müssen rechtzeitig planen. Zum Beispiel: Hast du ein Körbchen für Jack?»

«Ein Körbchen?»

«Ich glaube, er hätte gerne ein Körbchen.»

«Jack schläft doch bei dem alten Mann, oder?»

«Ja, aber da gefällt es ihm bestimmt nicht», sagte Pari. «Ich glaube nicht, dass er freiwillig bei dem alten Mann übernachtet. Würdest du vielleicht bei dem schlafen, wenn du die Wahl hättest? Ich meine, der alte Mann müffelt. Ich wette, *das ganze Haus müffelt*. Und ich wette, das stört Jack sehr. Hunde haben supergute Nasen.»

«Der alte Mann müffelt?» Sai hob kaum den Blick, weil im Fernseher gerade eine Tierdokumentation lief. «Wann bist du dem alten Mann denn nahe genug gekommen, um rauszufinden, dass er müffelt?»

Pari warf ihm einen giftigen Blick zu.

«Was tust du eigentlich dadrüben?», fragte Emilia.

«Ich versuche, etwas über Schimpansenbabys zu lernen», antwortete Sai. «Das geht aber nicht, wenn Pari die ganze Zeit was faselt von wegen Jack stehlen.»

«Ich stehle ihn nicht!», protestierte Pari. «Er hätte meiner werden sollen, als sie ihn einfach dagelassen haben.»

«Warum willst du denn was über Schimpansenbabys lernen?», wollte Emilia wissen.

«Weil meine Eltern glauben, ich wäre den ganzen Tag in der Bibliothek.»

«Damit du was über Schimpansenbabys lernst?»

«Na ja, irgendwas muss ich ja lernen, oder? Dad will, dass ich was lerne, womit ich mal Karriere machen kann. Kann man mit Schimpansenbabys Karriere machen?»

«Vielleicht wenn man Tierarzt werden will.»

«Tierarzt wäre gut. Das ist fast wie ein echter Arzt.»

«Ja! Und wenn du Tierarzt werden willst, brauchst du einen Patienten zum Üben!», rief Pari. «Jack könnte doch dein erster Patient werden.»

«Ich glaube, Sai hat keine Ahnung, wie man sich richtig um einen Hund kümmert», sagte Emilia.

«Das ist total einfach», verkündete Pari. «Man füttert ihn und gibt ihm Wasser und spielt ganz viel mit ihm. Also: Kann er hier wohnen?»

Emilia blinzelte. «Was? Jack? Hier?»

«Ja, klar. Damit Sai mit ihm üben kann.»

«Nein», sagte Emilia. «Wir haben Katzen. Jack versteht sich bestimmt nicht mit den Katzen.»

«Die Katzen sind doch sowieso meistens oben», entgegnete Pari. «Jack könnte unten wohnen. Deine Eltern sind eh so gut wie nie zu Hause. Die würden gar nicht merken, dass du einen Hund hast.»

«Doch, das würden die merken. Die Katzen hätten Panik. Mum würde merken, dass die Katzen Panik haben. Wenn es um die Katzen geht, merkt Mum alles.»

«Bleiben also nur noch wir», stellte Pari fest. «Wir müssen Jack zu uns holen, bevor der Winter kommt. Wie soll er denn sonst den Winter draußen überleben?»

«So, wie er jetzt auch draußen überlebt», sagte Sai. «Wir wohnen ja nicht in der Antarktis.»

«Du bist so gemein!», rief Pari eingeschnappt.

«Und jetzt pst! Ich glaube, jetzt kommt was sehr Wichtiges, was ich mir unbedingt über Schimpansenbabys merken sollte.»

❄

Am Nachmittag gingen Pari und Sai nach Hause, hintenrum natürlich, durch die Gärten, so wie immer. Sie konnten Mum in der Küche stehen sehen, wo sie letzte Hand an die Körbe mit Willkommensgeschenken für irgendjemanden legte, der ein paar Familien kannte, die gerade erst hergezogen waren, oder sonst was. Pari hatte längst den Überblick über Mums ständige Aktivitäten verloren.

Pari legte Sai die Hand auf den Arm, um ihn aufzuhalten, und sagte: «Kannst du mir bitte den Rücken decken?»

Sai sah sie verständnislos an. «Wobei denn?»

Pari gab Sai einen Klaps auf den Hinterkopf.

«Aua!», rief Sai und rieb sich den Schädel, als hätte Pari fest zugeschlagen. Lächerlich.

«Das macht Emilia auch immer, damit du etwas klüger wirst.»

«Emilia berührt mich kaum, wenn sie das macht!», protestierte Sai.

«Kannst du mir den Rücken decken, dass wir Jack adoptieren müssen, damit du Tierarzt werden kannst?»

«Pari!», seufzte Sai.

«Ich decke dir schließlich auch den Rücken. Ich verrate Mum und Dad nichts von dir und Emilia», hielt Pari ihrem Bruder vor.

Sai seufzte wieder, verdrehte seine Augen zum Himmel und sagte: «O Gott! Na ja, okay, wenn's sein muss.»

Pari lächelte ihren Bruder zufrieden an. «Wenn wir Mum rumkriegen, haben wir's so gut wie geschafft.»

«Aber Dad will auch keinen Hund», gab Sai zu bedenken. «Er schiebt es zwar immer auf Mum, aber er mag Hunde auch nicht besonders.»

«Wenn Mum uns hilft, können wir den Hund vor Dad verstecken», sagte Pari und zerrte an der Hintertür.

Mum hob den Blick von ihren Körben. «Ihr kommt gerade rechtzeitig! Sagt eurem Dad, das Essen steht auf dem Herd. Ihr müsst es nur aufwärmen. Ich muss jetzt schnellstens zu Ananya und ihr die Sachen bringen, und dann bin ich wieder da. Geht's euch gut? Hattet ihr einen schönen Tag? War's schön in der Bibliothek?»

«Mum, ich muss mit dir reden», sagte Pari und versuchte ihre hektische Mutter dazu zu bringen, eine Sekunde still zu stehen.

«Wenn ich zurück bin, ja?» Mum gab Pari einen Kuss auf den Scheitel. «Dann reden wir ganz viel, wenn ich wieder da bin, ja?»

«Sai will Tierarzt werden», rief Pari verzweifelt.

Mum sah Sai an – es war dieser ganz besondere Blick, der sanfte, zärtliche. Und Pari wusste natürlich, was jetzt kam. «Du bist so gutaussehend», sagte sie voller Liebe zu Sai. «Du wärst ein wunderbarer Tierarzt.»

«Stimmt», sagte Pari. «Und findest du nicht, dass ...»

«Tschüs!», rief Mum und war schon halb zur Tür raus.

Pari seufzte.

«Viel Glück beim nächsten Mal», sagte Sai.

«Vielleicht müssen wir Jack heimlich hier verstecken.»

«Heimlich? Wie soll das denn gehen?»

«Genau so, wie wir geheim halten, dass du mit Emilia gehst.»

«Das ist doch ganz was anderes. Emilia wohnt nicht bei uns im Haus.»

«Egal. Ich lass mir was einfallen.» Pari machte sich auf die Suche nach Keksen. Sie brauchte dringend Nervennahrung.

❄

«Die stiehlt wirklich den Hund!», berichtete Teddy an diesem Abend beim Essen. Das war sein Abenteuer des Tages.

Sam unterdrückte einen Seufzer. Warum musste er ausgerechnet in einer Straße mit einem derartigen Hundedrama landen! In seiner Vorstellung hatte Teddy sich längst mit den Nachbarskindern angefreundet, rannte durch die Gegend und spielte komplizierte Fangspiele; Sam hatte inzwischen fast fertig ausgepackt, im Haus herrschte Ordnung, mehr oder weniger. Schließlich wollte er nächste Woche wieder anfangen zu arbeiten. Er hatte gehofft, Teddy hätte sich bis dahin wenigstens schon ein bisschen eingelebt. Natürlich war er froh, dass Teddy offensichtlich schon so in das Leben in der Straße involviert war, er wünschte nur, diese Beziehung wäre nicht ganz so konfliktbeladen.

Teddy stopfte sich weiter Nudeln in den Mund. Wenigstens war mit seinem Appetit alles in Ordnung. «Ich habe sie belauscht. Das Mädchen will sich den Hund schnappen und ihn heimlich bei sich zu Hause verstecken.»

«Verstecken?»

«Ihre Eltern erlauben ihr keinen Hund.»

«Dann glaube ich nicht, dass das Mädchen damit Erfolg haben wird.»

Teddy sah ihn an, als könne er nicht fassen, wie dumm

Sam war, weil er nicht wusste, was Kinder alles vor ihren Eltern verbergen konnten. Ein Blick, dem Sam lieber erst ausgesetzt werden wollte, wenn Teddy in die Pubertät kam.

«Das ist unfair! Der Hund gehört uns allen!», erklärte Teddy.

«Der Hund gehört dem alten Mann von nebenan. Uns gehört er definitiv nicht», sagte Sam.

«Toll! Wahrscheinlich spürt er, dass du ihn nicht willst, und dann kommt er bald nicht mehr so oft.»

«Er hat doch gerade den ganzen Tag mit dir im Garten verbracht», erwiderte Sam.

«Genau. Und zugehört, wie die Kinder von nebenan seine Entführung planen. Eine Hundeentführung!»

«Deine Mutter und ich haben dich offenbar zu oft *101 Dalmatiner* sehen lassen, als du klein warst.»

❄

Während sein Dad sich in sein Büro zurückgezogen hatte, um zu arbeiten, hatte Teddy die Situation aus allen Blickwinkeln gründlich überdacht. Es gab eigentlich nur eine Möglichkeit: Wenn er verhindern wollte, dass das Mädchen ihm den Hund wegnahm, musste er dem alten Mann erzählen, was die Kinder von nebenan planten. Schließlich war es sein Hund.

Also klopfte Teddy an Dads Bürotür.

«Komm rein», rief Dad. Er saß am Schreibtisch, der mitsamt Utensilien und Bürounterlagen fertig ausgepackt und deshalb das totale Chaos war. Wenn sein Dad arbeitete, war immer Chaos.

«Ich gehe nach nebenan», verkündete Teddy und beschloss, lieber nicht ins Detail zu gehen.

Dad, der seinen Bildschirm finster anstarrte, hob den Kopf und strahlte. «Echt? Das ist toll, Teddy. Ich bin so froh! Sei zum Abendessen zurück, ja?»

«Okay, Dad.»

Er verließ das Haus, ging nach nebenan zu dem alten Mann und klingelte.

Bill schnitzte. Früher hatte er fast ständig geschnitzt. Er hatte seine Agatha mit traumhaften, komplizierten Figürchen umgarnt, hatte ihr historische Königinnen, elegante Vögel, unfassbar zierliche Bäume geschnitzt. Wann immer es ging, schnitzte er auch jetzt noch, aber seine Hände wollten nicht mehr recht mitmachen, und Dinge, die er früher ohne nachzudenken hinbekommen hatte, gingen ihm nicht mehr so gut von der Hand.

«Eins nach dem anderen verschwindet und kehrt nicht mehr zurück», sagte Bill traurig und streckte die verkrampfte Hand aus. Dann merkte er, dass Jack gar nicht da war und seine Bemerkung nicht hören konnte. Streifte wieder mal draußen herum, der gute Jack. Behielt die Nachbarn im Auge.

In der Sekunde klingelte es an der Haustür.

Im ersten Moment war Bill verwirrt. Nur um sich im nächsten in grimmige Entschlossenheit hineinzusteigern. *Ein Besucher!* Bestimmt jemand, der ihm irgendwas andrehen oder ihn auf sonst eine Weise um sein Geld bringen wollte. Dieser Besucher musste verjagt werden. Wenn nicht, dachte Bill, wäre das nur der Erste einer ganzen Kolonne Menschen, die künftig grundlos vor seiner Haustür stehen würden.

Bill stapfte zur Tür und erspähte durch das Glas einen kleinen Jungen. *Noch schlimmer*, jetzt schickten die für die Drecksarbeit schon ihre *Kinder*.

Bill öffnete die Haustür. «Was?», bellte er schroff.

Nach einer Schrecksekunde schob der Junge die Schultern zurück und reckte das Kinn, und das rang Bill Respekt ab. Der Junge war zugegebenermaßen ein intelligent wirkendes Kind, mit leuchtenden, hellen Augen und einem sandblonden, welligen Haarschopf. Er brauchte dringend einen Haarschnitt, aber das war ja heutzutage normal.

«Ich bin Teddy», sagte der Junge.

Und dann sagte er nichts mehr.

«Und?», blaffte Bill.

«Ich wohne nebenan», sagte der Junge namens Teddy. «Ich spiele manchmal mit Ihrem Hund.»

«Meinem Hund?», sagte Bill. «Meinst du Jack? Das ist nicht meiner. Der gehört der Straße.»

Der Junge machte ein verwirrtes Gesicht. «Der Straße?»

Was gab es denn daran nicht zu verstehen? «Ja, genau!», bekräftigte Bill unfreundlich, weil dieses Kind wohl doch ein bisschen schwer von Begriff war. Er gehörte offensichtlich zu der Sorte, der man alles zweimal sagen musste.

«Meinen Sie damit, dass er allen gehört?»

«Er stromert einfach durch die Straße», antwortete Bill.

Der Junge kaute auf seiner Unterlippe, eine scheußliche Angewohnheit, die er sich unbedingt sofort abgewöhnen sollte. Dann sagte er: «Das kleine Mädchen plant, ihn zu stehlen.»

«Wen stehlen?»

«Jack. Und ich will nicht, dass jemand ihn stiehlt. Ich will, dass er weiter der Straße gehört. Ich will, dass er weiter allen gehört. Sie etwa nicht?» Das Kind wirkte wirklich sehr entschlossen, hatte wieder seine sture Pose eingenommen. Und dann fiel der Blick des Jungen auf die kleine Figur, die Bill, wie er jetzt erst merkte, immer noch in der Hand hielt. «Soll das Jack sein?», fragte Teddy neugierig.

Bill antwortete nicht. Er hätte am liebsten sofort die Haustür zugeschlagen und damit dieses Gespräch beendet.

Das Kind sagte: «Wie cool! Machen Sie auch andere Sachen?»

Bill wollte nein sagen. Bill wollte irgendwas sagen, das machte, dass dieses Kind sich umdrehte und wegging und nie wiederkam. Aber dann dachte er an die vielen Holzfiguren überall in seinem Haus, die außer ihm seit Jahren niemand gesehen hatte. Er dachte an den kleinen Jack in seiner Hand. Und an den Jack, der ihn jeden Abend besuchen kam.

Und dann merkte er auch noch, dass einer von diesen homosexuellen Nachbarn ausgerechnet jetzt in seinem Vorgarten stand und das ganze Gespräch belauschte.

Bill runzelte die Stirn und forderte den kleinen Jungen schroff auf: «Rein mit dir.» Wirklich! Dass die Leute sich heutzutage nicht mehr um ihre eigenen Angelegenheiten kümmern konnten.

❄

Sam machte Rühreier zum Abendessen.

Na ja. Eigentlich hätte es Omelette werden sollen, aber der Plan war zu gewagt gewesen. Also gab es Rührei auf Toast mit ein bisschen Käse obendrauf.

Aber Teddy machte das offensichtlich nichts aus. Er kam rein und ließ sich auf einen der Küchenstühle plumpsen und fing sofort an zu essen.

Sam sagte trocken: «Ja, hallo, dir auch einen guten Abend. War's schön bei dem Nachbarsmädchen?»

«Welches Mädchen?», fragte Teddy mit dem Mund voll Rührei.

Sam zuckte zusammen. «Wie wär's mit ein paar Tischmanieren? Warst du nicht bei dem Nachbarsmädchen zum Spielen? Du hast gesagt, du gehst nach nebenan.»

«Ach so.» Teddy hatte netterweise inzwischen runtergeschluckt. «Ich meinte den alten Mann. Er heißt Mr. Hammersley und hat früher Sachen aus Holz gemacht. Er hat ein ganzes Regal voller Holzdrachen. Ziemlich cool.»

Sam blinzelte seinen Sohn überrascht an. «Du warst die ganze Zeit bei dem alten Mann?»

Teddy nickte und trank einen Riesenschluck Milch.

«Dann war der alte Mann der Nachbar, den du mit ‹nebenan› gemeint hast?»

«Ich wollte ihm erzählen, dass das Mädchen vorhat, den Hund zu stehlen. Sein Name ist übrigens Jack. Von ihm hat Mr. Hammersley auch ganz viele Figuren gemacht. Zwar nicht so viele wie Drachen, aber immerhin.»

«Okay», sagte Sam gedehnt, weil er es immer noch nicht ganz verdaut hatte. Wobei – jetzt da Teddy es erklärte, wurde ihm klar, dass er eigentlich von selbst hätte draufkommen müssen, wen sein Sohn gemeint hatte, als er gesagt hatte, er würde nach nebenan gehen. «Und du hast ihm erzählt, dass du glaubst, das Mädchen will den Hund stehlen.»

«Jack. Und ich *glaube* es nicht. Es ist so.»

«Okay.» Sam merkte, dass es im Augenblick sinnlos war, über diesen Punkt zu streiten. «Und was hat Mr. Hammersley gesagt, als du ihm von dem Hundeentführungsplan erzählt hast?»

Mit einem triumphierenden Strahlen verkündete Teddy: «Er hat gesagt, Jack gehört allen!»

«Was soll das denn heißen?», fragte Sam. «Jack ist wie, na ja, wie Luft und Sonnenschein?»

«Mr. Hammersley ist nicht der Besitzer von Jack. Jack stromert einfach durch die Straße.»

«Dann ist Jack ein streunender Straßenköter?»

«Das klingt gemein!» Teddy verzog das Gesicht.

«Entschuldigung», sagte Sam trocken. «Ein sorgloser Vagabund, wollte ich sagen. Ein freier Geist, der sich nicht in Ketten legen lässt.»

Teddy lud sich noch eine Gabel mit Rührei voll. «Und weil er allen gehört, können die anderen Kinder ihn auch nicht stehlen. Die ganze Straße würde sich dagegen wehren.»

Die ganze Straße, dachte Sam. Teddy war es also inzwischen gelungen, aus dem Drama um den streunenden Hund eine glorreiche Schlacht zu machen. Sam schüttelte leicht den Kopf und sagte: «Ich vermute, das ist dein Abenteuer des Tages.»

«Voll!», antwortete Teddy und kaute begeistert seinen Toast. «Und was war deins?»

«Ich habe endlich erfolgreich den Zugang ins Firmennetzwerk auf meinem Computer installiert», erwiderte Sam lahm.

«Deine Abenteuer sind echt nicht besonders, Dad», meinte Teddy. Es klang mitleidig.

Sam musste lachen. «Ich weiß.»

«Heute war die Hölle», sagte Ellen, als Sam sie am Abend anrief, nachdem Teddy ins Bett gegangen war. «Ich rate dir auf keinen Fall zu Teenagern, Sam. Kinder sollte man am besten klein halten. So wie Teddy.»

«Findest du Teddy klein?», fragte Sam. «Mir kommt er ganz schön groß vor.»

«Ich weiß, das habe ich auch mal gedacht. Aber dann werden sie *noch größer*.»

«Werden sie auch noch klüger? Teddy glaubt jetzt schon, er wäre viel klüger als ich und beklagt meine erbärmliche Dummheit.»

«Na ja, er hat dich als Dad, da liegt er mit seiner Einschätzung doch gar nicht so verkehrt.»

«Ich dachte, große Schwestern wären da, um einen aufzubauen?»

«Oh. Entschuldigung. An dem Tag war ich an der Schule für große Schwestern wohl krank», sagte Ellen. «Also. Was kann ich für dich tun? Du klingst müde.»

Sam war müde. Er war erschöpft. Das lag zum Teil daran, dass er versuchte, sich in einen Job einzufinden, in dem er größtenteils mit amerikanischen Kunden zu tun hatte, und der Zeitunterschied ihn fertigmachte. Und zum Teil hatte es damit überhaupt nichts zu tun. «Nur ziemlich lange Tage. Kisten auspacken ist ...» Sam beschloss, dass er kein Adjektiv brauchte, um diesen Satz zu beenden. Es gab kein Adjektiv, das Kistenauspacken passend umschrieben hätte.

«Sophie, Evie und ich kommen am Wochenende zum Helfen, und ich lasse ein Nein nicht gelten. Bei diesem Projekt unsere Hilfe anzunehmen ist nicht gleichbedeutend mit scheitern.»

Sam wollte Ellen nicht zu sehr belasten, aber Hilfe klang

trotzdem gut. Und das sagte er auch. «Gut. Ich muss nämlich endlich mit dem Haus fertig werden, damit ich eine Party geben kann.»

«Eine Party!», rief Ellen begeistert. «Ich wusste, dass du's gar nicht erwarten kannst, endlich wilde Partys zu schmeißen.»

«Keine wilde Party», sagte Sam. «Eine sehr gediegene, langweilige Feier für hauptsächlich mittelalte Semester.»

«Hast du's noch nicht gehört, Sam? ‹Mittelalt› ist das neue Anfang zwanzig.»

«Das ist total bescheuert.»

«Also sag schon, wer auf deiner Gästeliste steht. Du brauchst wenigstens ein paar D-Promis, die bringen Schwung in die Bude.»

«Nur die Straße», sagte Sam.

«Die Straße?», wiederholte Ellen. «Du meinst deine Nachbarn?»

«Genau.»

«Den alten Mann von nebenan? Du schmeißt eine wilde Party und lädst den alten Mann von nebenan dazu ein?»

«Nein. Ich werde eine ganz normale Party schmeißen und den alten Mann von nebenan dazu einladen. Und alle anderen von nebenan auch. Es gibt hier ein paar Familien, und ich will, dass Teddy das Nachbarsmädchen kennenlernt. Sie ist in seinem Alter. Offensichtlich passiert das aber nur, wenn man sie ihm quasi direkt vor die Nase setzt. Und selbst dann bin ich mir nicht ganz sicher. Vielleicht starren sie sich auch nur feindselig an.»

«Freundschaft schließen ist schwer», sagte Ellen.

«Ich weiß. Und deshalb werde ich ihm zeigen, wie man das macht.»

«Auf deiner wilden Party.»

«Nein. Keine. Wilde. Party», wiederholte Sam.

«Tja, es tut mir wirklich leid, dir das sagen zu müssen, Sam, aber wenn es keine wilde Party wird, bin ich mir nicht sicher, ob du damit neue Freunde findest.»

❄

Das Wetter hatte sich in einen flüchtigen Ausbruch von strahlendem Sonnenschein gewandelt, und solche Tage bescherten Max die liebsten Abende. Milde, nicht enden wollende Dämmerung, weil der Garten das Tageslicht gehortet zu haben schien und es jetzt wieder ausstrahlte. Max wollte versuchen, mit diesem ganz besonderen Violett auf seiner Leinwand den Duft in der Luft bannen. Er besorgte zum Abendessen ein Curry von ihrem Lieblingsinder, machte eine Flasche Wein auf und ging dann in den Vorgarten, um ein paar Rosen für die Vase zu schneiden.

Und wurde dort Zeuge eines höchst unterhaltsamen Schauspiels, als der neue kleine Nachbarsjunge, der gerade eingezogen war, mit entschlossenem Schritt auf die Haustür des alten Mannes zuhielt und dort klingelte. Max war sich nicht sicher, ob in den letzten zwanzig Jahren irgendwer an dieser Haustür geklingelt hatte. Der alte Mann öffnete, sah den kleinen Jungen finster an und bat ihn dann, nach einer kurzen Unterhaltung, unerklärlicherweise zu sich ins Haus. Max schüttelte den Kopf. «Es geschehen doch immer wieder Zeichen und Wunder», sagte er zu der nächsten Rose und schnitt sie ab.

Die schwarze Frau vom anderen Ende der Straße joggte vorbei, wie üblich einen grünen Proteinshake in der Hand, und die krausen Locken in ihrem Pferdeschwanz hüpften im Takt ihrer Schritte auf und ab. Sie hob eine Hand zum

Gruß, und Max grüßte verhalten zurück, und dann kam Jack aus dem Haus von den Basaks geschossen und jagte ihr fröhlich hinterher.

Das kleine Basak-Mädchen rannte aus dem Haus und rief: «Jack! Komm zurück!» Und stampfte dann zum Zeichen äußersten Unmuts mit dem Fuß.

Ihr Bruder tauchte in der Haustür auf und sagte: «Siehst du, Pari, ich hab dir doch gesagt, dass Jack nicht hier wohnen will.»

Diese Straße war wirklich ein recht interessanter Ort, wenn man sich die Zeit nahm, ein wenig genauer hinzusehen, dachte Max und schnitt noch eine Rose.

Als Arthur nach Hause kam, mischte sich der köstliche Geruch seines Lieblingscurrys mit dem betörenden Duft einer überbordenden Vase voller Rosen, und er fragte sofort misstrauisch: «Was ist der Anlass?»

«Kein Anlass», sagte Max. «Das beunruhigt mich jetzt. Kann ich denn meinen Mann nicht mehr ohne Anlass mit was Schönem und Romantischem überraschen?»

Arthur musterte ihn argwöhnisch. «Hast du meine Anzüge wieder mit Farbe bekleckert?»

«Nein», protestierte Max heftig. «Ich schwöre, das ist mir nur ein einziges Mal passiert, und du sorgst dafür, dass ich es niemals vergessen werde.»

Arthur musste lächeln, was dazu führte, dass Max ebenfalls lächelte. «Das war ganz zu Anfang», sagte Arthur. «Das hat damals großen Eindruck auf mich gemacht – ein Leben an der Seite eines Künstlers.»

«Es war einfach nur ein Versehen», sagte Max. «Ich war es nicht gewohnt, mit jemandem zusammenzuleben.»

«Ich weiß.» Immer noch lächelnd setzte Arthur sich an den Tisch und zog sein Curry zu sich heran. «Ich danke dir für mein Lieblingscurry. Ich vermute, du hattest einen schönen Tag?»

«Wunderbares Wetter, wunderbares Schaffen, wunderbarer Ehemann.»

«Du bist heute Abend so überschwänglich», bemerkte Arthur.

«Ich meinte mich», sagte Max. «*Ich* bin ein wunderbarer Ehemann.»

«Du Arsch», sagte Arthur.

«Genau», gab Max zurück.

«Woher hast du die Rosen?»

«Aus unserem Vorgarten. Ich dachte, so haben wir mehr davon. Und stell dir vor, was beim Rosenschneiden alles passiert ist!»

«Was denn zum Beispiel?»

«Eine Verschwörung ist im Gange. Jack soll entführt werden.»

«Jack soll entführt werden?», wiederholte Arthur und nippte an seinem Wein.

«Pari möchte ihn adoptieren. Aber Jack sträubt sich offenbar.»

«Na ja», kommentierte Arthur, den Mund zu dieser schmalen, verbitterten Linie zusammengepresst, die Max so sehr hasste. «Adoption ist, wie wir alle wissen, eine heikle Angelegenheit. Gar nicht so einfach.»

Es folgte ein ausgedehnter Moment des Schweigens.

Arthur nahm einen Löffel Curry. Dann sagte er: «Entschuldige.»

«Nein», erwiderte Max, denn er hatte es Arthur nun lange genug durchgehen lassen, einen riesengroßen Bogen um dieses Thema zu machen, und nun war Schluss damit. Jetzt, plötzlich, und ganz und gar abrupt, an diesem wunderschönen, lauen Sommerabend, als er vor die Tür getreten war, in einer kleinen extravaganten Anwandlung, um seinem Ehemann *Rosen zu schneiden.* «Weißt du, wenn du so was sagst, entsteht bei mir der Eindruck, wir sollten die ganze Sache vielleicht besser aufgeben.»

«Wir geben nicht auf!», sagte Arthur.

«Am Anfang war ich Feuer und Flamme.» Max ließ sich nicht abhalten. «Jeden Tag habe ich gehofft, das Telefon würde klingeln und jemand würde uns sagen, wir wären ausgewählt worden und wir bekommen ein Baby. Aber jetzt fürchte ich mich davor, weil ich ständig Angst habe, dass sie uns das Kind wieder wegnehmen und du noch unglücklicher wirst ...»

«Ich bin nicht unglücklich!»

«... und das will ich nicht. Ich wollte ein Kind mit dir. Ich wollte nicht, dass ich dich verliere.»

«Hör auf!», sagte Arthur gequält. «Du wirst mich nicht verlieren. Niemand verliert hier irgendwen. Es sei denn, du zählst die Babys mit, die wir verlieren.»

«Ich meine auch nicht, dass du mich verlassen wirst», sagte Max. «Was ich damit sagen will: *Ich vermisse dich.* Vor dieser ganzen Geschichte kannte ich diesen schrecklichen Gesichtsausdruck gar nicht an dir, mit dem du jetzt so oft durch die Gegend läufst. Ich wäre mein ganzes Leben sehr gut ohne dieses Gesicht ausgekommen, und ich will nicht, dass das noch öfter passiert, Liebling. Ich will, dass dieses Gesicht auf Nimmerwiedersehen verschwindet.»

Arthur schloss die Augen, holte tief Luft und öffnete sie wieder. Max sah ihn eindringlich an. Er hatte das Gefühl, wenn er jetzt blinzelte, würde Arthur sich irgendwie davonmogeln, sich seinem Griff wieder entziehen.

«Mir geht es gut», sagte Arthur.

«Nein. Tut es nicht», konterte Max.

«Na schön», sagte Arthur. «Tut es nicht. Und du? Wie kann es sein, dass es dir gutgeht? Weißt du, es ist ziemlich irritierend, dass du kein bisschen ...»

«Falls du glaubst, mich würde das nicht mitnehmen, ich wäre nicht auch enttäuscht, dann irrst du dich.»

«Du verbirgst es nur besser?», sagte Arthur spöttisch.

«Nein. Aber wenn es mir schlechtgeht, sehe ich einfach dich an, und dann weiß ich, dass ich in meinem Leben bereits im Lotto gewonnen habe und dass es wirklich ein bisschen lächerlich wäre, zickig zu werden, weil ich den Jackpot kein zweites Mal abräume», blaffte Max.

Arthur sah ihn an, sah im letzten Dämmerlicht, das sich noch an den Abendhimmel klammerte, in diese großen, glänzenden dunklen Augen. Schließlich sagte er leise: «Ich weiß. Ich bin ein verwöhntes Gör.»

Max schüttelte den Kopf. «So habe ich das nicht gemeint.»

Arthur griff nach Max' Hand, drückte die Lippen auf seine Knöchel und lehnte schwer atmend die Stirn dagegen.

Nach einer kleinen Weile drehte Max seine Hand um, legte sie an Arthurs Wange, zog dessen Kopf zu sich und gab ihm einen sanften Kuss auf den Scheitel. «Alles wird gut», murmelte er.

«Glaubst du?», fragte Arthur, den Kopf an Max' Schulter geborgen.

«Ja», antwortete Max. «Egal, was passiert. Ja.»

❄

Pen Cheever hatte sich angewöhnt, die letzten Minuten des Tages, ehe sie einschlief, mit dem Laptop im Bett an ihrem Blog zu schreiben.

Am Anfang hatte der Blog ihr lediglich dazu gedient, möglichst ehrlich ihre Schreibambitionen zu reflektieren. Jeden Abend hatte sie im Netz gepostet, was sie am vergangenen Tag geschafft hatte. Und dann hatte ihr Blog sich langsam, eher schleichend, immer weiter entwickelt. Pen fing an, ihre Laufprotokolle mit aufzunehmen, dann Rezepte für ihre Proteinshakes und irgendwann auch alle möglichen interessanten Dinge, über die sie während der Recherchen zu ihren Artikeln gestolpert war, welchem Thema auch immer ihre Aufmerksamkeit gerade galt.

Inzwischen machte jedoch das Leben in ihrer Straße den Großteil des Blogs aus, wie Pen zugeben musste. Denn sie bekam auf ihren täglichen Laufrunden so einiges mit. Pens Straße war, wie sie fand, typisch für die meisten Straßen der Stadt. Nach außen hin mochten die Nachbarn alle für sich bleiben und höchstens höflich winken, wenn sie einander zufällig über den Weg liefen, doch jeder Einzelne von ihnen hatte seine ganz eigene Lebensgeschichte. Vorausgesetzt, man machte sich die Mühe, ein wenig genauer hinzusehen. Und Pen war Journalistin. Genauer hinzusehen war ihr Job.

Der Eintrag des heutigen Tages handelte, wie so oft, hauptsächlich von Jack, denn Jack tat sich häufig als der interessanteste Bewohner ihrer Straße hervor. Jack war das Bindeglied in der Christmas Street, denn er scherte sich nicht um Grundstücksgrenzen.

Die Kinder unserer Straße sind bekanntlich verrückt nach Jack – im Gegensatz zu den Eltern unserer Straße, für die

gilt das weniger. Es könnte allerdings sein, dass sich Jack sei Dank eine höchst ungewöhnliche Freundschaft bei uns anbahnt, und zwar zwischen dem alten Griesgram und dem neuen Nachbarsjungen. Eine unerwartete Allianz, deren Zeugin ich während meiner abendlichen Runde werden durfte.
Apropos Abendrunde, hier für euch das Rezept meiner neusten Kreation. Sogar Jack ist begeistert.

3

Einladung zum Grillfest im Garten!

Am 1. September zur Mittagszeit,
Christmas Street Nr. 4.

U.A.w.g. an Sam (der neue Nachbar)

Teddy war entsetzt. «Was? Nein!»

Sam hob die Augenbrauen. «Teddy, es ist eine Einladung zu einem Grillfest, ich verlange nicht von dir, Würmer zu essen.»

«Würmer essen wäre leichter! Das ist wenigstens nicht peinlich!»

«Was ist denn bitte daran peinlich, seine Nachbarn zu einem Fest einzuladen?», fragte Sam entnervt.

«Kannst du sie nicht einfach in die Post tun, wie ganz normale Leute?», fragte Teddy.

«Alle, die eingeladen sind, wohnen direkt hier in unserer Straße. Wieso soll ich die Briefe zur Post bringen, wenn ich sie den Leuten einfach in die Hand drücken kann?»

«Und was, wenn die mit uns *reden* wollen?», fragte Teddy panisch.

«Tja. Das ist die Idee dahinter», antwortete Sam trocken. «Wir wollen Leute kennenlernen.»

«Wenn wir in Amerika geblieben wären, müssten wir keine Leute kennenlernen!», murrte Teddy.

«Ich weiß», sagte Sam gelassen. «Ist dir klar, was für

Abenteuer wir dann verpasst hätten? Das Abenteuer, bei fremden Menschen zu klingeln und ihnen eine Einladung in die Hand zu drücken.»

«Ich finde es trotzdem peinlich und ganz schön schräg», sagte Teddy. «Ich habe noch nie gehört, dass jemand eine Einladung einfach so verteilt.»

«Das liegt daran, dass wir bis jetzt nur sehr langweilige Leute kannten. Komm. Los geht's.»

Im Schneckentempo schleppte Teddy sich in Richtung Haustür, was Sam als Minisieg für sich verbuchte. Während der letzten Tage hatte Teddy ausschließlich oben in seinem Zimmer vor dem Computer gesessen oder hinten im Garten, mal mit Jack, mal ohne, und böse zu den potenziellen Hundeentführern hinübergestarrt. Gestern Abend hatte Teddys Abenteuer des Tages gelautet: «Wieder ein Tag ohne Verbrechen an einem Hund.» Eigentlich hatte Sam selbst ziemlich große Lust, die Einladungen «wie ganz normale Leute» in den nächsten Briefkasten zu stecken, aber er brauchte dringend einen Grund, um Teddy aus seinem Trott herauszuholen. Und wenn das bedeutete, dass sie durch die ganze Straße laufen und bei fremden Leuten an die Tür klopfen und Einladungen aushändigen mussten, dann war das eben so.

Sie traten vor die Haustür, und sofort kam Jack auf sie zugesprungen. Teddy blühte augenblicklich auf, kraulte ihn hinter den Ohren und sagte: «Na, hat dich immer noch keiner entführt, Jack? Das ist gut!»

Seufzend ging Sam nach nebenan und klingelte an der Haustür des alten Mannes. Mr. Hammersley hieß er, hatte Teddy gesagt. Der einzige Nachbar, mit dem Teddy bis jetzt ins Gespräch gekommen war. Ausgerechnet.

Sam, Teddy und Jack standen vor der Tür und warteten.

Und warteten.

Und warteten weiter.

«Vielleicht ist er nicht zu Hause», sagte Teddy.

Jack stand auf, wackelte zustimmend mit dem Schwanz und setzte sich wieder hin.

Sams Arbeitszimmer ging auf die Straße hinaus, und er verbrachte sehr viel Zeit damit, seine Nachbarn auszuspionieren. Weder hatte er schon mal gesehen, dass der alte Mann sein Haus verließ, noch, dass jemand zu ihm kam. Außer natürlich sein eigener Sohn. Sein achtjähriger Sohn, dessen einziger Freund ausgerechnet der alte Griesgram von nebenan war.

Sam war genervt, denn er hatte fest damit gerechnet, dass Teddy in England schnell einen besten Freund finden würde, einen Freund, mit dem sein Sohn auf der Treppe vor dem Haus sitzen konnte und der nur darauf wartete, mit ihm zu spielen. Aber nein, stattdessen spazierte Sam von Haus zu Haus, um Einladungen zu verteilen und praktisch um Freunde zu betteln. Und es *war* peinlich, denn er scheiterte bereits an der ersten Tür, und das, obwohl der alte Mann *immer* zu Hause war.

«Wo soll er denn sein?», sagte Sam ein wenig schnippisch. «Er ist immer zu Hause.» Er beugte sich vor und versuchte, durch die bleiverglaste Haustür zu luren und drückte dabei noch mal auf die Klingel.

In dem Moment ging die Haustür auf, und Sam fand sich unmittelbar vor dem alten Mann wieder, auf frischer Tat beim Spionieren ertappt.

«Was wollen Sie?», blaffte der alte Mann.

«Hallo, Mr. Hammersley», zirpte Teddy freundlich.

Jack bellte begeistert, wedelte mit dem Schwanz und fädelte sich freudig durch alle drei Beinpaare hindurch.

«Vorsicht!», sagte Sam und versuchte, den Hund zu fassen zu kriegen, ehe er den alten Mann umwarf.

Doch der entgegnete: «Ich kann mit Hunden umgehen!»

«Okay.» Sam trat instinktiv einen Schritt zurück und brachte etwas Abstand zwischen sich und diesen mürrischen Menschen. Und bei dem war sein Sohn einfach so reinspaziert? Auf ein Tässchen Tee oder wie? Sam beschloss, direkt zur Sache zu kommen: «Das ist für Sie.» Er reichte dem Alten eine Einladung.

Der alte Mann nahm sie misstrauisch und *schnüffelte* daran, ernsthaft, als würde sie womöglich nach Arsen riechen.

«Keine Sorge», sagte Sam trocken. «Die ist nicht vergiftet.»

«Vergiftet?», bellte der alte Mann und sah Sam an, als wäre der nicht bei Verstand.

Sam nahm es ihm nicht übel.

Teddy auch nicht, der heftig an Sams Hosenbein zerrte, wahrscheinlich wieder völlig entsetzt, und Jack auch nicht, der plötzlich mit seiner stürmischen Begrüßung aufhörte und Sam mit schiefgelegtem Kopf ansah, als wüssten sogar Hunde, was Sam für ein Schwachkopf war.

Sam sagte: «Nicht dass wir Ihnen jemals einen vergifteten Briefumschlag geben würden.»

Der alte Mann kniff die Augen zusammen.

«Ist ja logisch», hörte Sam sich sagen, denn er war nicht mehr Herr seiner Worte, «dass Sie misstrauisch sind, weil nur jemand, der Ihnen soeben einen vergifteten Umschlag überreicht hat, dermaßen nachdrücklich betonen würde, dass der eben nicht vergiftet ist.» Er versuchte es mit einem heiteren Lächeln, als wolle er sagen: *Sehen Sie, ich gebe selber zu, wie lächerlich ich mich verhalte.*

Der alte Mann hielt Sam den Umschlag wieder hin. «Was auch immer das ist, ich will es nicht haben», verkündete er barsch.

«Nein!», sagte Sam so schroff, dass es klang wie ein Befehl, woraufhin das Gesicht des alten Mannes noch missbilligender wurde. Sam hätte nicht gedacht, dass das überhaupt möglich war. «Ich meine», korrigierte er sich und versuchte, gewinnend zu klingen, «es ist nur eine Einladung.»

«Eine Einladung? Zu was?»

«Zu einem Fest. Ein Grillfest im Garten. Hot Dogs, Hamburger, so was. Sie wissen schon.»

«Kein Interesse!» Der alte Mann knallte ihnen die Tür vor der Nase zu.

Dann ging die Tür noch einmal auf, Jack kam aus dem Haus gesprungen, und die Tür knallte wieder zu.

Jack bellte ein paar Mal und ließ angesichts dieser ganzen ungewohnten Aufregung entzückt die Zunge aus dem Maul hängen.

«Das läuft echt gut, Daddy», sagte Teddy.

❄

Die Haustürklingel unterbrach Emilia und Sai mitten in einer sehr wichtigen Diskussion darüber, ob Sai genug Vertrauen zu seiner Freundin hatte, um sich von ihr die Haare schneiden zu lassen.

«Es ist nur so, dass mir meine Haare sehr wichtig sind», sagte Sai. «Du weißt, wie wichtig sie mir sind.»

«Du weißt, dass mir deine Haare auch sehr wichtig sind», sagte Emilia und wuschelte in seinen Haaren. «Ich finde nur, du könntest eine neue Frisur vertragen, und du weißt, dass ich eine *Künstlerin* bin. Sieh dir meine Fingernägel an. Findest du nicht, ich bin eine Künstlerin?»

«Ich bezweifle nicht, dass du eine Künstlerin bist», sagte Sai zögerlich.

Woraufhin sich Emilias Blick verfinsterte.

Was wiederum bedeutete, dass Sai erleichtert war, als es an der Haustür klingelte.

Emilia lugte zum Fenster hinaus. «Oh, die neuen Nachbarn», und riss die Haustür auf. «Hallo!», rief sie mit einem strahlenden Lächeln, weil sie nichts Falsches daran fand, freundlich zu sein und neue Nachbarn willkommen zu heißen. Als sie selbst in diese Straße gezogen war, war Emilia ungefähr so alt gewesen wie der neue Junge, und sie konnte sich noch gut daran erinnern, wie bedrohlich sich all diese Häuser voller *fremder Menschen* angefühlt hatten.

Der Junge sah sie wie versteinert an, aber der Vater erwiderte Emilias Lächeln und wirkte dabei sichtlich erleichtert. Der Vater und sein Sohn sahen sich sehr ähnlich: dieselben sandblonden Haare, ein bisschen schwer zu bändigen, dieselben blaugrünen Augen. Emilia fragte sich, wie die Mutter wohl aussah. Jack stand zwischen ihnen und wedelte mit dem Schwanz.

«Hallo», sagte der Vater. «Ich bin Sam, und das ist Teddy.»

Jack bellte und rannte auf Emilia zu.

«Und Jack natürlich», fügte Sam hinzu.

«Hallo, Sam, hallo, Teddy», sagte Emilia. «Ich bin Emilia. Und hallo, Jack. Jack und ich sind alte Freunde.»

«Freut mich sehr, dich kennenzulernen, Emilia», erwiderte Sam. «Ich wollte nur kurz vorbeischauen, um euch das hier zu bringen.» Er überreichte ihr einen Umschlag.

«Oh?», machte Emilia, sichtlich verwirrt. «Ist die Post falsch zugestellt worden?»

«Nein, nein. Das ist eine Einladung. Zu einer Party. Wir machen ein Grillfest im Garten, um unsere Nachbarn kennenzulernen.»

«Oh!», sagte Emilia überrascht. So etwas hatte hier noch niemand gemacht. «Okay. Wie nett.»

«Bitte sei so lieb und sag deinen Eltern Bescheid», sagte Sam. «Ihr seid alle eingeladen.»

«Na klar!», sagte Emilia. «Laden Sie die ganze Straße ein?»

«Ja», antwortete Sam. «Natürlich.»

«Danke!», sagte Emilia und warf einen Blick auf Jack. «Und jetzt los, ehe die Katzen sauer werden, weil du dich in ihrem Revier rumtreibst.» Jack trottete zurück nach draußen. «Tschüs!», rief Emilia, schloss die Tür und drehte sich zu Sai um. «Tja, sieht aus, als würden wir bald auf eine Party gehen.»

«Müssen wir dann so tun, als würden wir uns nicht kennen?», fragte Sai.

Emilia lachte. «Wir werden sehr höflich und distanziert sein. Vielleicht halte ich dich für unausstehlich. So, wie du aussiehst.»

«Wie sehe ich denn aus?»

«Na ja, mit der Frisur.»

«Aber wenn du mir die Haare schneidest, merken meine Eltern, dass ich nicht in der Bibliothek gewesen bin.»

«Dann bist du eben auf dem Rückweg beim Friseur gewesen.»

«Und mit welchem Geld?»

«Der Friseur fand dich so umwerfend, dass er dir die Haare umsonst geschnitten hat.»

«Ja. Das ist absolut glaubwürdig», sagte Sai.

Emilia lachte wieder. «Kein Problem. Behalt deine Haare. Ich werde auf der Party jedenfalls eine Bemerkung fallenlassen.» Sie hielt grinsend die Einladung hoch. «Das wird lustig.»

❄

«Also, das lief doch gut», sagte Sam zufrieden.

«Kann schon sein», räumte Teddy mürrisch ein.

«Du bist echt schwer zu beeindrucken», sagte Sam, während sie zum nächsten Haus weitergingen. «Genau wie Königin Viktoria.» Er klingelte an der Tür. «Ach nein. Die war nicht ‹nicht beeindruckt›, die war ‹nicht amüsiert›.» Teddy schenkte ihm seinen üblichen Nicht-beeindruckt-Blick. *Ja*, dachte Sam, *vom Blick her eindeutig viktorianisch.*

Die Tür öffnete sich, und zum Vorschein kam ein Mann, etwa in Sams Alter, mit blondem Haarschopf und blauen Augen, der sich die Hände an einem Handtuch und seinem Hemd abwischte, das völlig mit ...

«Oh», sagte der Mann, Sams Blick folgend. «Das ist kein Blut, sondern Farbe! Was ich, wird mir gerade klar, natürlich sagen würde, wenn es tatsächlich Blut wäre.»

«Haha, ich habe den älteren Herren am Anfang der Straße eben davon überzeugt, dass ich ihm einen vergifteten Umschlag gegeben habe, indem ich ihm versichert habe, dass es *kein* vergifteter Umschlag ist», sagte Sam. «Ich verstehe Ihr Dilemma.» Der Mann lachte, was nett von ihm war und Sam das Gefühl gab, dass er die Interaktion mit anderen erwachsenen Wesen vielleicht doch noch nicht ganz verlernt hatte.

«Ihr seid die Neuen, die gerade eingezogen sind, stimmt's? Ich bin Max.» Er streckte Sam die Hand hin.

Sam schüttelte sie und sagte: «Sam.»

Dann streckte Max Teddy die Hand hin, Teddy musterte sie eine Sekunde lang und schüttelte sie dann ebenfalls. «Teddy.»

Sam war erleichtert, dass Teddy offensichtlich nicht so unhöflich war, eine dargebotene Hand abzulehnen. Er hatte sich sogar vorgestellt.

«Und hallo, Jack!», sagte Max zu dem Hund, der zur freudigen Begrüßung ein paar Luftsprünge machte. Max kraulte ihn kurz hinter den Ohren, ehe er sich wieder dem menschlichen Teil seines Besuchs zuwandte. «Sam und Teddy. Schön, euch beide kennenzulernen. Willkommen in unserer Straße. Ich glaube, der Plemplem-Faktor hält sich in Grenzen. Jedenfalls ist er nicht höher als in jeder x-beliebigen anderen Straße. Rede ich mir zumindest ein. Kann ich irgendetwas für euch tun?»

Sam überreichte seinen Umschlag.

Max nahm ihn entgegen und sagte: «Oh, ist die Post falsch zugestellt worden?»

Das war offensichtlich die Standardantwort. «Nein, das ist eine Einladung. Zu einer Party», erklärte Sam. «Ich dachte, ich spare mir die Briefmarken und lade die Leute persönlich ein.»

Max hatte den Umschlag bereits geöffnet und las die Einladung. «Wie nett! Ein Grillfest im Garten, ja?»

«Ich dachte, es wäre eine gute Gelegenheit, die Nachbarn kennenzulernen», sagte Sam.

Max schenkte ihm einen unergründlichen Blick und sagte: «Aha. Also, jedenfalls eine sehr nette Idee. Vielen Dank. Mein Gatte und ich geben Bescheid.» Max deutet auf das «u.A.w.g.» auf der Einladung.

«Toll», sagte Sam. «Danke.»

«Bis dann», sagte Max und schloss die Haustür.

«Er fand es seltsam», sagte Teddy.

«Er fand es vielleicht ein winziges bisschen seltsam», gab Sam zu.

Diya Basak war damit beschäftigt, die Kleidung ihres Mannes durchzugehen, weil Mayra Khati jemanden kannte, der für ein Vorstellungsgespräch verzweifelt ein paar gute Anziehsachen brauchte und Darsh mehr als genug im Schrank hatte. Die Türklingel überraschte sie. Tagsüber bekam Diya eigentlich nie Besuch.

Sai war, wo er immer war, in der Bibliothek, aber Pari war unten im Erdgeschoss, und deshalb rief Diya die Treppe runter: «Pari! Kannst du mal nachsehen, wer an der Haustür ist?»

«Das sind die komischen neuen Nachbarn», rief Pari nach oben.

Mit Sicherheit so laut, dass man es auch vor der Haustür hören konnte.

Diya runzelte die Stirn – sowohl über Paris unhöfliches Benehmen als auch die Tatsache, dass sie keine Ahnung hatte, wen Pari mit «die komischen neuen Nachbarn» meinte. Also ging sie nach unten, um aufzumachen.

Pari stand am Vorderfenster und starrte die Besucher durch die Scheibe an.

«Geh vom Fenster weg!», zischte Diya.

«Er hat Jack bei sich. *Meinen Jack*!», erklärte Pari.

«Was?», fragte Diya, mehr beunruhigt von Paris Aussehen als von dem, was sie von sich gab. «Sag mal, hast du dir heute Morgen überhaupt die Haare gebürstet?» Was sollten die Leute bloß denken? Ihre Tochter war unhöflich *und* schlampig.

Diya öffnete die Haustür und lächelte die Leute davor strahlend an: ein Mann, ein Junge, ein Hund. Der Junge sah sehr unglücklich aus. Genauer gesagt, er sah genauso unglücklich aus wie Pari, die Diya eilig hinter sich geschoben hatte, ehe sie noch mehr derart Unhöfliches von sich geben konnte. Der Mann machte ein unsicheres Gesicht. Der Hund wedelte mit dem Schwanz, bellte und stürmte ins Haus.

Diya kreischte und rannte die ersten paar Stufen der Treppe zum ersten Stock hinauf, als würde das den Hund davon abhalten, nach ihr zu schnappen.

Aber der Hund schien gar nicht an ihr interessiert zu sein. Stattdessen stürzte er sich auf Pari.

«So helfen Sie ihr doch!», befahl Diya dem Mann, der einfach nur untätig in der Haustür stand.

«Helfen?», wiederholte der Mann.

«Alles gut, Mum», sagte Pari, und Diya sah, dass ihre Tochter lachte. «Das ist Jack. Du weißt schon, mein Hund Jack.»

«Dein Hund?», sagte Diya. «Du hast keinen Hund.»

«Jack gehört der ganzen Straße!», sagte der kleine Junge auf der Türschwelle böse. «Jack gehört *allen*.»

«Wer behauptet das?», verlangte Pari zu wissen.

«Mr. Hammersley», sagte der kleine Junge.

«Und wer soll das sein?», schoss Pari zurück.

Diya sagte: «Pari, dein Tonfall! Benimm dich.» Sie sah den Mann auf ihrer Türschwelle an. «Und könnten Sie bitte Ihren Hund zurückrufen? Ich mag keine Hunde.»

«Ähem», sagte der Mann, schaute zu dem Hund und fing an zu pfeifen. «Hierher, Jack», sagte er.

Jack ließ Pari stehen, kam zu dem Mann gerannt und sprang an ihm hoch.

«Guter Junge», sagte der Mann zu dem Hund und packte ihn am Halsband, damit er sich zu seinen Füßen niederließ.

Der Hund machte Sitz und fegte fröhlich mit wedelndem Schwanz die Haustürstufe.

Diya, die die Lage als sicher einschätzte, kam vorsichtig wieder herunter und ging zur Tür.

Der Mann sagte: «Entschuldigung. Das ist wirklich der Straßenhund. Er läuft nur ein bisschen mit uns mit.»

«Wohin läuft er mit Ihnen?», sagte Diya und sah Pari dabei warnend an, weil die leise vor sich hin motzte.

«Durch die Straße», sagte der Mann. «Ich bin Sam, und das ist mein Sohn Teddy. Wir sind gerade nebenan eingezogen.»

«Oh», sagte Diya, und langsam, aber sicher sortierte sich ihre Erinnerung. «Sie sind das mit dem rosaroten Vogel im Vorgarten.»

«Bob», sagte der Mann.

«Was»?, fragte Diya.

«Bob der Flamingo. So heißt der rosarote Vogel.»

Diya begann sich zu fragen, ob es eine gute Idee gewesen war, die Haustür aufzumachen. «Oh», sagte sie.

Der Mann schien zu merken, dass er sich ein bisschen verrückt benahm, denn er sagte eilig: «Egal. Wir sind nur gekommen, um Ihnen das hier zu geben.» Er hielt ihr einen Umschlag hin.

«Oh», sagte Diya. «Ist die Post falsch zugestellt worden?»

Was den kleinen Jungen – Teddy – dazu veranlasste, seinem Vater einen Blick zuzuwerfen.

Der Mann namens Sam sagte: «Nein, tut mir leid. Wir sorgen heute offensichtlich überall für Verwirrung. Das ist eine Einladung. Wir veranstalten ein kleines geselliges Beisammensein. Na ja, um die Nachbarn ein bisschen kennenzulernen. Nichts Großes, wir wollen nur im Garten grillen und so.»

«Oh», sagte Diya, weil man in dieser Straße so was normalerweise nicht machte und ihre Tage auch schon voll genug waren, ohne dass man in der Nachbarschaft auf einmal anfing, Kontakte zu knüpfen. Doch Diya wollte nicht unhöflich sein. Im Gegenteil, sie musste ganz besonders höflich sein, um Paris peinliche Verkündung von vorhin wieder wettzumachen, als sie die Leute als komisch bezeichnet hatte. Obwohl es tatsächlich ein bisschen seltsam war, mit einer Einladung bei fremden Leuten auf der Türschwelle aufzukreuzen. Also antwortete Diya: «Ausgezeichnet. Vielen Dank dafür. Und wenn sie dann einfach Ihren Hund wegsperren könnten. Ich habe nicht so viel für Hunde übrig, wissen Sie.»

«Das ist nicht unser Hund», sagte Sam, was natürlich völliger Unsinn war, schließlich sabberte der Hund gerade genüsslich seine Schuhe voll.

«Danke!», sagte Diya und machte die Haustür zu.

Und drehte sich um und sah Pari an. «Und was war das eben, junge Dame?»

«Dieser Junge versucht mir meinen Hund zu stehlen», sagte Pari wütend.

«Du hast keinen Hund», rief Diya ihrer Tochter in Erinnerung. «Das ist nicht *dein* Hund.»

«Wir sind im Krieg, der und ich!»

«Du bist nicht im Krieg. Lass das Theater. Außerdem gab es überhaupt keinen Grund, so unverschämt zu sein, als die Leute an die Tür kamen.»

«Wenn man im Krieg ist, darf man nicht nett sein.»

«Du bist nicht im Krieg!», wiederholte Diya mit einem winzigen bisschen mehr Mitgefühl. «Na komm. Wir gehen rauf, und du hilfst mir, ein paar Hosen von deinem Dad auszusortieren.»

«Was?», jaulte Pari.

Aber als sie Diyas Blick sah, folgte sie ihr die Treppe hinauf.

❄

«Weißt du, was ich jetzt dringend brauchen könnte?», fragte Pen ihren Goldfisch Chester, der im Glas seine Runden drehte und offensichtlich gänzlich unbeteiligt war, was die magere Wortanzahl anbelangte, die Pen bis jetzt zu Papier gebracht hatte. «Eine Ablenkung. Ist schon Zeit fürs Mittagessen?»

Es war noch nicht annähernd Zeit fürs Mittagessen.

Pen grübelte. «Vielleicht Zeit für einen Snack», entschied sie.

Chester tat mit einem Schnipsen der Schwanzflosse seine Zustimmung kund.

Pen schlenderte in die Küche, machte den Kühlschrank auf und studierte den Inhalt. Eine der Gefahren, zu Hause zu arbeiten, bestand in dem uneingeschränkten Zugang zu Essbarem. Es hatte eine Zeit gegeben, da war Pens Küche bis zum Rand vollgestopft gewesen mit süßen und salzigen Snacks in allen Variationen. Dann hatte sie einen Artikel zu modernen Essgewohnheiten geschrieben, und jetzt drehte sich bei ihr alles nur noch um gesunde, nachhaltige Ernährung – aber manchmal hatte man trotzdem einfach nur Lust auf einen Jaffa Cake. Seufzend überdachte Pen ihr Snack-Vorhaben.

In dem Moment klingelte es an der Haustür.

Pen rannte praktisch zur Tür, um zu öffnen, und stand vor der neuen Familie, die gerade ein paar Häuser weiter eingezogen war: der Vater und der kleine Junge. Pen hatte zwar auch schon eine Frau gesehen, die vom Alter her die Mutter sein könnte, aber nicht oft, und sie wohnte definitiv nicht hier. Pen hatte die Sachlage also noch nicht völlig durchdrungen.

«Hallo!», sagte sie enthusiastisch. «Ihr seid meine Rettung.»

Der Mann wirkte angesichts dieser Begrüßung etwas verwirrt. «Was sind wir?»

«Ich war dringend auf der Suche nach einer Entschuldigung, um mich vor der Arbeit zu drücken – ich leide an Aufschieberitis. Und schon steht ihr beide vor meiner Tür.»

«Oh. Ach so. Gut!» Der Mann sah aus, als wüsste er nicht recht, was er sagen soll.

«Ich bin Pen», sagte sie. «Und ich bin Autorin. Aber deshalb heiße ich nicht Pen. Das ist die Abkürzung von Penelope.»

«Ich bin Sam», sagte er. «Ich arbeite als Berater für Unternehmen, die die Kommunikationsinfrastruktur zwischen ihren Informationstechnologiespezialisten und bestimmten User-Gruppen verbessern wollen, um die Symbiose zwischen – ach, egal, klingt ja schrecklich. Das ist mein Sohn Teddy.»

Pen winkte dem kleinen Jungen zu. Er wirkte etwas verdattert.

Jack bellte und wedelte mit dem Schwanz und drängelte sich nach vorn, um sich seine Streicheleinheiten abzuholen, das schamlose Luder.

«Und Jack», fügte Sam hinzu.

«Oh, Jack kenne ich. Seine Leckerlis sind gleich hier an der Haustür.» Pen beugte sich zur Seite und angelte einen seiner Spezialhundekuchen aus der Packung.

Jack beschnüffelte ihn und nahm ihn behutsam ins Maul, so wie er es immer tat. Dann spazierte er in den Vorgarten, um seinen Schatz zu vergraben.

«Er liebt die Dinger», sagte Pen. «Er hat sich in meinem Vorgarten einen ganzen Vorrat angelegt, damit er immer drankommt, auch wenn ich nicht da bin.»

«Aha!», sagte Sam, der Jacks Eskapaden beobachtet hatte, und drehte sich wieder zu ihr um. «Ja, jedenfalls sind wir vorbeigekommen, um Ihnen eine Einladung zu bringen.»

«Eine Einladung?» Pen nahm ihm enthusiastisch den Umschlag aus der Hand und öffnete ihn. «Wozu denn? Oooh, ein Gartengrillfest? Super!»

«Wir dachten, es wäre eine gute Gelegenheit, die Nachbarn kennenzulernen», sagte Sam. «Weil wir doch neu sind.»

«Absolut! Ich kann es gar nicht erwarten! In dieser Straße wohnen Menschen, mit denen ich, seit ich hier wohne, noch nie ein Wort gewechselt habe. Ich freue mich sehr darauf, die alle kennenzulernen!» Pen strahlte.

❄

«Die war *echt* begeistert», sagte Teddy, als sie wieder nach Hause gingen, nachdem die letzte Einladung bei der Autorin am Ende der Straße abgeliefert worden war. Jack trottete neben ihnen her und wirkte überaus zufrieden mit dem Verlauf der Unternehmung.

«Ja, finde ich auch. Das ist doch gut, oder? Immerhin eine begeisterte Person.»

«Ich fand es seltsam», sagte Teddy.

«Es ist nicht immer alles seltsam», sagte Sam. «Es kann ja wohl nicht beides seltsam sein, wenn man begeistert ist und wenn man *nicht* begeistert ist.»

«Doch, kann es», bemerkte Teddy weise. «Das Leben ist einfach seltsam.»

«Also, da kann ich dir jetzt nicht mal widersprechen», sagte Sam, als sie wieder vor ihrer Haustür standen. «So, erledigt. Alle Einladungen ausgeliefert. Party in Kürze. Freunde ahoi!»

«Sag bitte nie wieder was wie ‹Freunde ahoi›», meinte Teddy. «Niemand wird dich zum Freund haben wollen, wenn du ‹Freunde ahoi› sagst. Ich geh jetzt rauf und spiele *Mass Extinction Event.*»

«Ach, stimmt, dieses überaus freudvolle, fröhliche und optimistische Videospiel, wo es ums Ausrotten geht», grummelte Sam.

Ohne auf den Sarkasmus seines Vaters einzugehen, rannte Teddy die Treppe hinauf.

Jack blieb an der Türe stehen und wedelte mit dem Schwanz.

Sam seufzte. «Na los», worauf Jack ein Dankeschön bellte und hinter Teddy her die Treppe hinauflief.

Sam fand, dass es höchste Zeit war, deutlich auszusprechen, dass Jack *nicht ihr Hund* war, doch das erschien ihm im Augenblick entschieden zu anstrengend.

❄

Bill war gerade damit beschäftigt, sich eine Dose Bohnen aufzuwärmen, um sie dann auf einem Toastbrot zu verteilen, als an der Hintertür Jacks Kratzen ertönte.

Nicht, dass Bill sich Sorgen gemacht hätte, Jack würde womöglich nicht kommen – Jack war schließlich nicht sein Hund, wie er dem kleinen Jungen von nebenan bereits erklärt hatte; Jack gehörte der ganzen Straße –, aber es war trotzdem schön, ihn zu sehen.

«Hallo, Jack», sagte Bill und ließ ihn ins Haus. «Und wo hast du den ganzen Tag gesteckt? Bist durch die Straße gestreift und hast dämliche Einladungen verteilt?», schnaubte Bill, um klarzustellen, was er von der Sache hielt, während er Jack zum Trost für den Unsinn, mit dem er sich den ganzen Tag herumschlagen musste, den Rücken tätschelte.

Bill richtete Jacks Abendessen her, machte sein eigenes fertig und setzte sich damit an den Tisch, um neben Jack zu essen, der nach einem so langen, harten Tag sein Futter lautstark verschlang. Bill hatte die Einladung zum «Grillen im Garten» auf den Tisch gepfeffert, und da lag es nun, dieses alberne Ding mit dem grinsenden Hot Dog drauf.

«Das Würstchen hat Augen», sagte er zu Jack, weil er das Gefühl hatte, Jack das Absurde daran klarmachen zu müssen.

Jack schnaubte in seine Futterschüssel, es klang eindeutig missbilligend.

Das war völlig lächerlich. Hatte man so was schon erlebt? Da tauchten die einfach auf der Türschwelle fremder Menschen auf, plapperten irgendwas von Gift und ließen einem dann Einladungen mit Würstchen da, die Augen hatten? Auf ein Grillfest zu gehen, mit all den merkwürdigen Menschen, mit denen er diese Straße teilen musste, war wirklich das Letzte, was Bill wollte. Wer konnte schon wissen, was die einem da für Essen andrehen wollten? Und dann würden ihn alle mit Fragen löchern, ob es wirklich okay für ihn war, immer noch allein zu leben, als wäre er ein kleines Kind, das nicht allein zurechtkommt. Er war schon allein zurechtgekommen, da waren die noch nicht mal *geboren*!

«Was für eine Beleidigung!», sagte Bill zu Jack.

Jack schob zur Antwort den leeren Futternapf quer über das Linoleum.

Bill gab Jack noch etwas zu fressen und dachte über die Aufdringlichkeit in der heutigen Zeit nach. Kaum ließ man einmal jemand Neues zu sich ins Haus, um ein bisschen über das Schnitzen zu plaudern, schon rannten einem wildfremde Leute die Haustür ein und glaubten, man hätte Lust auf «Grillen im Garten»!

Schluss damit!, beschloss Bill mit Nachdruck und sah zu Jack nach unten. «Na, was glaubst du, gibt es heute Abend für uns was im Fernsehen?»

Jack schleckte seine Hand ab, was Bill als fröhlichen Optimismus hinsichtlich des Fernsehprogramms interpretierte, den er nicht teilen konnte. Aber das war ja gerade das Schöne an Jack.

❄

Arthur kam mit einer Tüte voller Boxen vom Chinesen nach Hause und betrat ein leeres Haus. Was bedeutete, dass Max mal wieder die Zeit vergessen hatte und immer noch malte. Also steckte Arthur das Essen in die Mikrowelle – was in seinen Augen als «Warmhalten» galt – und machte auf dem Absatz kehrt, um nach oben in Max' Atelier zu laufen. Er hielt in der Bewegung inne, als sein Blick auf die Einladung fiel, die auf dem Küchentisch lag.

«Huch!», sagte Arthur und nahm den Zettel mit nach

oben. Max' Leinwand war mit leuchtenden Farben bedeckt, rot und orange und gelb. Es war unglaublich sonnig und unglaublich intensiv, und Arthur bekam beim Betrachten dasselbe Gefühl wie damals, als er zum allerersten Mal eines von Max' Werken gesehen hatte. *Was zum Teufel soll das bedeuten, und wer bitte ist der Künstler? Den Mann muss ich kennenlernen.*

«Hallo», sagte Arthur und küsste Max mit der Absicht in den Nacken, ihn möglichst sanft aus seiner künstlerischen Trance herauszulösen.

Max erschrak trotzdem und drehte sich dann mit einem strahlenden Lächeln zu ihm um. «Oh, sieh an, ein gutaussehender Mann ist in mein Haus spaziert. Da werd ich also bald mein Tagwerk an den Nagel hängen!»

«Das gefällt mir», sagte Arthur und zeigte auf die Leinwand.

«Ja? Danke sehr. Ich bin noch nicht sicher, in welche Richtung es weitergeht oder ob es vielleicht schon da ist, wo es hingehört. Ich muss darüber schlafen. Hast du was zu essen mitgebracht?»

«Ja. Und ...» Arthur hielt die Einladung hoch. «Wir sind auf eine Party eingeladen?»

«Allerdings. Ich vermute, die Hot Dogs auf dieser Party werden genießbar und nicht anthropomorph sein, aber man weiß ja nie. Ich zieh mich nur schnell um und wasch mir die Farbe ab.»

«In deinen Haaren ist auch was», sagte Arthur.

«Dann werde ich wohl lieber duschen gehen», bemerkte Max kläglich und fuhr sich mit den Händen durch die Haare, die davon noch röter wurden.

Arthur überließ Max seiner Körperpflege, ging nach unten und fiel über die Glückskekse her, weil er am Verhungern war und weil sie nun mal da waren. *Unverhoffte Einladungen könnten neue Türen öffnen*, stand in seinem Keks. Prustend legte Arthur das Zettelchen zusammen mit der Einladung auf den Tresen, um später seinen Gatten damit zu erheitern.

Arthur sah zum Fenster hinaus. Es war ein grauer, verregneter Tag, die Blumen im Garten glänzten vor Nässe, und es kamen weder Kinder noch streunende Hunde vorbei.

Als Max nach ein paar Minuten später nach unten kam, trat er hinter ihn, legte das Kinn auf Arthurs Schulter und schaute mit ihm in den Garten hinaus.

«Erstaunlich still heute in unserem Garten», meinte Arthur.

«Keine unziemlichen Haftungsgefahren?», fragte Max.

«Setz dich und iss», sagte Arthur und verteilte das Essen vom Chinesen auf Teller, weil es sich so eher anfühlte, als wären sie zwei zivilisierte Erwachsene.

Max hatte sich das Glückskekszettelchen vom Tresen geschnappt. «Unverhoffte Einladungen könnten neue Türen öffnen», las er laut vor.

«Und wir haben eine unverhoffte Einladung», sagte Arthur und servierte Max einen Teller Rindfleisch mit Broccoli und sich selbst einen Teller Lo Mein. «Und? Gehen wir da hin?»

«Du bist doch derjenige, der Kontakte zu den Nachbarn knüpfen wollte», sagte Max.

«Ich wollte einfach nur höflich sein», antwortete Arthur. «Ich weiß nicht, ob ich anfangen will, Dinnerpartys zu schmeißen.»

«Was für eine Horrorvorstellung», sagte Max. «Gott behüte!»

«Wir kochen nicht mal», fügte Arthur hinzu.

«Aber wir verstehen uns vortrefflich aufs Bestellen», sagte Max. «Jedenfalls hat er lustige Ideen.»

«Wer?»

«Sam, der neue Nachbar. Will uns alle kennenlernen. Er ist persönlich vorbeigekommen, um die Einladung abzugeben. Er ist offensichtlich sehr erpicht darauf, dass wir alle beste Freunde werden.»

«Hat er keine anderen Freunde?», wollte Arthur wissen. «Wieso muss er sich denn ausgerechnet mit uns anfreunden?»

«Menschen, die ihre Freundesquote noch nicht erfüllt haben, sind *so* ermüdend», sagte Max.

Arthur zeigte mit dem Stäbchen auf ihn. «Tu bitte nicht so, als wärst du gern unter Menschen. Ich bin definitiv geselliger als du.»

«Du bist *Versicherungsvertreter*!»

«Und du ein gequälter Künstler.»

«Stimmt», sagte Max und nahm einen Happen Rindfleisch mit Broccoli.

Arthur stocherte in seinen Nudeln herum und ging aufs Ganze: «Glaubst du, es würde uns guttun?»

Max sah ihn fragend an.

«Neue Leute kennenzulernen?», verdeutlichte Arthur.

Max dachte kauend nach. «Möglicherweise.»

Arthur schlug entschlossen mit dem Stäbchen auf den Teller. «Wie ist er denn?»

«Ganz in Ordnung. Nicht nerviger als die meisten anderen Menschen auch.»

«Na, das klingt ja nach überwältigender Zustimmung.»

«Na ja, ich wollte ihn jetzt nicht gleich über den grünen Klee loben. Du hättest sofort gemerkt, dass ich lüge.»

«Also werden wir gute Nachbarn sein und zusagen.»

«Unverhoffte Einladungen könnten neue Türen öffnen.»

❄

«Und?», erkundigte sich Sam, als sie sich zu ihrem aus Käsetoast bestehenden Abendessen an den Tisch setzten, «Was war dein Abenteuer des Tages?»

Teddy schenkte ihm seinen *«Dad, du bist total unfähig»*-Blick. «Na, eindeutig durch die Straße rennen und Umschläge an Leute zu verteilen, die entweder dachten, sie wären vergiftet oder vertauscht. Und deins?»

«Na ja, dasselbe», gab Sam zu.

❄

Anna Pachuta befand sich in der Küche auf der Jagd nach versteckter Schokolade und hörte ihrer Tochter bei der Zusammenfassung der Ereignisse des Tages nur mit halbem Ohr zu, bis Emilia etwas sagte, das sie doch veranlasste, den Kopf aus dem Schrank zu ziehen und sie anzusehen.

«Wir haben was?»

Emilia saß am Tisch und mampfte aus einer Schüssel Trauben. Sie pflückte sich noch ein paar ab, ehe sie wiederholte: «Eine Einladung zum Grillen.»

«Wer grillt denn?», fragte Anna überrascht. Es sah keinem ihrer Freunde ähnlich, zu einem Grillfest einzuladen. Die meisten waren inzwischen sogar für eine Tasse Kaffee zwischendurch zu beschäftigt.

«Die neuen Nachbarn», erklärte Emilia und warf sich die Trauben in den Mund.

«Die neuen Nachbarn?», wiederholte Anna verdutzt. Sie

bekam Kopfschmerzen. Sie konnte unmöglich auf dem Laufenden bleiben, was andere Leute betraf. Sie blieb ja nicht einmal bei sich selbst immer auf dem Laufenden.

«Ja, du weißt schon, die sind gerade eingezogen. Da, wo früher die Thurstons gewohnt haben.»

«Ah! Okay», sagte Anna, zog eine Tafel Schokolade aus dem Schrank und setzte sich zu Emilia an den Tisch. «Sind die den schrecklichen Hund endlich losgeworden?»

«Nein, Mum, der ist jetzt offiziell der Straßenhund», erklärte Emilia.

«Das ist doch albern, Emilia. Wir können hier unmöglich einen Straßenhund haben. Der terrorisiert mir die Katzen. Vielleicht sollten wir tatsächlich zu diesem Grillfest gehen, damit ich mit denen mal ein ernstes Wort über den Hund sprechen kann.»

Emilia verdrehte die Augen.

Anna runzelte angesichts dieser Reaktion nur die Stirn, sagte aber nichts. Sie hatte nämlich das Gefühl, inzwischen so selten zu Hause zu sein, dass sie das bisschen Zeit, das sie mit Emilia verbrachte, nicht auch noch mit Streitereien verbringen wollte.

Der Wasserkocher klickte, und sie stand auf, um sich eine Tasse Kamillentee zu machen – die übliche Belohnung am Ende des Tages, nachdem sie sich zur Belohnung über die Schokolade hergemacht hatte –, und sagte: «Was hast du heute den ganzen Tag gemacht?»

«Nicht viel», sagte Emilia. «Hab mir die Nägel neu lackiert.»

«Gut, wenn die Ferien vorbei sind und die Schule wieder anfängt», stöhnte Anna.

«Dad meint, vielleicht könnten wir vorher noch mal richtig in Urlaub fahren», sagte Emilia.

Anna konnte nicht anders. Sie schnaubte. «Tatsächlich?»

«Dad meint, vielleicht könnten wir ans Meer fahren.»

«Dein Dad meint ständig so lächerliches Zeug», entgegnete Anna.

«Woher willst du das wissen?», fragte Emilia. «Redest du überhaupt noch mit ihm?»

Anna hielt dem Blick ihrer Tochter stand und trank einen großen Schluck Tee. Der Tee war viel zu heiß für einen derart großen Schluck, aber das würde sie sich mit Sicherheit nicht anmerken lassen. «Natürlich rede ich mit ihm. Ich werde heute Abend, wenn er nach Hause kommt, mit ihm darüber sprechen, ob wir zu dem Grillfest bei den neuen Nachbarn gehen.» Und darüber, dass ein Ausflug ans Meer im Augenblick wirklich nicht drin war.

«Okay?» Emilia klang skeptisch.

Und Anna hätte ihrer Tochter nur zu gern das Gegenteil bewiesen, ernsthaft, aber dann war sie doch viel zu müde, um noch auf Marcel zu warten. Also legte sie ihm die Einladung aufs Kopfkissen, damit er sie sah, wann auch immer er nach Hause kam, und kuschelte sich mit ihren Katzen ins Bett.

❄

Als Darsh nach Hause kam, stieß er dort ausnahmsweise mal auf seine Frau.

«Wird etwa tatsächlich gerade nirgendwo ein Curry benötigt?», fragte er im Scherz. «Ist der weltweite Bedarf an Willkommensgeschenkkörben tatsächlich gedeckt?»

«Ha, ha», entgegnete Diya.

Er grinste, gab ihr einen Kuss und streckte die Nase in

den Kochtopf. «Ist das für uns oder für die Freundin einer Freundin einer Freundin bestimmt?»

«Für uns.»

«Unfassbar!», rief Darsh aus. «Wo sind die Kinder?»

«Oben. Ich hole sie gleich zum Essen herunter.»

Darsh sah die Post auf dem Tisch durch. Bei dem Bild des grinsenden Hot Dogs hielt er inne. «Was ist das?»

Diya hob den Blick, um zu sehen, was er meinte, und verdrehte die Augen. «Ja, seltsame Sache. Die neuen Nachbarn machen eine *Party*.»

«Und laden uns dazu ein?», fragte Darsh verwirrt. «Kennen wir die?»

«Nein. Die wollen die Nachbarschaft kennenlernen.»

«Wahrscheinlich haben sie gehört, dass die Freundschaft mit dir Zugang zu beachtlichen Mengen Gratismahlzeiten bedeutet.»

Diya wusste nicht, ob sie geschmeichelt oder genervt sein sollte. Im Hinausgehen sagte sie: «Ach, ich habe heute ein paar von deinen Hosen weggegeben.»

Darsh hörte sie nach den Kindern rufen, und als sie zurück in die Küche kam, fragte er: «Meine Hosen?»

«Ein Freund von Mayra brauchte dringend ein paar ordentliche Hosen, und du hast so viele.» Diya zuckte die Achseln.

Nach einem kurzen Augenblick zuckte Darsh ebenfalls die Achseln, weil es zu nichts führte, Diyas Entscheidungen in solchen Belangen tatsächlich verstehen zu wollen oder gar in Frage zu stellen. Er sagte nur: «Ich bin überrascht, dass du sie nicht gleich an unseren neuen Nachbarn verschenkt hast.»

«Der ist größer als du.» Diya lächelte. «Das hätte lächerlich ausgesehen. Sai! Pari!», rief sie noch einmal.

Darsh zuckte zusammen.

«Hol du sie mal», sagte Diya und stellte die Schüsseln auf den Tisch. «Ich gehe nicht noch mal bis zur Treppe vor.»

Doch noch ehe Darsh aufstehen konnte, war polternd der Sturm ihrer Kinder auf das Abendessen zu hören.

«Und? Gehen wir jetzt zu diesem Grillfest?», fragte Darsh.

«Ich habe eigentlich keine Lust», sagte Diya. «Du weißt doch, wie viel ich immer zu tun habe, und an dem Tag finden schon zwei andere Feste statt, auf denen ich eigentlich erwartet werde.»

«Das war ja klar», sagte Darsh.

«Aber ich muss hingehen, um Paris schlechtes Benehmen wiedergutzumachen.»

Pari hatte just im richtigen Moment die Küche betreten, um sich von Diya einen bedeutungsvollen Blick einzufangen. Pari richtete sich zu ihrer vollen Größe auf, machte ein finsteres Gesicht und verschränkte kampfbereit die Arme vor der Brust.

Sai, der hinter seiner Schwester in die Küche kam, registrierte ihre Haltung und sagte: «Vielleicht sollte ich besser wieder nach oben gehen.»

«Unsinn», sagte Darsh. «Jetzt setzt euch hin. Du auch, Pari. Und dann erzählst du mir, warum du dich schlecht benommen hast.»

«Ich habe mich nicht schlecht benommen», sagte Pari und setzte sich schmollend an den Tisch.

Diya nahm ebenfalls Platz. «Sie hat gesagt, die neuen Nachbarn wären komisch. Obwohl die Leute direkt vor der Tür standen.»

«Er hat angefangen», sagte Pari.

«Wer ‹er›?», wollte Darsh wissen.

«Der neue Junge. Er versucht, Jack zu stehlen.»

«Jack, den Straßenhund?»

«Ja.»

«Kann man einen Straßenhund überhaupt stehlen?»

«Jack sollte aber *mein* Hund werden», sagte Pari.

«Ach so. Dann wolltest du den Straßenhund also zuerst stehlen.»

Pari zögerte. «Nein», sagte sie schließlich und wirkte ein bisschen unsicher, was sie jetzt erwidern sollte.

«Niemand stiehlt hier irgendwelche Hunde», sagte Diya. «Ich mag keine Hunde, und dieser Hund ist äußerst schlecht erzogen. Außerdem mag der Hund die neuen Nachbarn offensichtlich, und sie mögen den Hund. Die sollen einander ruhig adoptieren, finde ich.»

«Aber Mum!», quengelte Pari. «Wir brauchen den Hund.»

«Wir brauchen definitiv keinen Hund!», sagte Diya entschieden.

«Wir brauchen den Hund, damit Sai einen Patienten hat.»

Sai hätte sich fast verschluckt.

Darsh warf ihm einen Blick zu. «Einen Patienten? Wofür?»

«Sai wird Tierarzt», verkündete Pari.

«Oh! Großartig!», rief Darsh. «Sai, das ist eine hervorragende Wahl. Veterinär! Eine ausgezeichnete Karriere!»

Sai fing sich wieder, trank einen Schluck Wasser und sagte: «Ich habe mir alles über Schimpansenbabys angelesen.»

Darsh sagte: «Aha, du willst dich also um exotische Tiere kümmern. Wahrscheinlich in einem Zoo, oder?»

«Nein», sagte Pari. «Er will sich wahrscheinlich auch um Hunde kümmern. Deshalb brauchen wir Jack.»

«Diya? Kennst du nicht irgendwen, der Tierarzt ist? Ach ja, was ist denn mit dem Cousin von Anika …»

«Ja! Stimmt! Ich werde sie bitten, mal mit ihrem Cousin zu sprechen, ob du nicht für ein paar Tage in der Woche bei ihm ein Praktikum machen kannst –»

«Oh», sagte Sai. «Oh. Okay. Super.»

Diya strahlte Sai an, und dann strahlte sie Pari an. Der Zwist von vorhin war offensichtlich vergessen. So war Diya nun mal: Sie hatte ein sonniges Gemüt und dachte am liebsten in Rosarot. Sie warf Darsh einen Blick zu und sagte: «Haben wir nicht wunderschöne Kinder?»

Und weil die Kinder Diya wie aus dem Gesicht geschnitten waren, nahm Darsh ihre Hand, küsste sanft ihre Knöchel und sagte: «Ja.»

❄

Pen machte es sich mit dem letzten Kräutersud des Tages in ihrem Bett gemütlich und öffnete ihren Blog.

Was ist denn hier los? In unserer Straße rührt sich was! Neue Nachbarn, die beschlossen haben, nett zu sein? Die Kontakte knüpfen wollen? Sie schmeißen eine Gartenparty. Sehr seltsam. Die anderen Nachbarn fragen sich sicher auch gerade, welch ungewohnter Menge Smalltalk wir plötzlich ausgesetzt sein werden. Aufregend ist es trotzdem. Die Gelegenheit, endlich seine eigenen Nachbarn kennenzulernen, ist grundsätzlich aufregend, und mir schwirrt der Kopf vor lauter Fragen – zum Beispiel, was es mit der Romanze zwischen dem polnischen Mädchen und dem indischen Jungen auf sich hat, was genau der blonde schwule Gatte den ganzen Tag so treibt, während der dunkelhaarige schwule Gatte zur Arbeit geht. Vielleicht ist er auch Autor, und wir können künftig zusammen zu Hause rumsitzen und gemeinsam der Aufschieberitis frönen!

Das wichtigste Update: Jack hat geholfen, die Einladungen auszutragen. Ich freue mich schon darauf, auf dem Grillfest Jacks offiziellen Status als Straßenhund zu diskutieren. Ich frage mich, ob es was Gesundes zu essen gibt. Auf der Einladung prangt ein grinsendes Würstchen. Ich mache mir also diesbezüglich keine allzu großen Hoffnungen.

4

– Hot Dogs
– Hamburger
– Brötchen
– Was Leckeres zu essen, das jedem schmeckt???

Am Wochenende war es in der Straße seltsam, denn Sam wurde bewusst, dass er sich bereits ziemlich an den Alltagsrhythmus der Straße gewöhnt hatte, an die Nachbarn, die ihr Haus verließen, um zur Arbeit zu gehen. Am Wochenende waren die meisten von ihnen hier und ließen sich zu den unterschiedlichsten Zeiten blicken, um den unterschiedlichsten Dingen nachzugehen. Der blonde Mann – Max – erschien im Vorgarten, um Rosen zu schneiden. Sam fragte sich, ob er ihn um Rat fragen sollte, was die Pflege der Rosen in seinem eigenen Vorgarten betraf. Die indische Mutter veranstaltete ein einziges Kommen und Gehen, grundsätzlich schwer beladen, wenn sie ging, und mit leeren Händen, wenn sie wiederkam. Jack trottete die Straße entlang und stattete diversen Vorgärten und Gärten einen Besuch ab. Die schwarze Frau vom Ende der Straße ging laufen. Der alte Mann blieb, wo er war, verrammelt hinter verschlossener Tür. Das Teenie-Mädchen zwei Häuser weiter war offensichtlich die Quelle der Schlagzeugmusik und spielte immer mal wieder. Ihre Eltern hatte Sam noch nie gesehen, er ging jedoch davon aus, dass sie welche hatte.

Und dann kam Ellen, mit Sophie und Evie.

«Hallo, Onkel Sam», riefen die Mädchen im Chor und fielen über das Haus her wie ein Wirbelwind.

«Das Haus ist ja toll!»

«Allerdings könntest du in Sachen Design noch ein bisschen Unterstützung gebrauchen.»

«Echt? Du hast überhaupt nichts an die Wände gehängt?»

«In dem Haus ist ja alles beige, du brauchst dringend ein bisschen Farbe!»

«Mach dir keine Sorgen. Wir helfen dir!»

«Wir sind deine Super-Deko-Crew!»

«Wir haben sogar neue Kissen mitgebracht!»

«Oh, wie schön», stammelte Sam, völlig überfordert von diesem Überfall, und dann waren die Mädchen auch schon wieder weg, wahrscheinlich, um zu dekorieren.

«Die sind völlig aus dem Häuschen, weil sie einem hoffnungslosen Fall helfen dürfen», erklärte Ellen Sam.

«Hoffnungsloser Fall?», wiederholte Sam und ließ sich von Ellen zur Begrüßung in den Arm nehmen. «Die Messlatte liegt ja ganz schön hoch, oder?»

«Wo steckt denn mein Lieblingsneffe?», fragte Ellen.

«Oben.» Sam beugte sich zurück und rief: «Teddy! Tante Ellen und die Mädels sind da!»

«Ich weiß!», rief Teddy zurück. «Ich komme runter, wenn ich tot bin!»

Sam sah Ellen an. «So melodramatisch ist er nicht – er spielt Videospiele.»

«Da bin ich aber froh», sagte Ellen.

Sophie streckte den Kopf aus dem Wohnzimmer. «Was hältst du von gestreiften Wänden, Onkel Sam?»

Sam blinzelte. «Habt ihr Farbe mitgebracht?»

«Nein, aber *Muster*, und Streifen wären super.»

«Okay?», sagte Sam vorsichtig, denn er hatte, ehrlich gesagt, noch nie über gestreifte Wände nachgedacht.

«Genial!», rief Sophie und verschwand wieder im Wohnzimmer.

Sam sah Ellen mit hochgezogenen Augenbrauen an. «Sie streichen?»

«Komm, wir trinken eine Tasse Tee.»

«Ja, aber bitte mit was drin, geht das?» Sam folgte seiner Schwester in die Küche.

Ellen lachte. «Du meinst, *außer* Tee? Das hängt von der Ausstattung deines Schnapsregals ab.»

«Die ist bescheiden», sagte Sam. «Das muss ich vor der Party wohl auch noch beheben, oder?»

«Kommt drauf an», sagte Ellen und stellte die Becher auf den Tresen, «welchen Grad der Langeweile du erzielen möchtest.»

«Ha, ha», machte Sam. «Überhaupt nicht langweilig. Eben nur nicht wild. Irgendwas dazwischen. In der Mitte des Spektrums.»

«Also Durchschnitt. Das, worauf die meisten Menschen abzielen.»

«Und auf keinen Fall hoffnungslos», sagte Sam.

Was Ellen schon wieder zum Lachen brachte. «Dir geht's besser, oder?», sagte sie. «Dein Humor kommt wieder zum Vorschein.»

«War ich so schlimm?», fragte Sam überrascht.

Ellen lächelte sanft. «Nicht schlimm. Es war nur alles sehr viel, glaube ich.»

«Versuch du mal, auf einen anderen Kontinent zu ziehen. Das ist nicht so einfach, wenn du nicht mehr achtzehn bist und dein gesamter Besitz noch in einen Rucksack passt.»

«Ich habe nicht gesagt, dass es nicht berechtigt war, Sam. Du musst dich nicht verteidigen.» Sie schenkte den Tee ein.

«Entschuldige», sagte Sam. «Genau deshalb muss ich wohl dringend wieder mehr unter Leute.»

«Kann sein.» Ellen drehte sich um und schnappte sich einen Zettel, der am Kühlschrank hing. «Was soll das denn sein? ‹Hot Dogs, Hamburger, Brötchen, was Leckeres zu essen, das jedem schmeckt›?»

«Ein Einkaufszettel», sagte Sam. Er hätte gedacht, das wäre offensichtlich.

«Für deine *Party*? *Das* ist die Einkaufsliste für deine *Party*?»

«Ja?» Sam blies kühlend über den heißen Tee.

«Nicht sehr ausführlich, oder?»

«Ich hoffe, der Supermarkt wird mich noch inspirieren.»

«Du brauchst eine richtige Liste. Mit richtigen Zutaten. Um richtiges Essen zu machen.»

«Richtiges Essen?», wiederholte Sam. «Ich koche nicht.»

«Und wie ernährt ihr euch, du und Teddy?»

«Sehr, sehr schlecht.»

«Samuel!», sagte Ellen.

«Du kannst mich so lange bei meinem vollen Namen nennen, wie du willst, das macht mich trotzdem nicht zu einem echten, voll funktionstüchtigen Erwachsenen.»

In dem Moment erklang Evies Stimme aus dem Wohnzimmer: «Onkel Sam? Was hältst du von einer Akzentwand in Zebramuster?»

«Sag mal, haben die eigentlich Ahnung von Design?», fragte Sam zweifelnd.

«Hast du eigentlich Ahnung von Design?», konterte Ellen.

Nein. Hatte er nicht. «Super!», rief er zurück und zuckte innerlich mit den Achseln.

«Du musst dringend kochen lernen. Frauen lieben Männer, die kochen können. Der Weg zum Herzen einer Frau geht durch den Magen.»

«Ich dachte, das gilt für Männer.»

«Sexist!», sagte Ellen. «Trotzdem. Wenn du Leute einladen willst, solltest du ihnen schon was Richtiges zu essen servieren. Irgendwas, das was hermacht. Du willst doch bei deinen Nachbarn einen guten Eindruck machen, oder?»

Na ja. Die Alternative wäre wohl, dass er einen bedauernswerten Eindruck machte, dachte Sam, und er war auch deshalb aus Amerika nach Hause zurückgekommen, um endlich das Etikett «bedauernswert» abzulegen. Zögerlich sagte er: «Doch, schon.»

«Gut!» Ellen strahlte. «Damit wäre das schon mal geklärt. Du servierst also was, das was hermacht, und gewinnst damit neue Freunde.»

«Auf der Basis eines Schwindels. Indem ich so tue, als könnte ich kochen.»

«Wenn du es tatsächlich selbst gekocht hast, ist es kein Schwindel. Was ist das?»

In diesem Augenblick war Jack schwanzwedelnd an der Hintertür erschienen.

«Ah!», sagte Sam. «Jetzt pass auf! Teddy?», rief er. «Jack will mit dir spielen!»

Die unmittelbare Reaktion war ein Geräusch aus dem Obergeschoss, vergleichbar mit dem Trampeln einer Elefantenherde.

Teddy kam die Treppe heruntergerast und rief: «Hi, Sophie! Hi, Evie! Hi, Tante Ellen!», und dann «Bis später, Dad!», und schon war er zur Türe hinaus.

Ellen sah ihren Bruder mit hochgezogener Augenbraue an. «Teddy hat einen Hund?»

«Nein. Teddy hat definitiv keinen Hund. Denn wie wir bereits im Laufe dieses kurzen Gesprächs feststellen konnten, bin ich kaum in der Lage, mich um die Dinge zu kümmern, die in meinen unmittelbaren Verantwortungsbereich fallen. Mich um einen Hund zu kümmern, kommt ganz sicher nicht mit auf die Liste.»

«Und wer ist dann Jack?» Ellen zeigte in den Garten hinaus, wo Teddy gerade Jacks überaus enthusiastische Begrüßung über sich ergehen ließ, inklusive großer Abschleckerei und wildem Gewedel mit dem gesamten Hinterteil.

«Jack ist der Straßenhund. Hier gibt es einen Hund, der niemandem gehört und einfach durch die Straße streift. Sehr charmant, oder?»

«Klingt nicht, als fändest du das besonders charmant», sagte Ellen.

«Ich finde es, ehrlich gesagt, reichlich seltsam, dass mir zusammen mit dem Haus quasi ein Teilzeithund zugeflogen ist. Andererseits ist Jack das Einzige, was Teddy hier mag, und deshalb bin ich unendlich dankbar, dass er da ist.»

«Dann ist doch gut», sagte Ellen, nippte an ihrem Tee und sah Jack und Teddy beim Spielen zu. Die beiden jagten einander quer durch den Garten. «Frauen mögen Hunde, weißt du?»

«Jetzt fange ich gleich an, dich wegen *deinem* Liebesleben zu nerven, Schwesterherz!», sagte Sam. «Na? Seit der Scheidung schon viele Typen kennengelernt?»

«Nein», sagte Ellen. «Ich habe darüber nachgedacht, es auf einem Dating-Portal zu probieren. Machst du mit?»

«Nein, danke. Ich glaube, das ist wirklich das Allerletzte, was ich ausprobieren möchte.»

Evie und Sophie tauchten in der Küchentüre auf.

«Onkel Sam?», sagte Evie. «Wir haben eine super Idee.»

«Wir dachten ...», Sophie breitete die Arme aus, um ihrer Vision mehr Raum zu verleihen, «... an Zapfen an der Decke.»

«Wie in einer *Höhle*!», fügte Evie mit leuchtenden Augen hinzu.

Sam sah Ellen an. «Ich nehme es zurück. *Das* ist das wirklich Allerletzte, was ich gerne ausprobieren möchte.»

Ellen hatte gesagt, Sam würde sich besser fühlen, wenn er sich erst mal eingerichtet hatte, und überrascht stellte er fest, dass da tatsächlich was dran war. Die Arbeit war ihm eine willkommene Ablenkung, die meisten wichtigen Dinge des täglichen Gebrauchs waren mittlerweile griffbereit, und er und Teddy entwickelten langsam, aber sicher eine Routine. Er erinnerte sich noch gut an Saras Vorträge über die Bedeutung von Routine, als Teddy noch ein kleines Baby war, und Sam hatte ihr damals einfach geglaubt, ohne die Dinge zu hinterfragen. Jetzt aber glaubte er mit vollster Überzeugung daran, denn Routine half tatsächlich.

Auch die Tatsache, dass der Rest der Straße offensichtlich ebenfalls eine Routine hatte, half. Sam kannte die Leute zwar noch immer nicht mit Namen, doch er kannte seine Nachbarn vom Sehen, und er hoffte wirklich, dass das Grillfest ein Erfolg werden und er ein paar neue Freunde finden würde. Einige Leute waren wie er offensichtlich tagsüber zu Hause, und es wäre schön, sich mit ihnen anzufreunden. Und natürlich würden Teddy und das kleine indische Mädchen Freunde werden. Gut, im Augenblick schien die beiden eher eine innige Feindschaft zu verbinden, aber wenn sie erst merkten, dass keiner versuchte, Jack dem anderen wegzunehmen, würden sie beste Freunde werden. Von wegen Abenteuer, dachte Sam, vielleicht war das hier in Wirklichkeit ein Märchen mit einem echten Märchen-Happy-End.

Sam versuchte, sich ein interessantes Abenteuer des Tages aus den Fingern zu saugen. Was ihn dabei allerdings behinderte, war die Tatsache, dass ein ganz normales Erwachsenenleben eben nicht außerordentlich abenteuerlich war. Was in seinen Augen eine gute Sache war. Teddys Abenteuer drehten sich weiter hauptsächlich um Jack, dem er neue Tricks beibrachte, und um die Tatsache, dass Teddy der festen Überzeugung war, dass Jack ihn lieber mochte als Pari. «Das ist doch kein Wettkampf», sagte Sam, obwohl Teddy offenbar nicht hinhörte.

Bis auf Mr. Hammersley erhielt Sam von allen Nachbarn eine Antwort. Sam vermutete, dass sie Mr. Hammersleys Antwort bereits erhalten hatten, als sie ihm die Einladung überbracht hatten. Bis auf Mr. Hammersley wollten also alle Nachbarn kommen.

Und dann hatte er einen Gedanken, für den Sam sich selbst ein bisschen hasste: *Ich sollte was Imposantes auftischen.*

Verflixte Ellen, die ihm diesen verflixten Floh ins Ohr gesetzt hatte.

Weil Sam nicht schlafen konnte, nahm er sein Telefon zur Hand und googelte *Barbecue-Rezepte, die was hermachen.*

Das erste Ergebnis schlug ihm vor, eine ganze Sau zu grillen.

«Nein», sagte Sam laut zu seinem Telefon und scrollte weiter. Und fing an zu grübeln. Rosenkohl oder Aubergine? Und was zum Teufel war Burrata?

❄

Der Himmel war grau, und Teddy langweilte sich. In England war alles langweilig. Er saß im Wohnzimmer und schaute zum Fenster hinaus, sah die Dame vom Ende der Straße vorbeijoggen. Wie hieß sie gleich wieder? Penny oder so. Egal. Sie entdeckte ihn und winkte fröhlich. Teddy seufzte und winkte zurück. Schließlich wollte er nicht unhöflich sein.

Dann machte er sich auf die Suche nach seinem Dad.

Der natürlich arbeitete, was sonst. Er saß in seinem Arbeitszimmer und hackte auf den Computer ein.

«Was gibt's?», fragte er abwesend, als Teddy ins Zimmer kam.

«Mir ist langweilig.»

Dad zog die Augenbraue hoch. «Langweilig? Du kannst den ganzen Tag spielen, hast sonst nichts zu tun. Dir darf nicht langweilig sein. Was ist mit deinen Videospielen?»

«Langweilig.»

«Ach so, toll, dass ich so viel Geld dafür ausgegeben habe.»

Dad kapierte nie, worum es ging. Teddy sah ihn finster an.

«Wieso gehst du nicht nach nebenan und machst dich mit dem Mädchen bekannt?»

«Ich mag die nicht.»

«Du kennst sie doch gar nicht.»

«Ich weiß, dass ich sie nicht mag.»

Dad seufzte, als wäre Teddy schwierig. Und dann sagte er: «Und was ist mit dem Hund? Du könntest mit dem Hund spielen.»

«Den hab ich heute noch nicht gesehen», sagte Teddy todtraurig, denn normalerweise schaute Jack immer irgendwann im Laufe des Tages vorbei. «Ich glaube, das Mädchen hat ihn gestohlen.»

«Das Mädchen hat ihn mit Sicherheit nicht gestohlen», sagte Dad, der aus irgendeinem unbegreiflichen Grund der Überzeugung war, dass das Mädchen Jack nicht stehlen würde, auch wenn sie genau das *mit Sicherheit* tun würde. «Er ist wahrscheinlich bei Mr. Hammersley.»

«Darf ich zu Mr. Hammersley rübergehen?», fragte Teddy – das könnte vielleicht wenigstens ein bisschen interessant werden.

Dad seufzte – schon wieder –, als wäre Teddy schwierig. «Ja, warum nicht», sagte er. «Aber geh ihm nicht zu sehr auf die Nerven.»

Teddy sprang auf und rannte aus dem Zimmer. «Tschüs, Dad!»

«Und sieh zu, dass du ihn überreden kannst, zu unserem Grillfest zu kommen», rief Dad ihm hinterher.

❄

Es klopfte an der Haustür.

Bill hob den Blick. Er hatte sich eben eine Tasse Tee einschenken wollen. Er runzelte die Stirn. Jack, der zusammengerollt auf dem Boden gelegen hatte, stand auf und rannte fröhlich bellend zur Tür.

Bill murrte halblaut vor sich hin. Wirklich, noch nie zuvor hatte ständig jemand an seine Tür geklopft. Er wollte nicht mehr länger mit diesen Leuten reden. Konnten die ihn nicht einfach endlich in Ruhe lassen?

Jack sprang an der Haustür hoch und kratzte mit der Pfote am Türknauf, als wünschte er, er könnte selbst aufmachen.

«Kein Grund, wegen anderen Leuten so aufgeregt zu sein», sagte Bill missbilligend zu ihm.

Jack besaß die Frechheit, sich wegen seines ungebührlichen Benehmens kein bisschen zu schämen.

«Hast du denn gar keine Würde?», murrte Bill und spähte durch die Tür.

Es war der kleine Amerikanerjunge von nebenan. Bill fragte sich, ob das die amerikanische Art war, ständig an fremder Leute Türen zu klopfen und sie in ihrem Frieden zu stören. Würde das ab jetzt etwa immer so weitergehen?

Mit einem tiefen Seufzer der Resignation öffnete Bill die Tür. «Ja?», fragte er grimmig.

«Hallo», sagte der Junge und lachte ein bisschen, als Jack auf ihn zusprang und anfing, ihn überall abzuschlecken.

Kein bisschen Würde, dachte Bill und schämte sich für Jack.

«Ich wollte wissen, ob Jack zum Spielen rauskommen darf», sagte der Junge und klopfte Jack begeistert die Flanken.

«Jack gehört mir nicht», sagte Bill schroff. «Er kann machen, was er will.»

«Und? Haben Sie noch mehr von den kleinen coolen Figuren gemacht?», wollte der Junge wissen.

«Schnitzen», sagte Bill. «Das nennt man schnitzen.»

«Die kleinen Drachen sind echt cool. Ich finde, Sie sollten noch ein paar Zauberer dazu machen.»

«Zauberer», wiederholte Bill tonlos. Wovon redete dieses Kind?

Der Junge nickte. «Ich glaube, Drachen brauchen Zauberer. Drachen könnten die Haustiere von den Zauberern sein.»

«Drachen sind keine Haustiere!», sagte Bill automatisch und fragte sich dann, weshalb er sich überhaupt auf diese Diskussion einließ. «Egal. Nimm Jack mit.» Bill drehte sich um und wollte zurück ins Haus.

«Ach ja», sagte der Junge, und Bill blieb stehen. «Mein Dad will wissen, ob Sie zu unserem Grillfest kommen.»

«Ich habe bereits nein gesagt», antwortete Bill.

«Ja, aber ...» Der Junge zuckte die Achseln.

«Ich stehe sicher nicht mit fremden Leuten in einem fremden Garten rum und esse Hot Dogs.»

Der Junge runzelte die Stirn, hob das Kinn, und schob die Schultern zurück. Dieselbe Standhaftigkeit, die Bill schon einmal an ihm aufgefallen war. Er sagte: «Ich finde das Grillfest auch doof, aber mein Dad freut sich echt darauf, und deshalb dürfen Sie nichts Gemeines darüber sagen. Okay? Er versucht nur nett zu sein.»

Und damit drehte der kleine Junge sich um, stapfte die Stufen hinunter und durchquerte den Vorgarten.

Jack blieb noch eine Sekunde vor der Haustür stehen, schaute von Bill zu dem Jungen und wieder zurück, dann bellte er und lief dem Jungen hinterher.

Verrückte Amerikaner. Solche Probleme gab es hier nicht, ehe die aufgetaucht sind, dachte Bill und knallte die Haustür zu.

❄

Sams Einkaufsliste lautete inzwischen folgendermaßen: *Hot Dogs, Hamburger, Brötchen, Zutaten für Rote-Beete-Salat (Knoblauch, Weißweinessig, Dijon-Senf, Schalotten, Salz, Pfeffer, hartgekochte Eier, Rote Beete, Olivenöl, Pinienkerne, Blattsalat), bergeweise Chips,* ALKOHOL.

Er dachte kurz nach und setzte *nichtalkoholische Getränke* darunter, weil er fand, es wäre wahrscheinlich gut, auch etwas Angemessenes für Leute im Alter seines achtjährigen Sohnes parat zu haben. Nur weil er glaubte, Alkohol in rauen Mengen zu brauchen, hieß das nicht, dass es allen anderen genauso ging.

Er entdeckte Teddy im Garten. Sein Sohn lag auf der Erde und kullerte sich herum. Jack saß daneben und sah ihm zu.

«Was machst du da?», rief Sam hinaus.

Sobald Jack ihn erblickte, kam er angesprungen und begrüßte ihn, wie es einer Gottheit gebührt hätte, die soeben auf Erden erschienen war.

«Ja, ja», sagte Sam zu ihm und versuchte, Jack zu streicheln, während der sich vor lauter Freude so ekstatisch wand, dass es fast unmöglich war, ihn anständig hinter den Ohren zu kraulen. «Hallo, Jack! Wie geht's?»

«Ich bringe ihm Rumrollen bei», sagte Teddy, der gerade auf dem Rücken angekommen war.

«Ich dachte, Jack kann längst rumrollen.»

«Ich glaube, er hat wieder vergessen, wie's geht», antwortete Teddy.

«Weißt du, wonach das für mich eher aussieht?», sagte Sam. «Eigentlich sieht es aus, als würdest du rumrollen und Jack sitzt daneben und findet es albern.»

«Jack findet mich gar nicht albern!», protestierte Teddy.

Sam kam zu ihm, stellte sich neben ihn und musterte ihn von sehr weit oben herab. «Nein. Du hast recht. Wahrscheinlich ist er tief beeindruckt, weil du so ein talentiertes Menschlein bist.»

Teddy grinste.

Einer plötzlichen Eingebung folgend, fragte Sam: «Weiß Jack eigentlich auch, was *kitzeln* ist?» Er ließ sich ins Gras plumpsen und startete eine Kitzelattacke.

Teddy lachte brüllend, Jack umkreiste sie bellend, und Sam fand, dass dies der mit Abstand allerschönste Augenblick war, seit sie in England waren. Vielleicht sogar der schönste Augenblick seit *Jahren.*

Dann lagen Sam und Teddy auf dem Rasen und schauten in den grauen Himmel hinauf. Jack ließ sich neben sie auf dem Gras nieder. Teddys Kopf streifte sanft Sams Schulter, und es war einfach nur schön. Irgendwie erdend. Sam fühlte sich schon lange nur noch wie in einem Hamsterrad, ständig am Rennen, um irgendwie alles hinzukriegen, was er hinkriegen musste, ständig erschöpft. Er wusste gar nicht mehr, wann er zum letzten Mal still so dagelegen, einfach nur geatmet und über die Erkenntnis gestaunt hatte, welches Wunder es war, ein Kind zu haben und dass dieses Kind Teddy war.

«Ich bin froh, dass du bei mir bist», sagte Sam.

«Wo soll ich denn sonst sein?», fragte Teddy verwundert.

«Irgendwo anders, wart's nur ab», antwortete Sam, gab Teddy einen Kuss auf den Kopf und rappelte sich hoch. Was auch nicht mehr so einfach war wie früher. «Wir müssen zum Einkaufen gehen.»

«Einkaufen? Wofür denn?», fragte Teddy.

«Für die Party», antwortete Sam. «Für unser superduper lustiges Grillfest, welches in ein paar wenigen Tagen hier in unserem Garten steigt.»

Teddy seufzte übertrieben, aber er stand auf und sagte zu Jack: «Besser gehst du wieder zu Mr. Hammersley rüber. Dad und ich müssen zum *Einkaufen.*»

Jack wedelte mit dem Schwanz und verschwand durch den Zaun, der nicht an den Garten des alten Mannes angrenzte.

«Jetzt geht er wahrscheinlich zu *der da*!», sagte Teddy finster.

«Was völlig in Ordnung wäre», sagte Sam. «Jack gehört allen. Schon vergessen?»

«Ja!», murrte Teddy, als sie ins Haus gingen. «Und? Was kaufen wir? Eis?»

Sam zog die Liste wieder aus der Tasche und kritzelte *Nachtisch???* unten hin.

❄

Sam war in England aufgewachsen, und man sollte meinen, er würde sich an das in britischen Supermärkten herrschende Ordnungssystem erinnern. Zum Beispiel daran, dass Eier in britischen Supermärkten nicht im Kühlregal zu finden waren.

Doch das fiel ihm erst wieder ein, als sie durch Zufall an den Eiern vorbeikamen.

Teddy fragte: «Warum stehen die Eier denn *hier*? Warum werden die nicht gekühlt? Das ist doch gefährlich!»

«Nein. Das ist absolut in Ordnung. Sonst würden die Eier schließlich nicht hier stehen. Seit wann machst du dir über die Lagertemperatur von Eiern Gedanken?», wunderte sich Sam.

«Ich wusste nicht, dass ich mir darüber Gedanken machen muss», sagte Teddy. «In England muss ich mir andauernd Gedanken über die seltsamsten Sachen machen.»

«Stimmt», sagte Sam. «Und? Was glaubst du? Wo haben

die hier die Rote Beete versteckt? Bei Obst und Gemüse, oder?»

Teddys Augenbrauen wären ihm von der Stirn gehüpft, falls das möglich gewesen wäre. «Rote Beete? Was willst du denn damit?»

«Einen Salat machen.»

«Salat? In einen Salat gehört Grünzeug und keine Rote Beete.»

«Ich will Eindruck schinden. Ein Salat aus Grünzeug macht nichts her. Ein Salat aus Roter Beete dagegen ...»

«Ist widerlich.»

«... wird köstlich sein. Und gesund.»

«Ja klar, so wie alles, was wir normalerweise essen», sagte Teddy.

«Wie unerträglich wirst du erst sein, wenn du ein Teenager bist?»

«Hat Tante Ellen was damit zu tun? Steckt sie hinter der Roten Beete? Und außerdem: Bei wem wollen wir eigentlich Eindruck schinden?»

«Bei unseren Gästen.»

Teddy zuckte die Achseln, als wollte er sagen, dass diese Gäste auf seiner Liste nicht besonders weit oben standen. Wahrscheinlich sollte Sam dankbar dafür sein, dass sein Sohn wenig Interesse daran hatte, bei anderen Leuten Eindruck zu schinden und sich wichtig zu machen. Er wollte, dass Teddy sich zu einer selbstbestimmten Persönlichkeit entwickelte, zu einem Menschen, der sich nicht den Kopf darüber zerbrach, was andere Leute von ihm dachten. Genau das wünschte er sich für seinen Sohn.

Und er wollte trotzdem einen guten Eindruck bei seinen neuen Nachbarn machen.

Also sagte Sam: «Siehst du das?» Er malte mit dem

Zeigefinger vor Teddys Skeptikermiene einen Kreis in die Luft. «Genau diese Sorte von negativem Denken wollen wir mit unserer Party versuchen loszuwerden.»

«Ich glaube einfach nicht, dass man Leute mit Roter Beete beeindrucken kann. Jedenfalls nicht solche Leute, mit denen du befreundet sein willst. *Coole* Leute. Ich mache mir nur Sorgen um dich, Dad», sagte Teddy ernst. «Du hast echt kein Talent im Freundefinden.»

«Schlaumeier», sagte Sam. «Du bist ein Schlaumeier-Kind. Ich mache trotzdem geraspelten Rote-Beete-Salat, und ich finde, das klingt verdammt *cool.*»

«Wenn du meinst», sagte Teddy, mit der üblichen Skepsis in der Stimme.

«Allerdings.» Sam wollte sich jetzt nicht verunsichern lassen. «Los, such du ein paar Packungen Schokokekse als Nachtisch, wir treffen uns dann in der Gemüseabteilung. Und hör auf zu schmollen. Man kann nicht schmollen, wenn man unterwegs zu Schokokeksen ist. Da muss man lächeln.»

Teddy schenkte ihm ein engelsgleiches Lächeln.

«Verzogener Fratz!», sagte Sam und gab Teddy im Vorbeigehen einen leichten Schubs.

Teddy grinste und machte sich auf die Suche nach der Süßwarenabteilung.

Sam überlegte, ob er außer Keksen noch was anderes zum Nachtisch anbieten sollte. Vielleicht ein bisschen Eis dazu? Einen Kuchen zu backen, wäre wahrscheinlich ein bisschen zu viel verlangt. Es war besser, sich nur einer Riesenherausforderung zu stellen, und die lautete: geraspelter Rote-Beete-Salat.

Fest entschlossen, die Rote Beete aufzuspüren, machte Sam sich auf den Weg in die Obst- und Gemüseabteilung.

Wo er sehr schnell erkannte, dass Rote Beete in ihrer ursprünglichen Form eher angsteinflößend wirkte und aussah, als sei es mit großem Aufwand verbunden, daraus etwas Essbares zu machen.

Sam starrte die Knollen an und fragte sich, ob er doch lieber kurzfristig auf das Auberginenrezept umschwenken sollte.

In dem Moment sprach eine Frau ihn an. «Entschuldigung», sagte sie, «so finster, wie Sie die Rote Beete anstarren, haben Sie beide sicher ein paar ernste Themen zu klären, und ich will auch gar nicht lang stören, ich müsste nur kurz an die Karotten ...»

Automatisch antwortete Sam: «Oh, oh, natürlich. Entschuldigung, mein Fehler», und machte einen Schritt zurück.

Aber nicht weit genug. Die Frau hatte immer noch keinen Platz, um die Karotten zu erreichen, und musste sich an ihm vorbeidrängeln. Das hatte zur Folge, dass Sam ihr Parfüm einatmete, leicht und frisch. Und dann drehte die Frau sich zu ihm um, die Karotten in der Hand, und lächelte ihn an. Sie hatte ein strahlendes Lächeln und strahlende Augen, und unter einer Ballonmütze lugten rote Haare heraus.

Für Sam, mitten zwischen Gemüse aller Art, sich an ein sinnloses Rezept klammernd und über den Wahnwitz Roter Beete nachsinnend, blieb die Welt stehen, und er erlebte einen Augenblick, wie er ihn in seinem ganzen Leben erst ein einziges Mal erlebt hatte: einen *«Oh, da bist du ja!»*-Augenblick, als sei es so gewollt, dass sie beide sich genau hier begegneten, in diesem Supermarkt, und eigentlich müsste er sagen, *Hallo, erinnerst du dich noch an mich?*, obwohl sie sich – rein theoretisch – völlig fremd waren.

Die Frau schwenkte grüßend die Karotten in Sams Richtung und sagte, «Danke», und Sam dachte, das war's, gleich würde sie mit ihren Karotten davonspazieren und er würde sich wieder der Roten Beete zuwenden, und die Welt würde sich weiterdrehen, und Sam würde weiterhetzen, verzweifelt in seinem Hamsterrad, nur um irgendwie Schritt zu halten.

Doch in diesem kurzen Moment, in diesem Supermarkt, während er eine rothaarige Frau mit einer Tüte Karotten in der Hand anstarrte, hatte Sam das Gefühl, dass es endlich wieder ruhig geworden war in ihm und er wieder Atem holen konnte.

Und er sagte: «Die Rote Beete und ich befinden uns in ernsten Verhandlungen.» Was ... in einem anderen Universum vielleicht ein guter Anmachspruch gewesen wäre, dachte Sam.

Trotzdem bewirkte der Satz, was Sam sich erhofft hatte: Die Frau verharrte, anstatt davonzulaufen und sich wieder in die normale Geschwindigkeit der Welt einzufügen. «Tatsächlich? Um was geht's?», fragte sie und lächelte ihn wieder an. Sie hatte bezaubernde Grübchen.

Sam wusste einen Augenblick lang nicht mehr, worum es ging.

Die Frau sagte: «Ich habe ja gehört, Rote Beete wäre ein zäher Verhandlungspartner. So jemandem will man bei der Aushandlung von Vertragsbedingungen nur ungern gegenübersitzen.» Sie machte ein absolut ernstes Gesicht.

Entweder diese Frau war verrückt oder entzückend. Oder beides.

Rote Beete, fiel es Sam wieder ein, während er sie immer noch hilflos anstarrte. «Genau», sagte er. «Die Aufgabe lautet, das da ...» Er zeigte auf die Rüben des Anstoßes. «... in etwas Essbares verwandeln.»

Die Frau blickte kurz in das Fach mit der Roten Beete und dann wieder zu Sam, was ihm entschieden lieber war. Sie lächelte immer noch, und auch das war Sam sehr lieb. «Speck ist der Schlüssel», sagte sie.

Sam beäugte misstrauisch die Rote Beete. «Und wahrscheinlich die Stängel entfernen, oder?»

Die Frau lachte. Sam fand es weder albern noch übertrieben, ihr Lachen mit Glockengeläut und Regenbögen zu vergleichen. Sie sagte: «Verstehe. Wir fangen quasi bei null an.»

«Ich bereite nicht sehr oft Rote Beete zu», gestand Sam und beugte sich ein winziges bisschen vor.

Die Frau zog eine Augenbraue hoch. «Nicht? Und warum dann ausgerechnet jetzt?»

«Ich versuche, Eindruck zu schinden.»

Das Lächeln der Frau wurde noch breiter, und ihre Mundwinkel fingen an zu zucken. «Kann man mit Rote Beete Eindruck schinden?»

«Nicht?», entgegnete Sam. «Wären Sie etwa nicht beeindruckt, wenn es jemandem gelänge, sich dieses Ding da gefügig zu machen?»

Die Frau spähte neugierig in Sams Einkaufswagen und sagte: «Mich beeindrucken Leute, die es sich zur Aufgabe gemacht haben, jede einzelne Sorte Chips zu bevorraten, die dieser Laden zu bieten hat.»

«Ja, die Rote Beete soll das ausgleichen», sagte Sam. «Wenn man Rote Beete dazu isst, kann man so viel Chips futtern, wie man will. Außerdem sollten Leute mit Schaumküssen im Einkaufswagen lieber nicht den ersten Stein werfen.»

Die Frau lächelte, und die Grübchen gruben sich noch etwas tiefer. «Oh, wird es jetzt etwa schon zweideutig zwischen uns?»

«Verzeihung», sagte Sam mit Unschuldsmiene. «War es zu früh, Sie auf das Thema Küsse anzusprechen?»

«Aber nein, das wäre völlig okay gewesen», antwortete die Frau. «Aber definitiv zu früh, meinen Süßigkeitenkonsum zu kritisieren.»

Sam lachte. Er stand mitten in der Gemüseabteilung eines Supermarkts, an einem Freitagabend, mit einem Wagen voller Hamburger, Hot Dogs und jeder Sorte Chips, die der Laden zu bieten hatte, sah diese Frau mit der Tüte Karotten in der Hand an und dachte: *Können wir das bitte irgendwann wiederholen?* – was selbst in seinen Ohren albern klang. *Sind Sie öfter hier?*, klang genauso dämlich. Er brauchte unbedingt was Nettes, Geschmeidiges. *Wie wär's? Sie kommen mit zu mir, und ich koche saftige Rote Beete für Sie,* war jedenfalls jenseits der Grenze zum Schleimigen.

In dem Moment sagte Teddy: «Hallo?»

Sam erschrak und wandte sich zu Teddy um, der mit Schokokeksen in der Hand vor ihm und der Frau stand und sie neugierig musterte. Dann sah er Sam an und hob die Augenbrauen zu seinem allwissenden Schlaubergerblick.

«Hallo», sagte Sam. «Hallo!»

Teddys Augenbrauen wanderten noch ein Stückchen weiter Richtung Haaransatz.

«Du hast die Schokokekse gefunden», sagte Sam.

«Ja.» Teddy legte die Kekse in den Wagen und schaute demonstrativ die Frau mit den Karotten an.

«Gute Wahl. Meine Lieblingssorte», sagte die mit Blick auf die Kekse.

«Besser als Rote Beete», antwortete Teddy.

Die Frau lächelte Teddy an, und das Schlimme daran war, dass dieses Lächeln für Sam das Allerschönste am ganzen Abend war. Ihn konnte jede Frau anlächeln, aber eine Frau, die Teddy anlächelte, wusste, was tatsächlich zählte. Sie sagte: «Die Rote Beete hat eine Chance verdient. Sie ist ein ziemlich zäher Verhandlungspartner.»

Teddy machte ein verwirrtes Gesicht.

Die Frau wandte den Blick wieder zu Sam. «Viel Glück bei den Verhandlungen. Ich hoffe, Sie können eine Einigung erzielen. Und – den Speck nicht vergessen!»

«Ja!», sagte Sam. «Genießen Sie Ihre Karotten und viel Spaß mit den Schaumküssen.» *O mein Gott*, dachte er. *Erdboden, tu dich auf, Supermarkt, verschluck mich!*

Sie lächelte. «Danke.» Und dann drehte sie sich um und ging, schob ihren Einkaufswagen durch die Obst- und Gemüseabteilung und verschwand im nächsten Gang.

Sam sah ihr nach.

«Wer war das?», wollte Teddy wissen.

«Ich habe keine Ahnung», antwortete Sam. «Eine Frau auf der Suche nach Karotten.»

«Du solltest sie fragen, ob sie mit dir Kaffee trinken will», sagte Teddy geradeheraus.

Sam, der eben dabei gewesen war, eine Rote Beete aus dem Stapel zu ziehen, zog prompt zu heftig, und gleich mehrere Knollen purzelten zu Boden. Sam ignorierte das Malheur. Er sah seinen Sohn an. «Warum sollte ich sie fragen, ob sie mit mir Kaffee trinken will?»

«Weil sie dir gefallen hat», sagte Teddy.

«Sie hat mir nicht gefallen», sagte Sam. «Ich habe sie eben erst kennengelernt.»

«Du hast sie so breit angelächelt, dass es peinlich war.»

O Gott, dachte Sam. «Du übertreibst.»

Teddy sah ihn zweifelnd an.

Sam ging in die Hocke und sammelte die Rote Beete ein.

«Was wollen wir denn mit so viel Roter Beete?», fragte Teddy. «Brauchen wir die etwa alle für den Salat?»

«Keine Ahnung», sagte Sam abwesend, stand wieder auf und ließ die Knollen in den Wagen plumpsen, wo sie vermutlich sämtliche Chips zermalmten. «Wäre das okay für dich? Ich meine ... wenn ich mit jemandem Kaffee trinken gehe?»

Ein Blick in Teddys Gesicht machte Sam bewusst, wie unpassend ein solches Gespräch für einen Supermarkt war.

«Dad», sagte Teddy, als läge die Antwort auf der Hand, so offensichtlich wie die Tatsache, dass Sam ein Volltrottel war. «Warum denn nicht? Ich will, dass du glücklich bist. Deswegen bin ich schließlich in England. Damit du wieder glücklich bist.»

Plötzlich streckte Sam die Arme aus und zog Teddy eng an sich.

«Du würgst mich!», krächzte Teddy.

«Scheißgemüse», nuschelte Sam, das Gesicht in Teddys Haare geborgen. «Gemüse macht mich immer so emotional.»

«*Was*?», fragte Teddy.

«Ich will, dass *wir beide* glücklich sind!» Sam ließ Teddy los und ging vor ihm in die Hocke. «Ich wollte ... einen Neuanfang für dich. Und ... mehr Familie. Mehr, als ich allein schaffen könnte, und ... ich weiß, dass du glaubst, hier geht es nur um mich, aber ich ...»

Teddy legte Sam die Hand auf die Schulter. «Schon okay, Dad. Ich weiß. Ich hab's kapiert.»

«Es tut mir leid, wenn du es hier schrecklich findest», sagte Sam. «Aber ich glaube wirklich, dass ...»

Sam wusste zwar nicht genau, wie er aussah, aber es musste wirklich mitleiderregend sein, weil Teddy sagte: «Ich finde es nicht schrecklich hier. Es ist okay.»

Sam schenkte Teddy eine, wie er hoffte, erwachsene und sehr reife Version von Teddys Skeptikerblick. «Ach. Wirklich?»

«Ja. Wenigstens haben wir hier einen Hund.»

Sam seufzte. «Wir haben keinen Hund.»

«Na gut. Wir haben sozusagen einen Hund.»

Die Sache war wirklich keinen Streit wert, dachte Sam, zumal Jack das Erste war, was Teddy erwähnte, wenn es darum ging, was gut an England war. «Okay. Schön. Wie du meinst. Wir haben sozusagen einen Hund.»

Teddy grinste triumphierend. «Super. Dann können wir auch Leckerli für ihn kaufen, oder?»

Sam stöhnte und stand auf. «Ja, gut. Du hast gewonnen.»

«Danke.»

Eine Sekunde lang gingen sie friedlich Seite an Seite. Sam dachte kurz an seine Einkaufsliste, aber die kam ihm im Augenblick wie das Unwichtigste auf der Welt vor. In diesem Supermarkt war zu viel Bedeutendes geschehen.

«Du wirst sie bestimmt wiedersehen», sagte Teddy schließlich.

«Glaubst du?»

«Ja. Wer geht denn nur ein einziges Mal in einen Supermarkt? Wenn du sie wiedersiehst, bist du ganz cool und lädst sie zum Kaffeetrinken ein.»

«Ich werde von meinem achtjährigen Sohn keine Dating-Ratschläge akzeptieren!»

«Solltest du aber. Tante Ellen sagt, du bist ein hoffnungsloser Fall.»

«Stimmt. Aber ich glaube, ich krabble langsam aus dem Sumpf der hoffnungslosen Fälle heraus. Du weißt schon. Mit Babyschritten», sagte Sam.

«Na ja. Warte, bis ich Tante Ellen von der Frau in der Gemüseabteilung erzählt habe», sagte Teddy.

«O Gott!»

5

- Wie man Rote Beete zubereitet
- Wie man Rote-Beete-Salat mit Speck zubereitet
- Wie man Rote-Beete-Flecken aus T-Shirts entfernt
- Wie man tränende Augen beim Schalottenschneiden vermeidet
- Ist eine Schalotte dasselbe wie eine Zwiebel?
- Was kann man zum Raspeln verwenden, falls man keine Raspel zur Hand hat?
- Flugtickets nach Fidschi kaufen

«Teddy?», sagte Sam, als sein Sohn in die Küche kam. «Wir ziehen auf die Fidschi-Inseln.»

«Wir sind gerade erst hergezogen, und als wir hier angekommen sind, hast du gesagt, dass Kistenpacken der Horror ist und dass Kistenauspacken das Einzige ist, was noch schlimmer ist als Kistenpacken, und dass ich dich daran erinnern soll, falls du jemals sagen solltest, wir ziehen noch mal um.»

«Ist mir egal», sagte Sam. «Wir ziehen auf die Fidschi-Inseln. Die sind schön. Da wird's dir gefallen.»

«Was gibt's denn auf den Fidschi-Inseln?»

«*Sonne*», rief Sam verzweifelt und sah zum Fenster hinaus, wo es recht energisch regnete. Kein sanfter, feiner Sprühregen, den Sam seinen Gästen vielleicht noch hätte zumuten können. Nein, draußen ging eine waschechte

Sintflut nieder, die drohte, jeden mitzureißen, der sich hinauswagte.

Teddy trat neben ihn ans Fenster. «Vielleicht sollten wir die Party absagen.»

«Nein», sagte Sam und schnitt seine Rote-Beete-Knollen entschieden in winzig kleine Streifen, weil das doch eigentlich dasselbe war wie Raspeln, oder nicht? «Wir sagen die Party ganz bestimmt nicht ab.»

«Aber es ist ein Grillfest», sagte Teddy. «Da ist man im Garten.»

«Und wir sind eben im Haus», antwortete Sam. «Wir veranstalten ein Indoor-Barbecue. Das ist der letzte Schrei. Ein echtes *Abenteuer*.»

Es folgte ein Moment der Stille.

«Wir hätten ein Ausweichdatum auf die Einladung schreiben sollen», sagte Teddy schließlich.

«Ja.» Sam schnipselte noch energischer die Rote Beete klein. «Hätten wir.»

«Was machst du da?» Argwöhnisch beäugte Teddy die dunkelroten Finger seines Vaters.

«Rote Beete raspeln. Ich rasple Rote Beete, obwohl wir keine Raspel haben. Ich habe beschlossen, dass es so auch geht. Wer hat schon jemals was von Rote-Beete-Raspeln gehört?»

«Ich finde, du solltest die Idee mit dem Rote-Beete-Salat aufgeben», sagte Teddy.

«Nicht wo ich schon so weit gekommen bin», antwortete Sam.

«Es stinkt.»

«Du bist mir gerade keine besonders große Stütze, mein Sohn», sagte Sam.

«Würde es dir helfen, wenn ich jetzt sagen würde, dass

man so was Leuten, die man nicht kennt, nicht vorsetzen sollte?» Teddy musterte mit gerümpfter Nase den tiefroten Haufen in der Schüssel. «Du wolltest bei den Leuten einen guten Eindruck machen, aber ich glaube nicht, dass das der richtige Weg ist.»

Sam betrachtete seinen Rote-Beete-Salat. «Stimmt. Irgendwie macht das keinen guten Eindruck, oder?»

«Irgendwie nicht.»

Sam seufzte. «Ach, Rote-Beete-Salat, wir durften dich kaum kennenlernen!»

«Du bist so schräg!», sagte Teddy.

❄

«Ich hab es dir gesagt!», sagte Anna zu Marcel. «Ich bin mir ganz sicher.»

«Was? Dass wir bei monsunartigen Regenfällen rausmüssen, um Smalltalk mit den Nachbarn zu machen?», fragte Marcel. «Das hast du mir definitiv nicht gesagt.»

Anna schnaubte ungeduldig. «Als ich dir von der Einladung erzählt habe, konnte ich ja nicht ahnen, dass es regnen würde.»

«Wer sind diese Leute noch mal?»

«Die sind in das Haus eingezogen, wo früher die Thurstons gewohnt haben.» Anna musterte kritisch ihr T-Shirt und beschloss, sich umzuziehen. In letzter Zeit sah sie in allem, was sie anhatte, dick aus. Sie musste unbedingt aufhören, so viel Schokolade zu essen.

«Mit den Thurstons mussten wir nie Smalltalk machen», sagte Marcel.

«Würdest du bitte mit dem Gemecker aufhören?», sagte Anna und schlüpfte in ein anderes Top. «Man sollte meinen, ich führe dich vor ein Erschießungskommando. Schön. Niemand zwingt dich mitzugehen, wenn du nicht willst.»

«Ich will nicht», sagte Marcel.

«Dann eben nicht», fuhr Anna ihn an.

Emilia fing an zu trommeln. Das tat sie immer, wenn ihre Eltern in einen Streit gerieten.

Anna seufzte und massierte sich die Stirn, wo mal wieder Kopfschmerzen lauerten. Da war das Schlagzeug wenig hilfreich, und der Streit mit Marcel war auch nicht hilfreich und der Regen auch nicht und die bescheuerte Party bei den neuen Nachbarn ganz bestimmt nicht.

«Du bist ja ganz versessen auf diese Party, Anna», sagte Marcel.

«Stimmt doch gar nicht. Ich bin nicht versessen», widersprach Anna. «Fang bloß nicht wieder damit an. Da ist rein gar nichts verdächtig.» Sie überlegte, welche Schuhe sie anziehen sollte. Welche Schuhe wären am besten geeignet, um damit in Matsch und Pfützen rumzustehen?

«Na ja, ich finde es schon ein bisschen verdächtig», sagte Marcel. «Als ich für ein paar Tage verreisen wollte, warst du nicht halb so versessen darauf wie jetzt auf diese Party.»

Anna schubste den Kater beiseite und griff nach dem Parfüm. «Eine Reise hätte Geld gekostet, und wir versuchen, Geld zu sparen.»

«Wofür?», wollte Marcel wissen.

Mit dem Flakon in der Hand drehte Anna sich zu ihm um und fragte verdattert: «Was?»

«Wofür sparen wir?»

«Was meinst du damit, wofür sparen wir?»

«Wie heißt es so schön?», fragte Marcel mit einem Blick aus dem Fenster. «Für schlechtes Wetter?»

«Es heißt ‹für schlechte Zeiten›. Außerdem gibt es jede Menge, wofür wir sparen müssen: für Emilias Zukunft, für unsere Zukunft. Wir wissen nicht, wie lange wir unsere Jobs haben, wie lange wir noch bezahlt werden, wir ...»

«Es gibt überhaupt keinen Grund für die Annahme, wir könnten unsere Jobs verlieren. Du malst völlig sinnlos den Teufel an die Wand.»

Anna stellte klirrend den Flakon zurück und sagte mit tiefer, grollender Stimme: «Kannst du dich nicht mehr daran erinnern, wie es war, als wir kein Geld mehr hatten und der Kühlschrank leer war? Jeden Cent mussten wir umdrehen, um genug Milch für Emilia zu haben!»

Marcel ging zu ihr und nahm ihre Hände, als ob sie das beruhigen könnte, als ob ihr das helfen würde, die schreckliche, endlose Panik während der schlaflosen Nächte zu vergessen, in denen sie wach gelegen und sich Sorgen gemacht hatte, wie sie dieses Kind, das sie in die Welt gesetzt hatten, ernähren sollten. «Ich erinnere mich», sagte Marcel. «Natürlich erinnere ich mich daran. Aber das ist lange her. Emilia ist praktisch erwachsen. Sie hat alles, was sie braucht, Milch und auch sonst alles, was ihr Herz begehrt. Wir können die Zeit nicht zurückdrehen und uns das Geld geben, das wir damals gebraucht hätten. Aber das ist auch gar nicht nötig – wir haben es geschafft, Anna.»

Nach einem kurzen Moment entzog sie ihm ihre Hände. Im Haus war es still geworden. Emilia hatte aufgehört zu trommeln, nur der Regen an den Fensterscheiben klang wie ein Echo ihrer Musik. Anna war geborgen, es war warm und behaglich. Aber die Erinnerung an Leere und Kälte und Hunger war tief in sie eingebrannt, und Anna konnte nicht begreifen, wie Marcel das einfach so vergessen konnte.

Mit monotoner Stimme sagte Anna: «Ich gehe rüber und lerne unsere neuen Nachbarn kennen.»

❄

Im Hause Basak füllte Diya riesige Mengen Pakoras in eine Schüssel, die größer war als ihr Kopf. Diya besaß viele Schüsseln, die größer waren als ihr Kopf. Diya verbrachte viel Zeit damit, andere Menschen mit riesigen Mengen Essen zu beliefern.

«Ob die überhaupt Pakoras mögen?», fragte Darsh. «Sind schließlich keine Inder.»

Diya starrte ihn an. «Jeder mag Pakoras!»

«Wenn du meinst. Bist du sicher, dass diese Party überhaupt stattfindet?» Er blickte hinaus in den strömenden Regen.

«Natürlich», sagte Diya. «Was soll ich denn sonst mit den ganzen Pakoras anfangen?»

«Ich bin zuversichtlich, dass du eine Verwendung finden würdest», antwortete Darsh.

Diya drückte ihrem Mann die Schüssel in die Arme, ging zur Treppe und rief nach oben: «Pari! Sai! Wir gehen los!»

Sai kam mit in die Augen hängenden Haaren die Treppe herunter.

«Ich wünschte, du würdest dir die Haare schneiden lassen», sagte Diya. «Darsh, du solltest mit ihm zum Friseur gehen.»

«Mit mir gehen?» Sai war empört. «Ich bin doch kein Kleinkind mehr.»

«Ein Tierarzt braucht einen vernünftigen Haarschnitt», sagte Darsh.

«Das stimmt. Ich glaube nicht, dass Anikas Cousine dich mit so einer Frisur überhaupt bei sich mitlaufen lässt.»

«*Mitlaufen*?», sagte Darsh.

«Ja, so nennt man das», erklärte Diya.

«Du hast schon mit ihr geredet?» Sai machte große Augen.

«Natürlich!», antwortete Diya. «Ich weiß doch, wie viel dir daran liegt. Ich wollte nicht, dass dir eine solche Gelegenheit entgeht.»

«Genau», erwiderte Sai verdrießlich.

Diya sah ihn nur stirnrunzelnd an, sagte aber nichts weiter dazu und rief zum zweiten Mal die Treppe hinauf.

Pari beugte sich über das Geländer. «Ich komme nicht mit.» Sie verschränkte die Arme.

Diya zog die Augenbrauen hoch. «Wie bitte?»

«Ich komme nicht mit. Der neue Junge und ich sind im Krieg wegen Jack, und ich kann nicht ...»

«Nichts da mit Krieg.» Darsh sah an seiner Frau vorbei die Treppe hinauf, um seine Tochter anschauen zu können. «Es gibt keinen Krieg. Du hast überhaupt keine Ahnung, was Krieg in Wirklichkeit ist.»

«Jetzt mach kein Theater», sagte Diya. «Dein Bruder veranstaltet auch keinen Terz, weil er mit auf die Party soll.»

«Ja, weil Emilia kommt», nuschelte Pari.

«Was?», quiekte Sai.

Diya sagte: «Emilia? Welche Emilia?»

«Das ist doch das polnische Mädchen aus unserer Straße», sagte Darsh. «Kommen die auch?»

«Ach, die heißt Emilia?», antwortete Diya. «Also, ich nehme schon an, dass die auch kommen – alle Nachbarn sind wohl eingeladen. Aber was hat das mit Sai zu tun?»

«Tja», sagte Sai und schob sich die Ponyfransen aus der Stirn.

«Soweit ich das sehe, ist sie in deinem Alter, Sai, und natürlich solltest du nett zu ihr sein. Es gibt nie einen Grund, unhöflich zu sein», sagte Darsh.

«Stimmt», sagte Diya «Also. Sei höflich. Und gib nicht ständig damit an, dass du Tierarzt wirst.»

«Mum», sagte Sai. «Ich bin noch nicht mal an der Uni.»

Diya wedelte diesen lächerlichen Einwand beiseite, denn das war schließlich nur noch eine Formalität, und wandte sich wieder ihrer Tochter zu: «Du kommst jetzt augenblicklich diese Treppe runter und gehst mit uns auf diese Party, und dann werden wir alle, zu allen unseren Nachbarn ausgesprochen höflich sein, und danach müssen wir nie wieder mit ihnen sprechen.»

Mit tödlich beleidigter Miene schleppte Pari sich Stufe für Stufe die Treppe herunter.

«Gut!», sagte Diya. «Gehen wir.» Und damit führte sie ihre Familie durch die Haustür hinaus in den strömenden Regen.

❄

Als Max die Treppe herunterkam und Arthur quasi in den Vorhang gewickelt sah, der das Fenster zur Straße schmückte, brach er in Gelächter aus. «Was tust du da?»

Arthur blieb in die Gardinen gehüllt stehen und nahm auch nicht den Blick vom Fenster. «Ich beobachte die Lage, um mitzukriegen, wer als Erster auf die Party geht.»

«Und weshalb trägst du dazu unsere Gardinen?»

Arthur funkelte ihn an. «Ganz offensichtlich, weil ich nicht gesehen werden möchte!»

«Liebling, ich bin mir relativ sicher, dass man dich trotzdem sieht. Man wird dich einfach für einen Verrückten halten, der sich gerne in Vorhänge hüllt.»

«Man kann mich nicht sehen», widersprach Arthur. «Ich bin getarnt.»

«Entschuldige. Mein Fehler», sagte Max, trat ans Fenster und sah hinaus.

Arthur packte ihn und zog ihn zu sich in den Vorhang. «Du kannst dich doch nicht *offen* ans Fenster stellen!»

«Das ist sehr romantisch hier drin», sagte Max. «Ich sehe uns schon in inniger Umarmung, wild knutschend ...»

«Vergiss es!», sagte Arthur böse.

«Was bist du grausam! Verschwinde, du garstiger Kerl, und bring mir meinen geliebten Ehemann zurück.»

«Ach, sei still!», sagte Arthur und beugte sich über ihn, vielleicht um zum Fenster hinauszuspähen, vielleicht aber auch, weil das ein bisschen wie Kuscheln war.

Max beschloss, nicht zu erwähnen, dass sie gerade kurz davor waren, wild zu kuscheln, weil er sich keinesfalls um die Möglichkeit bringen wollte, vielleicht doch noch ein bisschen zu knutschen. «Und? Ist schon jemand rübergegangen?»

«Noch nicht», vermeldete Arthur.

Max versuchte trotz der beengten Verhältnisse einen Blick auf die Uhr zu werfen, ohne sich zu verheddern. «Na ja, ist noch früh. Niemand will auf einer Party der Erste sein.»

«Exakt», sagte Arthur. «Genau aus dem Grund stehe ich hier.»

Max verstummte und beobachtete Arthur, wie der die Straße beobachtete. «Und was, wenn jetzt alle an ihren Fenstern stehen und luren, wer als Erster rübergeht, und niemand geht, bevor nicht ein anderer rübergegangen ist, und deshalb überhaupt niemand gehen wird?»

«Sei nicht albern», sagte Arthur. «Das wird nicht geschehen.» Er unterbrach sich. «O nein, warte, wahrscheinlich wird genau das geschehen!»

«Meine Worte», sagte Max.

Arthur dachte kurz nach. «Aber ... wenn wir jetzt als Erste rübergehen, worüber sollen wir denn dann reden? Worüber sollen wir überhaupt reden?»

«Am besten über das Wetter», sagte Max.

«Okay. ‹Meine Güte, ist das ein scheußliches Wetter heute.› – ‹Ja, schlimm, nicht wahr?› – ‹Aber es heißt, in ein paar Tagen kommt die Sonne wieder raus.› – ‹Ach, wirklich? Das ist schön.› Und dann?»

Max kicherte in die weiche Stelle hinter Arthurs Ohr. «Also, Liebling, du besitzt – wirklich ein meisterhaftes Konversationstalent. Wie ist es dir eigentlich gelungen, mich an den Haken zu kriegen?»

«Ich kann mich nicht erinnern, dass meine zum Einsatz gebrachten Talente irgendwas mit Konversation zu tun hatten», erwiderte Arthur.

Max lachte wieder. «Stimmt.»

«Oh!» Arthur beugte sich zum Fenster.

«Vorsicht! Sonst sehen sie dich!»

«Die Basaks», sagte Arthur. «Die Basaks gehen als Erste rüber.»

«Darauf hätte ich wetten können», bemerkte Max.

«Er trägt was auf dem Arm. Ich glaube, die bringen was zu essen mit. Sollten wir auch was mitbringen?»

Max überlegte. «Ich glaube, wir haben noch irgendwo eine Schachtel Jaffa Cakes rumliegen.»

«Stimmt. Die müssen reichen», sagte Arthur entschlossen, als würde er in eine Schlacht ziehen. «Los. Gehen wir.»

❄

Erst als es zum ersten Mal klingelte, wurde Sam klar, dass es wirklich passierte.

Er sah Teddy an. «Wir feiern eine Party!»

Teddy schenkte ihm seinen *«Du bist echt bescheuert»*-Blick.

Sam hatte keine Lust zu erklären, dass er sich nicht sicher war, ob er überhaupt schon einmal allein eine Party geschmissen hatte. Natürlich hatten er und Sara oft Gäste gehabt, aber das war immer hauptsächlich Saras Ding gewesen. So wie es Saras Ding gewesen war, Freundschaften zu schließen. Mochte sein, dass Teddy sich in England hilflos fühlte, einem Land, das er kaum kannte, und mochte es auch sein, dass Sam zumindest technisch betrachtet nach Hause zurückgekehrt war, aber jetzt fühlte Sam sich hilflos. Hilflos, weil er die Rolle von zwei Elternteilen gleichzeitig ausfüllen und alles allein meistern musste, weil niemand mehr da war, der ihm bei den Schwachstellen Rückendeckung gab.

Sam sah sich in der Küche um, wo absolutes Chaos herrschte, und traf eine Entscheidung: «Wir feiern einfach nur im Wohnzimmer und im Esszimmer.»

Auf dem Weg zur Haustür warf er einen kurzen Blick sowohl ins Wohn- als auch ins Esszimmer, die beide nur ansatzweise betriebsbereit und beide erst zur Hälfte dekoriert waren, weil Sophie und Evie leider nicht fertig geworden waren. Hätten sie noch Partydeko besorgen sollen?

Sam öffnete die Tür, und vor ihm stand die indische Familie von nebenan: Die Frau, die er bereits kannte, und das Mädchen, das ungefähr in Teddys Alter war, außerdem ein Mann, der ihr Ehemann sein musste, und dann noch ein Junge im Teenageralter.

«Hallo», sagte Sam und setzte sein allerschönstes Lächeln auf. «Willkommen!»

«Hallo», antwortete die Frau, und Sam zermarterte sich verzweifelt das Hirn mit der Frage, ob sie sich eigentlich schon einmal namentlich vorgestellt hatten. «Das ist mein Mann, Darsh.»

«Hi», begrüßte Sam den Mann, der die größte Schüssel trug, die Sam jemals gesehen hatte. «Kann ... ich Ihnen das abnehmen?»

«Bitte!» Darsh lächelte.

Sam nahm die Schüssel entgegen. Das Ding war schwerer als erwartet und beinhaltete zahllose unförmige Dinger.

«Das sind Pakoras», sagte die Frau. «Ich dachte, Sie freuen sich vielleicht, wenn wir etwas mitbringen.»

«Mehr als Sie ahnen», sagte Sam. «Kommen Sie rein, nur herein.» Er sah den Teenager an und sagte: «Hi, ich bin Sam.»

«Sai», antwortete der Junge und schob sich die Haare aus den Augen.

«Also dann.» Sam trug die Schüssel in die Küche. «Möchten Sie was trinken?»

Die versammelte Mannschaft folgte ihm, was definitiv nicht Sams Plan gewesen war, weil es in der Küche nach Roter Beete roch und aussah, als wäre eine mit Roter Beete bestückte Bombe explodiert.

Ich hätte Kerzen anzünden sollen, dachte Sam. Und dann: *Besitze ich überhaupt Kerzen?*

Die Familie sah sich in der Küche um. Sam hätte sich

am liebsten unter einem Stein verkrochen, nur kannte er in dieser Gegend keine Steine, die groß genug zum Sich-darunter-Verkriechen gewesen wären.

Die Frau sagte: «Sie richten sich noch ein, ja?»

«Langsam wird's», antwortete Sam. «Aber es sind so viele Kisten.» Er warf Teddy und dem kleinen indischen Mädchen – wie hieß sie gleich wieder? Sam war sich auch nicht sicher, ob er ihren Namen schon mal gehört hatte – einen Blick zu. Die beiden standen sich quasi frontal gegenüber und starrten einander finster an. «Magst du Videospiele?», fragte Sam in der Hoffnung auf eine positive Antwort.

«Videospiele sind doof», verkündete das Mädchen.

«Okay», sagte Sam.

«Pari!», stieß die Mutter aus, womit wenigstens die Sache mit dem Namen schon mal geklärt war.

«Sai mag Videospiele», sagte Darsh.

«Oh, gut!» Sam sah den Jungen an, und der nickte. «Teddy hat ein paar höchst erbauliche Spiele auf Lager.»

«Erbaulich?», fragte die Frau. Sam musste dringend ihren Namen herausfinden.

«Na ja, die Spiele haben so hübsche Namen wie *Mass Extinction Event*», erklärte Sam.

«Ich liebe *Mass Extinction Event»*, sprang Sai ihm bei.

Sam hatte zwar gehofft, auf diese Weise für Teddy neue Freunde zu finden, aber er hatte nicht mit einem Teenager gerechnet. Jedenfalls verschwanden Sai und Teddy nach oben, um Videospiele zu spielen, und Pari wurde von ihrer Mutter hinterhergeschickt. Sam wog gerade ab, ob er noch einmal das Thema Getränke ansprechen sollte, als es erneut an der Haustür klingelte.

Es war das schwule Pärchen. Die beiden hatten sich für

den kurzen Sprint über die Straße die ungünstigste Minute ausgesucht – sie sahen aus wie begossene Pudel.

«Hi», sagte Max freundlich. «Herrliches Wetter, oder? Das ist Arthur. Und wir haben Jaffa Cakes mitgebracht.»

«Oh», sagte Sam und gab Arthur die Hand und nahm die Kekse entgegen. «Danke sehr. Wollen Sie nicht reinkommen? Das mit dem Regen tut mir leid.»

«Da kann man nichts machen», sagte Max überschwänglich. «Oh, die Deko gefällt mir! Wird das eine Zebrawand?»

«Ach», machte Sam unbestimmt. «Meine Nichten sind ...»

«Inneneinrichterinnen?», schlug Max vor.

«Nein. Eigentlich nicht. Ich weiß auch nicht, wie es dazu kommen konnte, dass ich die beiden mit der Raumausstattung beauftragt habe.»

Max lachte.

«Max ist Künstler», erklärte Arthur.

«Ach!» Sam fiel die rote Farbe wieder ein, mit der Max von oben bis unten bekleckert gewesen war, als sie ihm die Einladung gebracht hatten. «Verstehe!»

«Was natürlich nicht dasselbe ist wie Inneneinrichter», sagte Arthur, «aber trotzdem sehr praktisch, weil er sich bei uns um alles kümmert, was mit der Inneneinrichtung zu tun hat.»

«Ja. Weil ich im Gegensatz zu dir *eine Meinung* habe, was Inneneinrichtung betrifft», sagte Max. «Arthurs Reaktion zu allem, was mit diesem Thema zu tun hat, lautet generell ‹wenn du meinst›».

«Mir ist egal, welche Farbe die Wände haben», gab Arthur zu.

Sam lächelte. «Kommt doch mit in die Küche. Die ... äh», Sam merkte, dass er den Nachnamen der indischen

Familie nicht kannte, und die «Inder» wollte er nicht sagen, weil er nicht unhöflich klingen wollte.

Glücklicherweise war Max vor ihm in der Küche und sagte: «Diya! Darsh! Schön, Sie zu sehen.»

Womit endlich auch die Sache mit dem Namen der Frau geklärt war. Sam war erleichtert. Er stellte die Kekspackung neben die Pakoraschüssel auf die Anrichte und sagte: «Kann ich euch etwas zu trinken anbieten?» Er öffnete den Kühlschrank und präsentierte die Auswahl.

Zu seinem Glück fand jeder etwas, das er trinken wollte, und Sam holte Gläser und schenkte ein. Dann standen sie alle da und sahen einander an, und Sam dachte: *Das ist die schrecklichste Party der Welt.*

Also sagte er: «Meine Güte, ist das ein scheußliches Wetter heute.»

Und Arthur antwortete: «Ja, aber es heißt, in ein paar Tagen kommt die Sonne wieder raus.»

«Wirklich? Das ist gut», sagte Sam.

Und damit war das Thema Wetter erschöpft.

Na, das lief ja wirklich bestens.

❄

Nervös sagte Anna, die versuchte, so zu tun, als wäre sie nicht nervös, als sie nach nebenan zur Party gingen: «Ich wünschte, du würdest dich besser anziehen.»

«Mum!», erwiderte Emilia. «Ich kleide mich völlig okay.»

«Ich sag ja nur. Du weißt, dass ich es gut mit dir meine. Teenager können so grausam sein.»

«Mum!», sagte Emilia, und ihr sonst so blasses Gesicht war inzwischen tiefrot angelaufen. «Hör bitte auf!»

«Na schön.» Anna klingelte an der Haustür. «Ich meine

ja nur. Die Welt dadraußen ist hart, und mit ein paar Kilo zu viel auf den Hüften tust du dir keinen Gefallen.»

«Uaah!», machte Emilia und verdrehte die Augen.

Die Tür ging auf, und vor ihnen stand der Mann, den Anna schon ein paar Mal gesehen hatte. Zottelige, sandblonde Haare, hellblaue, strahlende Augen und ein warmes Lächeln. Er trug Jeans und T-Shirt, und Anna fühlte sich in ihrem Sommerkleid, für das sie sich in letzter Minute entschieden hatte, ein bisschen overdressed. Sie beschloss, es diesem Kerl übelzunehmen, dass er sich als *Gastgeber* dieser Party nicht ein bisschen mehr Mühe gegeben hatte.

Gnädig streckte sie die Hand aus und sagte: «Hallo. Ich bin Anna Pachuta.»

«Sam Bishop.» Sam schüttelte ihre Hand.

«Und das ist meine Tochter Emilia», sagte Anna.

«Ich weiß. Wir haben uns kennengelernt, als ich die Einladung vorbeigebracht habe. Hallo, Emilia.»

«Hi», sagte Emilia.

«Kommen Sie ins Trockene.» Sam trat beiseite und ließ sie ins Haus. «Wir unterhalten uns gerade über das scheußliche Wetter, und Arthur meinte, in ein paar Tagen soll wieder die Sonne scheinen.»

«Oh», sagte Anna, weil sie nicht wusste, was sie sonst sagen sollte. «Schön.»

Sam sah Emilia an. «Die anderen sind oben. Sai, seine kleine Schwester und mein Sohn. Wenn du willst, kannst du ja auch raufgehen. Ich werde dich allerdings nicht zwingen. Sie spielen Videospiele, falls dir das bei deiner Entscheidung hilft.»

«Ich geh rauf», sagte Emilia und flitzte die Treppe hinauf.

Anna konnte es ihr nicht verübeln. Sie hatte auch keine Lust, sich mit all den Nachbarn auseinanderzusetzen.

Die Basaks und das schwule Pärchen von nebenan standen mit diversen Getränken in Händen in der Küche versammelt. Sie begrüßten Anna, als sie zur Tür hereinkam; Anna grüßte zurück, ließ sich von Sam ebenfalls etwas zu trinken geben und versuchte, sich nicht anmerken zu lassen, wie peinlich es ihr war, dass die anderen Gäste eindeutig *Paare* waren und sie ohne ihren Mann hier war.

Und dabei verlangte Anna vom Leben eigentlich nichts anderes, als dass nicht ständig alles so *peinlich* war. Es war schrecklich, wie schwer sich das bewerkstelligen ließ. Schrecklich und anstrengend.

Dann sagte Diya Basak zu allem Überfluss auch noch zu ihr: «Wie geht es Marcel, Anna?», als wollte sie ihr unter die Nase reiben, dass sie ohne ihren Mann gekommen war.

«Danke, gut», sagte Anna. «Das Wetter macht ihm ein bisschen zu schaffen, darum ist er nicht mitgekommen.» Sie hatte das Gefühl, sich für seine Abwesenheit entschuldigen zu müssen.

«Das ist aber auch ein scheußliches Wetter heute», sagte einer der beiden schwulen Männer. Anna war sich ziemlich sicher, dass er Arthur hieß.

«Ja», stimmte sie zu, als hätte sie nicht eben schon mit Sam eine vollständige Unterhaltung zu dem Thema bestritten. «Scheußlich.»

«Und wie geht es Ihrer Tochter?», fragte Diya.

Also wirklich, lieber unterhielt Anna sich weiter über das Wetter, als ständig diese bohrenden Fragen zu beantworten. «Gut», sagte Anna.

«Spielt sie nicht Schlagzeug?» Diya ließ nicht locker. Sie war offensichtlich fest entschlossen, sämtliche Peinlichkeiten aus Annas Leben auf einmal aufs Tapet zu bringen.

«Ach so, dann ist sie das, ja?», fragte Sam, der an der Anrichte mit irgendwas zu essen herumschnippelte.

Anna war nervös, und natürlich war ihr der Umstand, dass ihre Tochter überall zu hören war, na ja, den Umständen entsprechend peinlich. «O nein, ist das bis hier drüben zu hören? Ach, natürlich hört man es! Ist es sehr störend?»

«Nein, es stört mich überhaupt nicht», sagte der neue Nachbar. «Sie ist ziemlich gut. Außerdem spielt sie ja nicht nachts. Meine Telefonkonferenzen bekommen dadurch ab und zu eine interessante Note, aber zum Glück ist ein Schlagzeugsolo in der Nachbarschaft generell interessanter als alles, was auf meinen Telefonkonferenzen passiert.» Sam schenkte Anna ein herzliches Lächeln.

Anna seufzte. «Sie will unbedingt Schlagzeug spielen. Ausgerechnet. Egal was wir sagen, sie will einfach nicht auf uns hören. Wenn es Sie stört, werde ich ihr sagen, dass sie nicht mehr spielen kann, und basta.»

Sam schüttelte den Kopf. «Sie stört mich wirklich nicht. Machen Sie sich keine Sorgen.»

«Und wie geht es Ihren Kindern?», fragte der zweite Mann an Diya gewandt. Anna war sich ziemlich sicher, dass er Max hieß. Es sei denn, sie verwechselte die beiden. Jedenfalls hatte sie jetzt natürlich das Gefühl, dass eigentlich sie hätte diejenige sein müssen, die sich nach den Basak-Kindern erkundigte. Bestimmt fragten sich alle, weshalb sie es nicht getan hatte.

Diya strahlte. «Ach, ganz wunderbar.»

«Sai hat beschlossen, Tierarzt zu werden», fügte Darsh hinzu.

«Weiß Ihre Tochter schon, was sie werden möchte?», fragte Diya.

Anna hatte bei dem Angebot von Alkohol gezögert und

wünschte jetzt, sie hätte sich anders entschlossen. «Sie hält sich alle Möglichkeiten offen.»

«Schlagzeugerin», sagte Sam. «Ganz eindeutig.»

«Hervorragende Aussichten, was männliche Groupies betrifft», fügte Max hinzu.

Anna sah unsicher von einem zum anderen. Sie hatte keine Ahnung, wie sie darauf reagieren sollte.

Zum Glück läutete es in diesem Augenblick an der Haustür.

Sam verschwand im Flur, und sie blieben betreten schweigend in der Küche zurück, lauschten, wie ihr Gastgeber Pen, die Frau vom Ende der Straße, begrüßte, die offensichtlich vegane Brownies mitgebracht hatte.

Anna war mit leeren Händen gekommen. Sie fragte sich, ob die anderen alle etwas mitgebracht hatten. Auf der Anrichte stand jedenfalls eine riesige Schüssel mit Zeug, das eindeutig indisch aussah, also von Diya stammen musste. Diya machte immer irgendwas. Es war ja auch viel leichter, etwas zu machen, wenn man den ganzen Tag zu Hause war und sich nicht abrackern musste, um irgendwie das Geld zusammenzuhalten.

«Hallo, alle miteinander!» Pen kam praktisch in die Küche gesprungen.

Pen hatte ein bisschen zu viel Energie, dachte Anna, so wie die ständig durch die Straßen rannte.

Und dann machte Pen die Runde, umarmte und küsste alle, als ob das nötig wäre, als ob sie allerbeste Freunde wären, als ob sie sich nicht erst ein oder höchstens zwei Mal im Leben unterhalten hätten.

Dann setzte sie sich und sagte: «Ist das nicht gemütlich? Sam, Sie haben es wirklich nett!»

«Danke», sagte Sam. «Freut mich, dass Sie das sagen.»

«Ich habe mich so auf diese Party gefreut. Ich finde es furchtbar, wie wir alle nebeneinanderher leben und nie dazu kommen, mal wirklich miteinander zu *reden*! Also, wie geht es euch allen?»

Alle starrten Pen an.

Schließlich sagte Sam: «Mir geht es gut», und provozierte damit einen wahren Chor der Zustimmung.

«Scheußliches Wetter», fügte Arthur hinzu.

«Aber in ein paar Tagen soll die Sonne wieder rauskommen.» Max heftete sich thematisch an die Fersen seines Partners.

«Ich glaube, ich fange dann mal an zu grillen», verkündete Sam.

«Im Regen?», fragte Pen.

«Logo», sagte Sam, der Glückliche, und verzog sich nach draußen in den Sturm.

❄

Teddy war bei *Mass Extinction Event* richtig gut.

Sai war nicht schlecht.

«Du bist nicht schlecht», sagte Teddy.

Sai lüpfte die Augenbrauen und sagte: «Ich bin in diesem Spiel ein Genie.»

Pari saß in der Ecke und schmollte.

Emilia kam ins Zimmer und sagte: «Hi, Teddy. Hi, Pari. Hallo, Sai, ich bin Emilia. Schön, dich kennenzulernen.» Sie lächelte und streckte ihm die Hand hin.

Sai grinste und sagte: «Freut mich auch, dich kennenzulernen. Ich glaube, ich hab dich schon mal auf der Straße gesehen. In welchem Haus wohnst du genau?»

«Im schönsten», sagte Emilia.

«Klar», sagte Sai.

«Du solltest aber etwas wissen: Ich hab einen Freund.»

«Ich wette, das ist ein ganz Toller.»

Emilia zog eine Schulter hoch und meinte: «Ist ganz okay. Allerdings hat er eine schlimme Frisur.»

Sai lachte. «Passt schon. Ich hab auch eine Freundin, aber die ist ziemlich frech.»

Emilia gab ihm einen Klaps auf den Hinterkopf, in der ihr ganz eigenen, neckischen Weise, die eher wie ein zärtliches Streicheln war. Nicht, dass Pari dafür etwas übrig hatte.

Ohne die Augen vom Bildschirm zu nehmen, sagte der neue Junge, Teddy: «Ich weiß ja nicht, was zwischen euch läuft, jedenfalls habe ich gerade fünfzehn von deinen gekillt.»

«Oh, Mist!», sagte Sai und erinnerte sich wieder daran, dass er eigentlich mit Videospielen beschäftigt war.

❄

Wenn Sam eines wirklich konnte, dann Grillen. Deshalb hatte er sich ja auch für ein Grillfest entschieden. Er hatte die Idee so lange super gefunden, bis er beim Hamburger-Wenden bis auf die Unterwäsche nass wurde. Wenigstens verschaffte ihm das eine Verschnaufpause vom Gesprächsthemenfinden. Er hätte sich zur Vorbereitung auf diese Party eine Liste mit Themen machen sollen. Das hätte er tun sollen, anstatt sich an dem misslungenen Rote-Beete-Salat abzurackern. Das wäre sinnvoller gewesen.

Sam holte tief Luft und ging mit einem Riesenteller voller Hamburger, Cheeseburger und Hot Dogs zurück in die Küche, und für eine Weile fielen alle fröhlich über das Essen her und rundeten das Ganze mit Chips ab. Die Kinder kamen nach unten, und obwohl Pari und Teddy offenbar immer noch nicht miteinander sprachen, gingen sie einander wenigstens nicht an die Gurgel. Sam fand, das war auch schon mal was.

Alle quetschten sich mit ihren Tellern irgendwo hin, und wieder dachte Sam, dass es viel besser gewesen wäre, wenn sie im Garten hätten feiern können. Da war wenigstens Platz.

«Also», sagte Max, und Sam war ungeheuer dankbar für sein offensichtliches Talent, verschiedenste Gesprächsthemen aus dem Hut zu zaubern. Er hatte die Party bereits mehrmals vor unangenehmen Gesprächspausen bewahrt, indem er plötzlich eine neue Fernsehsendung ansprach oder einen der Läden auf der Hauptstraße oder den neusten Bollywoodfilm, den er gerade gesehen hatte. Sam war ihm wirklich unglaublich dankbar. Wäre Sam schwul, er würde versuchen, Max seinem Mann auszuspannen. Einen Mann wie Max um sich zu haben, war Gold wert. «Wie ist es, Tür an Tür mit dem alten Griesgram zu leben?»

Dieses spezielle Thema hätte Sam zwar eher nicht gewählt, aber es war immer noch besser, als stumm rumzusitzen und einander beim Essen zuzusehen. Er fragte: «Meinen Sie Mr. Hammersley?»

Das führte dazu, dass alle den Kopf hoben, um ihn anzustarren, als hätte er etwas Falsches gesagt.

Sam blinzelte. «Äh, heißt er nicht so?» Er hätte schwören können, dass Teddy ihn so genannt hatte.

«Woher wissen Sie, wie er heißt?», wollte Pen wissen.

«Was?» Sam war verunsichert. «Keine Ahnung. Das hat Teddy rausgefunden.»

Jetzt drehten sich alle zu Teddy um, der angesichts der

plötzlichen Aufmerksamkeit ziemlich erschrocken wirkte, und Sam bereute es sofort, ihn derart ins Rampenlicht gezerrt zu haben.

«Der spricht mit *niemandem*», sagte Pen. «Als ich damals eingezogen bin, wollte ich ihm ein paar vegane Brownies vorbeibringen. Er hat mir praktisch die Türe vor der Nase zugeknallt.»

«Wie bitte? Sie haben einem älteren Herren vegane Brownies vorbeigebracht?», fragte Arthur.

«Die schmecken wie ganz normale Brownies», verteidigte sich Pen und wandte sich an Teddy. «Also. Verrätst du uns dein Geheimnis, Teddy? Wie hast du seinen Namen rausgefunden?»

«Das hat er gemacht, weil er versucht, uns Jack wegzunehmen. Uns allen.» Pari hatte offensichtlich plötzlich beschlossen, auch mal etwas zu sagen.

Bei diesen Worten zog Sam die Stirn kraus.

Zum Glück mischte Paris Mutter sich ein: «Pari, das ist nicht ...»

«Tue ich nicht!», sagte Teddy. «*Du* versuchst, Jack zu stehlen.»

«Okay.» Sam versuchte zu schlichten. «Niemand versucht, Jack zu stehlen ...»

«Wem denn eigentlich stehlen?», fragte Pen neugierig.

«Ja, genau!», sagte Pari schnell. «Jack gehört uns allen.»

«Ja, genau», wiederholte Teddy, und die beiden starrten sich zornig an.

«Uns gehört Jack ganz bestimmt nicht», sagte Anna prompt. «Wir haben Katzen, und Jack terrorisiert die Katzen.»

«Und uns auch nicht», meldete sich Diya ebenfalls zu Wort. «Ich mag keine Hunde.»

«*Mum!*», maulte Pari. «Was ist mit Sais Plan, Tierarzt zu werden?»

«Er wird Tierarzt für Exoten», sagte Diya. «Er wird im Zoo arbeiten. Dafür braucht er keinen Hund im Haus.»

«Es ist gefährlich, den Hund frei draußen rumlaufen zu lassen», sagte Anna zu Sam. «Sie sollten ihn wirklich an die Leine legen oder im Haus lassen oder so.»

«Aber Jack ist nicht *mein* Hund», stellte Sam klar.

«Dad!», protestierte Teddy.

«Das hier ist sein Haus», erläuterte Anna. «Also ist er auch Ihr Hund.»

«Okay. Moment mal.» Langsam, aber sicher war Sam ein winziges bisschen genervt. Er verstand nicht, weshalb er plötzlich für die Familie verantwortlich sein sollte, die vor ihm hier gelebt und ihren Hund im Stich gelassen hatte. «Ich verstehe sowieso nicht, wie das mit Jack passiert ist. Was sind das für Leute, die einfach ihr Haustier im Stich lassen, wenn sie umziehen?»

Die Runde zuckte unisono mit den Achseln.

«Wir kannten die Thurstons kaum», erklärte Max.

«‹Straßenfeste› waren bei uns bis vor kurzem nicht üblich», sagte Anna – ziemlich spitz, dachte Sam.

«Also», sagte Sam. Er hatte keine Lust, sich mit seinen Nachbarn zu streiten. «Ich glaube, der Hund gehört Mr. Hammersley. Falls er denn überhaupt jemandem gehört», fügte er eilig hinzu, als er Teddys verletzte Miene sah.

Natürlich tauchte Jack just in diesem Augenblick an der Hintertür auf, stemmte die Vorderpfoten gegen das Glas und verlangte schwanzwedelnd Einlass.

Es folgte ein Augenblick betretenen Schweigens, das Jack fröhlich bellend durchbrach, weil er keine Ahnung hatte, welches Drama er heraufbeschworen hatte.

«Wir sollten ihn reinlassen», sagte Teddy. «Er wird ganz nass.»

Sam war einverstanden, warf Diya allerdings einen kurzen Blick zu, schließlich hatte sie gesagt, dass sie keine Hunde mochte.

Diya, die seinen Blick bemerkt hatte, sagte steif: «Das ist schon in Ordnung. Ich will nur nicht, dass er mich angreift.»

«Jack greift keine Leute an, Mum», sagte Pari.

Sam ging zur Tür und ließ Jack ins Haus.

Jack begrüßte ihn, indem er sich ausgiebig das nasse Fell an Sams Hosenbein trocken rieb. *Wunderbar, danke, Jack!* dachte Sam. «Hallo, Jack», sagte er. «Und? Hast du Mr. Hammersley mitgebracht?»

«Mr. Hammersley ist definitiv kein Party-Mensch», sagte Anna.

«Stimmt. Über die Einladung hat er sich jedenfalls nicht allzu sehr gefreut», gestand Sam und sah zu, wie Jack seine Runde drehte und die Leute in der Küche wie alte Freunde begrüßte.

«Mir tut er leid», sagte Pen. «Er ist sicher einsam. Ich habe noch nie gesehen, dass jemand ihn besuchen kommt. Außer Jack.»

«Tja. Aber Sie haben ihn eingeladen», sagte Darsh. «Man kann ein Pferd zur Tränke führen, aber man kann ihm nicht beibringen zu schwimmen. Nein – wie ging das Sprichwort gleich noch mal?»

Sam beobachtete den stummen, aber wütenden Kampf zwischen Teddy und Pari, wem Jack den Kopf in den Schoß legen durfte. Er beschloss, ein Handtuch zu holen, um ihn abzurubbeln.

In der peinlichen Flaute zwischen Hot Dogs, Hamburgern und der Frage, ob er jetzt die Schokokekse, Jaffa Cakes und Brownies anbieten und vielleicht Kaffee oder Tee machen sollte, scheuchte Sam Teddy und Pari mit Jack und dem Handtuch ins Wohnzimmer und hoffte, dass es kein Blutvergießen gab.

Man konnte sie laut und deutlich darüber streiten hören, wer besser darin war, Jack eine Rolle beizubringen, und das bewies wenigstens, dass sie am Leben waren, also ließ Sam sie in Ruhe.

Emilia sagte: «Du willst also Tierarzt werden, Sai?»

Sai raufte sich die Haare und sagte: «M-hm ...»

«Er wird bei einer Tierärztin aus unserem Bekanntenkreis *mitlaufen*», erklärte Diya stolz.

Emilia sah ihn an. «Ach. Tatsächlich?»

«M-hm ...», machte Sai wieder.

Dieses Gespräch kam Sam reichlich seltsam vor, und er fragte fröhlich, während er die Teller wegräumte: «Möchte vielleicht jemand Tee? Oder Kaffee?»

Sein Vorschlag bekam reichlich Zustimmung, und dann klingelte es mal wieder an der Haustür.

«Vielleicht ist das Mr. Hammersley?», mutmaßte Max.

Neugierig ging Sam zur Tür und machte auf.

Doch davor stand nicht etwa Mr. Hammersley, sondern ein blonder Mann, ungefähr in Sams Alter.

Sam sagte unsicher: «Hallo?»

Der Mann lächelte. «Hallo, ich bin Marcel Pachuta. Annas Mann.»

«Oh!», stieß Sam überrascht aus, weil er verstanden zu haben glaubte, dass Annas Mann nicht kommen würde.

«Hallo! Ich bin Sam Bishop.» Er schüttelte Marcel die Hand und hatte dabei das unbestimmte Gefühl, taxiert zu werden.

«Ist meine Frau noch hier?», fragte Marcel.

«Ja, wir sind drinnen.» Sam bat ihn ins Haus. «Ich wollte gerade Tee und Kaffee kochen.» Er ging in die Küche voraus.

«Marcel!», sagte Anna sichtlich überrascht.

«Hallo.» Marcel lächelte, winkte in die Runde und setzte sich neben seine Frau.

Ein allgemeines Hallo erklang.

«Geht es Ihnen besser?», fragte Diya.

«Besser?», wiederholte Marcel.

«Anna sagte, das Wetter hätte Ihnen zu schaffen gemacht.»

«Wirklich?», sagt Marcel. «Ach so. Ja, danke. Mir geht's besser.»

Weil Sam auch diese Unterhaltung reichlich seltsam vorkam, sagte er: «Hat jemand Lust auf Schokokekse? Oder Jaffa Cakes? Oder vegane Brownies?»

«Also, Sam», sagte Marcel. «Sie sind gerade eingezogen?»

«Ja», antwortete Sam. «Ich dachte, ich lade alle zur Begrüßung ein.»

«Sie allein?», wollte Marcel wissen.

«Mein Sohn und ich. Teddy. Er ist nebenan.»

Wie um seine Existenz zu beweisen, erklang aus dem Wohnzimmer Teddys Stimme: «Nein, Pari! Nein, Rumrollen geht ganz anders!»

Mit Unschuldsmiene fragte Marcel: «Keine Frau?»

Sam erstarrte. Er sah den anderen Mann an und spürte, wie sich ihm die Nackenhaare aufstellten. Er empfand es als reichlich unverschämt, fremder Leute Haus zu betreten und sie nach ihren persönlichen Lebensumständen auszuhorchen. Mit einem Seitenblick auf Arthur und Max sagte er: «Woher wollen Sie wissen, dass ich keinen Mann habe?»

Alle starrten ihn an.

«Nein. Ich habe keinen Mann», sagte Sam. «Meine Frau ist gestorben.»

Was für die nächste peinliche Gesprächspause sorgte.

Deshalb sagte Sam: «Also, Pen, was hat Sie dazu gebracht, Veganerin zu werden?»

Alle waren nur allzu gern bereit, das Thema zu wechseln.

«Ach, ich habe für einen Artikel recherchiert. Und als ich erst mal in dem Thema drin war, bin ich dabei geblieben. Das passiert beim Schreiben. Ich habe mal einen Text über Hummeln geschrieben, und hinterher musste ich meinen Garten umgestalten und hummelfreundliche Blumen anpflanzen. Die Lage der Hummeln ist wirklich dramatisch, ja, besorgniserregend. Wussten Sie, dass es zwei Millionen Blüten braucht, um ein Pfund Honig zu produzieren? Es ist von großer ökologischer Bedeutung, den Hummeln zu helfen.»

Pens Leidenschaft beeindruckte offensichtlich alle.

«Da geraten Sie über Ihre Arbeit sicher ungefragt an Unmengen willkürlicher Fakten», sagte Max.

«Sie haben keine Vorstellung», erwiderte Pen. «Mein letzter Artikel handelte von der Evolution des Penis. Ihr Typen seid echt schräg.»

❄

Die Basaks brachen als Erste auf. Diya musste irgendwohin, jedenfalls klang es sehr kompliziert. Sie bedankten sich bei

Sam für die Party und weigerten sich, auch nur einen Teil ihrer Pakoras wieder mit nach Hause zu nehmen. Pari dagegen schon, was Sam mit einer gewissen Erleichterung registrierte. Teddy saß mit Jack und triumphierendem Blick im Wohnzimmer auf dem Fußboden, und Sam tat das kleine Mädchen, das den Hund offensichtlich genauso liebte wie sein Sohn, ein bisschen leid.

Unmittelbar nach den Basaks gingen auch die Pachutas, und Sam versuchte zu ignorieren, dass sie erleichtert wirkten, hier rauszukommen.

Max und Pen waren in ein Gespräch über die Evolution des Penis vertieft. Ständig rief er: «Wirklich? Faszinierend!», und: «Liebling, hast du das gewusst?» Arthur war allerdings gar nicht in der Nähe, sondern stand in Sams Küche und räumte die Spülmaschine ein, antwortete aber jedes Mal etwas wie: «Aha, sehr interessant.»

«Wollen Sie nicht auch rübergehen und erfahren, wie sich Ihr Penis entwickelt hat?» Sam gesellte sich zu ihm.

«Definitiv nicht», sagte Arthur. «Solange er funktioniert, will ich es gar nicht so genau wissen. Kann ich hier noch irgendwas helfen?»

Sam schüttelte lächelnd den Kopf. «Keine Sorge. Danke, dass ihr gekommen seid.»

«Danke für die Einladung. Das war wirklich sehr nett.»

«Es kommt mir so vor, als wäre diese Party für die Straße ein außergewöhnlich hohes Maß an nachbarschaftlichem Kontakt gewesen.»

«Wir bleiben eher unter uns», gab Arthur zu. «Ich meine, wir sind natürlich freundlich, nett, und sehr, sehr höflich zueinander. Aber na ja ... Wissen Sie übrigens, dass mein Mann ebenfalls zu Jacks Fanclub gehört? Er füttert ihn. Ich glaube ja, Jack frisst sich schamlos durch die ganze Straße.»

«Hunde sind begnadete Trickbetrüger», sagte Sam.

Arthur lächelte. Er sah zum Fenster hinaus und rief: «Max, da ist gerade tatsächlich eine Regenpause. Wir sollten die Beine in die Hand nehmen.»

«Wenn du meinst.» Max erhob sich. «Das war wirklich faszinierend», sagte er zu Pen. «Und bitte, Sie dürfen jederzeit bei mir klingeln und mich vom Malen abhalten.»

Wie nett, dachte Sam. Vielleicht hatte seine Party ja doch etwas Gutes bewirkt.

«Das ist gefährlich», sagte Pen. «Ich bin nämlich immer auf der Suche nach einem Grund, der mich vom Schreiben abhält.»

«Sie können sich unseren Aufschieberitismaßnahmen gern anschließen, Sam», sagte Max und gab ihm zum Abschied die Hand.

«Ich schicke Ihnen vielleicht mal einen achtjährigen Jungen vorbei», sagte Sam. «Der ist ebenfalls sehr effektiv, wenn es darum geht, andere Leute von der Arbeit abzuhalten.»

«Ich mache mich auch auf die Socken», sagte Pen. «Danke für dieses nette Fest.» Sie zog Sam in eine herzliche Umarmung. «Wir sollten öfter miteinander reden. Schließlich haben wir alle ein gemeinsames Interesse an Jack, dem Straßenhund.»

«Genau», sagte Sam und winkte ihnen nach. Dann schloss er die Haustür und wandte sich an Teddy und Jack: «Und? Was sagst du? War's gut?»

Jack bellte und wedelte mit dem Schwanz. Sam interpretierte das als *Ja! War gut!*

«Hätte besser sein können», sagte Teddy. «Hätte aber auch schlimmer sein können.»

«Dagegen kann ich schlecht was sagen», antwortete

Sam. «Aber Jacks Meinung ist mir trotzdem lieber. Jack findet, es war gut.»

«Jack findet, es waren nicht genug Eichhörnchen zum Jagen da. Glaubst du, du hast Freunde gefunden?»

Sam dachte an die letzten Minuten mit Max und Arthur und Pen und sagte: «Vielleicht. Kann sein. Und du?»

Teddy warf ihm einen Blick zu.

«Sai war doch nett, oder?»

«Er ist sechzehn, Dad.»

Da war was dran. Sam fragte: «Und was ist mit Pari?»

«Pari hat mir die ganze Zeit erzählt, dass sie im Krieg mit mir ist.»

Sam seufzte. «Es ist, glaube ich, ganz schön schwer für sie. Ihre Mutter kann Jack nicht ausstehen, und ehe wir kamen, war Jack wirklich hauptsächlich ihr Hund.»

«Sie versucht, ihn zu klauen. Er soll doch allen gehören.»

Das Pari-Problem würde sich womöglich als unlösbar herausstellen, dachte Sam. «Na ja. Zum Glück fängt bald die Schule an. Da findest du sicher Freunde.»

Teddy sah ihn zweifelnd an.

Sam überließ ihn seinem Zweifeln. Und weil er fest entschlossen war, sich den Mut nicht nehmen zu lassen, folgte Sam seiner großzügigen Stimmung und beschloss, Mr. Hammersley etwas zu essen rüberzubringen und ihm zu sagen, dass man ihn vermisst habe.

Er richtete einen Teller an und rief: «Na komm, Jack.»

Jack, der neben Teddy auf dem Teppich gelegen und geschnarcht hatte, wurde bei der Erwähnung seines Namens augenblicklich wach, räkelte sich übertrieben und fing an zu schnuppern.

«Wo gehst du hin?», fragte Teddy.

«Ich bringe Mr. Hammersley etwas zu essen und Jack.»

«Dad!», jammerte Teddy.

«Wir hatten ihn den ganzen Tag», schmetterte Sam den Protest ab. «Außerdem ist er nicht unser Hund. Er ist der Straßenhund. Bestimmt vermisst er Mr. Hammersley, und Mr. Hammersley vermisst ihn.»

«Na gut», murrte Teddy.

«Na komm», forderte Sam Jack auf, und Jack trottete ihm folgsam hinterher, zur Haustür hinaus und nach nebenan zu Mr. Hammersley. Inzwischen hatte es aufgehört zu regnen. Es war zwar nicht direkt schön draußen, aber es schien auch nicht mehr völlig abwegig, dass irgendwann die Sonne wieder scheinen würde.

Sam läutete an der Nachbarstür und wartete darauf, dass Mr. Hammersley ihm öffnete.

Was dieser mit einem gebellten «Was denn?» auch tat.

Sam hatte natürlich kein herzliches Willkommen erwartet, aber na ja, er hatte auch nicht damit gerechnet, angeschrien zu werden.

Sam zwang sich, eine Miene nichtssagender Freundlichkeit aufzusetzen, und sagte höflich: «Hallo. Wir haben Sie auf unserer Party vermisst.»

«Ich wollte nie auf Ihre Party gehen», antwortete Mr. Hammersley streitlustig.

Das machte es Sam ein bisschen schwer mit seiner nichtssagenden Freundlichkeit, doch er biss die Zähne zusammen, holte tief Luft und presste sich ein weiteres Lächeln ab. «Jedenfalls, ich bringe Jack zurück ...»

«Sie müssen mir Jack nicht dauernd zurückbringen», sagte Mr. Hammersley. «Jack ist nicht mein Hund.»

Jack war inzwischen an ihnen vorbeigetrottet und in Mr. Hammersleys Haus verschwunden.

«Nein, ich weiß. Er ist der Straßenhund, und er gehört allen», sagte Sam.

«Ich will nicht, dass Jack mein Problem wird», murrte Mr. Hammersley.

«Er ist kein Problem», sagte Sam geduldig, «sondern ein Hund. Jedenfalls habe ich Ihnen was zu essen mitgebracht –»

«Ich will ihr mistiges Essen nicht!», blaffte Mr. Hammersley.

Und das war der Tropfen, der Sams Fass endgültig zum Überlaufen brachte. Selbst wenn das Essen mistig war, er versuchte nur, nett zu sein; er hatte den ganzen Tag versucht, nett zu sein, und er war fix und alle von dieser Anstrengung; und jetzt ließ Mr. Hammersley ihn auch noch dermaßen abblitzen.

«Wissen Sie was?» Sam holte tief Luft. «Ich versuche nur, nett zu sein. Ich habe versucht, nett zu sein, seit wir hier angekommen sind. Ich versuche nett zu sein und Hoffnung zu verbreiten und mir keine Sorgen darüber zu machen, dass es womöglich der größte Fehler meines Lebens war, meinen kleinen Sohn quer über einen ganzen Ozean zu verschleppen. Und Sie? Sie sind einfach nur unverschämt und machen es mir sehr schwer zu glauben, dass dies für uns ein guter Ort zum Leben sein könnte.»

Mr. Hammersley starrte ihn erschrocken an.

Mit einem gewissen Gefühl der Befriedigung machte Sam auf dem Absatz kehrt und stampfte davon.

❄

Als Diya endlich von ihren Verpflichtungen nach Hause zurückkehrte, lag Pari weinend auf ihrem Bett.

«Wo warst du denn?», zischte Darsh, als sie zur Tür reinkam.

Diya war verwirrt. «Ich habe dir doch gesagt, dass ich zu Shanaya muss, und danach war ich noch bei Saanvis Nichte, die bei der Einrichtung des Kinderzimmers dringend Hilfe gebraucht hat, und dann musste ich auch noch bei Anika vorbeischauen wegen Sai und der Tierarztpraxis, und ...»

«Pari ist am Boden zerstört wegen dieser Hundegeschichte.»

Diya seufzte. «Immer noch? Du weißt doch, dass wir keinen Hund haben können. Ich hasse Hunde. Außerdem gehört dieser Straßenköter entweder den neuen Leuten oder dem alten Mann. Bei denen ist er jedenfalls die meiste Zeit.»

«Ja, ich gebe dir in alldem recht», sagte Darsh. «Trotzdem liegt unser Kind da oben und weint sich die Augen aus dem Kopf.»

«Und was hast du ihr gesagt?»

«Dass du mit ihr redest, wenn du nach Hause kommst», sagte Darsh hoffnungsvoll.

Seufzend ging Diya nach oben, um sich um Pari zu kümmern.

Die bei ihrem Anblick hickste und sagte: «Das ist total gemein! Dieser blöde Junge nimmt mir Jack weg, und ich werde ihn nie wiedersehen!» Schluchzend barg Pari das Gesicht an Diyas Brust.

«Ganz bestimmt nicht. Er erlaubt dir sicher, Jack zu sehen.» Diya streichelte ihrer Tochter übers Haar und fühlte sich furchtbar, weil sie Hunde nun mal nicht ausstehen konnte. «Wir können keinen Hund haben, Pari, aber wie wär's, wenn du Sai mal in die Tierarztpraxis begleitest? Würde dir das gefallen?»

Pari hörte auf zu weinen. Mit verquollenem, tränennassem Gesicht sah sie zu ihr auf. «Darf ich wirklich?»

«Möchtest du denn?»

Pari nickte. «Dann frage ich Anika, ob sie ihre Cousine darum bitten kann.»

❄

Mum und Dad stritten sich mal wieder – wegen der Party, wegen dem neuen Nachbarn, dem Ausflug ans Meer, wegen zu wenig Geld, wegen zu viel Arbeit.

Emilia setzte die Kopfhörer auf, setzte sich an ihr Schlagzeug und fing an zu spielen.

Sie spielte, bis sie ihre Eltern nicht mehr streiten hörte. Sie spielte, bis sich ihre Gedanken auf etwas anderes konzentrierten.

Zu Emilias Leidwesen konzentrierten sie sich aber nicht aufs Schlagzeugspielen, sondern auf Sai, der ein Schnupperpraktikum beim Tierarzt machen wollte. Was natürlich toll für ihn war, falls es das war, was Sai wollte, doch genau das machte Emilia Sorgen: dass Sai plötzlich merkte, dass es draußen auch noch ein Leben gab, und jede Menge Mädchen, die hübscher waren als Emilia, die klüger waren als Emilia.

Dass Sai wegging und dann nur noch Emilia übrig blieb, mit ihrem Schlagzeug und ihren Eltern, die sich ständig stritten.

Emilia drosch mit den Schlagstöcken auf die Becken ein und ließ die Vibration durch ihren ganzen Körper wummern. Sie schloss die Augen und stellte sich vor, sie könnte auf den Wellen bis hinauf in den Himmel reiten.

Sie machten sich schweigend bettfertig, was bei ihnen nicht ungewöhnlich war. Sie kannten einander, und um diese Uhrzeit gab es oft nicht mehr viel zu sagen.

Max warf Arthur, der sich gerade die Zähne putzte, einen Blick zu. Schließlich brach er das Schweigen. «Was ist das für ein scheußliches Wetter heute», sagte er.

Arthur spuckte den Schaum ins Waschbecken. «Aber es heißt, in ein paar Tagen kommt die Sonne wieder raus.»

Max lachte. «Seltsame Party, oder? Zumindest habe ich eine Menge über die Evolution des Penis gelernt.»

«Ich will nichts davon hören. Schlimm genug, dass so was Gesprächsthema auf einer Party war.»

«Besser, als zum hundertsten Mal das dämliche Wetter zu diskutieren», sagte Max.

«Seinetwegen bin ich froh, dass wir da waren, trotzdem war es zwischendurch eine ziemliche Qual.»

«Und ich bin froh, dass ich von allen Menschen, die in dieser Straße leben, mit dir zusammenwohne.»

«Was für ein Kompliment!», sagte Arthur.

Pen ging ins Bett, nahm den Laptop auf den Schoß und rief ihren Blog auf.

Na also! Die allererste Straßenparty ist geschafft! Es hat geschüttet wie aus Eimern, war ja klar, und wir mussten uns alle ins Haus quetschen. Es gibt jede Menge Neuigkeiten über die Nachbarschaft zu berichten. Die Inder und die Polen liefern sich in Sachen Kindererziehung einen saftigen Konkurrenzkampf. Das polnische Ehepaar hat eindeutig Stress. Was da genau los ist, weiß ich noch nicht genau. Das kleine indische Mädchen und der neue Nachbarsjunge streiten sich um Jack, den Straßenhund. Dass der indische Junge und das polnische Mädchen ein Paar sind, ist anscheinend streng geheim. Sie tun so, als würden sie sich nicht kennen. Es war richtig komisch, ich habe mich köstlich amüsiert. Der blonde schwule Ehemann ist Künstler. Ich habe fest vor, ihn mindestens einmal täglich zu nerven – wir wollen gemeinsam unsere Aufschieberitis pflegen. Der alte Griesgram kam nicht zur Party, Jack dafür schon. Er war charmant wie immer, nur die indische Mama mag ihn nicht. Armer Jack. Ich habe beobachtet, wie der neue Nachbarsjunge ihm heimlich Chips zugesteckt hat. Ich muss ihm dringend erklären, dass Jack von mir streng gesund ernährt wird.

❄

Bill lag wach und starrte an die Zimmerdecke. Er war noch nicht müde, aber im Fernsehen lief nichts Vernünftiges, und er hatte auch sonst nichts zu tun.

Das hieß, er hatte nichts zu tun, außer darüber nachzudenken, wie still das Haus war. Wie still das Zimmer war. Er vermisste die Zeiten, als neben ihm ein anderer Mensch im Bett gelegen hatte, neben ihm jemand geatmet hatte. Er vermisste die Zeiten, als die Feste in der Straße von Menschen besucht wurden, die er kannte, und von Menschen, die ihn kannten, und nicht von solchen, die in ihm einen alten bedauernswerten Mann sahen, dem man hinterher die Reste vorbeibrachte.

Jack schlief eigentlich nicht auf dem Bett, aber Bill wehrte sich nicht, als er plötzlich ins Zimmer getrippelt kam, die Krallen hörbar auf dem Holzboden, und neben ihm auf die Matratze sprang. Dort rollte er sich zusammen, warm und weich und lebendig.

Bill legte Jack die Hand auf den Rücken und sagte. «Hallo, Jack.»

Jack sagte nichts, aber er lag neben ihm und atmete, und das war genug.

❄

Sam brauchte gefühlt mehrere Stunden, um sein Haus nach der wilden Party wieder in Ordnung zu bringen. In dem Moment, als er endlich erschöpft aufs Sofa gesunken war, rief Ellen an.

«Hallo», sagte er.

«Hallo! Erzähl mir sofort alles über deine Party. Wie war's?»

«Es hat geschüttet wie aus Eimern.»

«Sag mir bitte nicht, du hast die Leute raus in den Regen gescheucht!»

«Natürlich nicht», sagte Sam. «Wir saßen alle betreten in der Küche rum. Es gab ausgedehnte Gesprächspausen.»

«Oje. Verstehe. Du hättest eine Band buchen sollen. Tanzen hätte das Problem gelöst.»

«Wo hätte ich denn hier noch eine Band untergebracht? Ich hatte ja kaum Platz für meine Gäste.»

«Ein D-Promi wäre auch nicht schlecht gewesen.»

«Ich habe ja nicht mal den alten Griesgram dazu gebracht zu kommen.» Sam merkte selbst, wie deprimiert er sich anhörte, und fluchte innerlich.

Sein Tonfall war auch Ellen offensichtlich nicht entgangen. «Ach, Sam. Sei nicht so hart zu dir. So schlimm war es bestimmt nicht.»

«War es auch nicht», sagte er. «Ich bin nur müde. Und ich ... ach, ich hatte einfach was anderes erwartet. Ich meine, alle sind gekommen, aber es war verkrampft, und keiner wusste so richtig, was er tun sollte. Außerdem bin ich an geraspeltem Rote-Beete-Salat gescheitert. Ich habe definitiv keinen Eindruck geschunden.»

«Ich bin mir sicher, dass du einen guten Eindruck gemacht hast», sagte Ellen besänftigend. «Wie ist es mit Teddy gelaufen?»

«Na ja, er hat mit dem sechzehnjährigen Nachbarsjungen Videospiele gespielt. Ich nehme an, das ist auch schon mal was. Dafür behauptet das kleine Nachbarsmädchen, sie wären im Krieg. Sehr charmant.»

«Im Krieg?»

«Krieg um Jack. Dieser dämliche Hund. Der macht jede Menge Ärger.»

«Und er macht Teddy glücklich», erinnerte Ellen ihn.

«Stimmt. Das auch.»

«Und was ist mit dir? Hast du Freunde gefunden? Irgendwelche alleinstehenden Frauen in Sicht?»

Sam musste an die Frau mit den Karotten denken. Er sagte. «Das war ein Grillfest, kein Speed-Dating-Event.»

«Man wird ja wohl noch fragen dürfen. Du klingst echt müde. Geh ins Bett. Wir kommen morgen rüber, dann können wir beide was trinken, und die Mädchen kleben endlich die Zapfen an die Decke.»

«Ich sagte: keine Zapfen an der Decke», sagte Sam.

«Echt?», fragte Ellen. «Oh. Das musst du ihnen dann morgen persönlich sagen. Gute Nacht, Süßer.»

Ellen legte auf.

«Frech!», murmelte Sam. Offensichtlich bekam er morgen Zapfen an die Decke geklebt.

Er streckte sich auf dem Sofa aus, schloss die Augen und hörte Emilia durchs geöffnete Fenster beim Schlagzeugspielen zu.

6

Lieber Mr. Bishop, wir laden Sie und Theodore zu einem Besuch in unserer Grundschule Turtledove ein. Theodores Klassenlehrerin Miss Quinn und ich werden da sein und beantworten gerne Ihre Fragen. Wir freuen uns darauf, Ihnen und Theodore bei der Eingewöhnung in sein neues Umfeld behilflich zu sein, und heißen Theodore in Turtledove herzlich willkommen. Gurr Gurr.

David Sullivan, Schulleiter

«Was ist das?» Ellen pflückte den Brief von Sams Kühlschrank.

«Wieso schnüffelst du ständig an meinem Kühlschrank herum?», wollte Sam wissen.

«Wenn du was dagegen hättest, würdest du die Sachen nicht offen rumhängen lassen. *Gurr Gurr*?»

«Tja. Ich vermute, das ist das Geräusch, das Turteltauben von sich geben. Kapiert?»

«Ich glaube, die sollten über ihre Schulsignatur noch mal nachdenken», sagte Ellen.

«Ich glaube, das sollte ich bei unserem ersten Termin lieber nicht erwähnen, weil ich möchte, dass Teddys Lehrer mich mögen – glaube ich.»

«So warst du schon immer, weißt du?» Ellen richtete den Brief auf Sam wie eine Waffe.

«Wie?»

«Du wolltest schon immer, dass die Leute dich mögen.»

Sam legte den Kopf schief. «Du sagst das, als wäre es was Schlimmes.»

«Nein. Nicht zwingend. Nur, wenn du dich selbst verleugnest, um anderen Leuten zu gefallen. Das wäre schlimm.»

Sam seufzte und räumte die Spülmaschine fertig aus. «Ellen. Das ist lediglich eine alberne Signatur. Das hat nichts mit Selbstverleugnung zu tun.»

«Dann ist ja gut», sagte Ellen. In diesem Moment tauchte Jack schwanzwedelnd an der Hintertür auf. «Oh, schau mal! Dein Hund ist da.»

Sam seufzte noch mal, ließ Jack ins Haus und rief nach Teddy. «Teddy! Jack holt sein Abendessen ab! Hallo, Jack!»

«Kommt der Hund etwa jeden Abend zum Fressen?», fragte Ellen.

«Ich bin mir ziemlich sicher, dass Jack jeden Abend in jedem Haus der Straße zum Fressen aufkreuzt. Ich habe Teddy gesagt, wenn er sich für Jack verantwortlich fühlen will, muss er ihn auch jeden Abend füttern.»

«Und wie läuft das?»

«Wenn ich lange genug nach ihm rufe, kommt er. Teddy!»

«Ich komme, ich komme!» Teddy kam die Treppe heruntergepoltert. «Hallo, Jack!»

Jack sprang wie üblich zur Begrüßung überschwänglich an Teddy hoch, und Teddy füllte Hundefutter in Jacks Hundefutternapf.

Ellen warf Sam einen Blick zu. «Er hat einen Hundenapf. Und Hundefutter.»

«Hat er», sagte Sam.

Jack trottete zu dem Regal, wo Sam ein quietschendes Gummieichhörnchen für ihn aufbewahrte, auf das Teddy bestanden hatte, nahm das Eichhörnchen ins Maul, trottete zurück zu seinem Napf und legte es daneben.

«Er hat sein eigenes Spielzeug. In seinem eigenen Regal», fügte Ellen hinzu.

«Hat er», sagte Sam.

Ellen wandte sich an Teddy. «Na, Teddy? Ich habe gehört, du lernst bald deine neue Lehrerin kennen? Gurr Gurr.»

Mit finsterem Gesicht räumte Teddy das Hundefutter weg. Währenddessen fiel Jack über seinen Napf her, als hätte er seit Tagen nichts zu fressen bekommen, obwohl Sam hätte wetten mögen, dass er vorher bei mindestens zwei Nachbarn sein Futter abgeholt hatte.

«Ich weiß echt nicht, warum ich vorher *allein* zu dieser Lehrerin gehen soll!», sagte Teddy.

«Wie oft soll ich dir das noch sagen? Das ist keine Strafe», sage Sam. «Sie versuchen nur, nett zu sein.»

Teddy bedachte ihn mit seinem *«Warum bin ich von nutzlosen Erwachsenen umgeben»*-Blick. «Ich muss in die Schule, ehe sie angefangen hat, und meine Lehrerin treffen. Natürlich ist das eine Strafe.»

«Da ist was dran», sagte Ellen.

«Du bist mir keine besonders große Hilfe», entgegnete Sam.

Ellen zeigte jedoch keine Reue.

Als Jack fertig war, lief er zu Teddy und schleckte ihm zum Dank für das Futter das Gesicht ab.

Teddys Miene hellte sich sichtlich auf. «Schon alles aufgegessen, Jack? Vielleicht darfst du ja heute sogar hier schlafen?» Er sah Sam hoffnungsvoll an.

«Nein», sagte Sam. «Du weißt doch, dass Mr. Hammersley ihn vermisst, wenn er nachts nicht bei ihm ist.»

Teddys Miene verfinsterte sich wieder. Er öffnete gehorsam die Terrassentür, ließ Jack nach draußen und trottete die Treppe nach oben zurück in sein Zimmer.

«Weißt du, was das Traurige ist?», sagte Sam zu Ellen. «Ich weiß nicht mal, ob es Mr. Hammersley wichtig ist, dass Jack jeden Abend zu ihm kommt. Vielleicht sollten wir wirklich einfach die Verantwortung für Jack übernehmen. Aber Jack ist nun mal der Straßenhund, und ich finde, ich habe schon genug Wellen gemacht mit meiner Party und dem Versuch, hier alle zu Freunden zu machen.»

«Ach? Dann sind jetzt alle Freunde?»

«Na ja. Wenn wir uns auf der Straße treffen, winken wir. Aber das haben wir vorher auch schon getan.»

«Du solltest dir vielleicht doch lieber online Freunde suchen», sagte Ellen. «Das macht man inzwischen so.»

«Ich könnte genauso gut mit Mr. Hammersley abhängen. Der ist auch den ganzen Tag zu Hause. Oh, nein, warte, den habe ich angeschnauzt, weil er mein Essen beleidigt hat.»

Ellen machte große Augen. «Ich dachte, Mr. Hammersley ist gar nicht gekommen?»

«Ist er auch nicht. Ich dache, bin ich eben ein guter Nachbar und bringe ihm hinterher einen Teller rüber. Das ging schief.»

Ellen sah ihn mitfühlend an. «Aua, kleiner Bruder! Brauchst du eine Umarmung?»

«Nein», log Sam. «Na gut, okay», sagte er dann. «Aber nur eine.»

Ellen nahm ihn grinsend in den Arm. «Ihr seid noch nicht mal einen Monat hier. Das wird schon.»

«Danke.» Sam machte sich los und stellte den Wasserkocher an. «Ich denke ernsthaft darüber nach, Teddy einen Welpen zu schenken. Mit Jack, das ist echt schräg, und Teddy liebt Hunde offensichtlich.»

«Einen Welpen? Ich dachte, du willst Jack nicht bei euch haben, weil ein Hund so viel Arbeit macht.»

«Das stimmt auch», antwortete Sam. «Aber – keine Ahnung, hast du den Ausdruck auf seinem Gesicht gesehen, als Jack hier war? Ich mag dieses Gesicht. Ich würde es gern öfter sehen.»

Ellen lächelte ihn an. «Das kann ich nachvollziehen. Es ist ein wirklich schönes Gesicht. Jetzt weißt du auch, warum ich dir in Sachen Dates so auf die Nerven gehe.»

«Was? Nein! Das ist doch was ganz Anderes.»

«Überhaupt nicht. Teddy sieht aus wie du, und das Gesicht, von dem du sprichst, ist das gleiche Gesicht, das du machst, wenn du glücklich bist. Ich mag dieses Gesicht an dir, und ich vermisse es. Du würdest dieses Gesicht gern öfter an Teddy sehen? Jetzt weißt du, wie's mir geht.»

Sam schaute Ellen nachdenklich an. Was sie sagte, war, na ja, nicht wirklich zu bestreiten. Er holte tief Luft. «Ich bin noch nicht mal einen Monat hier. Lass mich wenigstens Teddys Schulstart hinter uns bringen, ehe ich damit mich auf irgendwelche grauenhaften Dates einlasse.»

«Und was ist mit den fabelhaften Dates?»

«Gibt es so was überhaupt? Ich habe noch nie ein fabelhaftes Date erlebt.»

Ellen sah ihn mit hochgezogenen Augenbrauen an. «Du warst *verheiratet*.»

«Stimmt. Wir hatten keine Dates.»

«Natürlich hattet ihr Dates.»

«Nicht wirklich. Wir hatten denselben Freundeskreis,

und dann merkten wir auf einmal, dass wir uns mögen, und dann haben wir eben geheiratet.»

«Bitte erzähl diese Geschichte niemals einer Frau. Du bist absolut unromantisch. Wie hast du Sara je dazu gebracht, dich zu heiraten?»

«Ich wollte eine Green Card», sagte Sam todernst.

«Du bist ein schrecklicher Mensch», sagte Ellen. «Kein Wunder, dass du nie ein fabelhaftes Date erlebt hast.»

❄

Nicht dass Sam nervös gewesen wäre, Teddys neue Lehrerin kennenzulernen. Aber er wollte einen guten Eindruck machen. Es hatte ihn jahrelang nicht gestört, dass seine Haare einfach nicht glatt anliegen wollten – was daran sollte einen erwachsenen Mann auch stören? –, und plötzlich fühlte er sich, wie er sich zuletzt im Alter von Teddy gefühlt hatte, als seine Mutter vergeblich mit einem nassen Kamm in seinen Haaren herumgefuhrwerkt hatte und an seinem Unvermögen verzweifelt war, seriös auszusehen.

«Sei seriös!», befahl Sam seinem Spiegelbild. Eine Lesebrille vielleicht? Das würde sicher helfen. Fast hätte Sam Teddy gefragt, ob er fand, dass ein Anzug für das Kennenlernen an der Schule übertrieben war, doch dann kam es ihm plötzlich unfair vor, Teddy in seine lächerlichen Befindlichkeiten hineinzuziehen. Also riss er sich zusammen und entschied sich für Jeans und Hemd, ein Outfit das hoffentlich signalisierte: «Ich respektiere Ihre Stellung als Lehrer meines Sohns, und ich bin trotzdem total lässig, entspannt und easy und ganz bestimmt nicht darauf aus, ständig Ärger zu machen.»

«Verdammt noch mal, jetzt reiß dich zusammen», zischte Sam, fuhr sich ein letztes Mal vergeblich durch die Haare und ging Teddy suchen.

Teddy sah ungefähr so begeistert aus, als würde Sam ihn für einen Besuch beim Zahnarzt abholen.

«Na komm, tu so, als wärst du ein Kind, das weiß, wie man lächelt», sagte Sam.

«Das ist die Hölle!», jammerte Teddy. «Zu Hause mussten wir so was nie machen!»

«Das hier ist jetzt unser Zuhause», erinnerte Sam ihn.

«Nein. Ist es nicht. Das hier ist der Ort, wo ich *anders* bin. Ich bin so *anders*, dass ich ganz alleine zu den Lehrern gehen muss, mitten in den Ferien, bevor die Schule anfängt. Jeder merkt, wie *anders* ich bin, wenn ich nur den Mund aufmache. So viel dazu.»

Sam sah zu ihm runter und holte tief Luft. Wenn er als Vater schon so nervös war, wie musste es Teddy dann erst gehen? Er ging vor Teddy in die Hocke. Teddy sah ihn an, den Mund zu einem schmalen, unglücklichen Strich zusammengepresst. Und Sam sagte: «Du bist unglaublich.»

Teddys Mund wurde noch schmaler. «Dad ...»

«Nein. Das sage ich nicht, weil ich dein Dad bin. Und ich sage es auch nicht, um dich aufzubauen. Ich sage das, weil ich nicht weiß, ob ich in deinem Alter geschafft hätte, was du in deinem Alter schaffen musst. Du bist unglaublich. Und vor uns liegt eine gute Zeit, okay? Gleich um die Ecke. Ich wette, du wirst eine ganz tolle Lehrerin bekommen, und alle Kinder in der Schule werden deinen Akzent ganz supertoll finden. Und du wirst alle Mädchen kriegen. Oder Jungs. In welche Richtung auch immer du tendierst. Alles wird gut.»

«Dad! Ich bin acht!», sagte Teddy, aber er sagte es mit seiner *«Mein Vater ist so lächerlich»*-Stimme, und diese Stimme war besser als die todtraurige Unglücksmiene, die eben noch sein Gesicht verfinstert hatte.

«Oh», sagte Sam. «Stimmt. Ha! Das bedeutet, ich darf das immer noch.» Er zog Teddy an sich und nahm ihn fest in die Arme. Und dann sagte er: «Was hältst du von einem Hund?»

Teddy machte sich los und sah ihn mit leuchtenden Augen an. «Jack?», fragte er hoffnungsvoll.

«Nein. Jack ist der Straßenhund. Ein anderer Hund. Ein neuer Hund nur für dich allein.»

Teddy machte ein verwirrtes Gesicht. «Aber ... Jack ist mein Hund. Ich will nur Jack.»

«Jack ist der Straßenhund.»

«Stimmt. Das ist ja das Tolle. Jack gehört uns allen. Er ist das Einzige, was uns allen gehört. Das will ich ihm auch gar nicht wegnehmen. Es gefällt ihm, der ganzen Straße zu gehören. Ich will nur, dass er manchmal auch bei uns zu Hause sein darf, wenn er will. Ich will ihn nicht verändern. Und ich will auch nichts Neues. Ich hab hier nur Neues.»

Jack war auch neu, aber das behielt Sam für sich. Genau genommen war Jack wahrscheinlich das Älteste, was Teddy im Augenblick hatte. Jack und Bob der Flamingo.

«Okay», sagte Sam. «Ich werde mit Mr. Hammersley sprechen und fragen, ob Jack nachts ab und zu bei uns bleiben darf.» Darauf hatte er zwar wirklich keine Lust, aber er würde es trotzdem tun.

❄

Auf dem Weg zur Schule trafen sie Pen. Sie blieb stehen, joggte auf der Stelle weiter, und ihre Haare hüpften auf ihrem Kopf auf und ab.

«Hi, ihr zwei!», keuchte sie. «Wohin des Wegs?»

«Teddy lernt seine neue Lehrerin kennen und bekommt eine Schulführung», sagte Sam.

«Super!», antwortete Pen fröhlich. «Ihr müsst unbedingt berichten, wie es war!» Als würden sie sich täglich zum Kaffeetrinken treffen. Winkend joggte sie davon.

Teddy sagte: «Mann, war das peinlich! Müssen wir das jetzt jedem erzählen? Ich will nicht, dass das die ganze Straße mitkriegt.»

Sam schüttelte den Kopf und verdrehte die Augen.

Und sagte deshalb, als sie zwei Minuten später Diya Basak mit ihren beiden Kindern trafen, präventiv: «Teddy und ich machen einen Spaziergang. Einfach nur so. Ganz ohne Ziel.»

Was natürlich klang, als planten sie einen Einbruch oder etwas ähnlich Verdächtiges. Teddy warf ihm einen Blick zu, der besagte, dass seine Dummheit inzwischen Grenzen überschritten hatte, die selbst er ihm nie zugetraut hätte.

Nach einer Schrecksekunde sagte Diya: «Also, ich bringe die Kinder jetzt zum Tierarzt. Sai will Tierarzt werden.»

Sai wirkte bei der Aussicht ungefähr so begeistert wie Teddy bei der Aussicht, in die Schule zu gehen.

Ganz im Gegensatz zu Pari. Aufgekratzt sagte sie zu Teddy: «Ich gehe auch mit, und ich werde da sehr viele Katzen und Hunde treffen.»

«Schön für dich!», konterte Teddy.

«War schön, euch zu sehen», sagte Sam fröhlich und schob Teddy weiter, ehe auf offener Straße eine Schlägerei ausbrach. «Ihr beide braucht einen Waffenstillstand.»

«Wir mögen uns einfach nicht.»

«Könntest du es nicht wenigstens versuchen? Ein bisschen weniger angriffslustig sein?»

«Weißt du, Dad, nicht jeder muss jeden mögen», sagte Teddy.

Ellens Worte klangen in Sams Ohren: dass er immer wollte, dass alle ihn mochten, und er dachte, dass da vielleicht was dran war und Teddy womöglich nicht ganz unrecht hatte.

Ohne weiteren Nachbarn zu begegnen, gelangten sie zur Schule, wo sie von David Sullivan, dem Direktor, begrüßt wurden.

Er trug einen Anzug. *Mist!*, dachte Sam.

«Sie müssen Mr. Bishop sein», sagte David Sullivan und reichte ihm die Hand. «Willkommen in Turtledove! Gurr Gurr.»

Sam war verunsichert. Sollte er den Gruß jetzt etwa erwidern? «Äh, guten Tag ...»

«Ja, ich weiß, das ist ein bisschen albern», sagte Mr. Sullivan. «Meine Kollegen sagen mir ständig, ich muss dringend damit aufhören. Na ja. Komm, Teddy, wir gehen zu deinem Klassenzimmer und sagen deiner Lehrerin hallo. Du kannst sie ein bisschen kennenlernen, und sie erzählt dir was über den Unterrichtsaufbau und über deine Klasse. Wir beide gehen inzwischen die Informationen durch, die wir benötigen, um Teddys Übergang möglichst reibungslos zu gestalten, Mr. Bishop.»

«Klingt gut», sagte Sam und bekam plötzlich Panik, weil er vielleicht gar nicht alle «benötigten Informationen» hatte, was natürlich lächerlich war. Es war dasselbe Gefühl wie damals in der Schule, die Angst, nicht genug für eine Prüfung gelernt zu haben.

Die Schule befand sich in einem hübschen Altbau, und Sam gefiel, wie hell es in den Räumen war. Durch große Fenster fiel Tageslicht in jedes Klassenzimmer, an dem sie vorbeikamen. Ein schöner Ort, um zur Schule zu gehen, dachte er. Er war erleichtert. Teddy würde es hier gefallen. Er hatte ein gutes Gefühl, was diesen Ort betraf.

In dem Moment, da Sam dachte, dass er ein gutes Gefühl hatte, was diesen Ort betraf, bogen sie ab, betraten ein Klassenzimmer, und David Sullivan sagte irgendetwas wie: «Teddy, das ist deine Klassenlehrerin, Miss Quinn», doch Sam passte nicht mehr richtig auf. Denn die rothaarige Frau am Lehrerpult mit dem Bleistift im Knoten war die Frau, die ihm, als er sie das letzte Mal gesehen hatte, zum Abschied mit einer Tüte Karotten zugewinkt hatte.

Seitdem war Sam noch mehrmals in dem Supermarkt gewesen. Jedes Mal mit einer spürbaren Aufregung in der Magengrube, vielleicht wieder dieser Frau zu begegnen. Und jedes Mal verbunden mit einem leichten Grauen im Gedärm, vielleicht wieder dieser Frau zu begegnen, die sich aber nicht an ihn erinnerte. Dem erschrockenen Ausdruck auf ihrem Gesicht nach zu urteilen erinnerte sie sich jedoch definitiv an ihn.

Sie sahen sich an und sagten wie aus einem Munde: «Sie sind das!»

David Sullivan sah zwischen ihnen hin und her. Er war sichtlich erfreut. «Oh, gut. Sie kennen sich schon!»

«Nicht wirklich», sagte Sam benommen. «Sie mag Karotten.»

«Er hat mit Roter Beete verhandelt», sagte Teddys Lehrerin, ohne Sam aus den Augen zu lassen. Was wirklich ziemlich schön war und wirklich ziemlich peinlich, weil ihr *Chef* danebenstand und sie eigentlich hier waren, um äußerst sinnvolle und wichtige Dinge wegen der Eingewöhnung seines Sohnes in der neuen Schule zu besprechen.

«Wie bitte?», sagte Mr. Sullivan verwirrt.

Das schien die Frau offensichtlich aus dem Moment herauszureißen. Sie löste den Blick von Sam, schüttelte den Kopf, stand auf und sagte: «Verzeihung! Wo sind denn meine Manieren?» Dann sah sie Teddy an, lächelte strahlend, streckte ihm die Hand hin und sagte: «Ich bin Miss Quinn.»

«Ich bin Teddy», sagte Teddy grinsend, den diese Situation offensichtlich fürchterlich amüsierte.

«Ich freue mich sehr, dich kennenzulernen», sagte Miss Quinn.

«Ich bin Teddys Vater», erklärte Sam.

«Das dachte ich mir.» Sie gab ihm die Hand. «Ich freue mich auch sehr, Sie kennenzulernen.» Sam hätte gerne gesagt, dass ein Funke übersprang, als ihre Hände sich berührten, aber leider standen sie in einem Grundschulklassenzimmer, vor ihrem Chef und seinem Sohn, und das hatte definitiv einen erstickenden Effekt auf jedwede Funken.

Mr. Sullivan beschloss, ihr seltsames Benehmen einfach zu ignorieren. «Also, Teddy, du kannst Miss Quinn jetzt alles fragen, was dir wegen deiner neuen Schule durch den Kopf geht.» Er wandte sich an Sam. «Und wir zwei gehen am besten in mein Büro und widmen uns dort dem langweiligen Papierkram.»

«Richtig», sagte Sam. «Papierkram. Ist gut.»

❄

Libby Quinn sah dem Rote-Beete-Mann hinterher. Er warf ihr beim Rausgehen noch einen Blick zu, und sie sah von ihm zu seinem Sohn, der ihm ausgesprochen ähnlich sah:

dieselben widerspenstigen sandblonden Haare, dieselben Augen, die nicht wussten, ob sie grün oder blau sein sollten, ein paar mehr Sommersprossen um die Nase.

«Teddy!», sagte sie. Am besten, dachte sie, sie verhielt sich jetzt absolut und völlig professionell und hörte augenblicklich auf, sich zu benehmen wie ein verknallter Teenager. «Willkommen in Turtledove.»

«Meine Mum ist tot», lautete Teddys Antwort auf ihre Begrüßung.

Libby blinzelte. «Das tut mir leid.»

«Nur, falls Sie sich fragen, ob mein Dad Single ist. Er ist *ein totaler* Single.»

Das Problem bei der Sache: Diese Unterhaltung war nichts wirklich Ungewöhnliches. In ihrer Klasse gab es jede Menge geschiedene Eltern. Sie war regelmäßig Ziel aller möglichen Verkupplungsversuche. Und für diese Verkupplungsversuche hatte Libby Quinn eine Standardantwort parat. Sie sagte: «Das ist wirklich sehr lieb von dir, aber mein Herz gehört allein meinen Schülern. Da ist für jemand anderen gar kein Platz mehr.» Was nicht stimmte. Was nicht die Wahrheit war. Was gelogen war. Allerdings spürte Libby normalerweise nicht, wie sehr es gelogen war, weil sie normalerweise nicht mitten in ihrem Klassenzimmer ausgerechnet dem Mann über den Weg lief, den sie seit Tagen nicht mehr aus dem Kopf kriegte. Sie traf normalerweise überhaupt keine Männer, die sie nicht mehr aus dem Kopf kriegte.

Teddy Bishop, wie sein Name auf der Klassenliste lautete, sah sie genauso zweifelnd an, wie es angesichts dieser Behauptung angebracht war.

Sie räusperte sich ein wenig befangen, zog das Halskettchen aus dem Ausschnitt und nestelte an dem Anhänger herum. Das war eine Angewohnheit von ihr, das tat sie ständig, sie war sich dessen bewusst, und sie konnte nichts dagegen tun. «Also, was möchtest du über deine neue Klasse wissen? Los geht's. Was soll ich dir erzählen?»

Sai Basak konnte sich gar nicht mehr an die Zeit erinnern, ehe Emilia in die Straße gezogen war. Obwohl ihre Familien eigentlich nichts miteinander zu tun hatten, wusste Sai, dass es Emilia gab. Und dann kamen sie in dieselbe Schule. Und dann wurden sie Freunde. Und dann wurden sie ein Paar. Und Sai wusste genau, dass seine Eltern absolut nichts davon halten würden. Sai wusste, dass er sich aufs Lernen und seine künftige Karriere konzentrieren sollte, und zwar *ausschließlich*. Das hatten ihm seine Eltern unmissverständlich klargemacht: keine Ablenkung beispielsweise durch Mädchen. Aber Sai mochte Emilia. Sai *liebte* Emilia. Sie war lustig und klug und süß. Sie war *wunderbar*. Also hatten Sai und Emilia sich heimlich zu treffen begonnen, und dann war ihm die Idee mit der Bibliothek gekommen. In Wirklichkeit verbrachte er jeden Tag mit Emilia, und auch das war wunderbar gewesen, bis er schließlich ausgerechnet hier gelandet war, mitten in einer Tierarztpraxis, umgeben von einer Unmenge von Tieren.

Pari fragte die Tierärztin Löcher in den Bauch, und die Frau beantwortete all ihre Fragen geduldig. Dann sagte sie plötzlich: «Wenn ihr wollt, sehen wir uns jetzt gleich mal ein ganz niedliches Hundebaby an, ja?»

Die Frau scheuchte sie in einen winzigen Raum, dort saß ein Besitzer mit seinem Hund, und die Tierärztin holte die größte Nadel hervor, die Sai in seinem ganzen Leben gesehen hatte – und das war offenbar der Augenblick, so wurde ihm später berichtet, als Sai in Ohnmacht fiel.

❄

Sam zwang sich dazu, seriös und ernsthaft und verantwortungsbewusst zu handeln, und er nahm sich Zeit, David Sullivans Fragen möglichst präzise zu beantworten, denn hier ging es schließlich um Teddys Ausbildung, und das bedeutete, es ging um Teddys *Zukunft*, und die musste Sam nun wirklich ernst nehmen.

Sam nahm sich also Zeit, die Fragen zu beantworten, und Mr. Sullivan schob ihm einen Riesenstapel Unterlagen über den Tisch, die offensichtlich die vielen Fragen beantworten sollten, die Eltern ihrerseits hatten, und dann sagte der Schulleiter: «Ich bringe sie jetzt zu Teddy zurück.»

«Ach, nicht nötig», sagte Sam, wahrscheinlich eine Spur zu hastig. «Ich finde selbst hin.»

Mr. Sullivan sah zuerst überrascht aus und dann plötzlich gar nicht mehr. «Dessen bin ich mir sicher. Es war schön, Sie kennenzulernen, Mr. Bishop.»

Was Sam zu der Frage führte, wie viele Single-Väter hier wohl auftauchten, die glaubten, bei der zauberhaften Miss Quinn landen zu können. Mit Sicherheit jeder einzelne Single-Vater in ganz London, dachte er. Es war also höchst unwahrscheinlich, dass sie sich ausgerechnet von einem Mann becircen ließ, der versucht hatte, mit Hilfe *Roter Beete* mit ihr zu flirten.

Als Sam das Klassenzimmer betrat, sah er Miss Quinn mit Teddy auf dem Fußboden sitzen. Zwischen ihnen lagen Karten ausgebreitet, und er hörte sie mit ihrem entzückenden Grübchenlächeln sagen: «Also nein! So gut kann dein Gedächtnis gar nicht sein. Ich glaube, du schwindelst.»

Sam hatte es nicht bemerkt, aber er musste beim Eintreten wohl ein Geräusch gemacht haben, denn sie sahen beide zu ihm hoch. Miss Quinn rappelte sich eilig hoch. Wenigstens sie trug ebenfalls Jeans, und Sam kam sich nicht mehr ganz so unpassend gekleidet vor. Dazu eine hübsche blaue Bluse und eine Halskette mit einem Stern als Anhänger, an dem sie herumnestelte.

«Oh, Mr. Bishop. Alles geregelt mit Mr. Sullivan?»

«Sam, bitte», sagte Sam. «Ja. Theoretisch.» Er zeigte auf den Stapel Unterlagen, den er bei sich trug. «Ich glaube, er befürchtet, bei mir sind noch ein paar Fragen offen.»

Miss Quinns Grübchen waren wieder an Ort und Stelle. «Keine Sorge. Wenn er sich wirklich Sorgen über Ihre Kompetenz als Vater machen würde, hätte er Ihnen einen Aktenordner mit mindestens fünfhundert Seiten mitgegeben.»

«Ach, dann habe ich mich wohl wacker geschlagen.» Sams Blick wanderte suchend von Miss Quinn zu Teddy – was sollte er jetzt am besten sagen? Also brachte er *natürlich* die Rote Beete zur Sprache. «Ich habe mich übrigens am Ende der Roten Beete geschlagen gegeben.»

Miss Quinn wirkte überrascht. Warum thematisierte er bei dieser wunderschönen Frau eigentlich immer wieder Gemüse? Sie sagte: «Oh.»

«Sie hatten recht: Rote Beete ist ein harter Verhandlungspartner.»

«Haben Sie's mit Speck versucht?»

«Wie sich rausstellte, war kein Speck im Haus.»

«Tja, ohne Speck hat man bei Roter Beete eigentlich keine Chance», sagt Miss Quinn.

«Google behauptet, man könne Speck auch durch Fetakäse ersetzen, aber ich war mir nicht sicher, ob das denselben Effekt gehabt hätte. Außerdem hatte ich auch keinen Feta im Haus.» Sam kam zu dem Schluss, dass es für ihn absolut in Ordnung wäre, ab sofort in Miss Quinns Gegenwart überhaupt keinen Ton mehr zu sagen. Er wäre mit Sicherheit charmanter, wenn er endlich aufhörte zu reden.

Teddys entsetzter Blick bewies ihm, *wie* bescheuert er sich gerade benahm.

Also schob er eilig nach: «Egal. Jedenfalls habe ich mich sehr gefreut, Sie kennenzulernen, und ich bin mir sicher, dass wir Sie in Zukunft noch ganz oft sehen werden, also ich meine, Teddy natürlich, das ist ja klar, er wird Sie jeden Tag sehen, und vielleicht treffen wir uns mal wieder im Supermarkt, und ich hoffe, die Karotten haben geschmeckt.»

Miss Quinn wirkte überwältigt – allerdings nicht von seinem Charme.

Sam winkte ihr zu und zerrte Teddy praktisch aus dem Klassenzimmer hinaus.

«Was war das denn?» Teddy starrte ihn an. «Das war *grausam*. Was sollte das mit dem *Speck*?»

«Ich weiß es nicht!», sagte Sam. «Ich hatte Panik! Sie ist so hübsch! Ich mag sie!»

«Wie hast du Mum je rumgekriegt?», fragte Teddy und schüttelte mitleidig den Kopf.

❄

Ausgerechnet Pen erfuhr als Erste, dass Sai beim Tierarzt in Ohnmacht gefallen war, weil Pari es kaum erwarten konnte, es *irgendwem* zu erzählen, und Pen zufällig im Vorgarten stand und nach den Blumen sah, die sie extra der

Hummeln wegen ausgesät hatte. Und Pen wiederum erzählte es Emilia, als sie aus dem Haus kam, um den Müll rauszutragen, weil Pen wusste, dass Emilia über Sai würde Bescheid wissen wollen.

Und so kam es, dass Emilia, ohne darüber nachzudenken, panisch vor Sorge bei den Basaks an die Haustür klopfte.

Mrs. Basak öffnete und sah sie verwundert an. Natürlich. Denn Emilia war noch nie in diesem Haus gewesen, wenn ein Erwachsener anwesend war.

Emilia lächelte nervös und versuchte, sich eine plausible Lüge für ihre Anwesenheit auszudenken. Sie hätte die Sache besser durchdenken sollen. «Hallo», sagte sie.

«Hallo?», sagte Mrs. Basak und wartete demonstrativ darauf, dass Emilia weitersprach.

«Ich. Äh ...» Emilia war verzweifelt. Dann fiel ihr die Freundlichkeitsoffensive ein, die die neuen Nachbarn mit ihrem Grillfest und dem plötzlichen Nettsein provoziert hatten. «Meine Mum schickt mich», platzte sie heraus. «Sie fragt, ob Sie Lust hätten, irgendwann mal mit ihr Kaffee zu trinken.»

Mrs. Basak sah noch verdatterter aus als eben schon, dann wurde sie – und das war noch viel schlimmer – auch noch misstrauisch. «Warum?», fragte sie.

Emilia fiel nur ein einziges Thema ein, das ihre Mum und Mrs. Basak verband. «Um sich über Kinder auszutauschen?»

Mrs. Basak wirkte nicht überzeugt. «Und über den Straßenhund», fügte Emilia aus einer Laune heraus hinzu.

Das war offensichtlich das Zauberwort. Mrs. Basak nickte energisch. «Ach ja, der Straßenhund. Über den sollten deine Mutter und ich uns *dringend* unterhalten. Dieser

Köter kann unmöglich weiter einfach durch die Straße streunen. Deine Mutter sagt, er terrorisiert die Katzen. Das Wort trifft den Nagel auf den Kopf. *Terrorisieren.* Ich habe beobachtet, dass der Hund die Eichhörnchen jagt.»

Das wiederum fand Emilia übertrieben. Sie war nicht der Meinung, dass Jack irgendwen terrorisierte, es sei denn durch rasendes Schwanzwedeln. Wenn überhaupt, war es andersherum: Die Eichhörnchen jagten Jack. Außerdem hatte Emilia natürlich einen viel wichtigeren Grund, bei den Basaks vorbeizuschauen. «Ach ja. Heute wollte Sai doch zur Tierärztin, oder?», fragte sie fröhlich. «Das hat sich super interessant angehört!»

«Er ist *umgekippt!*» Pari kam praktisch an die Tür gerannt, um ihr die Neuigkeiten auf die Nase zu binden. «Er hat die Nadel gesehen und ist einfach in Ohnmacht gefallen!»

«Geht es ihm gut?», fragte Emilia besorgt.

«Na ja, jedenfalls wird er wohl eher doch kein Tierarzt werden», sagte Mrs. Basak. «Oder Arzt. Noch nicht mal *Zahnarzt.* Düstere Tage sind das, in der Tat.»

«Okay», sagte Emilia, «aber geht's Sai gut?»

Mrs. Basak setzte wieder ihr misstrauisches Gesicht auf. «Ja. Danke für dein Mitgefühl», sagte sie und machte Emilia die Tür vor der Nase zu.

Aber nicht, ehe Pari hinter dem Rücken ihrer Mutter heimlich genickt und die Daumen gereckt hatte. Emilia ging es ein winziges bisschen besser.

❄

Sophie und Evie versuchten erfolglos, Sams Wohnzimmerdecke mit Zapfen zu verzieren. Was offenbar komplizierter war, als sie erwartet hatten.

«Sie haben nicht gedacht, dass es schwierig werden könnte, mein Wohnzimmer in eine Höhle zu verwandeln?», sagte Sam.

«Das ist ihr erster Auftrag», sagte Ellen. «Es gibt schließlich Lernkurven.»

«Ich fühle mich geehrt, ihr allererster Kunde zu sein.»

«Du bist eben was ganz Besonderes.» Als Teddy in die Küche kam, sagte Ellen: «Na, Teddy! Wie läuft's dadrüben?» Sie zeigte in Richtung Wohnzimmer.

«Ich glaube, die Decke kommt bald runter», sagte Teddy ernst.

«Oh, super!», sagte Sam. «Das klingt doch, als würde es wirklich gut laufen dadrüben.»

«Mädels!», rief Ellen ins Wohnzimmer hinüber. «Bitte lasst die Decke oben.»

«Machen wir!», klang es im Chor zurück.

«Siehst du?», sagte Ellen. «Alles im grünen Bereich. Und jetzt erzähl mal von der neuen Schule: War es schön? Magst du deine Lehrerin?»

Teddy strahlte. «Meine Lehrerin ist die Karottenfrau.»

«Die was?», fragte Ellen verdutzt.

Sam legte plötzlich eine überaus große Faszination für den Inhalt seines im Grunde leeren Kühlschranks an den Tag.

«Hast du ihr das nicht erzählt, Dad?», fragte Teddy mit tadelndem Tonfall.

«Mir was erzählt?», bohrte Ellen.

«Wird Senf eigentlich schlecht?», fragte Sam, den Kopf noch immer im Kühlschrank versteckt. «Ich glaube, unser Senf läuft bald ab.»

«Dad hat im Supermarkt eine Frau kennengelernt», erklärte Teddy seiner Tante.

«Wirklich?» Ellen zog das Wort in die Länge, bis es genauso viele Silben hatte wie *Das wird für meinen kleinen Bruder gleich ziemlich peinlich werden.* «Sam! Komm sofort aus dem Kühlschrank raus und sprich mit mir! Ich glaube, du verschweigst mir was!»

Resigniert richtete Sam sich auf und schloss die Kühlschranktür. «Tu ich nicht. Kennengelernt kann man das eigentlich nicht nennen.»

«Kann man wohl!», sagte Teddy. Er sah Ellen an. «Er hat sie angelächelt wie ein *Irrer.*»

Ellen lächelte Sam an. «Tatsächlich? Erzähl weiter.»

«Sie hat Karotten gekauft.»

«Faszinierend!»

«O mein Gott», sagte Sam. «Hört ihr bitte sofort auf? Ihr seid lächerlich!»

«Klingt nach der verrücktesten ersten Begegnung, von der ich je gehört hab», sagte Ellen. «Und das wiederum klingt irgendwie exakt nach deinem Typ.»

«So was gibt es nicht, meinen Typ.»

«Doch. Gibt es. Du stehst auf ‹ein bisschen irre, aber absolut entzückend›.»

«Und weißt du was? Die Karottenfrau ist meine Klassenlehrerin!», beendete Teddy den Bericht.

«Na, das ist doch phantastisch!» Ellen war begeistert. «So was Aufregendes habe ich noch nie gehört.»

«Ach was?», maulte Sam. «Ist das dein Ernst? Du hast zwei Kinder. Die Nachricht, dass du schwanger bist, war bestimmt aufregender.»

«Das ist so lange her, dass die Aufregung inzwischen verblasst ist», sagte Ellen gleichmütig. «Also: Wird es ein Date geben mit Teddys Lehrerin?»

«Wenn es nach ihm geht, eher nicht», sagte Teddy.

«Er hat überhaupt keine Ahnung, Tante Ellen! Es ist *schlimm.*»

«Das hab ich auch schon gehört», antwortete sie düster.

«Also hör mal! Ich glaube nicht, dass ein Achtjähriger in der Lage ist, meine Dating-Fähigkeiten zu beurteilen», versuchte Sam sich zu wehren.

«Er hat ihr die ganze Zeit was von *Roter Beete* erzählt», sagte Teddy. «Eigentlich kam überhaupt nur *Rote Beete* aus seinem Mund.»

Ellen sah Sam verständnislos an.

Sam schlug die Hände vors Gesicht. «Das stimmt, ich hab tatsächlich die ganze Zeit was von Roter Beete gefaselt.»

«Was ...?» Ellen verstand kein Wort. «Ist das eine neue Angewohnheit von dir? Ich meine, mit mir hast du noch nie über Rote Beete gesprochen.»

«Keine Ahnung», sagte Sam hilflos. «Wir sind uns in der Obst- und Gemüseabteilung über den Weg gelaufen. Ja, und dann ging es plötzlich die ganze Zeit um Rote Beete. Und jetzt – ich weiß auch nicht, jetzt fange ich immer wieder davon an. Als wüsste ich nicht, was ich sonst sagen soll. Es ist wie verhext. Als hätte ich kein anderes Gesprächsthema als Rote Beete.»

«O je, das ist wirklich schlimm», meinte Ellen.

«Sag ich doch», rief Teddy. «Es war oberpeinlich.»

«Vielleicht steht sie ja auf Gespräche über Rote Beete», sagte Ellen. «Vielleicht findet sie das attraktiv an einem Mann?»

«Ich glaube, nicht mal ich würde ein Date mit einer Frau wollen, die Rote Beete als attraktiv betrachtet», stöhnte Sam.

«Solltest du aber, da das offensichtlich dein einziges Gesprächsthema ist.»

Sam verbarg das Gesicht hinter einer Hand und fluchte leise. Dann hob er den Blick – Teddy und Ellen sahen ihn an, als wären sie die Jury in einer Reality-Show. Einer Dating-Reality-Show. «Was soll ich nur tun?», fragte Sam.

«Ich glaube, es gibt nur zwei Dinge, die du tun kannst.» Ellen hob dramatisch die Hand. «Erstens: sie um ein ganz normales Date bitten, wie ein ganz normaler Mensch.»

«Sie ist Teddys Lehrerin!»

«Na und?»

«Und glaubst du nicht, dass sie das schräg finden würde?»

«Nein. Nicht wenn du den zweiten Punkt befolgst. Teddy, was ist das Zweite, das dein Vater unbedingt beachten muss?»

«Kein Wort mehr über Rote Beete», sagte Teddy.

«Exakt», bekräftigte Ellen. «Ist zwar nicht unbedingt ein gängiger Dating-Ratschlag, aber bei dir offensichtlich notwendig.»

❄

Es war definitiv einer dieser Tage. Sam hatte sich höchstwahrscheinlich vor Teddys Schuldirektor disqualifiziert, der ihn mit Sicherheit lächerlich fand, weil er sich in Sachen Miss Quinn so dermaßen danebenbenommen hatte; und er hatte sich vor Teddys Lehrerin zum Affen gemacht, was noch schlimmer wurde durch die Tatsache, dass er sie mochte, obwohl er sie in seinem Leben gerade zwei Mal getroffen und beide Male von Gemüse gefaselt hatte. *Trotzdem.* Angesichts der Tatsache, dass er sich mit einer schönen Frau, die er überaus attraktiv fand, offensichtlich nur über Rote Beete unterhalten konnte, war Sams Selbstwertgefühl nicht gerade auf der Höhe.

Deshalb sagte er, als er zu Mr. Hammersley hinüberging und Mr. Hammersley ihm die Tür aufmachte, wie aus der Pistole geschossen: «Ich hatte einen schlechten Tag und wäre Ihnen dankbar, wenn wir den Teil, in dem Sie mir signalisieren, wie genervt Sie von der Tatsache sind, dass ich Sie einfach so belästige, und mir Gemeinheiten an den Kopf werfen und so tun, als wäre Ihnen egal, was mit Jack passiert, ausnahmsweise überspringen könnten und einfach nur besprechen, ob Jack ab und zu nachts bei uns bleiben dürfte, weil es Teddy freuen würde.»

Mr. Hammersley stand in der Haustür, sah Sam an und sagte: «Sie sehen aus, als hätten Sie einen dieser Tage.»

Super. Jetzt hatte sogar der alte Griesgram, der mit niemandem redete, Mitleid mit ihm. «Schon okay», entgegnete Sam. «War einfach nur ein langer Tag. Ein langer Monat.» Er fing freudlos an zu lachen und sagte: «Oder ein paar lange Jahre. Aber egal.»

«Ihr Sohn möchte, dass Jack ab und zu nachts bei Ihnen bleibt?», brummte Mr. Hammersley, ohne sich darüber zu äußern, dass Sam auf seiner Türschwelle stand und Blödsinn faselte.

«Ja», sagte Sam. «Ich weiß, dass der Hund Ihnen nicht gehört, sondern der Straße, aber ...»

«Ich gehe Futter holen. Ich will nicht, dass er hungrig ins Bett geht.»

Sie hatten zwar selbst Hundefutter, aber Sam fand es irgendwie niedlich, dass Mr. Hammersley offenbar dachte, er sei Jacks einzige Futterquelle. Sam wollte ihn auf keinen Fall enttäuschen, indem er ihm steckte, dass der Hund von der ganzen Straße gefüttert wurde. Also wartete er geduldig, während Mr. Hammersley davonschlurfte. Er kam mit einem Beutel voller Hundefutter und einer kleinen Holzfigur zurück und überreichte beides.

«Was ist das?», fragte Sam neugierig.

«Ein Zauberer. Für Ihren Sohn.»

«Ein ... oh, okay.» Sam hatte zwar keine Ahnung, was das sollte, aber die Figur war genial. «Haben Sie den geschnitzt?»

«Gute Nacht!», brummte Mr. Hammersley und schloss die Tür.

Offensichtlich war sein Konversationslimit erreicht.

Sam schüttelte seufzend den Kopf. «Was für ein schräger Tag.»

7

Willkommen in der vierten Klasse an der Turtledove! Vor uns liegt ein wunderbares Schuljahr mit viel Spaß, tollem Unterricht, neuen Herausforderungen und neuen Freundschaften! Sie als Eltern können Ihr Kind unterstützen, indem Sie sich auf dem Laufenden halten über alles, was bei uns im Unterricht geschieht. Ich werde Sie mit regelmäßigen Elternbriefen informieren - und Ihr Kind wird das auch tun! Wir werden in diesem Jahr nämlich eine Klassenzeitung herausbringen. Freuen Sie sich schon jetzt auf die Lektüre spannender Abenteuer!

Mit herzlichen Grüßen,
Ihre Miss Quinn

Auf Annas endlos langer Prioritätenliste stand «Kaffeetrinken mit Diya Basak» nicht besonders weit oben. Aber Emilia hatte ihr mitgeteilt, dass Mrs. Basak angeblich mit ihr Kaffee trinken wollte, um über diesen Straßenköter zu sprechen. Anna hatte den Verdacht, dass sie in Wirklichkeit mit ihren perfekten Kindern angeben wollte, aber Anna wollte nicht unhöflich sein.

«Also ich würde es einfach in Kauf nehmen, ab und zu unhöflich zu sein», sagte Marcel, als sie ihm davon erzählte. «Du machst dir viel zu viele Gedanken.»

«Genau deshalb mache ich mir ja Gedanken, ob ich unhöflich zu Leuten bin», sagte Anna, was einen Schlussstrich unter dieses Gespräch zog.

Und so kam es, dass Anna eines Sonntagnachmittags Diya zu Hause besuchte. Die kochte einen Topf voll Chai und bot Anna eine Tasse an, die Anna, um nicht unhöflich zu sein, akzeptierte.

Dann saßen sie am Tisch und schwiegen befangen.

Schließlich fragte Anna: «Wo sind denn die Kinder?»

«Freunde von uns feiern ein Fest», sagte Diya. «Darsh und die Kinder sind vorgefahren. Ich bin hiergeblieben, um mit Ihnen Tee zu trinken.»

Anna hörte aus ihren Worten einen leisen Vorwurf heraus. Sie trank einen Schluck Chai und sagte: «Also: dieser Hund.»

«Ja. Dieser Hund!» Diya nickte lebhaft. «Es gefällt mir nicht, dass dieser Köter einfach frei auf der Straße herumläuft. Das ist doch gefährlich.»

«Ja! Das ist gefährlich», stimmte Anna ihr zu.

«Wir sollten unbedingt mit den neuen Nachbarn sprechen. Die müssen den Hund besser unter Kontrolle halten.»

«Ja, das sollten wir», pflichtete Anna ihr wieder bei. «Das ist das Mindeste.» Nach einer kurzen Pause sagte sie beiläufig: «Und Ihre Tochter? Was würde die dazu sagen? Ich meine, Ihre Tochter *liebt* Jack.»

«Kein Problem», sagte Diya finster. «Zum Glück ist endlich wieder Schule. Sie hat gar nicht die Zeit, den ganzen Tag an diesen Hund zu denken.»

«Wenn Sie es sagen», antwortete Anna mit Unschuldsmiene. «Ich möchte auf keinen Fall, dass es in Ihrer Familie zu Zwistigkeiten kommt.»

«Uns geht es bestens», sagte Diya angriffslustig.

«Uns auch!», antwortete Anna.

«Ich bin sehr froh, dass wir uns darüber unterhalten haben», sagte Diya. «Mit vereinten Kräften können wir mehr erreichen, wenn wir uns an den neuen Nachbarn wenden.»

«Ja, genau», sagte Anna.

«Aber jetzt muss ich wirklich dringend los. Wir gehen dann irgendwann später bei ihm vorbei.»

«Natürlich», sagte Anna und ließ fast die ganze Tasse Chai stehen.

Was für ein seltsames und ganz und gar überflüssiges Gespräch, dachte sie. Warum hatte Diya überhaupt mit ihr reden wollen?

Was sie genau so artikulierte, als sie wieder nach Hause kam. Emilia und Marcel waren in ein Kartenspiel vertieft, lachten und alberten miteinander, und Marcel sagte: «Das ging ja schnell. Und? Wie war es, nicht unhöflich zu unserer Nachbarin zu sein?»

Es war als Witz gemeint, und Anna wusste das, aber sie fühlte sich trotzdem verunsichert, als sie den Wasserkocher anstellte.

«Ich dachte, du hättest gerade Tee getrunken», sagte Marcel.

«Nein, es gab Chai. Außerdem war das ein völlig überflüssiges Gespräch. Ich weiß wirklich nicht, warum sie zu dir gesagt hat, dass sie unbedingt mit mir reden will», sagte Anna zu Emilia.

«Tja.» Emilia hielt den Blick fest auf die Karten in ihrer Hand gerichtet. «Echt schräg.»

Marcel fasste nach ihrer Hand, und Anna wusste, dass die Geste versöhnlich gemeint war, also griff sie danach.

«Willst du mitspielen?», fragte er.

Doch Anna konnte nicht gut Karten spielen, vor allem nicht die Spiele, die Marcel und Emilia spielten. Als Emilia klein gewesen war und das Geld so schrecklich knapp, war ein Satz Spielkarten ihre Lieblingsbeschäftigung gewesen, und Marcel hatte ihr bis spät in die Nacht hinein seltsame und komplizierte Kartenspiele beigebracht, obwohl Anna immer wieder gesagt hatte, sie müssten endlich ins Bett gehen. Kartenspiele waren Emilias und Marcels gemeinsames Ding, genau wie das Schlagzeug Emilias und Marcels gemeinsames Ding war. Nur hatte Anna leider keine Ahnung, was Emilias und ihr gemeinsames Ding war – oder wenigstens das gemeinsame Ding von ihr und Marcel.

Es war leichter, dachte Anna, einfach zur Arbeit zu gehen, als zu versuchen, in einer Familie zu navigieren, in der sie keinen richtigen Platz hatte.

«Nein», sagte Anna und zwang sich zu einem Lächeln. «Schon okay.» Sie drehte sich weg und machte sich eine Tasse Tee.

❄

Bill hatte, weil es nicht viel anderes zu tun gab, schon immer gern zum Fenster hinausgeschaut, um zu sehen, was die Nachbarn im Schilde führten – aber neuerdings war es ihm besonders wichtig, am Fenster zu stehen, wenn die Kinder aus der Schule kamen. Jack machte ihn, wenn es so weit war, täglich darauf aufmerksam, indem er die Straße entlangpeste, um sie zu begrüßen, laut bellend und vor Freude derart ungestüm, dass er fast über seine eigenen Pfoten stolperte. Jack fungierte bei den meisten Ereignissen in der Straße als öffentliches Frühwarnsystem.

Bill war aufgefallen, dass das indische Mädchen so gut

wie immer in Begleitung einer laut schnatternden Kinderhorde kam. Freundinnen, die nach der Schule mit zu ihr kamen, oder Freunde, die ein paar Straßen weiter wohnten und denselben Schulweg hatten. Ein fröhlicher kleiner Kinderhaufen, den Jack bellend und springend glücklich umrundete.

Der amerikanische Junge – Teddy – ging fast immer allein, er sah fast immer erschöpft und mürrisch und traurig aus und wurde erst munter, wenn Jack auf ihn zugesprungen kam und ihm zur Begrüßung die Hand abschleckte. Zugegeben, Jacks Gegenwart war Bill inzwischen lieb und teuer geworden, doch er verstand, weshalb der amerikanische Junge den Hund manchmal bei sich haben wollte. Jack war nicht Bills Hund, also konnte er ihn auch nicht teilen, doch Bill hätte ihn tatsächlich geteilt, soweit so etwas jemandem wie ihm überhaupt möglich war.

Denn eines musste Bill zugeben: Er wusste, was es hieß, einsam zu sein.

Teddy hatte ein Dankesbrieflein durch den Briefschlitz geworfen. In großer, ordentlicher Schreibschrift hatte er sich bei Bill für den geschnitzten Zauberer bedankt und mitgeteilt, dass er ihn Mike nennen würde. Was, soweit Bill das beurteilen konnte, kein besonders passender Name für einen Zauberer war, aber wozu sich streiten? Er bereute es, dass er dem Jungen zu dem Zauberer nicht auch noch einen passenden Drachen gegeben hatte, schließlich hatte der Junge gesagt, die Drachen könnten die Haustiere der Zauberer sein. Auch das erschien ihm äußerst unwahrscheinlich, aber auch hier galt: Bill würde sich bestimmt nicht auf einen Streit über Phantasiefiguren einlassen.

Und deshalb beschloss Bill, als er den Vater des Jungen vor dem Haus stehen sah – wie er mit finsterem Blick ein

Möbelstück musterte, das er offensichtlich durch die Tür zwängen wollte –, einen kleinen Drachen nach nebenan zu bringen.

Der Mann hob überrascht den Blick, als Bill auf ihn zuging. Bill zerbrach sich den Kopf über den Namen des Mannes, kam aber nicht drauf und beschloss, sich nichts daraus zu machen. Schließlich musste er seinen Namen nicht kennen. Er schnitt dem Mann die Begrüßungsworte ab und streckte ihm die kleine Figur entgegen.

«Das ist ein Drache», sagte er, weil er keine Ahnung hatte, ob der Mann das kapieren würde. «Für Ihren Sohn.»

«Oh», sagte der Mann und drehte den Drachen in den Händen. «Der ist ja unglaublich. Vielen Dank. Sie müssen wirklich nicht ...»

«Nicht der Rede wert», brummte Bill. «Den hatte ich schon lange geschnitzt. Kein Grund für Tamtam.»

Der Mann klang amüsiert, als er antwortete: «Aber ja, Gott bewahre, nicht, dass ich Sie aus Versehen noch nett finde. Ich werde Teddy den Drachen geben, wenn er nach Hause kommt.»

Natürlich interessierte Bill in Wirklichkeit kein bisschen, wie der Junge sich in der Schule machte, trotzdem ärgerte ihn der ironische Tonfall dieses jungen Kerls, und er sagte: «Wie geht es dem Jungen in der Schule?»

Der Mann lächelte auf eine Weise, die eindeutig unaufrichtig war. «Na ja», sagte er. «Es ist ein Prozess. Ich sage Teddy immer, da müssen wir eben durch.»

Bill dachte nach. «Wahrscheinlich», grummelte er und wusste genau, dass er es eigentlich dabei belassen sollte, aber ... «Na ja, andererseits ...»

Der Mann hob die Augenbrauen.

Bill zuckte mit den Achseln. Weil es nichts damit zu tun

hatte, *nett* zu sein, sondern nur damit, alt zu sein und Dinge zu wissen, die junge Leute eben nicht wussten. «Wenn man zu viel Zeit damit verbringt, irgendwo durchzumüssen, ist man, ehe man es sich versieht, plötzlich alt und merkt, dass man sein Leben mit dem Versuch verbracht hat, irgendwo durchzukommen, obwohl auf der anderen Seite überhaupt nichts ist.»

Bill ließ den Mann mit seinem Möbelproblem stehen, drehte sich um und ging nach Hause.

❄

Das Bücherregal zu kaufen, war ihm zunächst wie eine prima Idee erschienen: Es war ein wunderschönes altes Möbelstück und würde in Sams Arbeitszimmer hervorragend zur Geltung kommen. Zudem brauchte er dringend ein Bücherregal. Aber jetzt bekam er das Ding nicht mal durch die Haustür, ganz zu schweigen vom ersten Stock.

Und dann hatte sein schrulliger alter Nachbar auch noch beschlossen, ihm Ratschläge erteilen: dass er sein Leben mit dem Versuch verschwende, irgendwie durchzukommen, anstatt es zu leben. Das hatte dazu geführt, dass Sam jetzt vor dem Haus stand und über sehr viel umfassenderes Scheitern nachgrübelte als den Kauf eines Bücherregals, das zu groß für sein Haus war.

«O weh, mein Freund, sieht aus, als hättest du eine harte Nuss zu knacken», sagte Max, der plötzlich auf dem Gehweg stand.

Sam sah ihn an. «Ich glaube, ich habe die letzten Jahre meines Lebens vergeudet, und jetzt dränge ich meinen Sohn in die gleiche Richtung.»

Max hob fragend eine Augenbraue.

Sam sagte. «Oh, ach so, du sprichst von dem Bücherregal.»

«Ich fürchte, bei der Lösung deiner existenziellen Krise kann ich dir nicht helfen, aber ich könnte beim Möbelschleppen mit anpacken», erbot sich Max.

«Im Ernst?», sagt Sam. «Das wird eine elende Plackerei.»

«Tja. Wir sind neuerdings eine nette Nachbarschaft», sagte Max. «Außerdem könnte ich dich verklagen, wenn ich mir den Rücken verrenke. Mein Ehemann ist Versicherungsmakler, der findet mit Sicherheit einen Weg, deine Versicherung zum Zahlen zu zwingen.»

«Oh. Gut zu wissen», sagte Sam, während Max sich hinunterbeugte, um Jack zu begrüßen, der die Szene mit Interesse verfolgt hatte, und sich dann auf der anderen Seite des Regals in Stellung brachte. «Eine klassische ‹Win-win-Situation› sozusagen.»

Doch trotz vereinter Anstrengungen gelang es den beiden nicht, das Bücherregal durch die Haustür zu bugsieren. Selbst Jack hatte angesichts dieser geballten Inkompetenz irgendwann das Interesse verloren und durchstreifte die Straße auf der Suche nach seinen Erzfeinden, den Eichhörnchen.

Schließlich traten Max und Sam einen Schritt zurück, um die Lage zu beurteilen.

«Passt das überhaupt?» Max hob die Hand, um die Augen zu beschatten, weil just in diesem Moment die Sonne durch die Wolken brach und dafür sorgte, dass dies der heißeste Septembertag *aller Zeiten* war, um den Kampf gegen ein sperriges Möbelstück aufzunehmen. «Ich meine, hast du nachgemessen?»

«Nein», gestand Sam. «Das war mehr so ein Gefühl. Ich meine, es ist schließlich nur ein Bücherregal. Wer würde denn Bücherregale bauen, die zu groß sind, als dass sie durch eine Haustür passen würden?»

«Ich habe ein Maßband», ertönte plötzlich Pens Stimme. «Ich kann es holen gehen.»

Sam hatte überhaupt nicht gemerkt, dass Pen inzwischen ebenfalls aufgetaucht war. Sie stand auf dem Gehweg und kam offensichtlich gerade vom Laufen. «Wie lange stehst du schon da?»

«Lang genug, um zu wissen, dass keinem von euch eine Karriere als Möbelpacker winkt», antwortete sie. «Ich gehe das Maßband holen.»

Pen kehrte mit dem Maßband zurück, und mit vereinten Kräften kamen sie zu dem Schluss, dass das Bücherregal an sich durch die Haustür passen müsste.

«Das hat irgendwas mit Winkeln zu tun», meinte Max.

«Ja. Und ich habe von Winkeln weiß Gott keine Ahnung», erwiderte Sam. «Ich kann meinem Sohn ja kaum bei den Grundschulhausaufgaben helfen.»

«Na, ich habe von Winkeln erst recht keine Ahnung», sagte Max. «Ich bin Künstler!»

Zwei erwartungsvolle Augenpaare richteten sich auf Pen.

«Du hast», fragte Max, «wohl nicht zufällig irgendwann mal einen Artikel über Winkel geschrieben?»

Pen verdrehte die Augen. «Nein. Aber ich kann's googeln. Ihr beide seid echt unfähig.»

Aber selbst mit Pens Recherchen und unverständlichen Anweisungen – wie «mach dich kleiner» oder «deine Hand muss auf die andere Seite von deinem Körper» – bekamen sie das Bücherregal nicht ins Haus.

«Das ist ein Skandal, dass uns das selbst mit Hilfe von Berechnungen und unter Anleitung nicht gelungen ist», sagte Max.

«Ihr hättet es mit Sicherheit durch die Tür gekriegt, wenn du deine Füße nur richtig gegen die Wand gestemmt hättest», sagte Pen.

«Ich übernehme für diesen Fehltritt die volle Verantwortung», sagte Max.

«Ich brauche ein Bier», sagte Sam. «Bier für alle?»

«Bier für alle», wiederholten Max und Pen wie aus einem Mund.

Sie machten es sich auf den Treppenstufen bequem, denn ohne den Kampf mit einem Bücherregal war die unerwartete Wärme keine auferlegte Prüfung mehr, sondern ein willkommenes Geschenk.

«Das ist ein wunderschönes Regal», meinte Max irgendwann.

«Na ja, du kannst es gerne haben», sagte Sam. «Bei mir passt es offensichtlich nicht rein.»

«Wir haben dasselbe Haus», sagte Max. «Wie soll ich das Regal durch meine Haustür bekommen, wenn es bei dir nicht durchging?»

Sam zuckte die Achseln. «Mit Zauberei?»

«Wo wir gerade von Zauberei sprechen ...» Max nahm den kleinen Drachen vom Fensterbrett und hielt ihn hoch. Sam hatte gar nicht mehr an ihn gedacht. «Der ist ja niedlich. Gehört der zum Regal?»

«Nein», sagte Sam, «den hat Mr. Hammersley geschnitzt.»

Max und Pen sahen ihn erstaunt an.

«Der alte Mann?», hakte Max nach. «Der Griesgram von nebenan?»

«Ja. Der Mr. Hammersley. Er ist nämlich auch Künstler.»

Max betrachtete nachdenklich die kleine Holzfigur. «Tatsächlich?»

«Du hast mit ihm gesprochen!», sagte Pen. «Ich meine, eine echte Unterhaltung?»

«Eigentlich nicht. Keine Ahnung. Es ist seltsam – ich glaube, es liegt an Teddy. Mein Sohn scheint ihm aus irgendeinem Grund am Herzen zu liegen.»

«Das liegt vielleicht daran, dass beide Jack lieben», meinte Pen. «Jack bringt die Menschen zusammen. Die bedingungslose Liebe eines treuen Hundes.» Sie bückte sich und kraulte Jack hinter den Ohren.

«Vermutlich», sagte Sam, und in dem Moment setzte Jack sich auf, spitzte die Ohren, wedelte mit dem Schwanz und drehte den Kopf zum Anfang der Straße.

«Ich glaube, die Kinder kommen», sagte Max, und eine Sekunde später tauchte an der Straßenmündung eine laute Horde Kinder auf und verteilte sich in alle möglichen Richtungen.

Pari Basak kam fröhlich plappernd mit ein paar anderen Kindern vorbeigelaufen, gefolgt von Diya Basak, die das auf den Haustürstufen versammelte Trio neugierig musterte und dann eilig auswich, um nicht mit Jack in Berührung zu kommen, der seinerseits fröhlich von Pari zu Teddy weiterlief, um den zu begrüßen. Teddy kam, wie meistens, als Schlusslicht angeschlurft.

«Hallo», sagte Sam, so fröhlich er konnte, als Teddy näher kam. «Und? Wie war's in der Schule?»

«Schon okay», sagte Teddy. «Hier.» Er reichte Sam einen Zettel.

Turtledove Kurier lautete die Überschrift. Darunter befand sich die Zeichnung einer Turteltaube mit einer Sprechblase vor dem Schnabel, in der *Gurr Gurr* geschrieben stand.

«Danke sehr. Ich glaube, du solltest mit Jack mal nachsehen gehen, ob es irgendwo auf der Straße Hinterlassenschaften aufzuräumen gibt», sagte Sam. Dies gehörte zu den Erziehungsmaßnahmen in Sachen Verantwortung als Teilzeitsorgeberechtigter eines Hundes.

Weil Teddy alles, was mit Jack zu tun hatte, ganz fabelhaft und aufregend fand, machte er sich mit Freuden auf die Suche nach Häufchen, um gegebenenfalls die Straße zu säubern. Jack trottete neben ihm her, gebärdete sich ebenfalls ein bisschen aufgeregt und hielt seinerseits nach Eichhörnchen Ausschau.

«Einen Straßenhund zu haben ist noch viel netter, seit der seinen eigenen Reinigungsdienst hat», bemerkte Max.

Pen griff das Thema auf und erzählte von den Recherchen zu einem Beitrag, den sie mal über das Problem von Pferdemist in Städten zur vorletzten Jahrhundertwende geschrieben hatte, während Sam den *Turtledove Kurier* überflog. Es gab diverse Artikel darüber, was die Klasse im Unterricht alles gemacht hatte. Die erworbenen Winkelkenntnisse waren genutzt worden, um eine Stadt aus Nudeln zu bauen (leider keine Silbe darüber, wie man ein Bücherregal durch die Haustür bekommt). Die Kinder hatten ein Theaterstück für die Weihnachtsfeier mit dem Titel *Schneewunder zu Jesu Geburt in der Wüste* entwickelt. Der entsprechende Artikel besagte, dass sie ein ergreifendes Epos über den Weltfrieden und den Klimawandel planten. In Naturkunde wurde mit diversen Geräuschen experimentiert, was zu dem Beschluss geführt hatte, die lautesten Geräuschquellen fortan aus der Schule zu verbannen.

Und auf der letzten Seite gab es noch die wöchentliche Kolumne von Miss Quinn, «Neues vom Lehrerpult».

Im Oktober steht ein Ausflug ins Naturkundemuseum auf unserem Programm. Gesucht werden freiwillige Begleiter zur Beaufsichtigung der Kinder. Bitte lassen Sie uns über Ihr Kind eine Nachricht zukommen, sollten Sie bereit sein, uns als Aufsichtsperson zu begleiten.

Mit herzlichen Grüßen,
Miss Quinn

Sam fing an zu grübeln. Er hatte, seit die Schule begonnen hatte, nichts mehr in Sachen Miss Quinn unternommen. Vielleicht sollte er als Aufsichtsperson mitkommen. Und die Gelegenheit zu einem Flirt mit der Lehrerin seines Sohnes nutzen. Das wäre ... ziemlich unpassend. Womöglich sogar ein bisschen schleimig. Er war ihr zwei Mal begegnet, sie hatten kaum miteinander gesprochen, und ganz bestimmt nichts Vernünftiges. Trotzdem erwischte er sich ständig dabei, wie er, egal wo er war, nach roten Haaren Ausschau hielt. Manchmal beugte er sich sogar zum Fenster seines Arbeitszimmers hinaus, als könnte sie zufällig draußen vorbeigehen, obwohl sie dann in Wirklichkeit im Klassenzimmer stand, um seinen Sohn zu unterrichten. Plötzlich, völlig unerwartet und zum ersten Mal seit Jahren, wünschte Sam sich tatsächlich ein Date, aber nur mit Miss Quinn. Bitte mit keiner anderen Frau. Er hatte sich sogar online ein bisschen umgesehen, um diese Regung zu überprüfen, auch wenn er das Ellen gegenüber niemals zugegeben hätte.

Aus heiterem Himmel fragte Sam: «Glaubt ihr an Liebe auf den ersten Blick?»

Worüber auch immer Max und Penelope sich gerade unterhalten hatten – jedenfalls nicht über dieses Thema. «Was?», fragten sie wie aus einem Mund.

«Ja, ich weiß», sagte Sam. «Die Frage kam jetzt ziemlich abrupt.»

«Machst du gerade eine Umfrage?», fragte Pen, als wäre das die normalste Sache der Welt.

Max meinte nur: «Natürlich glaube ich an Liebe auf den ersten Blick. Im Gegensatz zu Arthur.»

Sam sah ihn an. «Und wie ging das dann? Du hast dich auf den ersten Blick in ihn verliebt, und er hat noch ein bisschen nachgedacht?»

«Nein. Wir haben verschiedene Auffassungen von dem, was Liebe ist. Ich hab ihn mal gefragt, weil ich ein bisschen beleidigt war. Natürlich wollte ich hören, dass er bereits nach einem einzigen Blick auf mich wusste, dass es nie mehr einen anderen für ihn geben würde. Verheerend romantisch, oder? Ich habe überall rumerzählt, dass es bei mir exakt so war. In meinen Ohren eine ganz wunderbare Geschichte. Und in meinen Augen die Wahrheit. Ich halte es immer noch für die Wahrheit. Arthurs Sicht der Dinge ist allerdings auch nicht verkehrt: Er sagt, ich hätte ihn gesehen und sofort mehr über ihn wissen wollen. Und nachdem ich mehr über ihn wusste, nachdem mir klar war, dass er der Richtige für mich war, hätte ich im Nachhinein diesen ersten Funken als ‹Liebe› interpretiert. Als Arthur mich gesehen hat, wollte er auch mehr über mich wissen, aber Arthur würde es so schildern, wie er es auch mir erklärt hat: dass er sich nicht in meinen Anblick verliebt hat, sondern in mein Ich, und zwar allmählich. Der erste Blick hat ihn inspiriert, näher hinzusehen. Arthur würde also sagen, er hat sich auf den zweiten Blick verliebt. Das ist seine Version von Romantik: überaus pragmatisch und in diesem Pragmatismus absolut entwaffnend. Jedenfalls, was mich betrifft.»

Sam überlegte. «Ich glaube, ich bin auf Arthurs Seite», sagte er. «Nehmen wir einmal an, ich lerne jemanden kennen. Sagen wir, in der Gemüseabteilung vom Supermarkt.»

«Ein sehr erotischer Ort für eine Begegnung», kommentierte Max. «Die Gemüseabteilung strotzt quasi vor sexuellen Assoziationen.»

«Wir sind uns bei den Karotten begegnet.»

«Phallussymbol.»

«Und Rote Beete.»

«Ein potenzielles Sexspielzeug», sagte Max.

«Dieses Gespräch ist widerlich», sagte Pen.

«Stimmt», sagte Sam. «Was ich eigentlich sagen wollte: Ich habe sie gesehen und im selben Augenblick gedacht: ‹Ich will alles über diese Frau wissen.› Und jetzt sitze ich seit einer ganzen Weile hier rum und finde mich lächerlich. Woher will ich wissen, dass ich alles über sie wissen will? Ich kenne sie doch gar nicht!»

«Und warum lernst du sie dann nicht kennen, um das rauszufinden?», wollte Max wissen. «Im schlimmsten Fall ist sie nichts für dich. Aber wenn du das Risiko, sie kennenzulernen, gar nicht erst eingehst, wäre der schlimmste Fall, dass sie tatsächlich die Richtige für dich war und du es nie erfahren wirst. Das war in meinen Augen schon immer die größere Tragödie.»

«Ich finde», sagte Pen, «Menschen zu begegnen, über die man mehr wissen möchte, ist ... ziemlich selten, offen gesagt. In jeder Beziehung. Wir leben doch alle in unserer eigenen kleinen Blase und trauen uns kaum mal vor die Tür. Allein, wie lange wir alle schon in dieser Straße leben, ohne ein Wort miteinander zu wechseln. Trotz allem, was bei uns hier so passiert, trotz allem, was wir über die anderen wissen, sprechen wir nicht miteinander, über nichts.

Wir lernen uns nicht richtig kennen. Wir bleiben nicht stehen, um jemandem beim Möbelschleppen zu helfen und plötzlich ein Gespräch über die Liebe zu führen. Aber wenn wir es dann doch tun, merken wir, dass es viel schöner ist. Ich weiß nicht, ob ich an Liebe auf den ersten Blick glaube. Aber ich glaube, wir als menschliche Wesen wollen einfach ab und zu aus unserer einsamen Blase raus und uns mit einem anderen menschlichen Wesen austauschen. Ob romantisch oder nicht. Und ich glaube, das ist wichtig. Ich glaube, jede zwischenmenschliche Beziehung, die wir eingehen, ist von Bedeutung.»

In dem Augenblick kam Teddy angesaust. Er jagte Jack hinterher, der so begeistert rannte und hüpfte, dass er schon wieder fast über seine eigenen Pfoten stolperte. «Auch die Beziehung zu einem Hund», fügte sie lächelnd hinzu.

Jack rannte am Vorgarten vorbei und bremste stolpernd ab, um Arthur zu begrüßen, der gerade um die Ecke gebogen war. Der erwiderte den Gruß, indem er den Hundekopf tätschelte, und blieb vor der kleinen Versammlung stehen. «Hallo», sagte er.

«Liebling», sagte Max. «Möchtest du ein Bücherregal, das nicht durch unsere Haustür passt?»

«Eigentlich nicht», antwortete Arthur. «Hallo, Teddy. Was macht die Schule?»

«Sehr lang», sagte Teddy. «Und wir müssen so viel lernen!»

«Verstehe», antwortete Arthur.

Max stand auf. «Tut mir leid wegen dem Regal», sagte er zu Sam.

«Schon okay. Ich finde schon noch ein passendes Bücherregal.»

«Ach so? Ihr habt es nicht ins Haus gekriegt?», fragte Arthur. «Das ist doch bestimmt nur eine Frage des richtigen Winkels, oder?»

«Ja, und außerdem sind ständig irgendwo menschliche Gliedmaßen im Weg», sagte Max. Und fügte bei Arthurs fragendem Blick noch hinzu: «Frag nicht. Gute Nacht!» Er winkte Sam, Teddy und Pen zum Abschied zu.

«Gute Nacht», antworteten sie im Chor.

Auch Pen stand auf. «Ich glaube, ich sollte auch langsam los. Ich wollte heute eigentlich schreiben. Vielen Dank für die wertvolle Unterstützung in Sachen Aufschieberitis.»

«Jederzeit», antwortete Sam fröhlich. «Danke für deine Hilfe.»

Er wandte sich an Teddy und drückte ihm den kleinen Drachen in die Hand. «Schau mal, was Mr. Hammersley für dich geschnitzt hat.»

Teddy wendete den Drachen lächelnd hin und her. «Ein Drache als Haustier für Mike!»

«Genau.»

«Moment», sagte Max, der noch mal umgedreht hatte und nachdenklich das Regal musterte. «Doch! Ich will das Regal», sagte er langsam. «Falls es dir nichts ausmacht.»

«Nein. Natürlich nicht», sagte Sam. «Ich habe keine Verwendung dafür.»

«Was willst du damit?», wollte Pen wissen. «Bei euch kriegen wir es doch auch nicht ins Haus.»

«Ich glaube, in den Gartenschuppen passt es rein», sagte Max. «Und ich werde natürlich *Kunst* damit machen.»

❄

Nachdem das Bücherregal zu Max und Arthur in den Gartenschuppen verfrachtet worden war, Sam und Teddy sich beim Abendessen ihre jeweiligen Abenteuer des Tages erzählt hatten (Sam: der Spontankauf eines antiken Bücherregals; Teddy: Miss Quinns Anleitung zum Falten des weltbesten Papierfliegers), Sam Teddy bei den Hausaufgaben geholfen hatte (unglaubliche Mengen von Aufgaben, die Sam selbst nur zur Hälfte verstand, auch wenn er versuchte, sich nichts anmerken zu lassen) und er seinen Sohn zu den sanften Klängen von Emilias Schlagzeugspiel ins Bett gebracht hatte (was natürlich bedeutete, dass Teddy nicht schlafen würde, solange Emilia übte, aber Sam wollte sich bei den Pachutas nur ungern beschweren, weil Emilia eigentlich nie lange spielte) - nach alldem setzte Sam sich in sein Büro und tat so, als würde er noch ein bisschen arbeiten. In Wirklichkeit dachte er an den *Turtledove Kurier*.

Der Gedanke, dass er sich bei den Pachutas auf keinen Fall über Emilias abendliche Schlagzeugstunden beschweren wollte, erinnerte ihn an Ellens Kritik, er wolle immer von allen gemocht werden, und dies wiederum brachte Sam auf den Gedanken, dass sein Wunsch, von allen gemocht zu werden, sich irgendwie in den Wunsch verdichtet hatte, von einem ganz bestimmten Menschen gemocht zu werden: von Teddys Lehrerin Miss Quinn. Nein - ehrlich gesagt, es wäre ihm sehr recht, wenn Teddys Lehrerin ihn nicht nur mochte, sondern umwerfend und phantastisch fand. Auch wenn er es für irrational gehalten hatte, hatten Max und Pen vielleicht recht: Vielleicht war es doch nicht verkehrt.

Sam nahm sein Telefon, um seiner Schwester zu schreiben, dachte kurz nach und schrieb schließlich: Müsste ich in der Lage sein, Viertklässlerhausaufgaben zu kapieren?

Ellen antwortete sofort: Wart erst mal die Leistungskurse ab.

Sam grinste. Ja, darauf wartete er sehr gerne noch etwas länger. Er holte tief Luft, dann schrieb er, in der Hoffnung, möglichst lässig zu klingen: Findest du es schleimig, wenn ich mich beim Schulausflug als Aufsicht anbiete, um Zeit mit meinem Sohn und der Lehrerin meines Sohnes zu verbringen?

Wieder antwortete Ellen prompt: Grenzwertig. Aber trotzdem: Trau dich! Sei charmant. Kein Wort über Rote Beete. Und gib Bescheid, wenn du Tipps für Gesprächsthemen brauchst.

Sam antwortete mit dem Emoji, das – zumindest in Amerika – für *Peace* stand.

Dann nahm er ein Blatt Papier und schrieb:

Liebe Miss Quinn, mit Freuden stelle ich mich als Aufsichtsperson für den Ausflug ins Naturkundemuseum zur Verfügung. Ich freue mich auf ein Wiedersehen. Schöne Grüße, Sam Bishop.

Nein, dachte er dann, *das klingt definitiv schleimig.*

Er nahm ein neues Blatt Papier und schrieb:

Liebe Miss Quinn, herzlich gern würde ich Teddy in die Wunder des Naturkundemuseums einführen. Ihr Sam Bishop.

Er las, was er geschrieben hatte. «Sag mal, spinnst du, Sam?», sagte er laut und nahm ein neues Blatt Papier.

Liebe Miss Quinn, ich kann bei dem Ausflug ins Naturkundemuseum gerne die Aufsicht übernehmen. Schöne Grüße, Sam Bishop.

Das, dachte er, war viel besser. Abgesehen davon, dass er eine Sauklaue hatte, Miss Quinn Kindern das Schreiben beibrachte und selbst eine wirklich schöne Handschrift besaß. Also nahm Sam ein weiteres Blatt Papier zur Hand und schrieb die Nachricht in seiner allerschönsten Schönschrift noch einmal ab.

8

Hausaufgabenbuch von Teddy Bishop. ~~10-01~~ 1.10.: Werkunterricht: Sehr schlimm. Moderne Sprachen: Auch sehr schlimm. Informatik: Am allerschlimmsten. Am besten: Miss Quinn kann sehr gut ~~mulplitizieren~~ multiplizieren. Auch am besten: Miss Quinn hat mir bei den Spanischvokabeln geholfen und nicht gelacht. Am allerbesten: Ich durfte heute das Lied aussuchen, dass Miss Quinn vor dem Unterricht zum Ruhigwerden gespielt hat.

Teddys Hausaufgabenbuch war für Sam eine wertvolle Informationsquelle. Er sollte jede Woche die drei besten und die drei schlimmsten Dinge über die jeweilige Schulwoche aufschreiben. Teddy fing grundsätzlich mit dem Negativen an, was Sam sehr bezeichnend fand. Und das betraf immer Fächer, die Teddy fremd waren und mit denen er zu kämpfen hatte. Die großen Unterschiede zwischen den Schulsystemen machten ihm zu schaffen. Sam ging es genauso, denn obwohl er im englischen Schulsystem groß geworden war, hatte er es nie aus der Elternwarte erlebt und ehrlich gesagt völlig vergessen, wie es sich anfühlte, ein Schulkind zu sein.

Teddys positive Erlebnisse drehten sich immer in irgendeiner Weise um Miss Quinn. Sam kam langsam zu dem Schluss, dass er sich, selbst wenn er ihr noch nie begegnet wäre, in diese Frau verliebt hätte, schon allein durch die Schilderungen in Teddys Hausaufgabenbuch.

Außerdem war Miss Quinn fast immer Bestandteil von Teddys Abenteuer des Tages. Klar, Sams Abenteuer des Tages hatten auch oft mit Leuten rund um seine Arbeit zu tun, und ihm war klar, dass man dazu neigte, von den Menschen zu erzählen, mit denen man den Großteil seines Tages verbrachte; und für Teddy war das nun mal Miss Quinn. Aber Teddy sprach kaum über seine Klassenkameraden und absolut nie über irgendwelche Freunde. Teddy kreiste ausschließlich um Miss Quinn und um Jack.

Eines Abends sprach Sam ihn darauf an. «Du sprichst sehr viel über Miss Quinn.»

Teddy zuckte die Achseln. «Miss Quinn ist nett. Das weißt du doch. Ich mag sie sehr.»

«Ist sie eine gute Lehrerin?», fragte Sam.

«Sie ist die Beste. Sie weiß alles, und sie ist nett zu mir. Sie hilft mir. Sie lacht mich nicht aus.»

«Wirst du oft ausgelacht?» Sam wollte nicht sagen, dass er bereit war, die Messer zu wetzen und diesen Leuten entgegenzutreten, aber ... möglich war das durchaus.

Teddy zuckte wieder die Achseln.

Sam überlegte, wie er darauf reagieren sollte. Schließlich sagte er: «Also ich freue mich ja schon sehr auf diesen Ausflug. Dann kannst du mir die ganzen gemeinen Kinder zeigen, damit ich sie einschüchtern kann.»

Teddy blieb unbeeindruckt. «Dad, du bist nicht einschüchternd.»

«Ich könnte es aber sein», setzte Sam sich zur Wehr.

«Nein. Das glaube ich nicht.»

Sam machte ein finsteres Gesicht. «Findest du mich etwa nicht einschüchternd, wenn ich dich bestrafe?», wollte er wissen.

Da musste Teddy tatsächlich lachen.

Teddy erlebte die Schule so: Der Unterricht war schrecklich *lang*. Ihm kam jeder einzelne Tag vor wie ein *ganzes Leben*. Und er hatte das Gefühl, nie zwischendurch Luft holen zu können. Er fühlte sich in der Schule wie unter Wasser. Als wäre er mitten auf dem Meer, und es gäbe kein Entkommen vor den Wellen. Alle sprachen furchtbar schnell und verwendeten manchmal Wörter, die er nicht kannte, nicht mal aus dem Wortschatz seines Vaters. Es wurde ein Wissensstand vorausgesetzt, den er einfach nicht besaß. Sie lernten Mathe völlig anders, als er es bisher gelernt hatte, und er hatte Unterricht in Fächern, von denen er noch nie etwas gehört hatte. Wenn Miss Quinn nicht wäre, hätte Teddy seinen Dad längst gefragt, ob er nicht einfach zu Hause bleiben könne.

Miss Quinn war der absolut tollste Mensch im ganzen Universum. Miss Quinn war nett und freundlich und unglaublich geduldig. Miss Quinn lachte nur, wenn er etwas Lustiges sagte, sonst nie. Miss Quinn lächelte fast immer, außer wenn sie etwas sehr Ernstes sagte. Miss Quinn kannte die Antwort auf jede einzelne Frage, und was noch besser war: Sie konnte diese Antworten so erklären, dass Teddy sie verstand. Miss Quinn konnte sogar einen richtig guten amerikanischen Akzent nachmachen, was Teddy immer zum Lachen brachte.

Es war also gut, dass es Miss Quinn gab, denn sonst hätte Teddy sich einfach geweigert, zur Schule zu gehen. Zum Glück gab es also Miss Quinn, die seinen Dad vielleicht mochte, obwohl sie es nie sagte, und es gab seinen Dad, der Miss Quinn definitiv mochte, obwohl er gern so tat, als wäre sie nur seine Lehrerin und sonst nichts weiter.

Es gab Miss Quinn, und es gab Jack, der jeden Tag nach der Schule auf ihn wartete. Jack war also quasi der Freund, der mit ihm von der Schule nach Hause ging, da die anderen Kinder daran offensichtlich kein Interesse hatten. Und so wurde es langsam kälter, und die Tage wurden kürzer, und die Blätter wirbelten um sie herum, und Dad bestand darauf, dass Teddy die leichte Jacke gegen einen warmen Mantel tauschte, und versicherte ihm außerdem, dass Jack keinen Mantel brauchte, weil er ein dickes Fell hatte.

Also wartete Jack jeden Tag nach der Schule auf ihn und ging mit ihm nach Hause, auch wenn das Wetter eklig war und niemand mit ihnen redete.

Bis zu dem Tag, als einer von den großen Jungs aus irgendeinem Grund beschloss, ihn doch zu bemerken.

«Du, sag mal, was ist das eigentlich mit dir und diesem Hund? Hast du keine Freunde?», meinte er, und dann lachten sie alle, als hätte er was Superwitziges gesagt.

Teddy hatte Jack gerade mit einem Tätscheln begrüßt und wurde ganz steif, weil er plötzlich im Zentrum der Aufmerksamkeit stand. Als Jack das merkte, zog er einen kleinen Schutzkreis um Teddy und fing leise an zu winseln.

«Dabei ist das nicht mal sein Hund», lästerte Pari. «Das ist der Straßenhund. Er gehört *allen*!»

«Das ist nicht mal deiner?», sagte der große Junge, der angefangen hatte. «Wieso tust du dann so, als wäre das dein Hund?»

«Er ist meiner!», sagte Teddy mit fester Stimme, die Hand an Jacks Halsband geklammert, um ihn neben sich zu halten. «Er gehört allen, also gehört er auch mir!»

«Versuchst du etwa, den Hund zu stehlen?», fragte der große Junge drohend.

Teddy sah sich um. Die Kinder umringten ihn und

starrten ihn an. Er sah Pari an. Sie wirkte ... erschrocken. Das hatte Teddy eigentlich nicht erwartet.

«Wartet mal», sagte Pari. «Er will ihn doch nicht stehlen. Er hilft nur, sich um Jack zu kümmern.»

«Also ich finde, er verbringt mehr Zeit mit Jack, als ihm zusteht», sagte der große Junge. «Los. Gib uns den Hund!»

«Nein!», sagte Teddy, die Hand immer noch fest an Jacks Halsband, und Jack beschloss, dass dies der richtige Moment für ein gefährliches Hundeknurren war.

«He!», sagte der Junge. «Mach, dass er aufhört! Wofür hältst du dich? Bringst den dazu, uns anzuknurren? Geht's eigentlich noch?»

Jack knurrte weiter, und Teddy wusste nicht, was er tun sollte. Bis nach Hause war es nicht mehr weit, und wenn er Jack losließ, könnte er versuchen wegzulaufen. Aber was, wenn Jack nicht mitkam? Was, wenn die großen Jungen Jack stehlen wollten? Sie wohnten ein paar Straßen weiter, und da kannte Jack doch keinen. Jacks Zuhause war hier!

Und während Teddy noch überlegte, was er tun sollte, hörte er plötzlich die Stimme von Mr. Hammersley: «Was ist hier los?»

Der große Junge verwandelte sich in Anwesenheit eines Erwachsenen sofort in den reinsten Engel. «Ach, nichts, Sir!», sagte er. «Wir bewundern nur diesen tollen Hund.»

Jack knurrte immer noch.

Mr. Hammersley sagte: «Macht, dass ihr weiterkommt. Los, ab nach Hause mit euch!»

Die Kinder trotteten davon, auch Pari, die sich noch einmal nach ihnen umsah.

«Ich weiß beim besten Willen nicht, wo diese Welt hingekommen ist», sagte Mr. Hammersley. «Die Kinder von heute! Geht's dir gut?»

Teddy wollte nur noch nach Hause. *Richtig* nach Hause. Doch er klammerte sich an Jacks Halsband und nickte stumm. Jack drehte sich zu ihm um und drückte sich an sein Bein, schnüffelte liebevoll an seiner Hand.

Mr. Hammersley musterte ihn forschend. «Mach dir nichts draus, ja? Jack mag dich und nicht die, und ich kenne niemanden mit einer so guten Menschenkenntnis wie Jack.»

Er hatte recht: Jack war bei ihm und schleckte ihm die Hand.

«Lauf nach Hause», sagte Mr. Hammersley.

Das ließ Teddy sich nicht zwei Mal sagen.

Als er zu Hause ankam, saß sein Dad im Büro und arbeitete. Er fragte nur: «Hattest du einen schönen Tag?» Teddy nickte, verzog sich mit Jack in sein Zimmer und rollte sich auf dem Bett zusammen. Dad tauchte nicht auf, um bohrende Fragen zu stellen, und Teddy durfte einfach nur das Gesicht in Jacks weichem Fell vergraben und atmen. Ein und aus.

❄

Teddy war ungewöhnlich still. Er war zwar viel für sich, aber nach einem langen Schultag hatte er für gewöhnlich trotzdem viel zu erzählen, auch wenn er sich größtenteils beschwerte. Also klopfte Sam an Teddys Tür, sobald er mit der Arbeit fertig war, wartete auf das «Komm rein!» und streckte den Kopf ins Zimmer.

«Alles okay?», fragte er Teddy, der mit Jack auf dem Bett saß.

Teddy nickte stumm.

Er sah nicht so aus, als wäre alles okay, dachte Sam. «War was in der Schule?», fragte er.

Teddy schüttelte den Kopf. «Nein. In der Schule war's schön. Mit Miss Quinn ist alles super.»

Sam zog eine Augenbraue hoch. «In der Schule war's schön?»

Teddy zuckte die Achseln.

Hmmm, dachte Sam. Und dann fragte er vorsichtig. «Okay. Aber du würdest mir sagen, wenn was nicht in Ordnung wäre, oder? Du weißt, dass du mir alles erzählen kannst.»

Teddy nickte und rückte nicht mal mit einem Schnipselchen Information heraus.

Na super, dachte Sam. Wie sollte er dagegen ankommen? Also sagte er: «Ich weiß ja nicht, ob Jack aufs Bett gehört. Er ist schmutzig.» Aber er wollte lieber nicht weiter darauf herumreiten und verzog sich nach unten, um über das Abendessen nachzudenken.

Da klingelte es an der Haustür. Sam ging nachsehen, und vor ihm stand eine Person, mit der er im Leben nicht gerechnet hätte.

«Pari!», rief er überrascht, und dann verstummte er, weil ihm schlicht die Worte fehlten.

Pari sah ihn mit großen, ernsten Augen an. Sie sagte: «Ist Teddy zu Hause? Kann ich mit ihm sprechen?»

Hm. Sie wirkte nicht streitlustig. Also antwortete Sam, während er fieberhaft überlegte, wieso Pari auf einmal bei ihnen auftauchte: «Ja, klar. Er ist oben, mit Jack.»

«Danke.» Mit der Energie einer Achtjährigen sauste Pari die Treppe hinauf.

Sam erwog, hinterherzuschleichen und zu lauschen,

doch dann dachte er: *Nein, nur ein schlimmer Vater würde jetzt lauschen.* Nur um seine Meinung in der nächsten Sekunde wieder zu ändern: *Nein, Moment,* dachte er, *wahrscheinlich würde ein besonders guter Vater jetzt lauschen.* Und weil er sich nicht entscheiden konnte, beschloss er, sich auf die unterste Treppenstufe zu setzen. Das war nicht ganz so schlimm, wie das Ohr gegen die Zimmertür zu pressen, aber so bekam er vielleicht trotzdem etwas mit.

❄

Teddy saß mit Jack auf dem Bett und sah Pari stumm an, als sie in sein Zimmer kam. Wenigstens Jack wedelte ein bisschen mit dem Schwanz, auch wenn er nicht runtersprang, um sie zu begrüßen.

Pari trat verlegen von einem Bein auf das andere und sagte dann: «Wahrscheinlich bist du jetzt echt sauer auf mich.»

Teddy antwortete nichts.

«Tut mir leid. Ich wollte nicht, dass so was passiert, und ich wollte nicht, dass sie dir Jack wegnehmen. Es tut mir wirklich, wirklich leid. Echt. Es tut mir so, so leid», ratterte Pari hektisch runter.

Teddy sagte immer noch nichts. Er sah nicht aus, als würde er ihr glauben. Aber Jack sprang vom Bett, kam zu ihr und leckte ihr Gesicht, als sie sich zu ihm hinabbeugte.

«Hallo, Jack», sagte Pari, und zu Teddy sagte sie: «Darf ich mich aufs Bett setzen?»

Teddy nickte, jedenfalls nach einer Sekunde oder so.

Pari setzte sich aufs Bett und sah ihn an. Er sah furchtbar traurig aus. Eben, zusammen mit Jack auf dem Bett, da hatte sie ihn zum allerersten Mal richtig angesehen, dachte Pari. Teddy war *unglücklich* und *einsam*. Deshalb wollte er Jack immer bei sich haben. Teddy kannte sonst niemanden. Er hatte keinen großen Bruder – Teddy hatte nicht mal eine *Mum*! Und in der Schule hatte Teddy auch keine Freunde. Und Pari hatte plötzlich das Gefühl, ihr war überhaupt nicht klar gewesen, wie einsam Teddy in Wirklichkeit war, bis sie endlich gezwungen worden war, es zu sehen.

Und deshalb fühlte sich Pari schrecklich.

Sie sagte: «Ich will keinen Krieg mehr mit dir.»

Worauf Teddy sagte, nach einer Sekunde oder so: «Ich will auch keinen Krieg mit dir.»

«Dann hören wir eben auf.» Pari zuckte die Achseln.

Teddy wirkte immer noch nicht überzeugt. «Versuchst du immer noch, Jack zu stehlen?»

Pari schüttelte den Kopf. «Du teilst ihn ja auch. Außerdem bin ich jetzt ganz oft bei der Tierärztin. Da gibt es jede Menge Tiere. Gestern durfte ich die Meerschweinbabys halten!»

«Klingt ziemlich cool», sagte Teddy anerkennend.

«Ja. Außerdem ist es besser, weil Mum die Tiere nicht sehen muss. Mein Bruder geht aber nicht mehr mit. Er ist nämlich in Ohnmacht gefallen.»

Jetzt wirkte Teddy beeindruckt. «Er ist *in Ohnmacht* gefallen? Echt?»

Pari nickte. «Echt! Die haben ihm ’ne Spritze gezeigt, und da ist er einfach umgekippt. Mitten auf den Fußboden. Er hat sich den Kopf angehauen. Ich dachte, er wär tot.»

«Wow.»

«Voll. Dabei war das nur eine Spritze.»

Jack sprang zwischen ihnen aufs Bett und leckte abwechselnd ihre Gesichter.

Pari sagte: «Ich finde, Jack sollte eine Rolle in unserer Schulaufführung kriegen.»

«Gute Idee», sagte Teddy.

«*Super* Idee», sagte Pari und lächelte ihn an.

❄

Weil Sam von seinem Wachposten am Fuße der Treppe so gut wie nichts hören konnte, hatte er eben beschlossen, doch nach oben zu gehen und ordentlich an der Tür zu lauschen, als es zum zweiten Mal an der Haustür klingelte.

Diya wahrscheinlich, dachte Sam, die Pari holen wollte.

Doch als Sam schwungvoll die Tür aufmachte, stand da Mr. Hammersley, dick eingemummelt, als wollte er auf eine Tour in die Antarktis aufbrechen.

«Oh», sagte Sam verdattert. «Hallo. Ist was passiert?»

«Bitte glauben Sie nicht, dass ich ab jetzt ständig bei Ihnen auf der Matte stehe», sagte Mr. Hammersley.

«Okay?», antwortete Sam. «Brauchen Sie was?»

«Natürlich nicht!», bellte Mr. Hammersley. «Ich kann sehr gut für mich selber sorgen.»

«Schön», meinte Sam, der immer noch nicht wusste, weshalb Mr. Hammersley nun bei ihm auf der Matte stand.

«Ich wollte nur sagen, dass Jack heute Nacht bei Ihnen bleiben kann. Ich habe ihm etwas Futter gebracht.» Mr. Hammersley reichte ihm eine Tüte Hundefutter.

«Oh», sagte Sam perplex. Jack übernachtete in letzter Zeit recht häufig bei ihnen. Sie thematisierten das eigentlich kaum noch.

«Ich könnte mir denken, dass Ihr Sohn ihn heute Nacht vielleicht braucht.»

«Teddy?», fragte Sam irritiert.

«Ja. Ich glaube, die Kinder haben ihm ziemlich zugesetzt, aber er ist zäh, Ihr Kleiner. Ich würde mir nicht allzu viele Gedanken darüber machen. Und Jack hat ganze Arbeit geleistet.»

Sam starrte Mr. Hammersley entgeistert an. Ganz offensichtlich war etwas vorgefallen, und Mr. Hammersley ging davon aus, dass Sam darüber Bescheid wusste.

«Ja, richtig», stammelte er. «Na ja, Kinder eben.» Er wollte auf keinen Fall zugeben, dass Teddy ihm keinen Ton erzählt hatte.

«Es geht ihm doch gut, oder?», fragte Mr. Hammersley.

«Bestens», sagte Sam mit aufgesetzter Fröhlichkeit.

Und stiefelte, sobald er die Haustür wieder geschlossen hatte, schnurstracks nach oben und klopfte an Teddys halbgeöffnete Zimmertür.

Teddy und Pari kicherten über irgendwas, und Jack lag ausgebreitet zwischen ihnen, immer noch auf dem Bett.

Sam blieb wie angewurzelt stehen und starrte ins Zimmer. Er hatte völlig vergessen, weshalb er gekommen war, denn vor ihm saß sein Sohn und *kicherte*.

«Dad!», rief Teddy ausgelassen, «Pari und ich haben eine Superidee! Dürfen wir Jack baden? Bitte! Dann wäre er nicht mehr schmutzig.»

Sam brachte es nicht übers Herz, einem Teddy mit einem solchen Gesicht irgendetwas auszuschlagen. *Bitte, behalte dieses Gesicht, mein Kind*, dachte er. Also verfrachtete er zwei Kinder und einen schmutzigen Hund ins Badezimmer und sah mit Grauen der Schweinerei entgegen, die sie dort veranstalten würden.

«Gibst du mir bitte eure Telefonnummer, Pari?», sagte Sam. «Ich rufe deine Mutter an und sage ihr, dass du bei uns bist.»

«Ach, meine Mutter ist nicht zu Hause», sagte Pari und lachte ausgelassen vor Freude über den klitschnassen Hund. «Sie musste zu meinem Onkel, um ihm beim Kochen zu helfen, für irgendeine Party. Aber mein Dad ist da.»

«Klar!», sagte Sam. «Ich alter Sexist. Also rufe ich deinen Dad an.»

Pari gab ihm die Nummer, und Sam rief seine Nachbarn an: «Hallo, Darsh, hier spricht Sam Bishop von nebenan.»

«Oh», sagte Darsh freundlich. «Hallo.»

«Ich wollte Ihnen nur sagen, dass Pari bei uns ist. Jack wird gebadet.»

«Wie nett», sagte Darsh.

Ja, dachte Sam. *Das finde ich auch.*

❄

Nachdem Jack gewaschen und trocken gerubbelt und gebürstet und generell eine riesengroße Schweinerei veranstaltet worden war, lief Pari nach Hause. Sam sah ihr nach und beschloss, wegen des Abendessens keinen Aufwand zu betreiben und Cornflakes zu servieren – die Reinigung des Badezimmers war bereits aufwendig genug gewesen.

«Abenteuer des Tages ...», sagte er in der Hoffnung, Teddy damit aus der Reserve zu locken. «... Mr. Hammersley kommt extra zu uns rüber, um sich zu erkundigen, wie es dir nach einem Zwischenfall mit anderen Kindern geht.»

Doch anstatt zu erzählen, was los gewesen war, sagte Teddy nur: «Mein Abenteuer des Tages lautet: Ich habe eine Freundschaft geschlossen!» Und er sah dabei so glücklich und zufrieden aus, dass Sam sich sicher war, dass dies der allerschönste Tag war, seit sie in London angekommen waren.

9

Hallo, Nachbarn!
Die Bonfire Night steht vor der Tür, also lasst uns Pläne schmieden. Wie wär's mit einem gemeinschaftlichen Feuerwerksbesuch? Allerdings sollten wir besprechen, was wir mit Jack machen, während es draußen knallt und scheppert. Wir haben schließlich gemeinsam die Verantwortung.
Eure Pen

Max hatte eine ganze Weile darüber nachgedacht, was er mit dem Bücherregal anstellen sollte, das er Sam abgeluchst hatte. Installationen waren nicht ganz sein Schwerpunkt, und obwohl das Regal wirklich sehr hübsch war, so war es doch nicht die allergrößte Handwerkskunst. Es war ein schön gearbeitetes Möbelstück aus Holz, jedoch ohne Verzierungen, und es konnte ein wenig mehr Charakter brauchen. Doch Max war sich nicht ganz sicher, in welche Richtung dieser Charakter gehen sollte. Tag für Tag lief er hinaus in den Garten, betrat den Schuppen und betrachtete das Bücherregal. Doch das Bücherregal weigerte sich Tag für Tag aufs Neue, zu ihm zu sprechen. Manchmal kam Jack dazu und setzte sich neben ihn, und dann sagte Max Dinge wie: «Sagt dir die japanische Shou-Sugi-Ban-Technik irgendwas?», und Jack machte ein sehr angestrengtes Gesicht und dachte nach.

Dann las Max einen Zettel, den Pen durch seinen Briefschlitz – vermutlich durch jeden Briefschlitz in der Straße – geworfen hatte. Es ging um die Bonfire Night und um Jack, und als er an diesem Tag in den Schuppen ging, sagte ihm das Bücherregal unmissverständlich, was es werden wollte.

Doch diese Idee müsste die ganze Straße mit einbeziehen, dachte Max, und sie sollte fairerweise bei Mr. Hammersley ihren Anfang nehmen.

Weshalb Max sich plötzlich vor der Haustür des alten Griesgrams am Anfang der Straße wiederfand und bei ihm anklopfte.

Er hatte nicht damit gerechnet, dass Mr. Hammersley öffnen würde, doch nach einer Weile ging die Haustür tatsächlich auf. «Was?», murrte der alte Mann mit finsterer Miene.

«Hallo», sagte Max. «Ich bin Max. Ich wohne ein Stück die Straße runter.»

Mr. Hammersley wirkte gänzlich desinteressiert. «Was wollen Sie?»

«Ich habe einen Plan», sagte Max.

«Interessiert mich nicht», knurrte Mr. Hammersley und machte sich daran, Max die Tür vor der Nase zuzuschlagen.

Der stellte jedoch den Fuß dazwischen, ehe sie ganz zuging, und erntete dafür einen Blick, der Gott sei Dank nicht die Macht zu töten hatte, weil Max ansonsten auf der Stelle mausetot umgefallen wäre. «Hören Sie mir doch wenigstens zu», sagte er, um einen fröhlichen Tonfall bemüht.

«Warum denn?»

«Weil es was mit Jack zu tun hat.»

Damit hatte Max, wie erhofft, endlich Mr. Hammersleys Aufmerksamkeit. «Was ist mit Jack?»

«Es geht um ein Geschenk, und es hat mit Jack zu tun. Ein Geschenk für die ganze Straße. Und ich würde mich sehr über Ihre Hilfe freuen.»

«*Meine* Hilfe?» Mr. Hammersley sah erst überrascht und dann sehr misstrauisch aus. «Warum?»

«Weil die ganze Geschichte mit Jack bei Ihnen angefangen hat. In jeder anderen Straße wäre ein streunender Hund einfach im Tierheim gelandet. Sie haben Jack als Erster zu sich ins Haus gelassen und beschlossen, dass er von der ganzen Straße adoptiert wird. Ich finde, ein Geschenk, das mit Jack zu tun hat, muss bei Ihnen anfangen.»

Mr. Hammersley wirkte, als wüsste er nicht recht, was er sagen sollte.

«Außerdem», sagte Max und lächelte, «handelt es sich um ein Kunstprojekt. Und Sie sind Künstler.»

Auf dem Speicher wohnte etwas. Für so was hatte Sam wirklich weder Zeit noch Nerven. Er hatte viel zu tun und nahm sich diese Woche sowieso schon einen Tag für den Schulausflug frei. Aber er musste trotzdem etwas unternehmen. Teddy und er hatten das Kratzen und Schaben unter dem Dach beide gehört. Sogar Jack hatte sich für das Geräusch erwärmt und die Zimmerdecke angebellt.

Teddy fand es cool und hoffte auf eine Giftschlange.

«Wieso willst du, dass es eine Giftschlange ist?», fragte Sam. «Was, wenn sie beschließt, sich zu uns runterzuschlängeln und uns im Schlaf zu töten?»

«Quatsch», sagte Teddy. «Die ist auf dem Speicher eingesperrt.» Er zuckte ganz cool mit den Achseln.

«Der Speicher ist mit dem Haus verbunden, weißt du das?», entgegnete Sam.

«Uns passiert nichts», sagte Teddy.

«Stimmt. Vor allem weil es in England so gut wie keine Giftschlangen gibt», erklärte Sam.

Später sagte er zu seiner Schwester am Telefon: «Auf unserem Speicher wohnt irgendwas.»

«Ein Tier?», fragte Ellen.

«Na ja, ein Mensch wird es hoffentlich nicht sein», antwortete Sam.

Ellen lachte, als hätte er einen Witz gemacht. «Entspann dich», sagte sie. «Ruf den Kammerjäger an.»

Also rief Sam den Kammerjäger an und folgte dem Mann durchs ganze Haus. Der Kammerjäger runzelte die Stirn und machte sich Notizen. Das Ganze hatte irgendwie Ähnlichkeit mit einer medizinischen Untersuchung. Sam hätte am liebsten gefragt, ob das Haus gesund war.

Doch zu seinem Leidwesen verkündete der Kammerjäger: «Schlechte Nachrichten. Sie haben Fledermäuse auf dem Speicher.»

«Leder*mäuse?*», sagte Sam. «Im Plural?»

Der Kammerjäger hob die Schultern, als sei eine Herde Fledermäuse, oder wie die korrekte Sammelbezeichnung auch lauten mochte, auf dem Speicher was völlig Normales. «Fledermäuse leben in Kolonien.»

«Okay», sagte Sam und versuchte, ruhig zu bleiben und sich keinen mit Fledermäusen vollgehängten Speicher vorzustellen. «Und was kann ich dagegen tun?»

«Na ja, das ist nicht so einfach», antwortete der Kammerjäger. «Wissen Sie, Fledermäuse stehen unter Naturschutz. Man darf ihre Nester nicht zerstören. Also jedenfalls nicht ohne Genehmigung.»

Sam starrte ihn an. «Ach so? Heißt das, ich muss mit einer Fledermauskolonie unter einem Dach leben?»

Als Sam Teddy beim Abendbrot davon erzählte, rief Teddy: «Wie cool! Das ist dein tollstes Abenteuer aller Zeiten.»

❄

«Bei euch im Haus wohnen also echt Fledermäuse!», staunte Pari. Sie saßen eingemummelt in ihre Mäntel bei Teddy im Garten und tranken warmen Kakao. «Kaltwetterpicknick», hatte Pari es genannt, und Teddy war von dem Vorschlag begeistert gewesen.

«Cool, oder?», sagte er. «Und zwar eine ganze *Kolonie*.»

«Was ist eine Fledermauskolonie?», wollte Pari wissen. «So was wie eine Familie?»

«Ja, glaub schon. Eine Riesenfamilie.»

«Eine Horde Fledermäuse mit jeder Menge Brüdern und Schwestern», sagte Pari. «Die bashen sich bestimmt die ganze Zeit.»

«Was heißt bashen?», fragte Teddy.

«Du weißt schon – streiten», erklärte Pari. «Den anderen fertigmachen.»

Teddy dachte nach. «Wahrscheinlich. Das kann ich nicht beurteilen. Ich habe keine Geschwister.»

«Genau wie Jack», sagte Pari. «Er hat auch keine Geschwister. Deshalb ist die ganze Straße seine Familie, und das ist ziemlich toll, finde ich.»

Als Jack, der zu ihren Füßen gelegen und mit angelegten Ohren die kahl werdenden Bäume nach Eichhörnchen abgesucht hatte, seinen Namen hörte, hob er den Kopf und beteiligte sich mit einem kurzen Bellen an dem Gespräch.

«Siehst du?», sagte Pari. «Jack ist ganz meiner Meinung.

Ziemlich toll.» Sie kraulte Jack hinter den Ohren, um seinen Schwanz in Bewegung zu setzen.

«Ich frage mich, ob Jack sich gern mit den Fledermäusen anfreunden würde», sagte Teddy.

«Ich weiß nicht.» Pari klang zweifelnd. «Eichhörnchen mag er jedenfalls nicht so gern. Und eine Fledermaus ist doch so was Ähnliches wie ein durch die Luft gleitendes Eichhörnchen.»

«Nein. Das sind Gleithörnchen», sagte Teddy. «Fledermäuse sind was ganz anderes. Sagt doch schon der Name.»

«Stimmt», sagte Pari. «Also die Katzen von Mrs. Pachuta jagen Mäuse, und Mrs. Pachuta sagt, Jack mag ihre Katzen nicht. Vielleicht heißt das ja, dass Jack Mäuse mag, und wenn er Mäuse mag, mag er vielleicht auch Fledermäuse. Hm ...» Pari sah Jack forschend an.

Jack spazierte davon, um nachzusehen, ob sich inzwischen hinten im Garten womöglich etwas Interessantes tat.

«Ist auch egal», sagte Teddy. «Wir wissen sowieso nicht, wie wir auf den Speicher kommen sollen.»

❄

Am Morgen des Ausflugs ins Naturkundemuseum verließen Teddy und Sam gemeinsam das Haus und stießen auf der Straße fast mit Mr. Hammersley zusammen. «Oh, hallo!», sagte Sam überrascht, weil Mr. Hammersley so gut wie nie das Haus verließ.

«Guten Morgen», sagte Mr. Hammersley, als würden sie sich täglich um diese Uhrzeit über den Weg laufen.

«Hallo, Mr. Hammersley!», sagte Teddy fröhlich. «Wir gehen heute ins Naturkundemuseum!»

Teddy freute sich gewaltig auf diesen Ausflug. Sam war

unglaublich erleichtert und froh; es war, als hätte er endlich sein Kind zurück.

«Na, dann viel Spaß», sagte Mr. Hammersley und setzte seinen Weg fort.

Und Sam? Sam konnte einfach nicht anders, dazu war er viel zu neugierig. «Und wohin gehen Sie?», fragte er.

«Ich arbeite an einem Kunstprojekt», sagte Mr. Hammersley und setzte seinen Weg ungerührt fort.

Sam ging verdattert weiter, und als er sich noch einmal kurz umdrehte, sah er Mr. Hammersley schnurstracks auf die Haustür von Max und Arthur zusteuern. *Es geschehen noch Zeichen und Wunder*, dachte er.

❄

Im Klassenzimmer herrschte das reinste Chaos. Überdrehte, nicht zu bändigende Kinder riefen in voller Lautstärke durcheinander.

Miss Quinn trat auf Sam zu. «Oh, hallo, Mr. Bishop.» Sie reichte ihm ein Blatt Papier und einen laminierten, von einer Sicherheitsnadel durchbohrten Papierfisch. «Sie sind für diese Kinder verantwortlich, das Team Barrakuda. Bitte stecken Sie sich den Fisch ans Hemd.»

«Barrakuda?», wiederholte Sam.

«Das hat nichts zu bedeuten», sagte Miss Quinn lächelnd und rief: «Team Barrakuda! Alle mal hierher!»

Sofort kamen Teddy und vier weitere Kinder gehorsam angerannt, ohne ihr aufgeregtes Geschnatter zu unterbrechen.

«Hallo», sagte Sam.

Die Kinder nahmen ihn kaum zur Kenntnis.

Teddy war zwar nicht direkt in das Geschnatter involviert, doch es schien ihn nicht zu stören. Er winkte quer durchs Klassenzimmer zu Pari Basak hinüber, die in einem Kinderpulk vor ihrer Mutter stand. Mrs. Basak gehörte ebenfalls zu den freiwilligen Begleitern.

Sam warf einen verstohlenen Blick zu den anderen beiden Eltern, die noch mitkamen: Es waren beides Männer. Er war natürlich nicht davon ausgegangen, dass er der einzige Vater war, der als Aufsichtsperson mitkam, aber er hatte definitiv nicht damit gerechnet, dass drei Viertel der Aufpasser männlich waren. War das sexistisch von ihm? Dann fiel ihm auf, dass beide, na ja, ganz offensichtlich mit Miss Quinn zu flirten versuchten. Was sie augenscheinlich souverän und elegant parierte, trotzdem traf Sam in diesem Augenblick eine schreckliche Erkenntnis: wie unglaublich arrogant und ungehobelt er sich verhielt. Einfach so an ihrem Arbeitsplatz aufzukreuzen, in der Annahme, nichts wäre ihr lieber, als sich von einem Flirt ablenken zu lassen, während sie sich bemühte, ihren Job zu machen.

Sam wäre am liebsten vor Scham im Erdboden versunken.

Weshalb er Miss Quinn auf dem Weg zum Bus und als sie sich ihre Plätze suchten, geflissentlich mied. Sie hatte heute genug zu tun und sollte einfach nur in Ruhe ihren Job machen dürfen.

Diya Basak setzte sich auf den Platz neben ihm. «Hallo», sagte sie und strahlte ihn an.

«Hi», antwortete Sam und wollte gerade sagen, wie sehr er sich darüber freute, dass Pari und Teddy inzwischen offenbar Freunde geworden waren, doch sie fiel ihm ins Wort: «Ist Ihnen auch schon aufgefallen, dass der alte Mann und das schwule Pärchen neuerdings irgendwas miteinander zu schaffen haben?»

Siedlungsklatsch ist super, dachte Sam. «Ja!», sagte er. «Was da wohl vor sich geht?»

«Keine Ahnung. Wir sollten diese Schreiberin fragen. Die weiß alles.»

Sie wurden von Miss Quinn unterbrochen, die sich ganz vorn in den Gang gestellt hatte, das Mikrophon in der Hand. «Okay», sagte sie. «Alle sind an Bord! Alle haben ihr Schildchen, und jeder kennt sein Team. Ihr wisst jetzt alle, an wen ihr euch im Museum halten müsst. Alles Weitere bei der Ankunft. Nächster Halt: Naturkundemuseum!»

Die Kinder jubelten, der Bus setzte sich in Bewegung, und Diya fing an, Sam lang und breit zu erklären, wie beschäftigt sie mit ihrem riesigen Netzwerk aus Freunden und Familie war und wie wichtig es für sie war, trotzdem Zeit für diese besonderen Momente mit ihren Kindern zu finden. Sam merkte, dass es reichte, wenn er zwischendurch immer wieder interessiert nickte. Ein winziges bisschen gelangweilt hob er im selben Moment den Kopf, als auch Miss Quinn zufällig in seine Richtung sah – sie lächelte, die Grübchen deutlich sichtbar. Er erwiderte ihr Lächeln und fasste den Entschluss, sie, wenn der Ausflug vorbei war, endlich auf eine Tasse Kaffee einzuladen, was er schon vor einer Ewigkeit hätte tun sollen. Und er würde sicherstellen, dass es weder schräg noch schleimig werden würde, sondern einfach ... *schön.* Einfach, weil er sie mochte, und so wie sie sich verhielt, mochte sie ihn auch. Und wenn sie keine Lust hatte, mit ihm Kaffee trinken zu gehen, würde er die ganze Sache vergessen. So einfach war das.

Und dann fing der Bus plötzlich an zu ruckeln und wurde immer langsamer.

Diya unterbrach ihren Monolog und fragte. «Was ist denn jetzt los?»

Miss Quinn beugte sich zum Fahrer, um sich mit ihm zu beraten.

Sam meinte: «Ach, sicher gar nichts», obwohl der Bus inzwischen völlig zum Stillstand gekommen war. Und zwar definitiv nicht in der Nähe des Naturkundemuseums.

❄

Max hatte die Rückseite des Bücherregals mit Leinwand bespannt und malte, während Mr. Hammersley an der Vorderseite mit Schnitzen beschäftigt war. Max war von der Arbeit des alten Mannes völlig fasziniert. Er verbrachte so viel Zeit damit, ihm beim Schnitzen zuzusehen, dass Mr. Hammersley schließlich brummte: «Hören Sie auf, mich anzustarren.»

«Entschuldigung», sagte Max. «Entschuldigung. Aber das ist so ... faszinierend.» Max hob die Hand und ließ die Finger über die wirbelnden Kurven im Holz gleiten. «Sie haben großes Talent. Ich klatsche nur Farbe irgendwohin, aber das, was Sie da machen ist ... absolut außergewöhnlich.»

Mr. Hammersley grunzte.

Max sah ihn an, zögerte kurz und sagte dann: «Haben Sie viel geschnitzt? Als Sie jünger waren, meine ich?»

«Als ich jünger war, hatte ich zu tun», schnaubte Mr. Hammersley. «Da war für so was keine Zeit. Und Bedarf schon gar nicht.» Er trat zurück und musterte sein Werk. «Na ja, ein bisschen habe ich schon geschnitzt», gab er schließlich zu.

«Zum Spaß», sagte Max. «Verstehe.»

«Mein Gott, wie verwöhnt Sie heutzutage alle sind!», sagte Mr. Hammersley. «Alles muss immerzu Spaß machen. Was tun Sie denn noch zum Spaß, wenn sogar die Arbeit Spaß ist?»

Max fing an zu lachen, aber Mr. Hammersleys böser Blick sagte ihm, dass diese Reaktion nicht angemessen war. «Gutes Argument», sagte Max. «Deshalb habe ich ja gelacht. Sie ... Sie haben recht. Auf diese Frage weiß ich auch keine Antwort.»

Mr. Hammersley beugte sich vor und nahm die Arbeit wieder auf. «Typisch!», sagte er. «Leute wie Sie denken nie gründlich über etwas nach.»

Max wusste nicht genau, wen Mr. Hammersley mit «Leute wie Sie» genau meinte, doch das war im Grunde nicht so wichtig. Er neigte dazu, ihm zuzustimmen, egal welche «Leute» genau gemeint waren. «Da ist was dran», sagte er und kehrte an seine Leinwand zurück.

❄

Als der Bus stehen blieb, hatte Sam zunächst noch gedacht, es wäre nur was Kleines und es ginge gleich weiter. Aber langsam kam es ihm so vor, als sei es doch etwas Ernsteres.

Miss Quinn stand im Freien und telefonierte, während der Fahrer unter der Motorhaube verschwunden war und die Kinder immer unruhiger wurden und lauthals anfingen, sich darüber zu beschweren, dass sie immer noch nicht im Naturkundemuseum waren. Die beiden anderen Väter waren anscheinend in ein Gespräch vertieft, das irgendwas mit Fußball zu tun hatte, und Sam hatte den Eindruck, dass es an ihm war, helfend einzugreifen. Er stand auf und stellte sich nach vorne in den Gang.

«Hallo, Kinder», rief er. «Das ist ja mal ein Abenteuer! Findet ihr nicht?»

Die Kinder murrten weiter. Tja. In ihren Augen definitiv kein Abenteuer. Teddy sah seinen Vater entsetzt an.

Sam dachte, es wäre gut, die Kinder irgendwie zu beschäftigen, egal mit was, denn es sah nicht so aus, als stünde ihre Rettung unmittelbar bevor.

«Ich habe gehört, ihr arbeitet an einem Theaterstück», sagte Sam.

«Es wird ein Krippenspiel», sagte ein Mädchen.

«Mit Schnee und mit Babys», sagte ein zweites.

«Und es geht um den Klimawandel», fügte ein drittes Mädchen hinzu.

«Wir schreiben es alle gemeinsam», schaltete ein Junge sich ein.

«Da ist ganz schön was los», meldete sich das erste Mädchen wieder zu Wort.

«Gut!», sagte Sam. «Klingt doch nach dem perfekten Thema, um die Wartezeit zu überbrücken. Wie arbeitet ihr an dem Stück?»

«Zuerst haben wir uns die Geschichte ausgedacht», erklärte das erste Mädchen. «Und dann haben wir uns in Gruppen aufgeteilt. Jede Gruppe soll ihre eigene Szene schreiben.»

«Okay», sagte Sam. «Also ...»

Plötzlich tauchte Miss Quinn hinter ihm auf und sah ihn erstaunt an. Er brach ab.

«Entschuldigung», sagte er. «Ich dachte, vielleicht ...»

«... könnten die Kinder an ihrem Stück arbeiten», beendete Miss Quinn seinen Satz. «Ja! Gute Idee. Also alle mal herhören: Findet euch in euren Gruppen zusammen und arbeitet an euren Szenen. Los geht's.»

Laut schnatternd geriet der ganze Bus in Bewegung, als die Kinder ihre Gruppen suchten.

Sam drehte sich zu Miss Quinn um. «Ich hoffe, das war okay. Ich wollte mich nicht einmischen, aber ich hatte den Eindruck, dass Sie ziemlich beschäftigt waren, und die Kinder wurden langsam unruhig.»

«Nein, nein, danke sehr», sagte Miss Quinn. «Das war eine gute Idee. Sie können nicht zufällig auch noch einen Bus reparieren? Der Fahrer hat jedenfalls keine Ahnung davon.»

«Oje, das gehört leider nicht zu meinen Spezialgebieten», sagte er.

Miss Quinn schenkte ihm eines ihrer Grübchenlächeln. «Nein? So wie Rote Beete?»

«Ich habe geschworen, Rote Beete in unserem nächsten Gespräch mit keinem Wort zu erwähnen», sagte Sam.

«Keine Sorge. Diesmal kam es von mir. Sie sind auf der sicheren Seite.»

«Puh, gut!», sagte Sam, und dann sagte er nichts mehr, weil ihm absolut nichts einfiel, was er hätte sagen können.

Miss Quinns Lächeln wurde noch breiter. «Und jetzt wissen Sie nicht, über was Sie mit mir sprechen sollen. Stimmt's?»

«Stimmt. Außer Roter Beete fällt mir einfach nichts ein», sagte Sam zerknirscht.

«Miss Quinn!», rief jemand, und sie drehte sich um. «Komme!»

Während sie sich durch den Mittelgang des Busses von ihm entfernte, sagte sie zu Sam: «Nicht schlimm. Die Rote-Beete-Nummer funktioniert gut bei Ihnen.»

Die Rote-Beete-Nummer funktioniert gut bei Ihnen. Das war gut, dachte Sam. Das war doch gut, oder?

Sam kehrte auf seinen Platz neben Diya zurück.

Die sofort zu ihm sagte: «Aha. Sie mögen Miss Quinn.»

Stöhnend stieß Sam mit dem Kopf gegen die Kopfstütze. «Ist das so offensichtlich?»

«Ja», antwortete Diya nüchtern. «Aber ich glaube, sie mag Sie auch.»

Sam setzte sich eifrig auf. «Glauben Sie?», fragte er. Und dann sagte er: «Oh, Mist – ich hocke im Schulbus und will wissen, ob ein Mädchen auf mich steht. Ich habe in den letzten zwanzig Jahren auf diesem Planeten null Fortschritte gemacht.»

❄

Als der Tag zur Hälfte rum war, trat Max plötzlich von seiner Leinwand zurück und verkündete: «Ich könnte jetzt eine Tasse Tee vertragen. Wie steht's mit Ihnen?»

Natürlich wollte Bill eine Tasse Tee, so viel stand fest, aber er war unschlüssig, ob er dabei auch Konversation machen wollte. Gemeinsam an dem Bücherregal zu arbeiten, war ja schön und gut. Max war fleißig und quatschte nicht viel, das musste Bill ihm lassen. Aber auf ein gestelztes Gespräch mit Max hatte er nun wirklich keine Lust, denn dann musste er zumindest sich selbst gegenüber zugeben, dass er meistens keinen Schimmer hatte, wovon dieser Mann eigentlich redete. Mit jungen Leuten zu reden, dachte Bill, war die verlässlichste Art, sich selbst ins Gedächtnis zu rufen, wie alt man war.

«Ein Nein wird nicht akzeptiert», sagte Max. «Ohne Tee kein künstlerisches Schaffen.» Und damit marschierte er ins Haus.

Bill wusste nicht recht, was er tun sollte. Vielleicht konnte er versuchen, Max zu ignorieren und einfach weiterschnitzen, dachte er. Vom Schnitzen verstand er wenigstens was, ganz im Gegensatz zum Rest der Welt heutzutage.

«Ihr Tee ist fertig», rief Max zu ihm nach draußen. «Kommen Sie rein!»

Nein!, hätte Bill am liebsten geantwortet. In dem Moment trottete Jack aus dem Schuppen und stellte sich an die Terrassentür, ging aber nicht zu Max ins Haus, sondern wartete schwanzwedelnd auf Bill.

Und Bill wollte Jack, den die Aussicht auf eine Tasse Tee mit Max offenbar begeisterte, nicht enttäuschen.

«Na schön», murrte er. Trank er eben Tee. Verlangte ja keiner von ihm, dass er sich dabei auch noch amüsierte.

Max hatte Tassen und einen Teller Kekse rausgestellt und war dabei, Jack für irgendwelche akrobatischen Einlagen mit Hundekeksen zu belohnen. Jack machte eine Rolle, ein Kunststück, von dem Bill nichts geahnt hatte. Aber Bill zwang Jack auch nicht dazu, sich sein Futter mit solchen Sperenzchen zu verdienen. Das war einfach Tierquälerei.

Offenbar war Max, weil er keine Leinwand mehr vor sich hatte, plötzlich der Meinung, dass sie sich unterhalten sollten. «Wie wär's, wenn Sie eine Puppe für die Bonfire Night schnitzen? Die könnte mit ins Feuer wandern.»

Bill schüttelte den Kopf.

«Warum nicht?», fragte Max. «Das wäre doch schön.»

«Ich gehe nie zur Bonfire Night.»

«Aber warum denn nicht?», fragte Max beinahe vorwurfsvoll.

«Warum sollte ich?», entgegnete Bill.

«Na, weil es Spaß macht», sagte Max. «Weil wir Sie gern dabeihätten.»

Bill starrte ihn an. «Wir? Sie und ihr ... wie nennen Sie

ihn eigentlich?» Genau das hasste Bill so sehr: Er hatte keine Ahnung, wie er den Mann nennen sollte, der mit Max zusammenlebte.

«Wie nenne ich wen?», fragte Max verständnislos.

Bill deutete unbeholfen mit der Hand auf das Haus, in der Hoffnung, dass Max kapierte.

«Ach so», sagte Max. «Arthur. Ich nenne ihn Arthur. Oder meinen Mann. Falls Sie das meinen. Nein, von dem habe ich nicht gesprochen. Ich habe von unserer Straße gesprochen. Die Straße hätte Sie in der Bonfire Night gern dabei. Der Plan ist, dass wir alle gemeinsam losziehen, um uns das Feuerwerk anzusehen.»

Bill hätte beinahe gelacht. «Die Straße?», sagte er. Als hätte diese Straße sich je um ihn geschert.

«Natürlich. Es ist schließlich *Ihre* Straße. Sie gehören dazu. Sie sollten dabei sein.»

Bill schüttelte den Kopf. «Die Bonfire Night ist was für Leute wie Sie, Leute, die ... die sich kennen und die ... na ja, grünes Zeug miteinander trinken, was weiß denn ich.»

«Na ja, das mit dem grünen Schlabberzeug macht eigentlich nur Pen», sagte Max. «Der Rest von uns findet das eklig. Und kennen tun wir uns eigentlich auch kaum. Sie wissen genauso viel über die anderen wie wir. Wahrscheinlich wissen Sie sogar noch ein bisschen mehr, weil Sie Jack besser kennen. Ehrlich gesagt ist Jack das Band, das uns zusammenhält. Sie kennen Jack, Sie kennen Teddy und Sam, und jetzt kennen Sie mich.» Max warf sich einen Keks in den Mund. «Sie sollten wirklich mitkommen.» Als wäre es beschlossene Sache.

Insgeheim hielt Bill Max für völlig verrückt. Aber Jack schien ihn zu mögen, und das galt wahrscheinlich auch schon was.

Diya war eine Ehestifterin, aus tiefstem Herzen. Ihre Antennen waren ständig auf mögliche Romanzen in ihrem Umfeld ausgerichtet. Wenn es darum ging, zwei Menschen zu verkuppeln, besaß sie ein äußerst geschicktes Händchen. Sie hatte Darsh gefunden, sie hatte zwei wunderbare Kinder in die Welt gesetzt, und sie war der Meinung, dass ein solches Glück auch jedem anderen widerfahren sollte.

Unter dem Vorwand, sich ein bisschen die Füße zu vertreten, wanderte Diya also den Gang zwischen den Sitzreihen auf und ab, bis sie wie durch Zufall neben Miss Quinn zum Stehen kam, die gerade einer Gruppe Schüler bei ihrer Theaterszene half.

«Also die Entscheidung, ob der Schäfer beim Schafehüten mit seinem Handy spielen sollte, überlasse ich euch», sagte Miss Quinn gerade. Sie hob den Kopf, bemerkte Diya und lächelte herzlich. «Mrs. Basak, was kann ich für Sie tun?»

«Sie sollten sich zu Mr. Bishop setzen», sagte Diya.

Miss Quinn sah augenblicklich in seine Richtung. Er saß auf seinem Platz und schaute in sein Telefon. «Mich zu Mr. Bishop setzen?»

«Ja», sagte Diya bestimmt. Und weil Miss Quinn so aussah, als wolle sie sich herausreden, fügte Diya hinzu: «Er hat bestimmt ein paar gute Ideen hinsichtlich der Situation.»

Miss Quinn hob die Augenbrauen. «Ein paar gute Ideen hinsichtlich der Situation?»

Diya nickte.

Miss Quinns Mundwinkel zuckten. Sie sah aus, als würde sie sich keine einzige Sekunde von Diyas fadenscheinigem Argument hinters Licht führen lassen, doch das war in Diyas Augen auch nicht nötig – Miss Quinn brauchte lediglich einen Grund, zu Sam zu gehen und mit ihm zu reden. Sam mochte Miss Quinn, und Diya war zuversichtlich, dass Miss Quinn ihn ebenfalls mögen würde, wenn sie nur die Gelegenheit bekäme, ihn kennenzulernen.

Miss Quinn sagte: «Hm. Meinen Sie, Sie könnten dieser Gruppe hier ein wenig unter die Arme greifen, während ich mich mit Mr. Bishop über die Situation berate?»

«Ja», sagte Diya. «Eine gute Idee.»

❄

Als jemand neben ihm in die Sitzreihe schlüpfte, hob Sam den Blick von dem Spiel auf seinem Telefon. Er dachte, Diya wäre zurück, aber dann saß Miss Quinn plötzlich neben ihm.

«Hi», sagte Sam erschrocken.

«Hi», antwortete Miss Quinn. «Sie sind wie unser Schafhirte: Sie spielen beim Hüten auf dem Handy.»

«Wie wer bitte?»

«In unserem Krippenspiel. Es ist eine moderne Nacherzählung.»

«Ach so.» Sam steckte das Handy weg und drehte sich nach hinten um. Diya spionierte, eindeutig, doch als Sam sich zu ihr umsah, schaute sie eilig in die andere Richtung. Sam wandte sich wieder zu Miss Quinn: «Hat Diya Basak Sie geschickt?»

«Sie meinte, Sie hätten bestimmt ein paar gute Ideen wegen der Situation.»

«Welche Situation?»

«Also», fuhr sie unbeirrt fort. «Ich wäre überaus dankbar für Vorschläge bezüglich unseres Pannenbusses und des Ersatzfahrzeugs, das offensichtlich per Schneckenpost geschickt wurde, bin aber auch durchaus offen für jegliche Anregung in Bezug auf Rote Beete, da dies nun mal Ihre Spezialität ist, wie ich weiß.» Sie lächelte und wirkte tatsächlich, als störe sie seine Unfähigkeit, mit besseren Gesprächsthemen aufzuwarten, nicht im Geringsten.

Trotzdem. Das ging so nicht. «Ich verfüge durchaus über andere Gesprächsthemen, über die ich jederzeit aus dem Stegreif zu diskutieren bereit bin», entgegnete Sam.

«Tatsächlich? Ich fürchte, das sprengt meine Vorstellungkraft. Halt, nein, Moment! Wissenswertes über Quinoa?»

«Wenn Sie wünschen, kann ich für unser nächstes Gespräch liebend gern sämtliche Fakten zum Thema Quinoa aufbereiten», antwortete Sam galant.

«Ich gestehe, ich kann unser nächstes Gespräch kaum erwarten», erwiderte Miss Quinn. Ihre Augen strahlten, obwohl sie von einer roten Strähne halb verdeckt waren, die ihr in die Stirn gefallen war.

«Ich hoffe nur, über Quinoa gibt es ausreichend Interessantes zu berichten», sagte Sam. «Ich würde Sie ungern langweilen.»

«Das kann ich mir beim besten Willen nicht vorstellen», antwortete Miss Quinn leichthin, so als hätte sie eben nichts völlig Weltbewegendes von sich gegeben; so als hätte Sam deshalb nicht das Gefühl, jemand hätte ihm den Kopf von den Schultern geschlagen und dieser schwebte jetzt irgendwo über ihm herum. «Und? Worüber wollten Sie sich heute mit mir unterhalten?»

«Was?», stammelte Sam, dem zwar klar war, dass sie

eine Antwort erwartete, sich jedoch angesichts von Miss Quinns … na ja, Existenz an sich … zu rein gar nichts im Stande fühlte.

«Welches Gesprächsthema, wenn nicht Quinoa, hatten Sie im Sinn?»

Sam sah sie an. Sah die roten Haare unter der dunkelblauen Häkelmütze hervorlugen, sah den lächelnden Mund, den spöttelnden Blick, und hörte sich sagen: «Ich habe Fledermäuse auf dem Speicher.»

Miss Quinn fing an zu lachen, und Sam wusste jetzt schon, was sein Abenteuer des Tages sein würde: *Ich habe Miss Quinn zum Lachen gebracht.*

Und weil er wollte, dass sie weiterlachte, sagte er: «Und das ist nicht metaphorisch gemeint.»

«Na, das hoffe ich doch. Wobei ich nicht mal wüsste, wofür das eine Metapher sein könnte. Mit Sicherheit etwas, womit man zum Arzt müsste.»

Sie lachte immer noch und wirkte dabei ganz entspannt und unbeschwert. Ihm war überhaupt nicht bewusst gewesen, welche Anspannung wegen dieser ganzen Pannenbuskatastrophe auf ihr gelastet hatte. Zu sehen, wie diese Anspannung in seiner Gegenwart von ihr abfiel, machte ihn verwegen. Das war wenigstens die einzige Erklärung für das, was er als Nächstes tat. Unwillkürlich beugte er sich noch ein Stückchen näher zu ihr hin, hob einen einzelnen Finger und strich Miss Quinn die verirrte Haarsträhne aus dem Gesicht. Gut möglich, dass er sich das nur einbildete, jedenfalls war er sich ziemlich sicher, dass ihr der Atem stockte. Sie sah ihn an, und er erlebte zum zweiten Mal diesen ganz besonderen Augenblick, genau wie damals im Supermarkt, als sie sich zum ersten Mal begegnet waren; dieses Gefühl, dass die Zeit sich verlangsamte, die Welt um ihn herum zum Stillstand kam, nur um ihm genügend Raum zu geben zum *Spüren, Leben* und *Atmen*.

Ein taktischer Fehler, dachte er, ihr so nahe zu sein. So nah am Rand, von wo aus es ganz leicht war, den Halt zu verlieren und abzurutschen, zu stürzen und sich ganz in diesen Augen zu verlieren.

Er sah sie an, seine Hand verharrte hinter ihrem Ohr, dort, wo er die Strähne hingesteckt hatte, und *natürlich* kam ausgerechnet jetzt der Ersatzbus angefahren. *Natürlich*! Wann auch sonst?

Um sie herum erhob sich von überall schrilles «Miss Quinn!»-Geschrei. Sie blinzelte, und Sam fuhr abrupt zurück, mehr als peinlich berührt von dem Gedanken, dass er ernsthaft erwogen hatte, sie zu küssen, sie *in einem Schulbus* zu küssen – Himmel noch mal! Er musste wirklich sofort aufhören, sich wie ein *Teenager* zu benehmen!

Sie sagte ein wenig atemlos: «Ich muss ...»

«Ja! Ja, klar», antwortete er, und sie glitt von ihrem Platz.

Als sie ausstieg, drehte sie sich noch einmal zu ihm um, die Hand an ihrem Sternanhänger nestelnd, mit unergründlichem Blick.

Dann rutschte Diya wieder neben ihn. «Und? Wie ist es gelaufen?», fragte sie fröhlich.

«Das war absolut unnötig!», sagte Sam, obwohl er allein auf sich gestellt mit Sicherheit bei jedem Versuch kläglich gescheitert wäre, ein Gespräch mit Miss Quinn anzufangen.

Diya schenkte ihm einen wissenden Blick, der ihm sagte, dass ihre Aktion absolut nötig gewesen war. «Sie hätten sie küssen sollen», flüsterte sie.

Sam wehrte sich. «Ich kenne noch nicht mal ihren Vornamen!», sagte er.

Diya wirkte beeindruckt. Anscheinend beeindruckt von Sams Unfähigkeit beim Thema Flirten. «Wow!», sagte sie. «Sie brauchen wirklich dringend jede Hilfe, die Sie kriegen können. Wahrscheinlich muss ich die ganze Straße rekrutieren.»

«O Gott! Bitte nicht», stöhnte Sam entsetzt.

«Sie sollten zumindest den Hund einsetzen», sagte Diya. «Abgesehen von mir mögen die meisten Frauen Hunde.»

«Haben Sie jetzt ernsthaft vor, mir Dating-Ratschläge zu geben? Davon bekomme ich von meiner Schwester schon mehr als genug. Also wirklich! Das ist der schlimmste Schulausflug meines Lebens!», sagte Sam. «Und dabei bin ich als Elfjähriger im British Museum die Treppe runtergefallen und habe mir den Knöchel gebrochen. Nur damit Sie eine ungefähre Vorstellung haben, wo dieser Ausflug heute rangiert.»

Diya schnaubte verächtlich. «Ich habe mit eigenen Augen gesehen, was sich da eben abgespielt ist, hier auf diesem Sitz. Sie waren definitiv noch nie in Ihrem Leben auf einem besseren Schulausflug.»

Sam sah zum Fenster hinaus. Draußen stand Miss Quinn und sprach mit dem neuen Busfahrer. Dabei nestelte sie mit einer Hand immer noch an ihrem Sternenanhänger herum, während die andere direkt neben dem Ohr, wo eben noch seine Hand verharrt hatte, gedankenverloren eine Haarsträhne zwirbelte. Und zwar die Strähne, bildete er sich zumindest ein, die er dorthin gesteckt hatte.

«Okay», grummelte er widerwillig. «Kann schon sein.»

Arthur nahm sich einen Augenblick, um die filigranen Schnitzereien an der Front des Bücherregals in seinem Schuppen zu bewundern. «War er das?», fragte er.

«Mr. Hammersley höchstpersönlich», bestätigte Max genussvoll. «Mein Freund Mr. Hammersley. Wir sind nämlich inzwischen richtig gute Freunde, weißt du?»

«Tatsächlich?», sagte Arthur. «Das ging aber schnell.»

«Wir haben zusammen Tee getrunken. Mit allem Pipapo.»

«Ach, jetzt verstehe ich», entgegnete Arthur. «Freunde fürs Leben.»

«Wir sind beide Künstler. Seelenverwandte!», spann Max den Faden fort – er bekam zunehmend Lust an dem Rumgealbere.

«Oh, oh!», machte Arthur. «Habe ich etwa Grund zur Eifersucht?»

«Immer diese herrliche Eifersucht», sagte Max.

«Oh, oh!», machte Arthur noch einmal. «Lass uns essen, ja?»

«Du bist wirklich schwer zu beeindrucken», beklagte sich Max und folgte Arthur durch den Garten ins Haus.

«Deshalb warst du ja so bemerkenswert», warf Arthur lässig über die Schulter und betrat das Haus.

«Ach, du und deine subtile Romantik», sagte Max. «Das haut mich jedes Mal aufs Neue um.»

Arthur kicherte und warf einen Blick in den Kühlschrank in der Hoffnung, dort hätte sich auf wundersame Weise etwas zu essen manifestiert. «Ich freue mich, dass du mit deinem Seelenverwandten einen schönen Tag hattest.»

«Ich glaube, ich habe ihn überredet, mit uns allen zusammen zum Feuerwerk zu gehen, wenn Bonfire Night ist.»

«Ach? Wir gehen alle zusammen zum Feuerwerk?»

«Pens Brieflein unterstellt jedenfalls eine nachbarsgemeinschaftliche Abendveranstaltung.»

«Und Mr. Hammersley wird uns begleiten, um sich das Feuerwerk anzusehen?»

«Na ja, ich habe ihn noch nicht gänzlich überzeugt, aber das ist nur mehr eine Frage der Zeit.»

«Das würde mich in der Tat schwer beeindrucken, auch wenn es mich im Grunde nicht überrascht. Ich kenne keinen Menschen, der so zielstrebig ist wie du.»

«Sprach der Topf zum Kessel», sagte Max, als Jack an der Hintertür auftauchte, um sich seine vierte oder auch fünfte Runde Abendessen abzuholen.

Arthur ignorierte Max' Bemerkung und reichte Jack ergeben das Hundefutter. Stattdessen sagte er: «Ich glaube, ich sollte mal zu Mr. Hammersley hinübergehen. Vielleicht könnten wir zwei bei einem Bierchen über die Sinnlosigkeit lamentieren, dir einen Wunsch ausschlagen zu wollen.»

Max lächelte, wie immer ohne eine Spur von Reue.

❄

Die allerneusten Entwicklungen in unserer Straße …

schrieb Pen nach der detaillierten Wiedergabe ihrer persönlichen Beobachtungen in Sachen Ruhepuls.

Die kleine Inderin und der neue Nachbarsjunge sind plötzlich dicke Freunde. Der alte Griesgram und der blonde schwule Ehemann sind ebenfalls plötzlich dicke Freunde. Schwer zu sagen, welche dieser neuen Freundschaften mich mehr erstaunt. Die kleine Inderin und der neue Nachbarsjunge rennen durch die Straße, und Jack rennt hinterher. Jack auf der Jagd nach Eichhörnchen, die Kinder offensichtlich auf der Jagd nach Fledermäusen. Der alte Griesgram und der blonde schwule Ehemann haben sich im Gartenschuppen des blonden schwulen Ehemanns verbarrikadiert, um, wie ich erfahren habe, an einem geheimen Kunstprojekt zu arbeiten.

Die indische Mama hat unterdessen den neuen Nachbarn auf die Liste von Leuten gesetzt, die dringend ihre Hilfe brauchen. (Ihre eigene Familie rangiert auf dieser Liste manchmal erschreckend weit unten, aber sie meint es nur gut.) Sie bringt ihm regelmäßig Essen vorbei. Keine Ahnung (noch keine!), ob sich auch da eine neue Freundschaft anbahnt oder ob das ganz andere Gründe hat.

10

```
Die Turteltauben aus der Vierten feiern
Halloween! Bitte schicken Sie Ihr Kind am
31.Oktober kostümiert zur Schule. Buh!

Miss Quinn
```

Und?», sagte Pari. «Was glaubst du? Wie viele Fledermäuse wohnen bei euch auf dem Speicher?»

Sie sollten eigentlich an ihrem Krippenspiel arbeiten, aber irgendwie war es viel spannender, sich über Fledermäuse zu unterhalten.

«Keine Ahnung», antwortete Teddy. «So hundert vielleicht?»

«Wow!» Pari war sichtlich beeindruckt.

«Und zwar für immer, weil man Fledermäuse nicht ohne Genehmigung verjagen darf, glaube ich.»

«Will dein Dad sich eine Genehmigung holen?», wollte Pari wissen.

«Vielleicht. Hängt davon ab, ob er zu faul dazu ist oder nicht.»

«Meine Mum ist *nie* faul», erzählte Pari. «Ich habe meine Mum noch nie stillsitzen sehen. Vielleicht kann sie ja für euch nach einer Genehmigung fragen.»

«Kennt sie sich mit Fledermäusen aus?»

Pari zuckte die Achseln. «Jedenfalls sagt sie, dein Dad steht auf Miss Quinn.»

«Ja, glaub ich auch», stimmte Teddy ihr zu. «Sie bringt ihn zum Lächeln, und das ist gut.»

«Und sie sagt, dass er jede Menge Hilfe braucht.»

«Hilfe?»

«Ich habe gelauscht, als sie sich mit meinem Dad unterhalten hat. Sie hat gesagt, dein Vater ist *hoffnungslos.*»

Teddy schnaubte. «Meine Tante Ellen ist sicher ganz ihrer Meinung. Deine Mum und meine Tante Ellen sollten sich mal treffen, finde ich.»

«Glaubst du, bei deinen Fledermäusen gibt es ein paar Vampire?» Pari kehrte zu wichtigeren Themen zurück.

Jack, der dösend auf dem Fußboden gelegen hatte, hob den Kopf, als sei dies in der Tat ein wichtiges Gesprächsthema.

«Nein», sagte Teddy. «Ganz bestimmt nicht. Das sind nur kleine fliegende Mäuse.»

Beruhigt ließ Jack den Kopf wieder sinken und schnarchte weiter.

«Sehr schade. Sonst hätten wir ein paar von ihnen für unser Kostüm benutzen können.»

❄

Sam las die Information über das Halloween-Kostüm im *Turtledove Kurier* und fluchte. *Halloween.* Da hätte er auch selbst dran denken können. Mist.

Beim Abendessen, nach dem Austausch des Abenteuers des Tages (Sam: Roger dazu gebracht, nicht mehr jede einzelne E-Mail als superwichtig markiert zu schicken; Teddy: Zum ersten Mal ohne jeden Hinweis das versteckte «u» in einem britischen Wort nicht vergessen), sagte Sam: «Ich habe gelesen, ihr feiert in der Schule Halloween, und da ist mir eingefallen, dass wir noch gar nicht darüber gesprochen haben, als was du zu Halloween gehen willst.»

«Fußballer», sagte Teddy wie aus der Pistole geschossen.

Sam blinzelte. «Meinst du Fußball oder ...»

Teddy verdrehte übertrieben die Augen. «Natürlich *American* Football, was denn sonst, Dad! Richtigen Fußball.»

«Hier in England spielt man auch Fußball, aber ...»

«Ich kenne das Spiel, Dad! Ich will an Halloween trotzdem ein richtiger American-Football-Player sein. Es ist schließlich mein Kostüm. An Halloween kann ich sein, was ich will. Darum geht's doch bei der ganzen Sache, oder?»

Dagegen konnte Sam schlecht etwas sagen. Halloween war tatsächlich der Tag, an dem man sein durfte, was man wollte. Wenn Teddy ein American-Football-Player sein wollte, durfte Sam ihm das nicht verwehren. «Du hast recht», sagte er. Jetzt musste er nur noch rausfinden, wo er hier ausgerechnet ein American-Football-Player-Kostüm auftreiben sollte.

Sam beschloss, dass es klüger war, das Thema zu wechseln. «Was macht eigentlich das Krippenspiel? Kommt ihr voran mit eurer Szene, Pari und du?»

«Ja, schon. Pari hat gesagt, ihre Mum findet, du bist hoffnungslos.»

«Öh.» Sam fühlte sich ein bisschen angegriffen. «Also das ist jetzt aber irgendwie unangebracht.»

«Ich glaube, sie will dir bei Miss Quinn weiterhelfen.»

Ach so, dachte Sam. Na ja, in der Beziehung war er wahrscheinlich wirklich ein hoffnungsloser Fall. Aber trotzdem ... «Was meint sie denn mit ‹weiterhelfen›.»

Teddy zuckte die Achseln. «Weiß ich doch nicht.»

Sam runzelte die Stirn.

«Du rettest mir das Leben», sagte Sam, als Ellen beladen mit Krempel bei ihm ankam, aus dem sich hoffentlich irgendwie ein American-Football-Player-Kostüm kreieren ließ.

«Bisschen spät dran für Halloween, oder?», fragte sie, als sie den Riesenberg auf dem Küchentresen ablud.

«Ja, ja», antwortete Sam ungeduldig und fing an zu wühlen «Ich weiß. Können wir uns die Standpauke bitte sparen? Ich habe keine Zeit für Standpauken. Ich muss jetzt und hier und sofort einen American-Football-Player zusammenschustern, und zwar aus Dingen, die definitiv nichts mit einem American-Football-Spieler zu tun haben.»

«Das wäre alles viel leichter, wenn er einfach als richtiger Fußballer gehen würde. Als ganz normaler Fußballspieler, weißt du? Als *richtiger* Fußballspieler.»

Sam seufzte. «Ich habe wirklich keine Lust auf eine weitere Diskussion darüber, welche Version der ‹richtige› Fußball ist.»

«Klar. Weil es keine Diskussion gibt», sagte Ellen.

«Stimmt. Aber da, wo Teddy sein bisheriges Leben verbracht hat, sah das nun mal anders aus. Und abgesehen von meiner persönlichen Meinung über American Football – ich habe seine Mutter bei einem American-Football-Spiel kennengelernt, und Teddy kennt diese Geschichte, also mache ich ihm, was seine Kostümwahl betrifft, ganz bestimmt keinen Vorwurf, Ellen.»

«Natürlich nicht», sagte Ellen. «Du hast recht. Es war nicht so gemeint.»

«Ich weiß.» Sam durchwühlte immer noch verzweifelt

den Stoffhaufen. «Ich bin einfach nur ein bisschen gestresst, weil ich so spät dran bin.»

«He, sei nicht so streng mit dir. Ich hab Halloween auch mal völlig vergessen, und da habe ich einfach alles zusammengekramt, was ich finden konnte, und Sophie und Evie als ‹Lebedamen› verkleidet.»

Sam sah seine Schwester ungläubig an. «Du hast deine Töchter als Prostituierte verkleidet?»

«Das klingt echt schlimm, wie du das sagst.»

«Und du hattest ganz zufällig lauter Zeug bei dir rumliegen, das sich perfekt als Nuttenkostüm eignet?»

«Ich habe dir das erzählt, damit du dich besser fühlst!», rief Ellen frustriert aus. «Aber ich bereue es bereits.»

Sam grinste und sah zur Hintertür. Jack verlangte kratzend Einlass. Sam ging zur Tür, öffnete und sagte: «Teddy ist drüben bei Pari.» Jack wedelte zum Dank mit dem Schwanz und trottete wieder davon.

Als Sam sich wieder umdrehte, sah seine Schwester ihn mit einem sehr weichen, fast verträumten Gesichtsausdruck an. So, als hätte er eben etwas äußerst Niedliches gesagt oder getan.

«Was?», fragte er misstrauisch. «Nein, ich bin nicht Doktor Dolittle. Ich spreche nicht die Hundesprache. Er ist einfach nur ... besonders klug.»

Ellens Mundwinkel zuckten. «Ich habe nichts gesagt.»

«Warum siehst du mich dann so an, als würdest du jeden Moment losheulen?»

«Wenn, dann Freudentränen, verstehst du? Sam! Siehst du eigentlich, wie weit du gekommen bist? Du hast dir solche Sorgen gemacht, als ihr hergekommen seid. Und jetzt? Sieh euch doch an: Teddy hat Freunde in eurer Straße, er hat einen Straßenhund, Halloween steht vor der Tür, und er wird sich verkleiden und Spaß haben und ... Ihr habt echt was geschafft. Und ich bin stolz auf dich und sehr, sehr froh. Mir kommt es wie gestern vor, als ich dir beim Einzug geholfen habe und du ein totales Wrack warst.»

«Ich war kein Wrack», murrte Sam.

«Doch. Warst du. Also: Lass uns über Teddys Lehrerin reden. Die Salatfrau oder wie immer du sie nennst.»

Sam verdrehte die Augen. «Karottenfrau. Aber so nenne ich sie nicht mehr.»

«Oha. Und wie nennst du sie jetzt?», fragte Ellen mit hochgezogener Augenbraue, als erwarte sie etwas erfrischend Neckisches und Anzügliches.

Da blieb Sam nichts anderes übrig, als zu antworten, den Blick sehr interessiert auf ein Frotteeschweißband geheftet, das er soeben aus Ellens Stapel gezogen hatte: «Miss Quinn.»

«Miss Quinn?», wiederholte Ellen und klang, als müsse sie einen hysterischen Lachanfall unterdrücken. «Ja. Das ist definitiv ein Fortschritt.»

«Hör sofort auf!» Sam beugte sich vor und gab seiner inzwischen ungehemmt johlenden Schwester einen Schubs. «Es ist ... kompliziert, okay? Sie ist Teddys Lehrerin, und Teddy liebt sie abgöttisch – was, wenn es schiefgeht?»

«Ja, ich weiß. Was, wenn, was, wenn», sagte Ellen. «Was, wenn es gutgeht? Sie bleibt nicht immer Teddys Lehrerin. Egal, auf wen du dich irgendwann einlässt, du würdest doch immer wollen, dass Teddy sie mag. Also wird dich auch immer die Sorge plagen, dass es mit einer Frau nicht klappt, die Teddy mag. Tja, es *ist* kompliziert. So ist das Leben.»

Sam seufzte. «Weißt du, ich hatte einfach völlig vergessen, was für *Qualen* mit der ganzen Nummer verbunden sind. Sich verlieben ist echt totaler Schwachsinn.»

Ellen sah ihren Bruder eindringlich an. «Verlieben? Glaubst du, du bist in sie verliebt?»

«Nein», sagte Sam. «Aber ich habe keine Ahnung, wohin das Ganze läuft, weißt du? Ich ... will sie kennenlernen, ich will wissen, wer sie wirklich ist. Es passiert nicht so oft, dass man jemanden trifft, bei dem man das Gefühl hat, man könnte sich endlos unterhalten, das ist was ganz Seltenes und Kostbares und ...»

«Dann mach es nicht unnötig kompliziert», sagte Ellen sanft. «Du hast recht mit dem, was du sagst. Also mach es nicht komplizierter, als es ist. Hast du mit Teddy darüber gesprochen?»

«Nicht direkt», gestand Sam. «Ich meine, er weiß, dass ich sie mag, aber wir haben nicht ...»

«Ich würde mit ihm sprechen. Und ich würde aufhören, mir deshalb so viel Stress zu machen. Das Leben ist zu kurz, Sam. Es ist zu kurz, um es mit Grübeleien darüber zu verbringen, was gutgehen könnte und was nicht.»

Sam wusste, dass sie recht hatte. Sam wusste, dass ausgerechnet er das eigentlich wissen müsste. Er nickte.

«Na, dann», sagte Ellen. «Was uns zu den wirklich stressigen Dingen im Leben zurückbringt: ein Halloween-Kostüm zu finden, zum Beispiel.»

❄

An Halloween läutete es frühmorgens an der Haustür. Sam versuchte gerade, sich mit Hilfe der ersten Tasse Kaffee in ein halbwegs menschliches Wesen zurückzuverwandeln, und Teddy frühstückte seine Cornflakes.

Sam blickte verständnislos in Richtung Haustür. «War das die Klingel?»

Es läutete wieder.

«Yeah!», machte Teddy. «Das erste Abenteuer des Tages!»

«Als wäre dein Kostüm nicht schon Abenteuer genug gewesen», murmelte Sam und stand auf, um die Haustür zu öffnen.

Vor der Tür standen Diya und Pari. Pari sah aus wie ein ziemlich realistischer Zombie. Diya trug ein Tablett.

Sam zwang sich dazu, nett zu sein, auch wenn es für seinen Geschmack entschieden zu früh war für Nachbarschaftspflege. «Also nein, du siehst ja gruselig aus», sagte er zu Pari.

Pari grinste, stieß ein bedrohliches Grollen aus und grinste dann wieder. Das Grinsen unterstrich den Effekt des Grollens durchaus. «Ist Teddy da?»

«Ja. Er isst noch seine Frühstücksflocken fertig. Wolltet ihr heute zusammen zur Schule gehen?» Normalerweise gingen sie getrennt – hauptsächlich, weil Sam jeden Morgen unglaublich spät dran war und es immer gerade noch schaffte, Teddy rechtzeitig zur Tür hinauszubugsieren. Er hatte keine Ahnung, wie Diya es schaffte, immer so gelassen und organisiert zu sein. Für Sam war ein Kind morgens für die Schule fertig zu machen ungefähr so, wie jeden Tag einen komplizierten internationalen Staatsvertrag auf den Weg zu bringen.

«Frühstücksflocken.» Pari rümpfte die Nase. «An Halloween? Kein *Gehirn*?»

«Na ja. Teddy geht ja nicht als Zombie», flüchtete Sam sich in die Gefilde vernünftiger Argumentation. «Nur Zombies frühstücken Gehirn.»

«Wahrscheinlich.» Pari hatte offensichtlich genug von Erwachsenengesprächen und lief an Sam vorbei in die Küche.

Sam wandte sich an Diya: «Ich gehe zwar nicht davon aus, dass sie tatsächlich Gehirn gefrühstückt hat, aber es steht mir natürlich nicht zu, ihre Hingabe an ihr Kostüm anzuzweifeln.»

«Wenn man ein bisschen grüne Lebensmittelfarbe unters Rührei mischt, sieht es aus wie Gehirn.» Diya zuckte die Achseln.

Sam starrte sie an. «Sie haben ihr echt Gehirn zum Frühstück gemacht?»

«Um mir nicht mehr dieses Genöle anhören zu müssen.»

«Hat es wenigstens geschmeckt?»

«Sie hat sich nicht beklagt. Hier.» Diya streckte ihm das Tablett entgegen.

«Was ist das?» Sam spähte unter die Alufolie.

«Indisches Kokoskaramell», antwortete Diya.

«Oh, das sieht ja köstlich aus», sagte Sam. «Wie nett von Ihnen.»

Diya funkelte ihn finster an. «Das ist nicht für Sie!»

«Ach?», stieß Sam verlegen aus. Am liebsten hätte er gesagt: *Also Sie stehen vor meiner Haustür und drücken mir ein Tablett in die Hände, da erschien mir das eine logische Schlussfolgerung zu sein.*

«Das ist für die Halloweenfeier in der Klasse.»

Sam blinzelte sie erschrocken an. «O Gott! Sollten die Kinder was mitbringen? Stand das im *Turtledove Kurier*? Das habe ich überlesen. Mist, jetzt muss ich noch schnell zum ...»

«Nein!», zischte Diya mit einem sehr deutlich implizierten *Sie Volltrottel!* «Das Karamell ist *Ihr* Beitrag zur Klassenparty.»

Jetzt war Sam endgültig verwirrt, und er war sich nicht

sicher, ob sich dieser Zustand ausschließlich dem Koffeinmangel zuschreiben ließ. «Mein Beitrag ...?»

«Ja!» Diya nickte, als sei endlich der Groschen gefallen.

Aber es war überhaupt kein Groschen gefallen. «Sie ... Sie wollen, dass ich so tue, als hätte ich indische Süßigkeiten gemacht. Warum? Das glaubt mir doch kein Mensch. Ich scheitere sogar an *Frühstücksflocken*.»

Diya verdrehte die Augen. «Genau aus dem Grund würden Sie niemals selbst auf die Idee kommen, etwas zur Klassenfeier beizutragen. Die Speisen auf Ihrem Grillfest waren mehr als traurig.»

«Oh», sagte Sam trocken. «Danke.»

Diya ging nicht darauf ein. «Mein Karamell hingegen ist köstlich, und Miss Quinn wird beeindruckt sein.»

Endlich, *endlich*, fiel bei Sam doch noch der Groschen. Vielleicht wirkte endlich das Koffein. Sam seufzte. «Diya, sie wird wissen, dass das nicht von mir kommt ...»

«Trotzdem wird sie die Geste zu schätzen wissen.»

«Aber es ist Ihre Geste.»

«Es ist meine Geste, und ich schenke sie Ihnen. Das ist okay. Sie sind ein hoffnungsloser Fall. Ich helfe Ihnen dabei, ein bisschen weniger hoffnungslos zu sein.»

«Ich bin kein hoffnungsloser Fall», grummelte Sam.

Diya musterte ihn stumm.

«Nicht *gänzlich* hoffnungslos», korrigierte er sich.

«Nein. Wären Sie gänzlich hoffnungslos, würde ich Miss Quinn vor Ihnen warnen. Ich glaube, Sie besitzen genügend Potenzial, dass Miss Quinn Ihnen eine Chance geben sollte.»

«Sie sind eine wahre Meisterin, wenn es darum geht, jemanden indirekt zu kritisieren», sagte Sam.

«Was wollen Sie denn damit sagen?», fragte Diya.

«Egal. Also ich vermute, der Plan lautet: Ich bringe die Kinder zur Schule und übergebe das Karamell. Richtig?»

«Richtig», sagte Diya. «Und lassen Sie unterwegs das Tablett nicht fallen.»

«Ein so hoffnungsloser Fall bin ich nun wirklich nicht», wehrte sich Sam.

Und war gezwungen, seine Einschätzung noch einmal zu überdenken, als er auf dem Weg in die Küche beinahe das Tablett fallen ließ.

❄

Bill beobachtete durchs Fenster, wie Sam, Teddy und das indische Mädchen zur Schule gingen, die Kinder völlig absurd gekleidet. Erst da fiel ihm plötzlich ein, welcher Tag heute war: Halloween.

Er stand immer noch am Fenster und versuchte, sich darüber klarzuwerden, was Teddys Kostüm darstellen sollte, als die schwarze Frau vom anderen Ende der Straße – die, die ständig rannte – ihn entdeckte und enthusiastisch anfing zu winken. Jack, der bis eben noch den Kindern hinterhergetrottet war, ließ sich von ihr ablenken und folgte ihr auf den Fersen – direkt auf seine Haustür zu.

Geh weg!, hätte Bill am liebsten gesagt. Oder, noch besser, einfach nicht die Tür aufgemacht. Aber sie hatte ihn am Fenster stehen sehen, und er fühlte sich genötigt, nicht unhöflich zu sein.

Genau das war das Problem, plötzlich mit all diesen Menschen in Kontakt zu sein: Bill hatte das Gefühl, sie nicht mehr einfach *ignorieren* zu können. Ständig war irgendwas. Wo war die Eintönigkeit hin?

Die Frau klopfte an seine Tür und winkte fröhlich durchs Fenster.

Jack bellte.

Wie um alles in der Welt hatte es nur so weit kommen können, dass er sich mit all diesen Menschen abgeben musste? Er riss die Haustür auf und bellte: «Was wollen Sie?»

Jack bellte Hallo und leckte ihm als Guten-Morgen-Beigabe die Hand.

«Haben Sie meine Nachricht wegen der Bonfire Night bekommen?», fragte die schwarze Frau.

«Ja. Ist angekommen.»

«Ich habe noch mal überlegt. Die Familien mit Kindern werden sich das Feuerwerk auf alle Fälle ansehen wollen. Und Max ist ganz verrückt nach Feuerwerk, er zerrt Arthur jedes Jahr zu einer Veranstaltung. Also wäre es wohl am besten, wenn ich mit Jack zu Hause bleibe. Wäre das für Sie okay, wenn Jack an dem Abend bei mir ist? Oder wäre Ihnen lieber, Jack und ich bleiben hier?»

Bill starrte sie an. «Jack und Sie hier bei mir?», stammelte er schließlich.

«Ja.» Die Frau nickte.

«Hier bei mir? Sie und Jack?» Dieser Vorschlag war dermaßen absurd, dass Bill ihn zweimal wiederholen musste.

«Oder ich nehme Jack an dem Abend zu mir», sagte die Frau. «Ich wollte fragen, was Ihnen lieber ist.»

«Wozu wollen Sie das wissen?»

Die Frau strahlte ihn an. «Weil Jack der ganzen Straße gehört und Sie ein Teil der Straße sind. Ein essenzieller Teil.»

Bill hob die Augenbrauen. Diese Frau war offensichtlich plemplem. «Wieso muss überhaupt irgendwer bei Jack bleiben?»

«Weil Feuerwerk für Hunde großen Stress bedeutet. Deshalb muss jemand mit Jack zu Hause bleiben und dafür sorgen, dass er keine Angst bekommt. Und ich halte es für das Beste, wenn ich diese Aufgabe übernehme. Mir ist das Feuerwerk nicht so wichtig. Ich kann hingehen oder hierbleiben, ganz egal.»

«Ich gehe zu keinem Feuerwerk», sagte Bill. «Jack kann bei mir bleiben.»

«Aber Sie müssen hingehen!», protestierte die Frau. «Die anderen freuen sich alle schon darauf, mit Ihnen zum Feuerwerk zu gehen.»

«Sie sind tatsächlich plemplem», lautete Bills lapidare Antwort.

Die Frau lachte. «Kann schon sein. Aber wie dem auch sei, denken Sie drüber nach.» Und dann machte sie auf dem Absatz kehrt und joggte mit einem fröhlichen Winken davon.

Jack blieb, wo er war, und sah ihr nach.

«Nach so einem Gespräch haben wir uns wirklich ein Nickerchen verdient», sagte Bill. «Was meinst du?»

Es war zwar noch frühmorgens, aber Bill hatte noch nie erlebt, dass Jack bei der Aussicht auf ein gemütliches Nickerchen nicht begeistert gewesen wäre.

Jack wedelte glücklich mit dem Schwanz und trottete ins Haus.

❄

Fröhlich plappernd spazierten Pari und Teddy zur Schule. Sie schienen sich wohl zu fühlen in ihren Kostümen. Auch die anderen Kinder, die aus allen Richtungen auf die Schule zuströmten, waren verkleidet. Sam verglich sie insgeheim mit Teddy und kam zu dem Schluss, dass er seine Sache gar nicht so schlecht gemacht hatte.

Teddys Outfit war ein bisschen fragwürdig, aber nur ein bisschen. Sam hatte ein altes Trikot von sich gefunden und es mit Schulterpolstern aus Ellens Fundus aufgepeppt. Sie stammten aus einem grässlichen Paillettenblazer («Ich musste mal als Cindi Lauper gehen», hatte sie erklärt. – «Warum?», hatte Sam gefragt. – «Das willst du nicht wissen», hatte Ellens Antwort gelautet). Außerdem hatte Sam in letzter Sekunde einen echten American-Football-Helm aufgetrieben, der mit Hilfe von ein bisschen Schaumstoff sogar einigermaßen auf Teddys Kopf passte, und das reichte, fand Sam, um zu zeigen, was das Kostüm darstellen sollte.

Sich nur minimal wie ein Volltrottel fühlend folgte Sam den Kindern in die Schule und balancierte dabei vorsichtig das Tablett mit Diyas handgemachtem Kokoskaramell. Miss Quinn – er musste wirklich endlich ihren Vornamen in Erfahrung bringen – lächelte bei seinem Anblick strahlend. Vielleicht war das aber auch nur ihr Standardlächeln, das Sam als strahlend interpretierte. Vielleicht lächelte Miss Quinn grundsätzlich auf diese ausnehmend strahlende Weise, und es hatte überhaupt nichts mit ihm zu tun.

«Hallo, Teddy, hallo, Pari», sagte sie und kam ihnen entgegen. «Gruseliger Zombie! Und du, Teddy? Was bist du?»

«Fußballer», sagte Teddy unerschütterlich.

«American Football», sagte Sam, als er Miss Quinns verwirrtes Gesicht sah. «Er war nicht davon abzubringen.»

«Oh, das ist super», sagte Miss Quinn. «Und?» Ihre Hand verirrte sich zu dem Sternenanhänger an ihrem Hals, sie sah ihn an und lächelte. «Was verschafft mir das außerordentliche Vergnügen Ihres Besuchs in meinem Klassenzimmer?»

Hatte er tatsächlich eine besondere Betonung auf dem Wort Vergnügen bemerkt oder war das nur Sams überbordende Phantasie? Er wollte selbst in die winzigste ihrer Regungen *Anziehungskraft* und *Koketterie* hineininterpretieren. Natürlich hing dieses Bemerken untrennbar mit Sams Fixierung auf jede noch so winzige ihrer Regungen zusammen, und er fragte sich, ob es ihr hinsichtlich seiner winzigen Regungen ebenso erging und ob in diesem Falle *er* Anziehungskraft und Koketterie ausstrahlte.

«Dad!», zischte Teddy, und Sam merkte, dass er Miss Quinn anstarrte.

«Oh. Entschuldigung.» Sam räusperte sich. «Ich habe indisches Kokoskaramell mitgebracht.» Er überreichte ihr das Karamelltablett mit einem übertriebenen Diener, sah dabei aber höchstwahrscheinlich nicht galant, sondern eher wie ein Vollidiot aus.

Miss Quinn lugte unter die Alufolie und sagte: «Kokoskaramell! Da schlummern ja ungeahnte Talente!»

«Das hab nicht ich gemacht», gestand Sam, weil alles andere lächerlich gewesen wäre. «Das war Paris Mutter.»

Miss Quinn sah zu ihm auf. Die Grübchen vertieften sich. «Dachte ich mir schon. Ein Mann, der derart auf Gemüse fixiert ist, kann unmöglich plötzlich auf Kokoskaramell umschwenken.»

«Ich kann aber eine ganze Menge!», sagte Sam, was leider irgendwie gelogen war. Er spürte Teddys strengen Blick auf sich, ignorierte ihn jedoch. Nicht dass er eine Wahl gehabt hätte – denn Miss Quinn lachte. Und Sam hätte wohl so gut wie alles ignoriert, wenn Miss Quinn lachte. Wenn Miss Quinn lachte, vergaß er die Welt um sich herum.

Teddy wurde langsam hibbelig. «Wir gehen spielen», verkündete er.

«Ja, gut», antwortete Sam und zwang seine Aufmerksamkeit zurück zu seinem Sohn. «Ich wünsche euch beiden einen ganz tollen Tag.»

Pari lächelte ihn an, Teddy ebenfalls, und dann sausten die beiden davon.

«Das werden Sie beizeiten unter Beweis stellen müssen. Das ist Ihnen schon klar, oder?», sagte Miss Quinn. «Ich meine, dass Sie in der Lage sind, Nahrung zuzubereiten, die Ihnen und Ihrem Sohn das Überleben sichert.»

War das ... war das jetzt der Wink mit dem Zaunpfahl in Richtung Einladung zum Abendessen? Oder kam hier lediglich die Sorge einer Lehrerin um das Wohlergehen ihres Schülers zum Ausdruck? Sam war sich nicht sicher. Mann, es war einfach viel zu lange her, dass er solche Spielchen spielen musste! Hatte er solche Spielchen überhaupt jemals gespielt? Es machte ein großer Unterschied, ob man als Student jemanden kennenlernt, den man mag, oder als ausgewachsener Erwachsener. Erst recht, wenn dieser Jemand auch noch die *Lehrerin des eigenen Sohnes* ist.

Also antwortete Sam mal wieder etwas völlig Idiotisches, nämlich: «Sie hält mich für einen hoffnungslosen Fall.»

«Wer?», fragte Miss Quinn, ohne auf den Teil seiner Aussage einzugehen, der sich um das *hoffnungslos* drehte, weil das offenbar nicht zur Debatte stand.

«Paris Mutter», antwortete Sam.

«Hoffnungslos in Bezug worauf?»

«Auf Sie», hörte Sam sich wie aus weiter Ferne sagen.

Nein, nein, nein!, schrie der kluge Sam in seinem Kopf. *Was machst du da? Warum sagst du so was? Du klingst jämmerlich!*

Aber Miss Quinns Lächeln wurde breiter, und ihre Augen strahlten, und sie wandte nicht den Blick; ganz im Gegenteil, wenn Sam sich nicht täuschte, lehnte sie sich sogar noch ein bisschen näher zu ihm hin.

Gut gemacht!, sagte der tollkühne Sam in seinem Kopf, denn der sagte immer, was ihm gerade in den Sinn kam. *Super Antwort!*

«Und wie lautet Ihre Selbsteinschätzung in Bezug auf diese spezielle Thematik?», fragte Miss Quinn.

Sam sah sie an. Sie stand jetzt definitiv näher bei ihm, viel näher sogar, und er erinnerte sich daran, dass er das letzte Mal, als er ihr in etwa so nahe gewesen war wie jetzt, mitten in diese unglaublichen Augen hineingefallen war und immer noch nicht wusste, wie er da je wieder rauskommen sollte. Im Kopf erstellte er eine Liste von Dingen, die er tun wollte: ihr wieder die Haarsträhne hinters Ohr streichen; sich vorbeugen und seine Nase an die zarte Haut unter ihrer Wange drücken; ausprobieren, wie dieser einladende Mundwinkel schmeckte, und diese verlockenden Grübchen. Sam konnte sich nicht entscheiden, was er als Erstes tun wollte. «Hoffnungslos», murmelte er, «vollkommen hoffnungslos» und saugte ihren Anblick in sich auf, jedes unbeschreibliche, wunderbare Detail.

Das Lächeln auf Miss Quinns Gesicht versiegte und wich einem Blick, der entschlossen war, entschlossen und erwartungsvoll, und der von seinen Augen zu seinem Mund glitt und wieder zurück. Ihre Lippen waren geöffnet, der Atem ging flach. Wie leicht es jetzt wäre, dachte Sam, die Hand einfach an ihre Wange zu legen, sich vorzubeugen, seine Stirn an ihre zu lehnen und eine Sekunde lang nur zu atmen, diese Ruhe zu atmen, die Miss Quinn in ihm auslöste und in der die ganze Welt verschwand. Alles andere – *alles* – schien sehr weit weg. Es gab nur sie beide, sie standen da, still und voller Erwartung, und Sam bewegte sich millimeterweise auf eine Entscheidung zu, hin zu dem Punkt, wo er sich zu ihr neigen würde und ...

Eine Horde Kinder kam aus dem Nichts auf sie zugerannt – offensichtlich gab es fürchterlichen Streit wegen irgendwas. Miss Quinn sah sie an, brach den Bann, und Sam blinzelte, wich zurück und schüttelte den letzten Rest Verwirrung ab. Worauf der kluge Sam in seinem Kopf anfing, den tollkühnen Sam zu beschimpfen: *Herrgott noch mal! Der einzige Ort für einen ersten, echten Erwachsenenkuss, der noch schlimmer ist als ein Schulbus, ist ein Klassenzimmer voller aufgedrehter, randalierender Viertklässler!*

Miss Quinn sah Sam entschuldigend an. «Ich muss ...»

«Ja, ja, natürlich», zwang Sam sich zu sagen. «Gehen Sie.» Und dabei machte er eine hilflose Handbewegung und rief «Happy Halloween», während Miss Quinn schon von Kindern umringt war, und da drehte sie sich noch einmal um und lächelte ihm wehmütig zu.

Sam verzog sich unauffällig und machte sich auf den Heimweg. Nur ihr Lächeln blieb bei ihm, wickelte sich um sein Herz und machte es sich als warmes Gefühl in seinem Bauch gemütlich, und auch die zufriedene Ruhe tief in ihm verschwand nicht mehr ganz. Um ihn herum surrte die geschäftige Welt, doch Sam hatte das Gefühl, durch sie hindurchzuschweben, seine Füße berührten kaum den Asphalt, und er registrierte die vielen Menschen kaum, die um ihn herumwuselten.

Vielleicht, dachte Sam, fühlte sich so Verliebtsein an.

«Und was sollst du sein?», fragte Tommy Dower mit seinem typischen Gesicht.

Teddy hasste Tommy Dower inzwischen. Teddy hatte eine ganze Liste von Dingen, die er an seinem Leben hasste. Früher hatte England an sich ganz oben auf dieser Liste gestanden. Im Augenblick belegte Tommy Dower den ersten Platz. Der Rest von England wurde in Teddys Augen langsam besser, aber der Landstrich, den Tommy Dower besetzte, war immer noch der blanke Horror.

«Ich bin Fußballer», sagte Teddy und machte ebenfalls ein entsprechendes Gesicht.

«Fußballer?» Tommy fing an zu lachen, und alle seine nervigen *Freunde* lachten mit. Meistens fühlte es sich so an, als wäre bis auf Teddy jeder in der Klasse Tommy Dowers Freund. «Was soll das denn für ein bescheuerter Fußballer sein?»

Pari stellte sich dicht neben Teddy und sagte wütend: «Schon mal was von *American Football* gehört?» Teddys Erfahrung sagte ihm, dass Pari sich noch nie aus einem drohenden Streit rausgehalten hatte.

«Ach so. Pseudo-Fußball», sagte Tommy.

«Das ist kein Pseudo ...», fing Pari an, um Teddy beizustehen.

Doch dann sagte Molly Wasserstein: «Ich find's cool.»

Teddy blinzelte überrascht.

Tommy auch.

Molly achtete auf keinen von beiden, stellte sich vor Teddy hin, nahm seinen Helm und sagte: «Darf ich den mal aufsetzen?»

Teddy und Pari sahen einander verwirrt an. Was war hier los? Bahnte sich da die nächste Gemeinheit an? War das ein Trick?

«Sicher?», sagte Teddy und war sich ganz und gar nicht sicher.

Molly setzte den Helm auf, der ihren ganzen Kopf verschluckte, und Teddy konnte durch das Schutzgitter gerade noch ihre Augen sehen. «Wow! Ist das cool hier drin!», rief Molly.

Und dann ging es los: Alle Kinder – alle Kinder außer Tommy – fingen an zu rufen und zu schreien. Jeder wollte den Helm aufsetzen.

Teddy sah zu, wie sein Football-Helm die Runde durch das Klassenzimmer machte, und erlebte einen Augenblick purer Freude. Pari rempelte ihn an, und als er zu ihr hinsah, lächelte sie, als wolle sie sagen: *Schön, oder?*

Es *war* schön, und noch schöner war, jemanden zu haben, mit dem man es teilen konnte, dachte Teddy.

❄

Mit leicht ramponierten Kostümen liefen Teddy und Pari von der Schule nach Hause. Jack kam ihnen wie immer entgegengesprungen, um sie zu begrüßen, hocherfreut, sie wiederzuhaben. Zu ihrer Unterhaltung jagte er ein paar Blättern hinterher und erzählte ihnen, was sie verpasst hatten, während sie in der Schule waren – hauptsächlich, so interpretierten sie es, Grabenkämpfe mit der Eichhörnchenbande.

Als Dad ihn an der Haustür mit den Worten «Na, wie war dein Tag?» begrüßte, antwortete Teddy begeistert: «Halloween war *super*! Alle fanden meinen Helm voll super. Jeder wollte ihn aufsetzen. Das war so cool. Cooles Kostüm!»

«Oh, toll», sagte Dad, als Teddy mit dem fröhlich bellenden Jack im Schlepptau ins Haus stürmte.

«Nächstes Jahr», rief Teddy, ehe er Jack die Terrassentür öffnete und selbst hinausschlüpfte, «nächstes Jahr braucht Jack aber auch ein Kostüm.»

❄

«Haben wir uns eigentlich schon Gedanken darüber gemacht», fragte Libby Quinn, «welche Probleme ein Wüstenbewohner wie der Stallbesitzer in unserem Krippenspiel bekommt, wenn es wegen dem Klimawandel plötzlich anfängt zu schneien?»

Die Kinder machten große Augen und dachten angestrengt nach.

Libby half ihnen sanft auf die Sprünge. «Was machen wir bei uns zu Hause, wenn es draußen kalt wird?»

«Die Heizung an!», sagte Marya sofort.

«Genau. Und glaubt ihr, dass der Stallbesitzer eine Heizung hat?»

«In seinem *Kuhstall*?» Pari zog die Nase kraus.

Libby war zufrieden. «Genau. Was, glaubt ihr, passiert also mit den ganzen Tieren?»

«Sie müssen frieren», sagte Patrick.

«Macht das Jesuskind nicht, dass ihnen warm wird?», wollte Edwina wissen.

«Das Jesuskind ist noch ein Baby», sagte Molly. «Das macht gar nichts Besonderes, das schreit nur. Das weiß ich, weil, mein kleiner Bruder macht auch nichts anderes.»

«Ist dein kleiner Bruder etwa das Jesuskind?», fragte Pari sehr ernst, als würde dies einen großen Unterschied bedeuten.

Libby mischte sich in die Diskussion ein: «Sagen wir, in

eurem Stall kommt nicht zufällig gerade das Christkind zur Welt. Eure Tiere frieren. Ihr müsst einen Weg finden, um sie zu wärmen. Und bei euch gibt es wahrscheinlich keine ordentliche Heizung im Haus, schließlich lebt ihr in der Wüste.»

Die Kinder machten nachdenkliche Gesichter.

«Ihr müsst euch also was einfallen lassen. Und es wird Geld kosten.»

«Ja. Heizen ist teuer», sagte Misty.

«Sehr teuer. Und sehr kostbar. Also, was glaubt ihr? Was könnte dem armen Stallbesitzer helfen?»

«Eine Versicherung», sagte Gilbert. «Als meine Mum einen Autounfall hatte, hat die Versicherung uns geholfen, das Auto zu reparieren.»

«Ganz genau», sagte Libby. «Eine Versicherung. Lasst uns darüber sprechen, was eine Versicherung eigentlich ist. Eine Versicherung hat nämlich was mit *Wahrscheinlichkeit* zu tun.» Sie drehte sich zur Tafel.

❄

Teddy und Pari lagen bäuchlings auf dem Wohnzimmerteppich und arbeiteten konzentriert an ihrer Szene für das Krippenspiel.

Sie waren schon eine ganze Weile dabei, und irgendwann hielt Sam es vor Neugierde nicht mehr aus. Er ging ins Wohnzimmer. «Erzählt mir doch mal was über euer Krippenspiel», sagte er.

«Es handelt von der Geburt Jesu», sagte Teddy.

«Kennst du die Geschichte?», fragte Pari.

Manchmal war Sam sich nicht sicher, ob Pari solche Fragen jedem stellte oder ob sie ernsthaft befürchtete, dass

Sam krasse Wissenslücken hatte. «Ich kenne die Geschichte», antwortete Sam. «Worum geht es in eurer Szene?»

«Unsere Szene handelt von dem Stallbesitzer», sagte Teddy.

«Wirklich?», entgegnete Sam. «Von der Figur hört man in der Geschichte sonst eher kaum was.»

«Stimmt», sagte Pari. «Dabei hat er viel zu sagen. Vor allem, weil seine Tiere wahrscheinlich alle erfrieren müssen, weil es bitterkalt ist und er keine Heizung hat.»

Sam blinzelte überrascht. «Klingt, als wäre er ziemlich unter Druck, oder?»

«Ganz genau.» Pari wandte sich wieder ihrem Blatt zu.

Teddy erklärte: «Der Klimawandel ist schuld, dass seine Tiere sterben müssen. Er lebt in der Wüste, aber plötzlich kommt ein schlimmer Schneesturm.»

«Das Jesuskind wird im Schneesturm geboren?», fragte Sam.

Pari nickte.

Sam grinste. «Das gefällt mir. Wisst ihr, Teddy wurde nämlich auch in einem Schneesturm geboren.»

«Das wusste ich gar nicht!» Pari sah Teddy bewundernd an. «Cool!»

«Das war ja auch in Amerika», sagte Teddy.

«Stimmt, da gibt's die meisten Schneestürme», sagte Pari. «Noch. Der Klimawandel ändert das vielleicht.»

«Kann sein», sagte Sam.

«Und genau da kommt die Versicherung ins Spiel!», fügte Teddy begeistert hinzu.

«Welche Versicherung?» Mit dieser Wendung im Gespräch hatte Sam nun wirklich nicht gerechnet.

Teddy nickte. «Miss Quinn hat uns alles über Versicherungen erzählt. Versicherung basiert auf Wahrscheinlichkeit, weißt du? Wie viel man bezahlen muss, hängt davon ab, wie groß die Wahrscheinlichkeit für irgendwas ist. Ein Schneesturm in der Wüste ist total unwahrscheinlich, und deshalb muss er wahrscheinlich nicht so viel Geld bezahlen.»

«Es sei denn, Schneestürme passieren wegen dem Klimawandel bald überall», fügte Pari hinzu.

«Und wenn es tatsächlich superunwahrscheinlich ist, dann hat der Mann, dem der Stall gehört, sicher gar keine Versicherung. Und was soll er dann tun?», beendete Teddy ihre Überlegungen.

«Puh. Klingt, als wäre das mit der Versicherung ein ziemlich ernstes Thema», sagte Sam.

«Ist es!» Pari nickte weise. «Es wird richtig schlimm.»

«Jack wird furchtbar kläglich jaulen», sagte Teddy.

«Warum wird er jaulen?»

«Wegen der ganzen Situation. Er wird ‹Mitgefühl erregen›. Miss Quinn sagt, wenn man das Publikum auf seine Seite holen will, muss man ‹Mitgefühl erregen›», dozierte Teddy.

«Das stimmt», sagte Sam. «Ich wusste gar nicht, dass Jack auch mitspielt.»

«Genau, wir schreiben ihn einfach rein», erklarte Pari. «Er gehört zu den Tieren im Stall.»

«Habt ihr noch mehr lebende Tiere? Einen Esel? Oder einen lebendigen Ochsen?»

Pari und Teddy sahen ihn beide zu Tode genervt an.

«Dad!», sagte Teddy. «Wer hat denn einen *lebendigen Ochsen* zu Hause?»

«Kennst du etwa irgendwen mit einem Esel?», fragte Pari.

«Nein.»

«Bei der Geburt vom Jesuskind kann auch ein Hund dabei sein», sagte Teddy.

«Genau, nirgendwo steht, dass Hunde nicht dabei sein können», sagte Pari. «Also spielt Jack mit, weil wir Jack haben. Ganz einfach.»

«Jack und die Versicherungsproblematik», sagte Sam beeindruckt. Dann fiel es ihm wie Schuppen von den Augen. «Hey! Wisst ihr was? Wir kennen einen Versicherungsvertreter!»

❄

Max holte gerade die Weihnachtsdekoration vom Speicher.

Max liebte Weihnachten. Er war jedes Jahr der Erste in der Straße, der das Haus schmückte. Jedes Jahr versuchte er, Arthur zu überreden, schon vor Halloween damit anzufangen. Er hatte zwar das Wundermittel immer noch nicht gefunden, mit dem er Arthur diese Erlaubnis entlocken konnte, doch wenigstens wehrte Arthur sind nicht mehr gegen alles, was *nach* Halloween geschah. Sobald Halloween vorbei war, hatte Max freie Bahn für seine Weihnachtsdeko.

Max' Weihnachtsdekoration war verschwenderisch und kunstvoll. Jedes Jahr arbeitete er intensiv an einem neuen Ansatz. An Weihnachten hatten Langeweile und Routine nun wirklich keinen Platz. Jedes Jahr war er fest entschlossen, etwas Neues und Einzigartiges zu schaffen. Max' Weihnachtsdekorationen waren *Kunst*.

Max verwahrte alles, was er dazu brauchte, oben in seinem Atelier unter dem Dach, einem riesengroßen, luftigen Speicher mit jeder Menge Stauraum.

Auf Arthurs Vorschlag, die Dekoration im Schuppen aufzubewahren, hatte Max mit Entsetzen reagiert. Etwas so Wertvolles wie Weihnachtsdekoration musste aus Sicherheitsgründen unbedingt im Haus aufbewahrt werden. Was, wenn Diebe in den Schuppen einbrachen?

«Um unsere Weihnachtsdekoration zu stehlen?», hatte Arthur skeptisch gefragt.

Arthur wusste den Wert ihrer spektakulären Weihnachtsdekoration einfach nicht zu schätzen, und weil das Atelier auf dem Speicher nun mal Max' alleinige Domäne war, hatte Max die Diskussion um den Aufbewahrungsort schließlich für sich entschieden.

Max stand also in seinem Atelier und zerrte die Kisten mit der Weihnachtsdeko heraus, um sie systematisch auf dem Fußboden zu arrangieren, nämlich nach Art, Farbe, Größe und *künstlerischer Aussagekraft* (ein zwar schwer zu beschreibendes, für Max jedoch sofort ersichtliches Kriterium), als es unten an der Haustür klingelte.

«Liebling?», rief Max. «Kannst du bitte aufmachen?» Als er raufgegangen war, hatte Arthur in der Küche gestanden, er hatte allerdings auch irgendwas davon gesagt, dass er noch auf einen Sprung in die Läden schauen wolle. Max war so sehr mit seiner Weihnachtsdekoration beschäftigt gewesen, dass er nun beim besten Willen nicht sagen konnte, ob Arthur schon gegangen war oder nicht.

Weil Max von Arthur keine Antwort bekam, lief er die halbe Treppe hinunter, aber Arthur war doch noch zu Hause und hatte gerade die Tür aufgemacht. Davor standen Teddy, Pari und Jack. Jack kam sofort ins Haus gestürmt und hüpfte fröhlich die Treppe hinauf, um Max schwanzwedelnd zu begrüßen.

«Hallo, Jack», sagte Max und erwiderte den Gruß mit einem Ohrenkraulen. «Und hallo, Kinder. Was verschafft uns denn diese Ehre?»

«Wir wollen Arthur was über Versicherungen fragen», sagte Teddy fröhlich.

Max sah Arthur amüsiert an. «Tatsächlich?»

Arthurs Ohren hatten sich hinreißend rosarot gefärbt, und zwar vor Freude, was Arthur, wie Max nur zu gut wusste, strikt abstreiten würde, falls man ihn darauf ansprache. «Sagt bloß.»

«Ja. Wir haben sehr viele Fragen», sagte Pari. «Das ist eine sehr ernste Angelegenheit.»

«Na, nicht allzu ernst, will ich hoffen.» Max sah Arthur an. «Dann lasse ich dich mal mit deiner wichtigen Kundschaft allein.»

«Danke sehr», sagte Arthur und wirkte hin und her gerissen zwischen Verwirrung und Zustimmung angesichts der Ernsthaftigkeit, mit der Pari und Teddy dieses Thema offensichtlich behandelten.

Max ging zurück nach oben, um sich wieder seiner geliebten Weihnachtsdekoration zu widmen, normalerweise eine Aufgabe, in der er völlig aufging, doch an Konzentration war nicht mehr zu denken. Die Vorstellung, dass Arthur unten in der Küche saß, mit zwei Kindern, die ausgerechnet etwas über *Versicherungen* wissen wollten, ließ ihm keine Ruhe. Die Vorstellung von Arthur mit Kindern war an sich schon unwiderstehlich. Sie hatten nicht viel Umgang mit Kindern.

Schließlich hielt Max es nicht mehr aus. Er schlich sich gerade so weit die Treppe hinunter, bis er um die Ecke lugen konnte: Arthur saß am Küchentisch, und ihm gegenüber saßen die beiden Kinder, mit dem Rücken zu Max, und Max konnte das konzentrierte Stirnrunzeln auf Arthurs Gesicht sehen. Es sah in der Tat so aus, als führten sie ein äußerst ernsthaftes Gespräch. Max erzählte Arthur immer wieder gern, dass er sich auf den allerersten Blick in ihn verliebt hatte, was bei Arthur grundsätzlich Spott provozierte, doch so war es nun mal gewesen, und so war es auch in diesem Augenblick. Arthur, ganz und gar ernsthaft, fast düster, angesichts der Versicherungsfragen von zwei Achtjährigen, was auch immer sich dahinter verbergen mochte.

«Ach so. Und wenn jemand keine Versicherung hat, dann kann man nichts für ihn tun?», fragte Pari gerade.

«Die Versicherung könnte nichts für ihn tun», antwortete Arthur. «Natürlich würden wir trotzdem alle versuchen, ein bisschen was zusammenzukratzen, um ihm aus der Patsche zu helfen.»

«Aber es wäre besser, wenn man eine Versicherung hätte», schlussfolgerte Pari.

«Das ist immer eine gute Idee. Weil man sich dann keine Sorgen zu machen braucht.»

Max lächelte stolz. Arthur war so ein Versicherungsfuchs!

«Manchmal ist es schwer, sich keine Sorgen mehr zu machen», sagte Teddy.

Arthur musterte ihn eindringlich. «Ja. Das stimmt. Und das ist auch okay», sagte er dann. «Und es ist manchmal auch ganz gut, einfach tief Luft zu holen und auf das zu blicken, was man hat. Wenn man sich nämlich immer nur Sorgen macht, was alles sein könnte, vergisst man dabei manchmal, das zu genießen, was man hat. Man vergisst, dankbar für all das Gute in seinem Leben zu sein. Manche Leute haben nur deshalb eine Versicherung, um sich selbst ein bisschen Raum zu geben, zu genießen, was sie so verzweifelt zu beschützen versuchen. Es ist praktisch der Sicherheitsplan, um die Dinge zu beschützen, die man liebt.»

Max lehnte den Kopf gegen die Wand und versank in Arthurs Gesichtsausdruck.

«Ja. Zum Beispiel zu genießen, dass man das Jesuskind in seiner Krippe liegen hat», sagte Pari, und Max verstand kein Wort mehr.

Paris Worte hatten Arthurs nachdenkliches Gesicht weggewischt, und er sagte ein bisschen säuerlich: «Ja genau. Zum Beispiel.»

«Dad und ich, wir erzählen uns jeden Abend ein Abenteuer», sagte Teddy.

«Ein Abenteuer?»

«Ja, genau. Irgendwas Lustiges, was am Tag passiert ist. Ich glaube, das ist auch dazu da, damit man das Gute nicht vergisst.»

Arthur lächelte. «Das finde ich schön. Dein Vater ist ein kluger Mann.»

«Aber seine Abenteuer sind meistens ziemlich langweilig», sagte Teddy. «Was wäre dein Abenteuer?»

«Mein Leben mit Max», sagte Arthur staubtrocken, und Max musste lachen.

Damit verriet er sich, und die Kinder drehten sich um. Sie sahen ihn an, und Arthur sah ihn an, und Max zwinkerte ihm zu, woraufhin Arthur die Augen verdrehte.

«Arthur hat uns eine Menge über Klimaversicherung erzählt», verkündete Pari und stand auf.

«Wie nett von ihm», sagte Max. «War es das, was ihr wissen wolltet?»

Pari und Teddy nickten.

«Und was ist mit dir, Jack?», fragte Max Jack, der angesprungen kam, um noch mal begrüßt zu werden, als hätte Max ihn nicht eben schon ausgiebig begrüßt. «Was hast du gelernt?»

«Jack hat gelernt, Kekse zu naschen, die kleine Kinder ihm heimlich unter dem Tisch zugesteckt haben», antwortete Arthur. «Hier, vergesst die nicht», sagte er und gab den beiden die Packung Jaffa Cakes, die auf dem Tisch stand.

«Danke, Arthur», riefen Teddy und Pari im Chor. «Tschüs, Max!»

Gefolgt von Jack, der ein höfliches Abschiedsbellen von sich gab, fegten sie zur Haustür hinaus und rannten davon.

Max sah ihnen durchs Vorderfenster nach. Dann wandte er den Blick wieder Arthur zu, der inzwischen vor ihm am Fuße der Treppe stand, zwei Stufen unter Max. Max hob eine Augenbraue. «Sie wollten was über Klimaversicherungen wissen?»

«Für das Krippenspiel in der Schule.»

«Das ist mit Sicherheit das erste Krippenspiel in der Geschichte, in dem eine Versicherung eine zentrale Rolle spielt», bemerkte Max.

«Und der Klimawandel», sagte Arthur.

Max kicherte und zog Arthur zu sich heran, der, weil er zwei Stufen tiefer stand, an Max' Brust landete. Er sagte: «Das klingt nach einem Krippenspiel, das man keinesfalls verpassen sollte.» Nach einem Augenblick der Stille fügte er hinzu: «Du hast ihnen meine ganzen Jaffa Cakes geschenkt, du Softie.»

Arthur seufzte. «Na komm. Weih mich in dein diesjähriges Weihnachtsspektakel ein.»

Bei diesen Worten fing Max an zu strahlen, und alle verschenkten Jaffa Cakes waren im Nu vergessen.

11

BONFIRE NIGHT
MIT GROSSEM FEUERWERK!

18:00 Uhr Einlass
19:00 Uhr Entzünden des großen Feuers
20:00 Uhr Feuerwerk

Eintritt:
Erwachsene £4, Kinder ab 5 Jahren £1

Parkplätze eingeschränkt vorhanden,
Parkgebühr £1

Vielfältiges kulinarisches Angebot

Kinderkarussell
Aus Sicherheitsgründen: keine eigenen
Feuerwerksköper, keine Wunderkerzen

Kein Alkohol
Kinder und Jugendliche unter 14
nur in Begleitung Erwachsener

Emilia spähte zum Fenster hinaus, um den Moment nicht zu verpassen, wenn die Basaks das Haus verließen, um zum Feuerwerk zu gehen. Mr. und Mrs. Basak kamen als Erste zur Haustür raus, aber Pari schlüpfte sofort an ihnen vorbei. Sai bildete das Schlusslicht und warf im Vorbeigehen einen einladenden Blick zu Emilias Fenster, hob auffordernd die Augenbrauen.

Emilia drehte sich blitzschnell um und ging zu ihren Eltern, die schweigend im Wohnzimmer saßen, ihr Vater vor dem Fernseher und ihre Mutter in ein Buch vertieft.

«Ich würde mir gern das Feuerwerk ansehen, darf ich? Der Rest der Straße geht auch, ich kann mit den anderen mit», sagte sie schnell. Sie wusste, dass die Basaks noch einmal kurz haltmachen würden, um die Bishops abzuholen, aber dann waren sie alle auf dem Weg, und es könnte schwierig werden, sie in dem Trubel wiederzufinden.

Ihr Dad löste den Blick vom Fernseher. «Zum Feuerwerk? Ja, richtig. Du, das ist eine gute Idee. Klingt schön. Wir waren seit Ewigkeiten nicht mehr bei einem Feuerwerk.» Er sah zu seiner Frau hinüber, die immer noch in ihr Buch vertieft war. «Anna?», sagte er.

«Hm?» Ihre Mum hob zwar den Blick, war aber offensichtlich ganz woanders.

«Ich glaube, ich gehe mit Emilia zum Feuerwerk», sagte ihr Dad. «Komm doch auch mit.»

Das hatte Emilia nun wirklich nicht im Sinn gehabt – sie wollte sich eigentlich mit Sai irgendwohin verdrücken. Sie konnte es nicht fassen – wann hatten sie das letzte Mal irgendwas gemeinsam unternommen, *als Familie*?

Sie sah ihre Mutter neugierig an, gespannt auf deren Reaktion.

«Nein, nein», sagte sie. «Geht nur, ihr zwei.»

Emilias Dad seufzte. «Anna. Komm doch mit, ja?»

«Findet das heute überhaupt statt?», fragte ihre Mum, den Blick schon wieder im Buch. «Das Wetter ist ja nicht besonders.»

Emilia sah zum Fenster. Draußen war es feucht, der Nebel glitzerte. Was ihr herzlich egal war, denn ihr ging es wirklich nicht um das Feuerwerk.

«Vielleicht klart es bis dahin noch auf. Komm doch mit, das wird bestimmt schön.» Ihr Dad ging zu ihrer Mum hinüber, nahm ihre Hand und küsste sie, und Emilia musste wegsehen, weil ihr das offene Flehen auf seinem Gesicht peinlich war.

Was ihre Mum offensichtlich wenig kümmerte, denn Emilia hörte sie sagen: «Ich hatte einen langen Tag. Ich habe keine Lust, noch mal vor die Tür zu gehen. Ich bleibe lieber hier bei den Katzen.»

Darauf folgte ausgedehntes Schweigen. Emilia riskierte einen Blick über die Schulter und sah ihren Dad neben Mums Sessel stehen, still und stumm, während ihre Mum einfach weiterlas. Als wäre er gar nicht da.

Emilia hatte eigentlich allein zu dem Feuerwerk gehen wollen, aber plötzlich stieg eine Woge aus Zorn in ihr auf, weil ihre Mutter so gemein war. Laut sagte sie: «Komm, Dad. Wir gehen. Ich habe riesige Lust auf Pommes.»

Unwillkürlich hielt sie den Atem an, bis ihr Dad schließlich sagte: «Ja. Komm, wir gehen.»

❄

«Ich möchte nur sagen», betonte Teddy und wich Sams Versuch aus, den Reißverschluss seiner Jacke noch ein bisschen weiter hinaufzuziehen, «dass ein Feuerwerk im November eine völlig bescheuerte Idee ist. Im Juli müsste man nicht im *eisigen Regen* draußen rumstehen.»

«Tja. Da ist was dran.» Sam reichte Teddy seine Mütze.

Teddy zuckte zurück. «Die setze ich nicht auf.»

«Draußen ist es kalt, es regnet, und ich will nicht, dass du dir eine Lungenentzündung holst.»

«Und wer, bitte, ist schuld daran, dass wir an einem Ort gelandet sind, wo ich mir überhaupt eine Lungenentzündung holen kann?»

«Deine Großeltern, die mich in diesem Land zur Welt gebracht haben und nicht in milderen Gefilden, wo es trocken und warm ist.»

In dem Moment klingelte es an der Haustür.

Sam machte auf. Vor der Haustür stand die Familie Basak versammelt und rief im Chor freudig hallo. Genauer gesagt alle bis auf Sai – der lungerte mit motziger Miene einen Schritt hinter ihnen und sah sich ständig um, als würde er auf jemanden warten. Sam sah Arthur, Max und Pen in ihre Richtung laufen, aber er bezweifelte, dass er sich nach ihnen den Hals verrenkte.

Alle trafen sich vor dem Haus auf dem Bürgersteig und stellten lauthals Mutmaßungen darüber an, ob das Wetter nun halten oder dem Feuerwerk einen Strich durch die Rechnung machen würde. Während sie noch diskutierten, ging bei den Pachutas die Haustür auf. Emilia und ihr Vater erschienen und kamen auf den Menschenpulk zu. Sam entging nicht, dass Sai, der eben noch geschmollt hatte, augenblicklich anfing zu strahlen.

«Was dagegen, wenn wir uns euch anschließen?», fragte Emilias Vater verhalten.

«Überhaupt nicht», sagte Sam fröhlich und hatte den Eindruck, dass Sai ganz seiner Meinung war. Davon bekamen allerdings weder Marcel Pachuta noch Diya und Darsh Basak etwas mit. Darsh war mit Arthur angeregt ins Gespräch vertieft, und Diya schob sich neugierig an Sam vorbei, um Marcel zu fragen, wo Anna war.

«Moment», sagte Pen, «ich springe nur noch schnell nach nebenan, um Jack zu holen und sicherzustellen, dass Mr. Hammersley auch wirklich mitkommt.»

«Wo wir gerade von Mr. Hammersley sprechen», sagte Sam zu Max, der direkt neben ihm stand. «Was hat es eigentlich mit diesem streng geheimen Kunstprojekt auf sich, an dem ihr beide da arbeitet?»

«Tja. Wie der Name schon sagt: streng geheim!», antwortete Max fröhlich. «Und was macht das Klimaversicherungskrippenspiel?»

Sam lachte. «Nicht zu fassen, oder? Sehr gut, glaube ich. Ich hoffe, Arthur ist mir nicht böse, weil ich ihm die Kinder auf den Hals gehetzt habe.»

«Machen Sie Witze?», sagte Max. «Es war das Highlight des Jahres für ihn. Er war ganz aus dem Häuschen, weil er endlich mal jemandem seine geliebten Versicherungen erklären durfte.»

«Ich glaube, sie nehmen im Unterricht gerade die Wahrscheinlichkeitsrechnung durch», erklärte Sam. In dem Moment öffnete Mr. Hammersley die Haustür, und Jack kam herausgeschossen.

Sam hörte zwar nicht, was Pen und Mr. Hammersley besprachen, aber dann drehte Pen sich um und rief: «Mr. Hammersley möchte nicht mit zum Feuerwerk gehen! Bestätigt ihm, dass das Unsinn ist.»

«Das ist Unsinn!», ertönte die Antwort im Chor.

Teddy rief: «Bitte, kommen Sie mit, Mr. Hammersley, das wird ganz toll!»

«Wirklich, Bill», rief Max ihm zu. «Wir können unmöglich ohne Sie gehen.»

Fassungslos stand Mr. Hammersley im Türrahmen.

«Sie *müssen* mitkommen, Mr. Hammersley!», rief Pari.

Mr. Hammersley blinzelte sie verwirrt an, und nach einer langen Pause sagte er: «Na schön. Dann komme ich eben mit.»

Und zuckte angesichts der lauten Jubelrufe, die er dafür erntete, erschrocken zusammen.

❄

Anna kochte sich eine Tasse Kamillentee, setzte sich mit einer Tafel Schokolade aufs Sofa und versuchte sich einzureden, dass sie ihre Entscheidung, Marcel und Emilia nicht auf das Feuerwerk zu begleiten, nicht bereute. Sie machte sich schließlich nicht besonders viel aus Feuerwerk. Marcel und Emilia übrigens auch nicht. Sie hatte keine Ahnung, weshalb die beiden plötzlich auf diese Idee gekommen waren – warum die ganze Straße plötzlich auf die Idee gekommen war, nur noch im Pulk aufzutreten. Pen Cheever, die ein paar Häuser weiter wohnte, kam mit diesem Straßenköter an ihrem Fenster vorbei und winkte Anna zu, als wären sie *Freundinnen*, obwohl sie kaum je ein Wort miteinander gewechselt hatten.

Anna ertappte sich dabei, dass sie denselben Satz wieder und wieder las, und legte schließlich genervt das Buch beiseite. Lächerlich, dass ihre Gedanken derart um eine Veranstaltung kreisten, für die sie sich nicht die Bohne interessierte. Was wäre ihr denn lieber gewesen? Dass alle mit ihr zu Hause blieben?

Von ferne waren Donnern und Knallen zu hören. Anna

sah auf die Uhr. Für das Feuerwerk, das Marcel und Emilia besuchen wollten, war es viel zu früh. Sie hatte noch Stunden für sich allein, sie sollte es genießen: Im Haus herrschte gesegnete Ruhe, sie hatte ihre Katzen bei sich, es gab Schokolade und ihren Lieblingstee. Mehr konnte sie sich doch kaum wünschen.

Anna sah zum Fenster hinaus. Auf der Straße war alles ruhig. Nicht mal der Hund streunte herum. Bis zu diesem Moment war Anna gar nicht klar gewesen, wie sehr sie sich an dessen Anblick gewöhnt hatte.

Irgendwo wurde weiter fröhlich geknallt und geschossen. Anna sah wieder auf die Uhr und fragte sich, ob es vielleicht doch das Feuerwerk sein konnte, zu dem Marcel und Emilia gegangen waren. Schließlich gewann ihre Neugierde die Oberhand, und sie beschloss, nur kurz vor die Haustür zu treten, um zu sehen, ob sie etwas erkennen konnte. Es war zwar kein idealer Abend für ein Feuerwerk, aber man konnte nie wissen.

Anna ging zur Haustür, öffnete sie, und im selben Augenblick witschte Socks an ihr vorbei und war, schwups, verschwunden.

Und als sie ihm nachrief, «Socks!», schoss auch Tabby zur Haustür hinaus.

❄

Pen saß im Schneidersitz auf dem Sofa, den geöffneten Laptop auf dem Schoß, und musterte den Artikel, an dem sie gerade arbeitete. Es ging um aktuelle Weintrends.

«Hast du schon mal was von *Terroir* gehört?», fragte sie Jack. Sie hatte Chester bereits dieselbe Frage gestellt, doch wie üblich, weigerte sich ihr Goldfisch, sie an dem reichen

Wissensschatz teilhaben zu lassen, über den er möglicherweise verfügte.

Jack war auch nicht mitteilsamer. Er sah sie an, wedelte unglücklich mit dem Schwanz, winselte und trottete zur Tür. Von dort sah er sie hoffnungsvoll an.

Pen schüttelte den Kopf. «Nö, Rumstromern ist heute nicht. Ich habe recherchiert: Während der Bonfire Night soll man Hunde unbedingt im Haus behalten, damit sie sich nicht so aufregen. Und das gilt auch für dich. Auch wenn du ein ganz besonderer Hund bist, zählst du trotzdem zur Kategorie ‹Hunde›. Auch wenn du lieber die aktuellen Koordinaten sämtlicher Eichhörnchen in der Straße überprüfen würdest, muss ich dich enttäuschen. Auch du musst heute Abend im Haus bleiben.»

Jack wirkte nicht überzeugt. Er streifte unruhig durchs Wohnzimmer, offenkundig sehr unglücklich mit ihrer Entscheidung.

Dann erklang von ferne das Feuerwerk, und Pen war klar, weshalb Jack so unruhig war. Sie sah auf die Uhr. Für das offizielle Feuerwerk war es eindeutig zu früh. Offensichtlich eine Privatparty, wo man es nicht mehr erwarten konnte.

«Das sind Raketen», sagte Pen zu Jack, der sie mit gespitzten Ohren ansah, als würde er gespannt ihren Erklärungen lauschen. «Nur jede Menge Krach und Farben. Nichts, wovor man Angst haben muss. Außerdem bist du doch farbenblind, stimmt's? Kein Wunder, dass Hunde Feuerwerk hassen. Für deinesgleichen ist das nur ein fürchterlicher Lärm, habe ich recht? Keine Angst, das hat nichts zu bedeuten. Die feiern nur irgendwas, was heute, ehrlich gesagt, keinen mehr interessiert. Eigentlich ist das nur eine Ausrede, um endlich mal wieder so richtig Krach zu machen.»

Jack legte den Kopf schief.

Pen zuckte die Achseln. «Was soll ich sagen? Die Menschen sind seltsam.»

Jack gab eine Art Schnüffeln von sich, trottete ans Fenster und stellte die Vorderpfoten aufs Fensterbrett, um hinauszusehen.

Pen beobachtete ihn noch einen Augenblick, aber er wirkte jetzt ruhiger, und sie wandte sich wieder ihrem Laptop zu. «*Weißwein oder Weinwissen? Kennen Sie sich noch aus?*», lautete die Überschrift des Artikels momentan. Pen schüttelte über sich selbst den Kopf und öffnete stattdessen ihren Blog, um einen neuen Eintrag zu verfassen.

Eine wunderbare Bonfire Night euch allen! Ich sitze heute mit Jack, dem Straßenhund, bei mir zu Hause. Ich habe mich in diesem Jahr freiwillig zum Hundehüten angeboten, um ihm den Stress zu ersparen. Doch ich muss gestehen, dass ich nicht weiß, ob ich der Aufgabe, ihn zu beruhigen, wirklich gewachsen bin. Es war ziemlich schwer, ihm plausibel zu machen, was Feuerwerk eigentlich sein soll außer einem Haufen Lärm. Jack scheint jedenfalls nicht damit einverstanden. Der Rest der Straße ist tatsächlich geschlossen zum Feuerwerk gegangen – inklusive dem alten Griesgram. Nur die polnische Mutter ist zu Hause geblieben, aber Mann und Kind sind mitgegangen. Ich weiß immer noch nicht, was da eigentlich ...

Jack fing wieder an zu winseln. Sein Schwanz ging heftiger hin und her.

«Was ist los?», fragte Pen.

Jack sprang vom Fensterbrett und vollführte winselnd einen kleinen Kreis.

«Jack, das sind nur Raketen», sagte Pen beruhigend, doch er war so aufgeregt, dass sie aufstand, um ans Fenster zu treten und nachzusehen. Soweit sie es beurteilen konnte, war auf der Straße alles ruhig.

Jack war offensichtlich anderer Meinung. Er fing plötzlich wild an zu bellen und warf sich quasi gegen die Tür, um irgendwie rauszukommen.

Und obwohl sie eigentlich wusste, dass sie Jack unbedingt im Haus behalten und beruhigen sollte, öffnete Pen quasi im Affekt und ohne nachzudenken die Haustür, weil Jack so fürchterlich bellte. Sofort schoss Jack an ihr vorbei und hinaus auf die Straße.

❄

«Und, mein junger amerikanischer Freund?», sagte Max zu Teddy, während sie zum Park spazierten, «kannst du mit unserer Tradition zur Bonfire Night etwas anfangen?»

«Miss Quinn hat uns alles darüber erzählt», sagte Teddy. «Es ist so was Ähnliches wie der Vierte Juli. Nur mit mehr Leute in die Luft jagen.»

«Na ja, am Ende wurde ja gar niemand in die Luft gejagt», sagte Arthur.

«Deshalb wird ja auch gefeiert», sagte Pari.

«Und der Vierte Juli ging ehrlich gesagt auch nicht ganz schusswaffenfrei über die Bühne», sagte Max.

«Ich finde das einen fragwürdigen Grund zum Feiern», bemerkte Darsh. «Und zu einer unmöglichen Jahreszeit.»

«Da stimme ich zu», sagte Max. «Das haben die Amerikaner definitiv klüger angestellt, den Hochverrat in den Sommer zu verlegen. Wer ist eigentlich Miss Quinn? Deine Lehrerin?»

Teddy nickte. «Sie ist die allerbeste Lehrerin auf der ganzen Welt.»

«Ist sie der kluge Kopf hinter dem Krippenspiel, in dem es um Klimaversicherungen geht?», wollte Max wissen. «Die gefällt Arthur.»

«Meinem Dad auch. Falls er es jemals auf die Reihe kriegt.» Teddy warf seinem Vater einen finsteren Blick zu.

Sam spürte, dass alle Augenpaare auf ihm ruhten, und hoffte, dass es dunkel genug war, um sein plötzliches Erröten zu verbergen.

«Oho!», rief Max fröhlich. «Rieche ich hier etwa ein romantisches Ränkespiel?»

«Nein», sagte Sam. «Kein romantisches Ränkespiel.»

«Aber nur weil mein Dad so ein hoffnungsloser Fall ist», sagte Teddy. «Ist er doch, Mrs. Basak, oder?»

«Absolut hoffnungslos», stimmte Diya ihm unumwunden zu.

«Vielen Dank allerseits!», sagte Sam trocken. «Euer Zuspruch bedeutet mir wirklich sehr viel.»

«Ach was, nehmen Sie's nicht persönlich», sagte Max und warf Arthur lässig den Arm um die Schulter. «Der Kerl hier war auch ein völlig hoffnungsloser Fall. Entscheidend ist, dass man es schafft, für eine Weile nicht ganz so hoffnungslos zu sein. Das ist möglich!»

Arthur verdrehte die Augen.

«Was sagen Sie dazu, Bill?», fragte Max. «Sie waren in Ihrer Jugend doch bestimmt ein toller Hecht. Haben die Damen mit Ihrer Schnitzerei verführt, hab ich recht?»

«Seien Sie nicht albern», murrte Bill. «So war das ganz und gar nicht.»

«Er hat für seine Frau ganz viele kleine Blumen und so geschnitzt», erklärte Teddy. «Die hat er mir gezeigt.»

Mr. Hammersley hätte sich daraufhin fast an seinem Stottern verschluckt.

«Vielleicht könnten Sie für Sam auch ein paar Blümchen schnitzen», sagte Diya. «Er braucht jede Hilfe, die er kriegen kann.»

«Mit Sicherheit nicht», sagte Sam. «Ich habe alles im Griff.»

«Wie kommt es, dass Sie in diesem romantischen Ränkespiel eine Rolle spielen, Diya?», fragte Max. «Da tun sich anscheinend Dinge, von denen ich noch nichts mitbekommen habe! Wir sollten öfter Tee trinken.»

«Wir waren beide als Aufsichtspersonen beim letzten Schulausflug dabei», erzählte Diya. «Er hat sie die ganze Zeit angeglotzt.»

«Angeglotzt?», wiederholte Max.

«Angeschmachtet?», fragte Arthur.

«Ja!», sagte Diya. «Angeschmachtet hat er sie.»

«Also wirklich», setzte Sam sich zur Wehr. «Ich habe lediglich auf den passenden Moment gewartet.»

«Trifft sich gut!», sagte Teddy. «Miss Quinn steht nämlich gleich dadrüben.»

Sam sah sich um. Sie waren inzwischen am Kassenhäuschen vor dem Park angelangt, und tatsächlich, inmitten des Gewusels stand sie: Miss Quinn, die roten Haare unter einer leuchtend grünen Wollmütze mit einem albernen Silberpuschel, und selbst mit einer albernen Bommelmütze an einem klammen Nebelabend, an dem alles eher gedämpft und unscharf wirkte, strahlte Miss Quinn so hell wie ein Leuchtfeuer. Sie lachte, und Sam bildete sich ein, es herauszuhören, dieses Lachen, über all die belanglosen Unterhaltungen hinweg, die all die langweiligen Menschen um ihn herum gerade führten.

«Welche ist es?», wollte Max wissen.

«Die Frau mit der grünen Bommelmütze», sagte Teddy.

«Eine gute Wahl, Sam!», verkündete Max. «Sie ist entzückend. Los, sprechen Sie sie an!»

«Sie ist sicher mit Freunden hier», wehrte Sam ab – nicht etwa , weil er *sich nicht traute*, sondern weil sie tatsächlich mit Freunden gekommen war, mit denen sie sich jetzt unterhielt. «Ich möchte nicht stören ...»

Natürlich hob Miss Quinn genau in diesem Augenblick den Kopf und sah, wie er sie unverhohlen quer über die Wiese anstarrte. Sam hatte gar keine Zeit, so zu tun, als würde er nicht starren; er wäre auch gar nicht in der Lage gewesen, sie *nicht* anzustarren. Es war ihm unerklärlich, weshalb nicht alle Anwesenden Miss Quinn ebenso unverhohlen anstarrten wie er, weshalb sich nicht alle so in ihren Bann gezogen fühlten wie er.

Miss Quinn wirkte indes gar nicht, als fühlte sie sich durch sein Starren gestört. Sie lächelte ihm zu und hob die Hand und winkte.

«Los jetzt!», sagte Max. «Wir passen auch alle auf deinen Sohn auf.»

Sam riss sich von dem Anblick los und sah Teddy und die Leute an, die ihn umringten. «Soll ich wirklich?» Er wusste selbst nicht, an wen die Frage gerichtet war. An alle wahrscheinlich.

Aber natürlich war Teddys Antwort diejenige, auf die es ihm ankam: «Ja, Dad. Sollst du. Ganz sicher. Viel Spaß!»

«Und immer schön aufpassen!» Max zwinkerte ihm fröhlich zu.

Sam warf ihm einen Blick zu, küsste Teddy kurz auf die Mütze und sagte: «Ich hol dich nachher wieder ab. Meine Handynummer hast du, ja?»

Teddy nickte. «Geh endlich!», sagte er. «Sonst glaubt sie wieder, du hast kein Interesse oder so.»

Sam nickte und winkte in die Runde. Während er sich einredete, dass es keinen Grund gab, nervös zu sein, machte er sich auf den Weg zu Miss Quinn hinüber, die tatsächlich so aussah, als würde sie auf ihn warten.

Es gab keinen Grund, nervös zu sein, *wirklich nicht*, aber der Umstand, dass Pari ihm «Und ja nichts mit Zwiebeln essen, falls ihr nachher knutschen wollt!» hinterherrief, war nicht besonders hilfreich.

❄

Pen rannte raus ins Dunkel, hinter Jack her, und wäre fast mit Anna zusammengestoßen.

«Huch!», rief Pen überrascht. «Sind Sie auch auf der Jagd nach Jack?»

«Jack? Nein! Ich versuche, meine Katzen einzufangen. Socks! Tabby! Kommt her! O Gott, dieser schreckliche Köter wird meine Katzen zerfleischen.»

Pen spähte ein bisschen verwirrt ins Dunkle, um herauszufinden, was eigentlich los war, und entdeckte tatsächlich zwei Katzen. Sie huschten die Straße entlang, Jack dicht auf ihren Fersen. «Das macht er ganz sicher nicht!», meinte Pen, obwohl sie sich in Wirklichkeit nicht so sicher war. Sie hatte keine Ahnung, wie Jack sich Katzen gegenüber verhielt.

Plötzlich bog ein Auto um die Ecke, und die Scheinwerfer tauchten die Szenerie in dramatisch grelles Licht. Die Katzen, offensichtlich geblendet, blieben wie angewurzelt stehen, drängten sich an der Bordsteinkante dicht aneinander und beäugten Jack misstrauisch. Jack blieb ebenfalls schlitternd stehen. Die drei Tiere starrten einander angespannt an, dann machte Jack einen behutsamen Schritt nach vorne und fing an zu schnuppern.

«Lass meine Katzen in Ruhe!», rief Anna und lief auf die Tiere zu.

Jack hob den Blick, als wäre er verwirrt.

«Ich glaube nicht, dass er den Katzen was tun will», rief Pen.

Und dann bog schon wieder ein Auto um die Ecke, und Jack tat genau das Gegenteil: Anstatt den Katzen etwas anzutun, rannte er vom Gehsteig auf die Fahrbahn und positionierte sich exakt zwischen den beiden Katzen und der potenziellen tödlichen Gefahr. Die Katzen erschraken – wenn sie Jack jetzt ausweichen wollten, blieb ihnen nur, direkt auf Anna zuzulaufen.

Anna gelang es irgendwie, beide auf einmal einzufangen, und sie beäugte Jack misstrauisch.

Pen trat zu ihnen. «Guter Junge!», sagte sie begeistert, und Jack drängte sich an sie, um sich zur Belohnung hinter den Ohren kraulen zu lassen. «Du hast verhindert, dass die beiden Katzen vor das Auto laufen!»

«Nein, hat er nicht», sagte Anna zweifelnd.

«Doch, genau das hat er gemacht.» Pen ließ sich nicht beirren. «Jack ist nämlich sehr klug. Wahrscheinlich steckt ein bisschen Collie in ihm. Collies sind überaus kluge Tiere. Die klügsten Hunde, die es gibt. Ich habe mal einen Artikel über Collies geschrieben.»

Pen war sich nicht sicher, ob Anna ihr überhaupt zuhörte, denn Anna war auf Jack fixiert, der inzwischen neugierig die beiden Katzen auf ihrem Arm beschnupperte. Die beiden Katzen ihrerseits reckten die Schnauzen neugierig in Richtung Hund und schnupperten zurück.

«Na, so was», sagte Pen erfreut. «Die mögen sich.»

«Möglich», sagte Anna verhalten und schaute von den Katzen zu Jack und wieder zurück.

«Wissen Sie was?», sagte Pen nach einem Moment. «Bis auf Sie und mich ist die Straße gerade völlig verwaist. Hätten Sie Lust auf ... auf eine Tasse Tee?» Pen kannte Anna so gut wie gar nicht. Es wäre nett, sie näher kennenzulernen. Außerdem wäre es eine super Ausrede, mal wieder ein bisschen ihrer Aufschieberitis zu frönen.

Nach einem kurzen Augenblick des Zögerns sagte Anna: «Ja. Das wäre ... nett. Danke.»

Als Sam an der Stelle angekommen war, wo Miss Quinn stand und auf ihn wartete – und zwar immer noch lächelnd –, entschied er sich zum Auftakt für ein vor Esprit nur so sprühendes «Hi».

«Hi», sagte Miss Quinn, und die Grübchen wurden tiefer.

Sam hielt am steifen Smalltalk als effektive Dating-Strategie fest und fragte: «Wie geht's?»

«Gut», antwortete Miss Quinn. Sie wirkte zum Glück eher belustigt als genervt von ihm. «Und selbst?»

«Gut», antwortete Sam und verstummte, um darüber nachzudenken, was er noch zu ihr sagen könnte.

«Ich fürchte, Sie haben Ihren Sohn verloren», sagte Miss Quinn. «Ich habe ihn eben in einer Riesentraube Menschen verschwinden sehen.»

«Ja», antwortete Sam. «Das sind unsere Nachbarn. Die passen auf ihn auf.»

«Aha? Die passen auf ihn auf, während Sie was tun?»,

fragte Miss Quinn sehr bedächtig und lieferte ihm damit quasi eine Steilvorlage.

Dankbar griff Sam nach dem Wink mit dem Zaunpfahl. «Während ich Sie frage, ob Sie vielleicht ein Feuerwerk mit mir erleben wollen.»

Miss Quinn lachte. «Tja, das könnte jetzt ein ziemlich wagemutiger Spruch gewesen sein, aber ich vermute, Sie sprechen von dem tatsächlichen Feuerwerk.»

Sie lachte aus vollem Herzen, und Sam spürte, wie alle Steifheit von ihm abfiel. Wenn Miss Quinn lachte, konnte er sich gar nicht unwohl fühlen. Es war, als erinnerten ihn ihre entspannte Art und der Umstand, dass sie sich wohl in seiner Gegenwart zu fühlen schien, an seine Fähigkeit, zu interagieren wie ein normaler Mensch. Auch er fühlte sich wohl in ihrer Gegenwart. Es musste doch einen Weg geben, ihr das zu zeigen! «Ich halte den Ball lieber flach», sagte er, «lege die Latte lieber ein bisschen niedriger an. Sorge sozusagen für erfüllbare Erwartungen. Ja nicht zu viel versprechen. Ein hübsches Lagerfeuer, dazu ein Feuerwerk – nicht im übertragenen, sondern im wörtlichen Sinn –, falls das Wetter mitspielt. Vielleicht lade ich Sie sogar auf eine Portion Zuckerwatte ein.»

«Ich gebe zu, ich war eben noch ein wenig wankelmütig, aber die Erwähnung von Zuckerwatte hat die Waagschale in Ihre Richtung gesenkt.»

«Wankelmütig?», sagte Sam. «Ist das auch wieder so ein Wort, das bald auf Teddys Vokabelliste auftaucht?»

«Nein. Diese Vokabel ist speziell für Sie gedacht», sagte Miss Quinn und schenkte ihm ihr Grübchenlächeln. «Ich lasse mich durchaus zu Privatstunden überreden.»

«Mit oder ohne Feuerwerk?», gab Sam zurück.

Miss Quinns Lächeln vertiefte sich, und wieder einmal hatte Sam das Gefühl, die Welt um ihn herum wäre stehengeblieben, bis er sich daran erinnerte, dass er Luft holen sollte und seinerseits mit einem unwiderstehlichen Lächeln dran war. Sie sagte: «Jetzt versuchen wir es erst einmal mit Zuckerwatte.»

❄

Marcel hatte von Anna schon häufig zu hören bekommen, dass er nicht gerade der weltbeste Beobachter war. Doch sogar er bemerkte die Blicke, die Emilia und Sai ständig wechselten, und erst recht die verstohlenen Handzeichen, mit denen sie offensichtlich versuchten, sich heimlich zu verabreden – in dem Glauben, um sie herum bekäme niemand etwas mit. Sais Eltern schienen tatsächlich ahnungslos und unterhielten sich angeregt mit dem schwulen Ehepaar und dem alten armen Tropf, der wirkte, als würde man ihm gegen seinen Willen ein Gespräch aufdrängen. Marcel war ziemlich stolz auf sich, weil er etwas bemerkt hatte, von dem der Rest offenbar keine Ahnung hatte. Das war, dachte er, der Beweis dafür, wie aufmerksam er war, was seine Tochter betraf. Er konnte es kaum erwarten, Anna den Beweis dafür zu liefern.

«Pommes?», schlug er seiner Tochter vor, weil er unbedingt kurz mit ihr allein sein und sich mit seiner Auffassungsgabe brüsten wollte.

Emilia, die gerade sehr damit beschäftigt war, eine ganze Salve komplizierter Gesten von Sai zu dechiffrieren, sah ihn überrascht an und sagte: «Äh ... ja, klar. Gern.»

Marcel drehte sich absichtlich in Richtung Pommes-Frites-Bude um und ging schon mal los, damit Emilia Sai ungestört noch ein paar Gesten rüberschicken konnte.

Als sie ihn eingeholt hatte, sagte er: «Du hast doch gesagt, du hast Lust auf Pommes.»

«Ja. Und wie!» Emilia lächelte, aber freudlos. «Mum würde jetzt sagen, ich habe immer Lust auf Pommes, stimmt's?»

«Nimm dir das nicht so zu Herzen», sagte Marcel. «Deine Mutter hatte es als junges Mädchen nicht leicht. Ich glaube, sie will einfach nur verhindern, dass du es schwer hast im Leben, egal auf welchem Gebiet.»

«Indem sie ständig auf meiner Figur rumreitet?», fragte Emilia gekränkt.

«Der größte Teil der Welt entzieht sich der Kontrolle deiner Mutter», sagte Marcel und gab die Bestellung auf.

«Ach so? Und deshalb will sie mich unter Dauerkontrolle halten, ja?»

«Schon möglich», sagte Marcel. Eigentlich hatte er noch nie so genau darüber nachgedacht. «Vielleicht ein bisschen.»

«Ich meine, zum Beispiel beim Schlagzeugspielen: *Sie* mag kein Schlagzeug, also will sie auch nicht, dass *ich* Schlagzeug mag. Aber sie kann meinen Geschmack nicht kontrollieren. Sie will immer nur, dass ich genauso bin wie sie, und das ist total ätzend. Ich bin nicht sie! Ich bin *ich*!»

Marcel nahm die Pommestüte entgegen, reichte sie Emilia und sagte: «Hast du ihr deshalb nichts von dir und dem Jungen erzählt?»

Emilia hob den Blick. Auf ihrem Gesicht spiegelte sich blankes Entsetzen.

«Was?» Sie fing an zu stammeln. «I-ich mach doch gar nichts ...?»

Marcel hätte beinahe laut losgelacht. «Na ja, falls ich eben noch Zweifel hatte, bin ich mir jetzt endgültig sicher.»

Emilia kam offenbar zu dem Schluss, dass Leugnen zwecklos war. Sie rückte ein Stück näher und flüsterte: «Du verrätst es aber niemandem, okay?»

«Ach so? Seine Eltern wissen auch nichts davon?»

Emilia schüttelte den Kopf. «Die würden mich nicht mögen, weil Sai sich auf die Schule konzentrieren soll, und zwar ausschließlich. Und Mum würde Sai nicht mögen, weil Mum niemanden mag, den ich mag.»

Emilia sagte das so ernst und voller Überzeugung, dass sich Marcel das Herz zusammenzog. «Ach, Em.» Er streckte die Hand aus und streichelte ihre Wange. «Das ist nicht wahr.»

«Doch, ist es!» Emilia kamen plötzlich die Tränen, und sie wischte sie unwirsch weg. «Ich mag Sai wirklich. Ich mag ihn sehr, und ich will einfach nur etwas mögen dürfen, ohne mich ständig dafür rechtfertigen zu müssen. Ich will nicht, dass sie ... die Augen verdreht oder ... oder kleine gemeine Bemerkungen über ihn macht. Ich will einfach nur die Zeit mit ihm genießen dürfen. Verstehst du das?»

«Das würde sie dir doch nicht verderben, Em, wenn du ihr sagst, wie wichtig er dir ist. Sie tut dir nicht absichtlich weh. Sie versucht nur, dich zu beschützen. Sie liebt dich.»

Emilia sah ihn an. Ihr Blick war plötzlich klar und hart. «Sie hat manchmal eine sehr komische Art, das zu zeigen.»

Marcel wusste nicht, was er darauf antworten sollte.

Emilia wischte sich die letzte Träne weg und biss in eines der Pommes Frites.

Marcel sah sie an und fragte behutsam: «Wie lange geht das schon?»

«Seit Ende des letzten Schuljahres», gestand Emilia. «Im Sommer sind wir uns dann irgendwie nähergekommen. Wir waren beide die ganzen Ferien zu Hause.»

«Und wie behandelt er dich?», wollte Marcel wissen.

Emilia sah ihn an. «Hä?»

«Wie ist er zu dir? Erzähl mir von ihm.»

«Er ist ... nett», sagte Emilia.

«Ist er gut zu dir?» Marcel ließ nicht locker.

Emilia nickte, und ein leises, nachdenkliches Lächeln erschien auf ihren Lippen. Sie sah Anna plötzlich so ähnlich, dass Marcel der Atem stockte. Anna, vor zwanzig Jahren, jung und vom Leben noch unversehrt. Ihre größte Sorge galt damals einem Jungen, den sie mochte, und den Möglichkeiten, die dieser Junge repräsentierte. Dieser Junge war Marcel gewesen, und die Möglichkeiten hatten verheißungsvoll geglänzt, dann hatten sie jedoch eine ziemlich harte Zeit durchmachen müssen. Aber wenn Marcel jetzt seine wunderbare, bemerkenswerte Tochter ansah, wie sie da vor ihm stand - mit dem gleichen kleinen Lächeln auf den Lippen wie ihre Mutter damals, vom Leben unversehrt; und ihre größte Sorge galt einem Jungen, den sie mochte, und den Möglichkeiten, die dieser Junge repräsentierte -, dann fand Marcel, dass sie es gar nicht so ganz falsch angestellt haben konnten. Hätte man ihn vor zwanzig Jahren gefragt, dachte Marcel, er hätte sich genau das gewünscht: eine Tochter, die aussah wie Anna vor zwanzig Jahren, bezaubert von den Möglichkeiten, die ihr offenstanden.

Es schien ihm unendlich lange her zu sein und gleichzeitig, als wäre es gestern gewesen. Alles, was Marcel wollte, war, dass Emilias Möglichkeiten so verheißungsvoll glänzten, wie sie nur konnten.

Er zog Emilia an sich und nahm sie fest in den Arm, und Emilia legte die Pommes weg, um sich umarmen zu lassen, und Marcel sagte: «Ich will, dass du glücklich bist. Also werde ich es niemandem sagen. Noch nicht.»

«Noch nicht?», wiederholte Emilia

«Versprich mir nur eins: Zieh wenigstens die Möglichkeit in Betracht, dass deine Mutter, wenn du offen und ehrlich mit ihr sprichst, dich vielleicht in allen deinen Entscheidungen unterstützen könnte. Denn deine Mutter liebt dich sehr. Du musst mir versprechen, dass du deiner Mutter vielleicht irgendwann, eines Tages, dein Herz ausschüttest. Vielleicht und eines Tages. Mehr verlange ich nicht.»

Emilia schwieg eine Weile, dann sagte sie: «Okay. Ich verspreche, dass ich darüber nachdenke.»

❄

Mit Zuckerwatte versorgt schlenderten Sam und Miss Quinn am Rand der Menge entlang, und Sam ignorierte alles um ihn herum, nur um Miss Quinn beim Zuckerwattenaschen zuzusehen.

Miss Quinn warf ihm einen Seitenblick zu. «Ist das jetzt ein Date?»

Was Sam ein klein wenig aus dem Konzept brachte.

«Ich frage nur, weil sich das so schwer einschätzen lässt. Schließlich befinden wir uns weder in der Gemüseabteilung eines Supermarktes noch in einem Schulbus.»

Sam lachte. «Ach, kommen Sie! Hatten Sie im Schulbus nicht das Gefühl, noch mal ein Teenager zu sein?»

Miss Quinn lachte ebenfalls. «Ich frage mich immer, was das für Menschen sind, die Nostalgie für diesen Abschnitt ihres Lebens hegen. Ich verspüre jedenfalls nicht das Bedürfnis, mich ständig nach meiner Zeit im Schulbus zu sehnen. Sie?»

«Im Moment nicht», antwortete Sam aufrichtig. «Im

Moment bin ich glücklich und zufrieden, ein erwachsener Mann auf einem Date im Stadtpark zu sein.»

«Aha! Dann ist es also ein Date», schlussfolgerte Miss Quinn.

«Ich finde, bevor wir es offiziell zu einem Date erklären, muss ich dringend endlich Ihren Vornamen wissen.»

Nach einem kurzen Moment brach Miss Quinn in herzliches Gelächter aus, und zwar so sehr, dass sie sich vor lauter Heiterkeit prustend vornüberbeugte und die Hand auf seinen Arm legte, als müsste sie sich dort abstützen. Sam starrte ihre Hand auf seinem Arm an und versuchte verzweifelt, darüber nicht in liebestrunkene Verzückung zu geraten. Wäre er ein Dichter, er würde definitiv eine Ode an die Hand von Miss Quinn verfassen. Vorausgesetzt, das wäre nicht *zu* liebestrunken.

«Au wei», japste sie schließlich. «Sie wissen echt nicht, wie ich heiße? Habe ich mich denn nie vorgestellt?»

Sam schüttelte ein wenig ferngesteuert den Kopf, noch immer im Bann der Hand auf seinem Arm.

«Und wenn Sie an mich gedacht haben, haben Sie immer ‹Miss Quinn› gedacht?»

«Nein. Am Anfang waren Sie die Karottenfrau», gestand Sam.

Miss Quinn lächelte und nahm die Hand von seinem Arm, was Sam kurz das Gefühl gab, er hätte etwas Wichtiges verloren. Dann streckte sie sie ihm förmlich entgegen und sagte: «Libby.»

Libby, dachte Sam. Das passte irgendwie zu ihr. Er nahm ihre Hand und schüttelte sie. «Sam.»

«Es freut mich sehr, deine Bekanntschaft zu machen, Sam», sagte Libby.

«Mich auch, Libby», sagte Sam. In einem Augenblick

des Wagemuts beugte er sich zu ihr, gab ihr einen Kuss auf die Wange – und versuchte, sich ganz schnell wieder von ihr zu lösen, weil er nicht aufdringlich wirken wollte. Doch er konnte nicht widerstehen, er verharrte dort, atmete und genoss diesen eigenartigen Zustand, während die Welt um sie herum bedeutungslos wurde.

«Aha», flüsterte Libby, als wolle sie den Zauber des Augenblicks nicht zerstören, «wir nähern uns langsam dem Feuerwerk.»

❄

Die Katzen saßen auf dem Sofa und ließen Jack nicht aus den Augen. Jack lag auf dem Fußboden und behielt die Katzen im Auge. Es wirkte wie die Bemühungen um einen Friedensprozess. Anna ihrerseits ließ alle drei nicht aus den Augen, falls Jack sich doch plötzlich zu einem hinterhältigen Angriff entschließen sollte. Er war schließlich ein Hund.

Pen kam mit zwei Tassen Tee ins Wohnzimmer und reichte Anna eine davon. «Zu viel Milch?», fragte sie.

Anna probierte vorsichtig. «Nein», sagte sie ganz ehrlich. «Genau richtig. Danke.»

Pen kuschelte sich Anna gegenüber in den gemütlichen Sessel und nippte ihren Tee. «Sie sehen Jack so misstrauisch an.» Es klang amüsiert.

«Ich bin schon immer ein Katzenmensch gewesen», gestand Anna. «Mit Hunden hab ich es nicht so.»

«Also Jack ist wirklich süß», sagte Pen. «Er hütet die ganze Straße. Und er hat sogar Ihre Katzen beschützt.»

«Glauben Sie das wirklich?» Anna sah Pen zweifelnd an. «Ich meine, das wäre doch ziemlich strategisch gedacht für einen Hund.»

Pen lächelte. «Ich schreibe möglichst vielen Lebewesen eine positive Motivation zu. Ich mag die Vorstellung von einer Welt, in der alles um einen herum bemüht ist, immer zumindest ein bisschen *gut* zu sein. Ich schreibe sogar Chester gute Eigenschaften zu.» Anna sah sie verständnislos an, und Pen fügte mit einer Geste hinzu: «Mein Goldfisch.»

Anna sah zu dem Goldfischglas und dann wieder zurück zu Pen und überlegte. Schließlich sagte sie vorsichtig, weil sie nicht zu negativ klingen wollte (was sich aber vielleicht trotzdem nicht ganz vermeiden ließ): «Das ist eine ziemlich ... rosarote Sicht auf die Welt, oder? Dass alles und jeder *gut* ist?»

Pen zuckte die Achseln. «Die Menschen sind so oft von niederträchtigen Motiven getrieben. Warum also nicht davon ausgehen, dass ein Hund versucht hat, zwei Katzen zu retten, wenn das meine Welt ein bisschen hoffnungsfroher macht? Ich finde, wir sollten positiv denken, so oft es nur geht.»

Anna trank einen Schluck Tee, um sich den Spott nicht anmerken zu lassen, den diese Haltung in ihr provozierte. Ihrer Erfahrung nach war das Leben hart und ungerecht, und mit positiven Gedanken konnte man keine Rechnungen bezahlen.

«Sie haben eine sehr nette Tochter. Sie grüßt mich immer, wenn wir uns über den Weg laufen», sagte Pen.

Anna blinzelte überrascht. Nicht dass sie Emilia nicht für nett gehalten hätte, sie war nur einfach nicht davon ausgegangen, dass Emilia im Leben der Nachbarschaft eine Rolle spielte. «Oh», sagte Anna, weil sie nicht wusste, wie sie reagieren sollte. Sie entschied sich für ein «Danke sehr».

«Sie sind sicher sehr stolz auf sie», sagte Pen.

Es klang beiläufig, fast wie eine Platitude, und Anna

wollte schon auf gleiche Weise antworten, doch dann wurde ihr plötzlich etwas klar: Sie war tatsächlich stolz auf Emilia. Sie hatte sich nur noch nie die Zeit genommen, es von dieser Warte aus zu betrachten. Angesichts der Sorge um all die vielen Dinge, die dem Kind, das man in die Welt gesetzt hatte, zustoßen konnten, konnte man das leicht aus den Augen verlieren. Aber der Grund, weshalb man sich dieser ständigen Sorge überhaupt aussetzte, war Emilia, die dickköpfige, kluge und strahlende Emilia, die oft so anders war als Anna, dass sie selbst sich nicht mehr erinnern konnte, je so jung gewesen zu sein; und dann war sie der Anna von früher, die sich so sehr nach der Welt dadraußen gesehnt hatte, wieder unglaublich ähnlich.

«Ja. Sehr stolz», antwortete Anna und registrierte erschrocken den Kloß in ihrem Hals. Sie räusperte sich peinlich berührt. «Entschuldigung.»

«Kein Grund, sich zu entschuldigen», sagte Pen.

«Es ist nur ...» Anna kam sich dumm vor, weil sie das Gefühl hatte, sich rechtfertigen zu müssen. «Man bekommt ein Kind, und dann arbeitet man so hart dafür, diesem Kind ein gutes Leben zu ermöglichen, dass man dabei manchmal vergisst, innezuhalten und dieses Kind wirklich zu sehen. Verstehen Sie das? O Gott, das klingt sicher total lächerlich.»

«Nein, tut es nicht», sagte Pen. «Kein bisschen. Sie klingen wie eine Mutter, die ihr Kind sehr liebt und die sehr hart arbeitet.»

Anna kicherte selbstironisch. «Und manchmal läuft beides völlig konträr und ist nur schwer in Einklang zu bringen. Ich bin mir nicht sicher, ob ich das immer gut hingekriegt habe.»

«Niemand kriegt immer alles gut hin», sagte Pen. «Die

Vorstellung, alles immer gut hinzukriegen, das ist ein Blick durch die rosarote Brille. Das ist unmöglich. Man macht seine Sache, so gut man eben kann, und mehr kann keiner verlangen.»

Den Blick nach unten auf die Teetasse geheftet, hörte Anna sich sagen: «Ich bin mir nicht mal sicher, ob ich meine Sache immer so gut gemacht habe, wie ich kann.» Sie hatte keine Ahnung, weshalb sie diese Dinge sagte. Außer ... außer vielleicht, weil sie keine engen Freunde hatte, mit denen sie darüber sprechen könnte. Sie war nicht Diya, die von morgens bis abends durch die Gegend lief und Freundschaften pflegte. Anna fühlte sich in ihrem eigenen Leben völlig isoliert, umgeben von Menschen, die sie liebte, mit denen sie aber nicht wirklich in *Berührung* kam.

«Ich finde, Sie sind ziemlich hart zu sich», sagte Pen sanft. «Und ich glaube, wenn man die Menschen fragen würde, die Sie lieben, würden die wahrscheinlich dasselbe sagen.»

Das war natürlich lächerlich, schließlich kannte Pen Emilia so gut wie gar nicht und Marcel sogar noch weniger, und trotzdem ... Trotzdem lag in dem, was Pen sagte, irgendwie *Hoffnung*. Schon möglich, dass das der Blick durch die rosarote Brille war, aber in diesem Moment wollte Anna genau diesen Blick. «Vielleicht», sagte sie leise.

«Vielleicht?», wiederholte Pen. «Definitiv! Wenn Katzen und Hunde miteinander auskommen, ist alles möglich.» Sie deutete mit dem Kinn zum Fußboden.

Wo Jack und die beiden Katzen zusammengerollt lagen, fast so nah, dass sie einander berührten, und tief und fest schliefen.

«Also, Sam», sagte Libby, während sie zusammen ziellos durch die Menschenmenge schlenderten. Das große Lagerfeuer prasselte fröhlich vor sich hin, und Sam hörte fröhliches Gelächter, aber es erreichte ihn kaum. Der verführerische Klang seines Namens in Libbys Stimme war alles, was ihn im Augenblick interessierte. «Ist das die Abkürzung von Samuel?», fragte sie.

Sam nickte.

«Und deinem Akzent nach bist du hier geboren, auch wenn die Zeit in Amerika ihn ein bisschen verwaschen hat. Und Teddy? Ist er in Amerika zur Welt gekommen?»

Sam nickte wieder. «Seine Mutter war Amerikanerin. Ich habe sie im Studium kennengelernt, drüben an der Uni. Und dann bin ich irgendwie geblieben.»

«Was hat dich dazu bewogen zurückzukommen? Falls die Frage nicht zu indiskret ist», fügte Libby hastig hinzu. «Entschuldige! War das zu indiskret? Ich habe so selten ein erstes Date. Nein, stimmt nicht – ich sollte besser sagen, ich habe selten ein *zweites* Date.»

Sam sah sie ungläubig an. «Wer würde denn freiwillig auf ein zweites Date mit dir verzichten? Sind die Londoner Männer völlig irre?»

«Leider ja», antwortete Libby ernst. «Mir ist klar, dass das eine rhetorische Frage war, aber es ist leider trotzdem so. Du kannst dir nicht vorstellen, was für Horrordates ich schon erlebt habe. Einer hat mal seine Mutter mitgebracht, um meine Rocklänge genehmigen zu lassen. Ich hatte gar keinen Rock an, und das war dann wohl auch schon der erste Minuspunkt. Ein anderer Typ hat mir lang und breit erklärt, warum ich den falschen Beruf gewählt habe. Stell dir das mal vor, der hält das erste Date für einen geeigneten Zeitpunkt, um einer Grundschullehrerein zu erklären, dass er die Erziehung von Kindern für sinnlos hält!»

«Wow!», sagte Sam. «Jetzt bin ich doch froh, dass ich bis heute den meisten ersten Dates aus dem Weg gegangen bin.»

«Tja. Bis jetzt.»

«Nein, stimmt nicht», sagte Sam. «Das ist heute mindestens unser drittes Date. Das vierte, wenn man die Begegnung in der Schule mitzählt.»

«Das wird dich vielleicht überraschen, aber ich bin nicht sicher, ob ich das Einschulungsgespräch deines Sohnes wirklich als Date zähle», sagte Libby mit todernster Mine.

Sam lächelte und machte einen großen Schritt über einen Haufen zerknüllter Papierservietten, die auf der Wiese lagen. «Aber um auf deine ursprüngliche Frage zurückzukommen: Es ist nicht zu indiskret. Meine Frau, Sara, ist vor ein paar Jahren gestorben, und ich hatte irgendwann das Gefühl, dass ich ... die Tür zu diesem Abschnitt meines Lebens endlich hinter mir zugemacht hatte. Das klingt jetzt vielleicht brutal, aber so ist es nicht gemeint. Teddy und ich standen nach einer langen Phase der Trauer und Neuorientierung auf der anderen Seite dieser Tür, aber ich hatte das Gefühl, dass unsere Umgebung das ... nicht zulassen wollte. Egal wo ich war, ich bin ständig auf vorgefasste Meinungen gestoßen, wie ich mich zu verhalten hätte. Außerdem war mir plötzlich klargeworden, dass ich im Laufe der Jahre meine alten Freunde völlig vernachlässigt hatte, was zur Folge hatte, dass irgendwann nur noch Leute übrig waren, die ich über meine Frau kannte. Ich hatte das Bedürfnis, wieder auf eigenen Beinen zu stehen. Kann man das so sagen? Ja, in gewisser Weise wohl schon. Ich wollte die Möglichkeit, mich selbst wieder kennenzulernen. Deshalb bin ich nach England zurückgekehrt.»

«Ich finde das sehr mutig», sagte Libby.

Sam sah sie an. Sie wirkte ernst, aufrichtig, freundlich, und in ihrem Gesicht lag nicht die geringste Spur Mitleid. Sam meinte sogar, darin so etwas wie Respekt zu erkennen. «Das ist nett von dir», sagte er lakonisch. «Ich glaube allerdings, der arme Teddy findet es eher ziemlich bescheuert.»

Libby zuckte die Achseln. «Vieles wirkt am Anfang bescheuert. Teddy ist zu jung, um zu verstehen, wie verzwickt das Leben in Wirklichkeit ist. Er glaubt noch, das Richtige wäre immer offensichtlich. Meine Güte, ich habe oft das Gefühl, dass ich sie in diesem Alter gerade noch am Ende der Kindheit erwische, kurz bevor das Leben kompliziert wird und sie mit Haut und Haaren verschlingt.»

«Geht mir genauso», sagte Sam bedauernd. «Ich versuche verzweifelt, es zu genießen, solange ich noch kann. Ich weiß, dass ich es in ein paar Jahren vermissen werde. Aber ganz ehrlich? Ein Kind zu haben, ist wie eine permanent offene Wunde.» Er zuckte zusammen. «Wow, das klingt schrecklich.»

«Ich weiß, was du meinst», sagte Libby. «Ich habe zwar selbst keine Kinder, dafür sind eure Kinder in gewisser Wei se alle meine. Natürlich liebe ich sie nicht so bedingungslos, wie ihre Eltern das tun, das ist mir klar. Trotzdem weiß ich, was diese Liebe anrichtet: Sie schafft diesen permanent offenen, empfindlichen Raum, der so leicht bedroht und verletzt werden kann.»

Und Sam dachte, dass Libby unglaublich war, weil sie genau wusste, was er zu sagen versuchte, und er versuchte verzweifelt, sich darüber klarzuwerden, ob es zu früh war, *«Du bist unglaublich»* zu sagen. Gab es dafür Spielregeln?

Ehe er zu einem Schluss kommen konnte, redete Libby weiter: «Falls es dich beruhigt, Teddy macht sich wirklich gut. Viel besser als zu Beginn des Schuljahrs. Nicht dass er sich anfangs schlecht gemacht hätte, aber es gibt immer eine gewisse Eingewöhnungsphase. Pari hat ihn zum Glück ein bisschen unter ihre Fittiche genommen, und Paris Power ist nicht zu unterschätzen. Außerdem bekommt er langsam den Stoff auf die Reihe. Neulich hat er mir erzählt, er hätte endlich kapiert, worum es im Werkunterricht geht. Ich kann mir kein größeres Lob aus Teddys Mund vorstellen.»

«Ich kann dir gar nicht genug danken», sagte Sam ernst.

«Ach, das hat Teddy im Grunde ganz allein geschafft», sagte Libby. «Mit deiner Hilfe.»

«Doch, du hast ihm sehr geholfen. Du gibst ihm das Gefühl, dass er in Sicherheit ist und unterstützt wird. Er vergöttert dich.»

«Das ist süß, danke», sagte Libby lächelnd. «*Er* ist ja auch süß. Kommt ganz nach seinem Dad.»

Sam verdrehte die Augen und lachte verlegen, weil er nicht wusste, wie er mit diesem Kompliment umgehen sollte. Er beschloss, lieber das Thema zu wechseln. «Erzähl mir was von dir, Libby. Ist das die Abkürzung für Elisabeth?»

Libby nickte. «Allerdings.»

«Bist du in London geboren?»

Libby schüttelte den Kopf. «Ich stamme aus einem kleinen Ort in der Nähe von Bristol.»

«Aber du wolltest schon immer nach London», vermutete Sam.

«Richtig», sagte Libby. «Dann starb meine Mutter; hauptsächlich wegen ihr war ich in Bristol geblieben. Bei mir war es also ähnlich wie bei dir: Ich bin auf der Suche nach einem Neuanfang hergekommen.»

«Das tut mir leid», sagte Sam. «Das mit deiner Mutter.»

«Und mir tut das mit deiner Frau leid», entgegnete Libby.

Sam beschloss, der plötzlichen Schwere zwischen ihnen nur eine einzige Sekunde zu gönnen. «Gefällt es dir hier?», fragte er.

«Inzwischen schon», sagte Libby mit einem listigen Grinsen. Wie viele Arten zu lächeln umfasste ihr Repertoire eigentlich? Sam nahm sich vor, sie alle zu katalogisieren. «Es wird besser.»

«Ja, die meisten Orte wandeln sich durch meine Präsenz zum Besseren.»

Libby kicherte, dann wurde sie nachdenklich. «Du weißt ja, wie das ist. Man zieht in eine fremde Umgebung, und es dauert eine Weile, bis man wieder festen Boden unter den Füßen hat. Ich habe mein ganzes Leben in einem kleinen Dorf verbracht, der Umzug nach London war ein ganz schönes Abenteuer ... und na ja, Leute kennenzulernen, ist nicht so leicht, wie ich dachte. Ich habe tatsächlich geglaubt, in einer so großen, pulsierenden Metropole würde man permanent jemandem über den Weg laufen. Inzwischen bin ich überzeugt, in Wirklichkeit reagieren die Leute auf den ständigen Kontakt zu anderen Menschen, indem sie sich abschotten und einigeln. Auf dem Land sagt man hallo, wenn man jemandes Weg kreuzt, hier entschuldigt man sich. Ich habe eine Weile gebraucht, um mich daran zu gewöhnen. Ehrlich gesagt, ich beneide dich ein bisschen.»

«Mich? Warum das denn?»

«Du und deine Nachbarn, ihr bildet eine richtige Gemeinschaft. Ich finde das wunderbar. So was ist in London ziemlich selten.»

Sam dachte kurz nach. «Ja, stimmt. Genau so was habe ich gesucht. Ich bin ja vor allem zurückgekommen, um neue Freunde zu finden.»

«Ja. Und du hast es einfach angepackt und gemacht», sagte Libby. «Das finde ich bewundernswert.»

«Also, wenn ich so darüber nachdenke, dann liegt das, glaube ich, in erster Linie an Jack.»

«Ah, der berühmte Jack. Ich habe schon viel von ihm gehört. Euer Hund, oder?»

«Der Straßenhund.»

«Der Straßenhund? Was soll das heißen?», fragte Libby.

«Jack ist ein Hund, der der ganzen Straße gehört. Wir teilen ihn uns. Als wir eingezogen sind, fand ich die Vorstellung ehrlich gesagt auch etwas befremdlich. Ich war der Meinung, Jack würde nur Probleme machen. Ich dachte, die Verantwortung für ein weiteres Lebewesen wäre das genaue Gegenteil von dem, was ich brauche. Aber inzwischen finde ich ... Ich finde, Jack ist exakt das, was wir alle brauchen. Jack sorgt für die Verbindung zwischen uns. Jack macht keine Probleme, er *löst* sie.»

«Klingt nach einem ziemlich bemerkenswerten Hund», sagte Libby.

«Das ist er auch.» Sam war selbst erstaunt, was er inzwischen für Jack empfand. Dann sagte er: «Und wie bin ich jetzt dazu gekommen, dir von unserem Straßenhund die Ohren voll zu quatschen?»

«Aber nein», erwiderte Libby. «Das klingt toll.» Sie blieb stehen und zwang Sam damit, ebenfalls stehen zu bleiben, sich zu ihr zu drehen und sie anzusehen.

Sie hatte ihren Mantelkragen gegen die Kälte hochgeklappt, die roten Haare lugten unter der grünen Wollmütze hervor, und sie war strahlend schön. Sam fand, sie sah aus wie eine bezaubernde Waldelfe, die sich heimlich unter die Leute gemischt hatte.

Sie sah ihn an. «Ich mache so was normalerweise nicht, aber vielleicht ist genau das der Fehler, den ich hier in London gemacht habe. Ich hatte nicht den Mut, auf die Leute zuzugehen, und vielleicht habe ich zu sehr ... Egal. Ich mag dich. Ich mag dich jedes Mal, wenn ich dich sehe, noch ein bisschen mehr. Und ich glaube, du magst mich auch, aber falls ich da doch was falsch verstanden haben sollte, würde ich dich bitten – ehe es für Teddy unangenehm wird ...»

Sam machte, ohne groß darüber nachzudenken, aber mit glasklarer Absicht, einen Schritt auf sie zu, grub die Fäuste in den so praktisch hochgeschlagenen Mantelkragen und drückte seinen Mund auf ihren. Einmal, dann noch einmal. Und dann gab sie ein winziges Seufzen von sich, hob die Hände und strich Sam damit durch die Haare. Und dann *küsste* er sie. Ein Kuss, der einen daran erinnerte, weshalb Dichter Gedichte über Küsse schrieben, ein Kuss, der einen daran erinnerte, worum es dabei wirklich ging.

Er löste sich einen Atemzug lang von ihr und murmelte: «Du bist unglaublich», denn jetzt war es definitiv nicht mehr zu früh, das zu sagen.

Libbys Wangen waren rosa, ihre Lippen waren rosa, und ihre Augen glänzten, und sie sah so geküsst absolut hinreißend aus. Ihre Hände waren weiter in seinen Haaren vergraben, als wollten sie ihn für immer hier halten, was schon deshalb lächerlich war, weil Sam nie wieder irgendwo anders hingehen würde.

Plötzlich ertönte überall um sie herum und über ihren Köpfen das Zischen und Pfeifen, Knallen und Knistern des Feuerwerks, und die Raketen über ihnen tauchten Libbys grüne Augen in funkelndes Gold.

«Ein Feuerwerk!», flüsterte Libby, und Sam war sich ziemlich sicher, dass es diesmal im übertragenen Sinne gemeint war.

❄

Es war eine Ewigkeit her, seit Bill anlässlich der Bonfire Night irgendwohin gegangen war. Normalerweise wäre er heute zu Hause geblieben, hätte sich ein schönes Tässchen Tee gekocht und den Fernseher angestellt. Mit etwas Glück hätte Jack beschlossen, den Abend bei ihm zu verbringen, und er hätte jemanden gehabt, mit dem er seine Kritik am Fernsehprogramm teilen konnte (am Fernsehprogramm gab es schließlich immer was zu kritisieren).

Zu Hause zu bleiben, war Bills Ansicht nach die beste Art, Bonfire Night zu verbringen. Ein Feuerwerk war eine laute, stinkige und ganz und gar überflüssige Angelegenheit, und Lagerfeuer an sich waren auch völlig unnötig, also war es viel vernünftiger, zu Hause zu bleiben, wo es warm und gemütlich war, wo man kein Geld ausgeben musste und nicht von lauter zwielichtigen Gestalten umgeben war.

An all das musste Bill denken, während er in der klammen Kälte stand, umgeben von seinen Nachbarn – ausgerechnet. Er sagte sich, dass das Alleinsein durchaus etwas Gutes hatte. Er hatte schließlich schon jede Menge netter Abende für sich verbracht, ohne dieses ganze Theater, diesen Unsinn, diesen Lärm.

Und trotzdem.

Trotzdem war es erstaunlich schön.

Max' Freund oder Ehemann – oder wie auch immer man so jemanden bezeichnete – war ein anständiger Kerl, der sich mit Bill sehr freundlich über vernünftige Themen wie zum Beispiel das Wetter unterhielt. Er war bodenständig und praktisch veranlagt, und das mochte Bill. Max war auch in Ordnung, wenn auch reichlich flamboyant. Die indische Familie war Bill schon immer ziemlich laut und chaotisch vorgekommen, und was das betraf, hatte Bills Meinung sich nicht geändert, aber wenigstens waren sie auf ihre laute und chaotische Weise nett. Den polnischen Kerl kannte Bill so gut wie gar nicht, doch auch er wirkte vernünftig, und das polnische Mädchen hatte ihm freundlich zugelächelt.

Und dann war da auch noch Teddy. Teddy, der sich ganz dicht neben ihn stellte, das lodernde Feuer bestaunte und zaghaft «Hallo» sagte.

Bill sah ihn an, diesen kleinen amerikanischen Jungen, der nebenan eingezogen war und nun darauf bestand, sich mit ihm zu ... unterhalten. Bill fand, das war in Ordnung. «Na?», sagte er. «Was hältst du von deiner ersten Bonfire Night?»

Teddy lächelte. «Bis jetzt find ich's ganz gut. Ein bisschen nebelig.»

«Wir sind in England», sagte Bill.

«Klar, dass man hier vor einem Feuerwerk erst mal ein Feuer anzünden muss», sagte Teddy und grinste.

Bill, der ein wenig außer Übung war, was derart lange Gespräche betraf, lächelte nachsichtig – zumindest hoffte er, dass es ein nachsichtiges Lächeln war; und er hoffte auch, dass Teddy das als Antwort reichte.

Was offenbar der Fall war, denn Teddy plapperte fröhlich weiter (wobei, vielleicht brauchte der Junge dazu auch gar keine Ermutigung). «Ich freue mich schon auf das Feuerwerk», sagte er. «Ich liebe Feuerwerk! Und Sie? Mögen Sie Feuerwerk?»

Bill wusste nicht recht, was er darauf sagen sollte. Vielleicht war es doch einfacher, sich gar nicht erst auf solche Gespräche einzulassen. Er dachte gründlich über die Frage sowie die richtige Antwort nach und entschied sich schließlich für «Ich weiß es nicht. Ist eine ganze Weile her, seit ich darüber nachgedacht habe».

«Also auch wenn Sie nicht darüber nachgedacht haben, ich bin mir sicher, dass Sie Feuerwerk mögen. Feuerwerk ist nämlich was ganz Tolles», sagte Teddy.

In diesem Moment begann mit einer Serie lauter Knalle die Vorführung. Teddy reckte sein begeistertes Gesicht in den Himmel.

Nach einem kurzen Moment sah auch Bill zum Himmel hoch. Lichter explodierten und rieselten als bunte Funkelschauer zurück zur Erde. Bill sah also zum Himmel hinauf und fragte sich, warum er irgendwann aufgehört hatte, sich so etwas anzusehen. Er fragte sich, wann er aufgehört hatte, an so was überhaupt zu denken.

Feuerwerk war was Wunderbares!

❄

Erst viel, viel später widmete sich Pen endlich wieder ihrem Laptop. Sie und Anna hatten noch eine zweite Tasse Tee getrunken, dann hatte sie Anna geholfen, die Katzen nach Hause zu bringen, und war schließlich zu Jack zurückgekehrt, der mit entblößtem Bauch auf sie wartete, um gekrault zu werden. Jack schien sich nicht viel aus dem Feuerwerk zu machen, das draußen langsam zu Ende ging – er wirkte sogar ein bisschen gelangweilt. Er machte es sich zu ihren Füßen gemütlich und döste, während Pen sich auf Zehenspitzen stellte und versuchte, durchs Fenster noch ein bisschen was mitzubekommen.

Dann kamen die ausgelassenen Nachbarn nach Hause geschlendert. Pen lächelte. Sie mochte es, wenn die Straße so fröhlich klang. Sie ließ Jack vor die Tür, damit er die anderen begrüßen konnte, und er tanzte bellend um alle herum, stolperte vor Freude über seine eigenen Pfoten, und die Kinder stolperten vor Freude fast über ihn.

Als Pari und Teddy fürs Erste mit Jack fertig waren, winkten sie ihr zu und bestätigten auf ihre Nachfrage, wie *cool* und *supertoll* das Feuerwerk gewesen sei. Und dann erzählte Teddy irgendwas von einer Miss Quinn oder so ähnlich, wurde jedoch von Sam zum Schweigen gebracht, der ihn spielerisch in den Schwitzkasten nahm und Pen dabei fröhlich zuwinkte. Darsh und Diya winkten ebenfalls und waren offensichtlich, was Sai und Emilia betraf, noch immer völlig ahnungslos. Die beiden waren ein bisschen zurückgefallen. Pen hätte Marcel und Emilia am liebsten sofort zu sich gerufen, um ihnen zu sagen, was Anna ihr heute Abend erzählt hatte, doch der vernünftige Teil in ihr wusste, dass dies allein Annas Angelegenheit war.

Max und Arthur kamen Hand in Hand. Max winkte ihr zu und rief: «Hallo, Pen. Und? Wie hat unser Jack sich geschlagen?»

«Mit Bravour natürlich», antwortete Pen und wandte sich an Mr. Hammersley, der ebenfalls mit den anderen zurückkam: «Wie war's, Mr. Hammersley? Haben Sie sich gut amüsiert?»

«War ganz in Ordnung», grummelte Mr. Hammersley.

Max zwinkerte Pen zu.

Pen lächelte und ging zurück ins Haus, und dann machte sie es sich endlich mit ihrem Laptop auf dem Bett gemütlich.

Der Blog war immer noch geöffnet.

Sie las die letzten Sätze noch einmal. Es ging um Anna. Anna, mit der sie eben den Abend verbracht hatte; Anna, die so offen und ehrlich gewesen war ... Stand es Pen zu, in dieser Weise über sie zu schreiben? Durfte sie überhaupt über einen von ihnen schreiben? Was hatte sie da nur umgetrieben? Sie hatte ihre Nachbarn behandelt, als wären sie Figuren in einer fiktiven Geschichte.

Pen löschte den vollständigen Eintrag dieses Abends und schrieb stattdessen: Ich wünsche euch allen eine fröhliche Bonfire Night! Ich danke allen Lesern dieses Blogs und hoffe, es hat euch gefallen. Trotzdem habe ich mich dazu entschlossen, an dieser Stelle aufzuhören. Keine Abenteuer mehr von Jack, dem Straßenhund, und aus seiner Straße. Ich glaube nämlich, ich habe heute etwas verstanden: Diese Abenteuer gehören nur Jack und uns. ☺

12

Zu Ehren des Volkstrauertags möchte die vierte Klasse der Turtledove eine Kirche in der Nachbarschaft besuchen. Dort wollen wir feierlich all derer gedenken, die für uns ihr Leben gelassen haben. Eine gute Gelegenheit, unseren Kindern die Bedeutung der Vergangenheit für ihren Weg in eine hoffnungsvolle Zukunft zu vermitteln.

Mit herzlichen Grüßen,
Ihre Miss Quinn

Max' Weihnachtsdekoration war derart aufwendig, dass der Aufbau in mehreren Stufen erfolgte. Im Augenblick arbeitete er an einem ausgetüftelten Arrangement aus Lichterketten und verbrachte Stunden in seinem Vorgarten neben den Rosenbüschen. Jack hatte die Aufsicht. Er lag müßig auf dem Bürgersteig und steuerte ab und an hilfreiche Ratschläge in Form von Bellattacken bei. Auch Sam frönte wieder mal der Aufschieberitis, anstatt zu arbeiten, und beobachtete die Fortschritte des komplexen Werks.

«Was für eine Inszenierung!», sagte er, als er vor die Haustür trat, um auf Teddy zu warten. Jack kam schwanzwedelnd herüber, um hallo zu sagen, und Sam kraulte ihn hinter den Ohren.

Max hob den Blick und grinste. «Bei mir muss die Weihnachtsdeko schon von Berufs wegen unbedingt was hermachen. Wer würde schon Kunst von einem Künstler mit popliger Weihnachtsdekoration kaufen?»

«Da ist was dran», sagte Sam, obwohl er sich, ehrlich gesagt, darüber noch nie Gedanken gemacht hatte.

Max trat zurück und betrachtete mit schiefgelegtem Kopf kritisch sein Werk. «Bei Tageslicht ist das natürlich etwas schwer zu beurteilen. Selbst die dickste Nebelsuppe ist kein Vergleich zu abendlicher Dunkelheit.» Offensichtlich zufrieden wandte er sich um. «Wann fangt ihr an zu dekorieren?»

«Ich habe noch nicht darüber nachgedacht», gestand Sam. «In Amerika haben wir damit immer bis Thanksgiving gewartet.»

«Also wenn ihr Hilfe wollt, ich stehe jederzeit zur Verfügung. Ich glaube, wenn ich mit meinen Sachen fertig bin, verpasse ich Bills Vorgarten auch eine Deko.»

«Echt?» Sam zog die Augenbrauen hoch. «Und was sagt Bill dazu?»

Max lachte. «Ach, der wird's verkraften. Ich bin ein Überredungskünstler. Und? Wie läuft's bei dir? Was macht ‹Miss Quinn›?»

Auch das war ein Ergebnis der nachbarschaftlichen Unternehmung in der Bonfire Night: Die gesamte Christmas Street duzte sich jetzt – mit Ausnahme von Mr. Hammersley, den man mit einer solchen Vertraulichkeit nicht überfordern wollte. Ein schöner Nebeneffekt, wie Sam fand. Was er allerdings weniger schön fand, war der Umstand, dass er, seit er und Libby sich geküsst hatten, gnadenlos damit aufgezogen wurde. Zumindest war es ihm bis jetzt gelungen, die Sache vor Ellen geheim zu halten, aber er war sich sicher, dass Teddy ihr bei der nächsten Begegnung alles brühwarm erzählen würde.

«Alles gut», sagte Sam gedehnt und übertrieben ruhig.

«Und hast du dir schon was für euer zweites Date überlegt? Etwas, womit sich die mystische Romantik der Bonfire Night toppen lässt?»

«Ha, ha, ha», sagte Sam und ertappte sich bei dem Gedanken, dass das Leben vielleicht doch einfacher gewesen war, als seine Nachbarn noch nicht mit ihm geredet hatten.

«Eine heikle Jahreszeit für den Start in eine neue Beziehung», meinte Max. «Weihnachten steht vor der Tür: Was soll man einander schenken? In welche Richtung soll es gehen? Alles sehr anstrengend, finde ich.»

«Du könntest mir ruhig ein bisschen mehr Mut machen, weißt du?», sagte Sam.

Ehe Max seinen Nachbarn noch mehr in Panik versetzen konnte, kamen zum Glück die Kinder um die Ecke gebogen, und Sam begrüßte Teddy, der sofort lautstark eine Beschwerde über die Schule vom Stapel ließ.

«Miss Quinn hat gesagt, Jack darf nicht beim Krippenspiel mitmachen! Sie sagt, das verstößt gegen die Regeln!»

«Na ja», antwortete Sam vorsichtig. «Ich bin mir sicher, sie kennt die Regeln.»

«Aber die Regeln sind total doof!», empörte sich Teddy. «Diese Regeln sollten für Jack nicht gelten. Jack ist was Besonderes. Weiß sie eigentlich über Jack Bescheid?»

«Na ja, sie weiß, dass es ihn gibt, oder?»

«Aber sie glaubt mir nicht, dass er total besonders ist!», rief Teddy. «Und deshalb möchte ich gerne wissen, ob *du* ihr was von Jacks Schauspieltalent erzählt hast!»

Sam blinzelte überrascht. «Von Jacks was?»

«Er wäre super gut in dem Stück. Ich meine, er ist total gut erzogen. Findest du nicht, dass er gut erzogen ist? Er stellt ganz sicher nichts an. Er wäre einfach nur mit auf der Bühne. Pari und ich haben eine eigene Rolle für ihn geschrieben: Er ist der Hund des Stallbesitzers, er sitzt im Schnee und muss ganz arg frieren, und der Versicherungsmakler erzählt dem Stallbesitzer, dass er sich gegen Schnee eben hätte versichern müssen, wegen dem Klimawandel. Was er aber nicht getan hat. Und dann helfen alle dem Stallbesitzer trotzdem, weil er so nett war und Maria und Joseph auch geholfen hat.»

«In eurem Krippenspiel gibt es jetzt einen Versicherungsmakler? Das wird Arthur gefallen.» Mehr sagte Sam nicht dazu.

«Ja, und wie soll der Versicherungsmakler klarmachen, worum es geht, wenn Jack nicht den Hund vom Stallbesitzer spielen darf, der im Schnee sitzt und friert?»

«Da hast du recht», sagte Sam. «Ohne Hund hat ein Versicherungsmakler in einem Krippenspiel keinen Auftrag.»

«Also redest du mit Miss Quinn darüber, ja?»

Sam sah Teddy nachdenklich an, ehe er sagte: «Ich finde, du und ich, wir sollten mal über Miss Quinn reden.»

Teddy zuckte die Achseln. «Was denn? Sie ist die beste Lehrerin der Welt, und du triffst dich mit ihr.»

Sam musterte Teddy ganz genau, doch der wirkte völlig unbekümmert. «Und findest du das gut?»

Teddy schaute ihn an, als hätte er den Verstand verloren. «Was soll daran denn nicht gut sein? Das ist *super*! Keiner hat einen Dad, der sich mit der Lehrerin trifft.»

Sam hob misstrauisch die Augenbraue. «Aber das bedeutet nicht automatisch, dass du jetzt immer gute Noten bekommst, und du kriegst deswegen bestimmt auch keine

Sonderbehandlung, zum Beispiel wegen Jack und seiner Rolle im Krippenspiel.»

Teddy seufzte. «Okay. Hab Pari ja gleich gesagt, dass das nicht funktioniert.»

Letzteres ignorierte Sam, um sich auf das Wesentliche zu konzentrieren: «Was ich eigentlich wissen möchte ... Ist es okay, dass sie ... dass sie nicht deine Mum ist?»

Teddy sah ihn verwirrt an. «Mum ist tot.»

«Ich weiß.» Sam rang nach den richtigen Worten. «Ist sie. Aber ich würde Miss Quinn gerne öfter sehen. Obwohl sie nicht deine Mum ist. Und ich will wissen, ob das komisch für dich ist.»

Teddy schwieg. Schließlich sagte er: «Nein. Es wäre nur komisch, wenn du jemanden gern öfter sehen willst, der nicht super ist. Weil du es nun mal gewohnt bist, super Leute um dich zu haben. Mum war super, und Miss Quinn ist auch super. Ich find's cool.»

Im Alltag und dem Kampf, seinem Kind einfach nur das *Überleben* zu sichern, war es leicht zu vergessen, was für ein Wunder es ist, ein neues Leben auf diesen Planeten gebracht zu haben, ein Lebewesen, das sich langsam, aber sicher von einem löst und sich zu einer eigenständigen Persönlichkeit entwickelt. In diesem Augenblick traf Sam dieses Wunder wie ein Schlag. Und noch ein viel größeres Wunder wurde ihm bewusst: dass Teddy sich zu einer Persönlichkeit entwickelte, die Sam mochte, zu jemandem, mit dem Sam auch dann gern Zeit verbracht hätte, wenn er nicht zufällig sein Sohn wäre. Schon möglich, dass Sam ein bisschen voreingenommen war, aber trotzdem: Teddy war wirklich unglaublich.

Sam klopfte seinem Sohn auf die Schulter. «Sich an die Vergangenheit zu erinnern und sich trotzdem auf die Zukunft zu freuen, ist ein sehr guter Standpunkt. Ich danke dir.»

«Wofür denn?», fragte Teddy.

«Dafür, dass du mein tägliches Abenteuer bist», sagte Sam.

❄

Plötzlich waren überall Mohnblumen, für Teddy ein eher ungewohntes Phänomen. Er sah Max dabei zu, wie er Mr. Hammersleys winterliche Rosenbüsche damit verzierte, und fragte: «Gehört das auch zur Weihnachtsdekoration?» Max war echt gut in Sachen Weihnachtsdeko. Sein Haus verschwand langsam, aber sicher hinter blinkenden Lichterketten. Teddy fand das ziemlich cool, wusste aber, dass es viel zu viel Arbeit war, um Dad zu bitten, ihr Haus genauso schön zu dekorieren.

Max hob den Blick von den Mohnblumen, und Mr. Hammersley, der im Hauseingang stand und augenblicklich eingriff, sobald Max mit den Mohnblumen etwas tat, was ihm nicht gefiel, sah ebenfalls auf.

«Weißt du nicht, was die Mohnblumen bedeuten?», fragte Max.

«Was wird den Kindern in der Schule heutzutage eigentlich noch beigebracht?», schnaubte Mr. Hammersley.

«Miss Quinn bringt uns sehr viel bei», sagte Teddy zu ihrer Verteidigung. «Wahrscheinlich sind wir einfach noch nicht bei Mohnblumen angekommen.»

«Sie sind ein Zeichen der Erinnerung», erklärte Max und machte weiter. «An die Menschen, die wir im Krieg verloren haben.» Er schaute zu Mr. Hammersley hinauf.

Also schaute Teddy ebenfalls zu Mr. Hammersley hinauf. So grimmig hatte sein Gesicht eben noch nicht ausgesehen. Und auch wenn Mr. Hammersley eigentlich immer ein bisschen grimmig dreinblickte – so war das eben bei ihm –, war es jetzt doch irgendwie anders.

«Viel zu viele. Viel zu viele tote Menschen. So viele Menschen, die es nicht bis auf einen Friedhof geschafft haben. So viele Menschen, die nur noch als Mohnblumen bleiben, und in der Schule hört man nichts mehr über sie!»

«Ich bin mir sicher ...», sagte Max, doch Mr. Hammersley hatte genug. Er verschwand im Haus und schloss die Tür.

In Sorge um seinen Freund verließ Jack seinen Wachposten auf dem Bürgersteig und stellte sich leise winselnd und lahm mit dem Schwanz wedelnd vor die Haustür von Mr. Hammersley.

«Ich wollte ihn nicht traurig machen», sagte Teddy betroffen.

«Hast du nicht», antwortete Max sanft. «Es ist nicht deine Schuld. Es liegt nur daran, dass bald Volkstrauertag ist. Das nimmt ihn so mit. Ich hab nachgefragt, und er hat mir erzählt, dass er seinen Vater im Krieg verloren hat. Jetzt verstehst du, warum das für ihn eine schwere Zeit im Jahr ist.»

«Hallo, ihr zwei!» Pen winkte ihnen fröhlich zu. Sie war, wie fast immer, gerade laufen und blieb stehen, um Max' Handwerk zu bewundern. «Das ist wirklich hinreißend. Ich bin froh, dass Mr. Hammersley dieses Jahr am Volkstrauertag nicht allein sein wird. Normalerweise geht er an dem Tag in die Kirche und sitzt dann einfach da und erinnert sich. Er geht nicht sonntags in den Gedenkgottesdienst, sondern immer am Volkstrauertag selbst, und dann ist er noch mehr allein.»

«Woran erinnert er sich denn? An die ganzen Toten?», wollte Teddy wissen.

Pen lächelte ihn an, aber es war ein trauriges Lächeln. «Genau. An Menschen, die im Krieg gestorben sind, und an seine Freunde, die er im Laufe der Jahre verloren hat.»

Teddy tätschelte Jack tröstend den Kopf und dachte nach.

❄

«Also. Die Mohnblumen», sagte Miss Quinn und teilte rote Bögen Bastelpapier aus. «Diese Blumen werden heute den ganzen Tag bei uns im Mittelpunkt stehen. Schließlich steht der Volkstrauertag vor der Tür. Es ist der Tag, an dem wir innehalten und an die vielen tapferen Männer und Frauen denken, die sich geopfert haben, um uns ein Leben zu ermöglichen, wie wir es heute kennen und lieben. Wir werden zur Erinnerung rote Mohnblumen basteln, und eure Aufgabe ist es, diese Blumen einem Menschen eurer Wahl zu schenken. Es sollte jemand sein, der eurer Meinung nach daran erinnert werden soll, dass er nicht vergessen ist. Euer Symbol dafür, dass ihr an ihn denkt. Wisst ihr, oft denken Menschen, wenn sie älter werden, niemand würde sich mehr um sie kümmern, niemand würde an sie denken, und die Opfer, die sie in der Vergangenheit gebracht haben, wären obsolet geworden.»

Brian hob die Hand. «Was bedeutet obsolet?»

«So was wie überholt. Nicht mehr von Bedeutung.»

Alle Kinder machten sich daran, ihre Blumen auszuschneiden, und Miss Quinn ging durchs Klassenzimmer, freute sich und lobte die Arbeiten. Während Teddy seine Mohnblumen bastelte, war er tief in Gedanken versunken.

«Das sind aber wirklich schöne Blumen, Teddy», sagte

Miss Quinn, als sie an seinen Tisch kam. «Du siehst heute sehr nachdenklich aus.»

«Heißt obsolet, dass man glaubt, man hätte keine Freunde mehr?», wollte Teddy wissen.

Miss Quinn musterte ihn forschend. «Na ja, also wenn man denkt, dass man alle Freunde verloren hat, dann vielleicht schon. Wenn man das Gefühl hat, alle Menschen, die einmal um einen waren, sind weg, dann kann man sich schon obsolet fühlen. Aber man kann immer neue Freunde finden.»

«Genau», sagte Teddy. «Unser Nachbar Mr. Hammersley hat seinen Dad im Krieg verloren, und er ist alt und hat mit der Zeit sehr viele Freunde und alles Mögliche verloren. Eigentlich hat er niemanden mehr. Ich glaube, er verbringt den Volkstrauertag immer ganz allein in der Kirche und denkt an sie. Es wäre doch nett, wenn wir auch in die Kirche gehen und uns mit ihm zusammen an sie erinnern würden. Damit er weiß, dass er zwar viele Freunde verloren hat, dass er aber auch neue Freunde gefunden hat. Wir können uns an die Vergangenheit erinnern und uns trotzdem auf die Zukunft freuen. Verstehen Sie?»

Jetzt war Miss Quinn diejenige mit dem nachdenklichen Gesicht. «Ja, ich verstehe. Und ich finde, das ist eine sehr schöne Idee, Teddy.»

❄

Beim Abendessen überflog Sam die «Neues vom Lehrerpult»-Kolumne im jüngsten *Turtledove Kurier*. «Ihr geht am Volkstrauertag in die Kirche?», fragte er.

«Ja», sagte Teddy. «Wir haben in der Schule alles über die Mohnblumen gelernt, und ich habe zu Miss Quinn gesagt, dass es schön wäre, wenn wir in die Kirche gehen und uns zu Mr. Hammersley setzen, während er ganz alleine an seinen Dad denkt, der im Krieg gestorben ist, und an die vielen Freunde, die er verloren hat.»

«Hat Mr. Hammersley dir erzählt, dass er das machen wird?»

«Nein, das hat Pen erzählt. Pen weiß irgendwie immer, was jeder macht.»

«Ist ja beruhigend», murmelte Sam und betrachtete nachdenklich die Einverständniserklärung für den Ausflug in die Kirche in ein paar Tagen, die in der Schulzeitung abgedruckt war.

Er hatte sich seit dem Feuerwerk noch nicht bei Libby gemeldet. Es war schließlich erst ein paar Tage her, und er erinnerte sich dunkel an komplizierte Spielregeln, wer wen wann anrufen durfte. Er war jetzt im Besitz ihrer privaten Telefonnummer, eingespeichert in seinem Handy, er hätte sie also jederzeit anrufen können. Aber sie hatte seine Nummer auch, und sie hatte ihn bis jetzt auch nicht angerufen. Was die Kommunikation betraf, befanden sie sich also in einem wechselseitigen Patt. Kein guter Start für eine Beziehung.

Sam war sich nicht sicher, ob er sich wirklich als Erster melden sollte. Und er war seit neuestem zwar von Leuten umringt, die er um Hilfe bitten konnte, doch es war ihm viel zu peinlich, seine Nachbarn um Rat zu fragen und auf diese Weise einzugestehen, wie erbärmlich aus der Übung er in all diesen Dingen war. Ellen nicht um Hilfe zu bitten, war reiner Selbstschutz. Die würde losschreien, und zwar so laut, dass seine Trommelfelle das nicht überleben würden, und die seiner Nachbarn wahrscheinlich auch nicht.

Sam grübelte vor sich hin, bis er merkte, dass Teddy mit

ihm sprach. «Was hast du gesagt?», fragte er und löste nur zögerlich den Blick von der Einverständniserklärung.

«Ich habe dich gefragt, wann wir unsere Weihnachtsdekoration aufhängen», sagte Teddy übertrieben geduldig, um klarzustellen, wie anstrengend sein Dad manchmal sein konnte.

«Oh, das. Ja, darüber habe ich auch schon nachgedacht», antwortete Sam.

«In Amerika haben wir immer bis nach Thanksgiving gewartet», sagte Teddy. «Aber hier gibt es gar kein Thanksgiving, und alle anderen hängen auch schon ihre Sachen raus.»

«Das ist nicht ganz richtig. Alles, was jetzt schon hängt, geht auf das Konto von Max. Mit ‹alle anderen› ist also eigentlich nur Max gemeint.»

«Trotzdem», sagte Teddy.

Sam sah ihn an. Teddy hatte *in Amerika* gesagt, nicht *bei uns zu Hause*, wie er es noch vor ein paar Wochen getan hätte. Sam erzählte ihm von der Idee, die er seit ein paar Tagen mit sich herumtrug: «Ich habe überlegt, Thanksgiving zu feiern.»

«Wie meinst du das?», fragte Teddy.

«Nur weil man hier Thanksgiving nicht kennt, heißt das nicht, dass wir es nicht trotzdem feiern können. Ich brate einen Truthahn, wir laden die ganze Straße ein und feiern eine Baumschmück-Party.»

Teddy fing an zu strahlen. «Echt?»

Sam war zufrieden. «Ja. Gefällt dir die Idee?»

Teddy nickte. «Lädst du Miss Quinn auch ein?»

Sam fing an zu lachen.

Als Teddy an diesem Abend ins Bett gegangen war, beugte sich Sam noch einmal grübelnd über die Einverständniserklärung. Er füllte sie aus und unterschrieb. Das war der einfache Part. Dann drehte er den Zettel um und überlegte, was er schreiben sollte.

Sollte er sie bitten, mit ihm auszugehen? Auf der Rückseite einer Einverständniserklärung für seinen Sohn? Oder lieber gar nichts schreiben? Aber wie würde sie die anhaltende Funkstille interpretieren? Wie interpretierte sie die bereits existierende Funkstille?

Frustriert griff Sam schließlich zum Stift und malte einen Haufen Striche auf die Rückseite des ausgeschnittenen Zettels. Dann musterte er sein Werk und stöhnte laut auf. «Ach, zum Teufel», sagte er, denn es sah wirklich schlimm aus.

Das soll ein Feuerwerk sein! S., kritzelte er darunter.

Und kam zu dem Ergebnis, dass dies ein ganz, ganz schlimmer Schachzug seinerseits gewesen war, und er fragte sich, was um alles in der Welt er sich dabei gedacht hatte. Doch nun war es zu spät. Eine zweite Einverständniserklärung gab es nicht, und Teddy brauchte die Erklärung, sonst durfte er nicht mit. Und das würde Teddy ihm nie verzeihen.

Frustriert ließ Sam die Stirn auf die Tischplatte sinken.

Doch zwei Tage später erreichte ihn die neuste Ausgabe des *Turtledove Kurier*, und die Rückseite war mit noch viel mehr Feuerwerk verziert, kunstvoll und bunt, denn Libby war so schlau gewesen, Malkreide zu verwenden.

«Das ist eine Nachricht von Miss Quinn», sagte Teddy, als er sah, dass Sam beim Anblick der Zeichnung lächelte. «Benutzt du mich, um mit meiner Lehrerin zu flirten?»

Sam grinste ihn an. «Benutzen ist ein hartes Wort.»

Früher war es so gewesen, dass Bill die Leere all dessen, was er verloren hatte, täglich wie eine schwere Last in sich spürte. Heutzutage, er wusste selbst nicht recht, weshalb, dachte er nicht mehr so oft an seine alten Freunde zurück.

Trotzdem stand er am Volkstrauertag frühmorgens auf und kleidete sich mit großer Sorgfalt, zog den besten Anzug an, den er finden konnte. Seine Mutter hatte ihm beigebracht, an diesem besonderen Gedenktag seine besten Sachen anzuziehen, und er hatte diese Tradition sein Leben lang bewahrt. Jack hatte bei ihm übernachtet – Teddy hatte ihn extra am Vorabend vorbeigebracht –, und nun saß er da und beobachtete Bills ungewöhnliche Maßnahmen in Sachen Körperkultur.

Schließlich drehte Bill sich zu ihm um und steckte sich eine Mohnblume ins Knopfloch. «Wie sehe ich aus? Ganz schön elegant, was? Tja, dass ich mich so herausputzen kann, hättest du wohl nicht von mir erwartet.» Vorsichtig beugte er sich zu Jack hinunter und kraulte ihn hinter den Ohren, was Jack dazu veranlasste, heftig mit dem Schwanz zu wedeln. «Früher habe ich viel mehr Zeit auf mein Äußeres verwendet, in den alten Zeiten, als es noch einen Grund dazu gab.» Er betrachtete sein Spiegelbild mit dem leuchtend roten Schimmer, wo die Mohnblüte steckte, und holte tief Luft. «Na gut, Jack, es wird Zeit. Du machst deinen Patrouillengang, und ich gehe meiner Wege.»

Aber Jack wollte ihn begleiten, also musste Bill ihn fortscheuchen. Manchmal war dieser Hund ein bisschen bescheuert, musste er zugeben. Endlich – denn dieser Gang schien Jahr für Jahr ein wenig länger zu werden – erreichte Bill die Kirche in der Nachbarschaft, trat durch die Pforte und setzte sich in eine Bank. Er holte tief Luft, atmete den Kirchenduft ein, schloss für einen kurzen Moment die Augen und sah sich dann um. Die Kirche war leer, wie meistens. Am Sonntag waren die Leute alle beim Gottesdienst gewesen, aber heute, am Volkstrauertag, war niemand gekommen.

Doch noch ehe Bill diesen Gedanken zu Ende gedacht hatte, hörte er es hinter sich leise rascheln und trappeln. Das Geräusch wurde lauter und lauter, und dann sah Bill voller Erstaunen eine ganze Schar ernster, schweigender Kinder in die Kirche strömen. Sie rutschten ganz leise in die Kirchenbänke und senkten die Köpfe. Die Lehrerin, eine hübsche rothaarige Frau, die Bill irgendwie bekannt vorkam, ohne dass er gewusst hätte, woher, setzte sich nach vorn und lächelte ihn an.

Bill musterte die Reihen voller Kinder, und mit einem kleinen Schreck entdeckte er mitten unter ihnen Teddy und das kleine indische Mädchen. Die beiden saßen direkt nebeneinander.

Bill starrte erst die beiden an und dann die ganze Schülerschar. So viele Kinder, die alle heute hier hergekommen waren, um der Toten zu gedenken! Um sich zu erinnern! Wo er sonst immer allein gewesen war, der einzige Mensch in dieser düsteren, verstaubten Kirche, leistete ihm plötzlich eine ganze *Schar* von Menschen Gesellschaft. Bill wusste beim besten Willen nicht, was er davon halten sollte.

Plötzlich erhoben die Kinder sich wie auf ein Zeichen, das er nicht gesehen hatte, und kamen einzeln aus den Bänken auf ihn zu. Jedes Kind überreichte ihm eine Mohnblume aus Papier. Teddy kam als Letzter, strahlte ihn an, und Bill zwinkerte ihm zu. Dann, so plötzlich, wie sie gekommen waren, machten sie kehrt und verschwanden wieder.

Bill lauschte, wie dieses kleine Kinderheer mit trappelnden Schritten die Kirche verließ, starrte auf die vielen Mohnblumen in seinen Händen und merkte, dass er weinte.

13

Wir heißen euch willkommen zu einem typisch amerikanischen Thanksgiving-Festmahl!

PS: Es gibt Truthahn!

Sam und Teddy

Schließlich knickte Sam doch ein und rief seine Schwester an. Die zur Antwort natürlich anfing zu kreischen. *JA!*, kreischte sie, es sei mehr als angemessen, Libby zumindest zum Kaffeetrinken einzuladen, nachdem er sie in der Bonfire Night ja quasi schon verschlungen hatte. Was für Sams Geschmack eindeutig eine zu grobe Beschreibung der wunderschönen Küsse zwischen ihnen war – abgesehen davon, dass sie nicht zutraf. Trotzdem beschloss er, Ellens Einschätzung der Gesamtsituation zu vertrauen. Also holte er eines Abends sehr tief Luft, rief in seinem Telefonverzeichnis Libbys Nummer auf und drückte auf Grün.

Doch zu seiner großen Enttäuschung ging Libby nicht ans Telefon, und Sam fragte sich panisch, ob sie vielleicht gesehen hatte, dass er es war, und nicht ranging, weil sie nicht mit ihm sprechen wollte. Dann sprang die Mailbox an, und Sam überlegte kurz, einfach aufzulegen, doch dazu war es natürlich zu spät. Sie würde sehen, dass er angerufen hatte, und deshalb sagte Sam nach dem Piepton einfach: «Hallo. Hier ist Sam. Sam Bishop. Und ich ... ach, ich dachte, vielleicht hast du Lust, irgendwann mal einen Kaffee trinken zu gehen. Oder so.»

Eine Stunde später rief Libby zurück, und sagte fröhlich: «Entschuldige. Ich war im Yoga», was in Sam augenblicklich ein schlechtes Gewissen auslöste, weil er seit seiner Rückkehr nach England keine Sekunde Sport gemacht hatte. «Kaffee klingt wunderbar! Wann hattest du gedacht? Nächstes Wochenende?»

«Ja», sagte Sam, obwohl er noch nicht mal so weit gedacht hatte. Er war in solchen Dingen wirklich und wahrhaftig ein hoffnungsloser Fall.

Sie verabredeten sich für Freitagabend um 19 Uhr, und am nächsten Tag spazierte Sam zu den Basaks hinüber, um sich vorzubereiten.

Diya stand im Vorgarten, musterte kritisch ihr Haus und deutete zu Arthur und Max hinüber, als Sam näher kam. «Diese Angeber! Schau dir das Haus an. Es ist beleuchtet wie ein Weihnachtsbaum!»

«Na ja», sagte Sam. «Es ist ja auch Weihnachten.»

«Und jetzt fängt er auch noch an, das Haus von dem alten Mann in einen Weihnachtsbaum zu verwandeln.»

Das stimmte: Max stand pfeifend in Mr. Hammersleys Vorgarten und ignorierte fröhlich dessen Anweisungen, wo die Lämpchen zu hängen hatten und wo nicht. Jack lag gemütlich neben Mr. Hammersley auf der Außentreppe und beobachtete interessiert, was vor sich ging. Was momentan tatsächlich noch interessanter war als Eichhörnchen jagen.

«Ich bin quasi gezwungen, auch ein paar Lämpchen aufzuhängen. Das ist doch lächerlich!», sagte Diya.

«Immerhin wohnen wir in der Christmas Street», argumentierte Sam. «Wir dürften es zu Weihnachten ungestraft total übertreiben.»

«Du hast aber auch noch kein einziges Lämpchen aufgehängt», sagte Diya.

«Ich warte damit bis nach Thanksgiving», antwortete Sam. «Wo wir gerade dabei sind, hast du meine Einladung bekommen?»

«Oh. Ja. Ich gestehe, ich bin einigermaßen besorgt.»

Diya sah ihn ernst an, und Sam war verunsichert. «Besorgt? Wegen Thanksgiving?»

«Meinst du das ernst mit dem Thanksgiving-Festmahl? Inklusive Truthahn und allem Pipapo?»

Diya sah wirklich skeptisch aus, und Sam runzelte die Stirn. «Ja. Es ist nun wirklich keine große Sache, einen Truthahn zu braten. Ich habe zig Mal dabei zugesehen. Man steckt das Vieh in den Ofen, irgendwann kommt das Fähnchen aus dem Thermometer, und zack: Fertig ist der Truthahn.»

«Ich werde auch was zu eurem Festmahl beitragen», sagte Diya, die die Zubereitung eines Truthahns offenbar für schwieriger hielt, als dass Sam es ohne weiteres hinbekäme.

Und weil Sam eigentlich gekommen war, um etwas ganz anderes mit Diya zu besprechen, beschloss er, nicht länger auf diesem Thema rumzureiten. «Ja, vielen Dank, das wäre nett», sagte er höflich. «Ich wollte dich fragen, ob du Freitagabend ein Auge auf Teddy haben könntest. Pari und er hängen sowieso meistens zusammen.»

«Stimmt. Die verbringen momentan wirklich sehr viel Zeit miteinander», bemerkte Diya.

«Sie arbeiten an dem Krippenspiel», erklärte Sam. «Das Krippenspiel mit einer Rolle für Jack.»

«Mit einer Rolle für Jack?», wiederholte Diya. «Jack, den Hund? Weshalb sollte Jack in einem Krippenspiel mitmachen?»

«Weil unsere Kinder sich das nun mal in den Kopf gesetzt haben», erklärte Jack.

«Hm ...» Diya runzelte die Stirn.

«Jedenfalls», sagte Sam, der schon wieder das Gefühl hatte, am Thema vorbeizureden, «könntest du auf Teddy aufpassen?»

«Kann ich», sagte Diya. «Brauchst du mich, weil du ein Rendezvous mit Miss Quinn hast?»

Sam machte den Mund auf und schloss ihn wieder.

Diya machte eine sehr aufgeregte Handbewegung, die am Ende darin mündete, dass sie ihn ein klein bisschen schubste. «Du hast es getan! Das hätte ich dir gar nicht zugetraut. Du hast es tatsächlich getan! Ich bin sehr stolz auf dich! Was werdet ihr unternehmen?»

Auch so weit hatte Sam noch nicht gedacht. «Ach», sagte er vage. «Keine Ahnung. Irgendwohin zum Kaffeetrinken oder so.»

Diya fiel so entsetzt die Kinnlade runter, als hätte Sam vorgeschlagen, sich von Libby die Rückenhaare wachsen zu lassen. «Du kannst sie doch nicht nur auf eine Tasse Kaffee einladen! Das ist euer *erstes Date*! Du willst Eindruck auf sie machen! Du willst sie umhauen! *Kaffee* hat noch nie irgendwen umgehauen!»

«Und wenn er echt stark ist ...?», sagte Sam verzagt.

Diya schenkte ihm einen vernichtenden Blick. «Ich werde dein Kind für dich hüten, aber du musst dir was Besseres einfallen lassen als Kaffee!»

Schließlich schickte Sam Libby eine von ihrer allerersten, nahrungsmittelbezogenen Begegnung inspirierte Nachricht: Hast du Lust, mit mir ein Lebkuchenhaus zu backen? – Solange es nicht solide sein muss, von wegen Statik und so ... lautete Libbys Antwort. Kollabierte Lebkuchenwände zählen auch als Haus, schrieb Sam zurück, und Libby schrieb: Phantastisch!, und nach einer kurzen Pause:

Warte! Du bestehst aber nicht darauf, dass Rote Beete mit verbaut wird, oder?

Sam war augenblicklich noch ein bisschen verliebter als sowieso schon.

Freitagabend, ein Post-it mit einer Adresse auf dem Telefon in seiner Tasche, lieferte Sam seinen Sohn bei Darsh, Diya und Pari ab. Teddy war von der ganzen Angelegenheit gänzlich unbeeindruckt, wünschte ihm viel Spaß und sauste mit Pari in den Garten, um Jack zu suchen. Diya musterte ihn kritisch von Kopf bis Fuß und sagte: «Das muss wohl reichen ...»

«Lass ihn in Ruhe!», rief Darsh amüsiert aus der Küche.

Sam beschloss, dass Darsh ihm definitiv sympathischer war.

Auf dem Weg zu Libby kaufte Sam einen Strauß Blumen, und zwar weiße Margeriten, weil er fand, dass sie fröhlich aussahen.

Libby wohnte in einem Haus, das ein wenig in die Jahre gekommen wirkte, hier und da ein bisschen heruntergekommen, aber sehr charmant. Sie machte ihm in einem leuchtend blauen Mantel mit passender Baskenmütze die Tür auf und zog angesichts der Blümchen die Augenbrauen hoch.

«Na, sieh mal einer an», sagte sie. «Angelst wohl nach Bonuspunkten, was?»

Ihr strahlendes Lächeln verriet Sam, dass er sich die Bonuspunkte bereits verdient hatte. Erleichtert schlenderte er hinter Libby in die Wohnung.

«Na ja, ich hoffe am Ende des Abends schon auf eine Eins mit Stern», sagte Sam.

«Willst du etwa ein Zeugnis von mir?» Sie machte sich in der kleinen Küche zu schaffen, füllte eine Vase mit Wasser, während Sam versuchte, höflich zu sein und nicht so offen ihre Einrichtung zu beäugen, als ließe sich daraus ein tiefer Einblick in ihr Seelenleben gewinnen.

«Ich hatte noch nie ein Rendezvous mit einer Lehrerin. Du verteilst sicher bei allen zwischenmenschlichen Begegnungen Noten.»

«Dann darf ich also einwandfreies Betragen erwarten, oder nicht?», fragte Libby und kam mit Blumenvase und Hausschlüssel in der Hand wieder aus der Küche.

«M-hm», machte Sam, folgte ihr nach draußen und sah zu, wie sie mit ihren wunderhübschen Händen, die schon wieder zum Objekt seiner Bewunderung wurden, die Wohnungstür abschloss. «Oder mein allerschlimmstes Betragen. Je nachdem, was für eine Sorte Rendezvous du dir wünschst.»

Libby sah ihn einen Augenblick lang an, dann grinste sie, beugte sich zu ihm und strich ihm mit ihrem Zeigefinger ganz sanft über die Nase. «Diese Sommersprossen», murmelte sie. «Die treiben mich in den Wahnsinn.»

So etwas hatte noch nie jemand über seine Sommersprossen gesagt. «Mmh!», brummte er und fragte sich, ob es noch zu früh war, sie zu küssen, weil sie jetzt so dicht vor ihm stand, dass er sich wieder mal in ihren Augen hätte verlieren mögen.

Sie überwand die letzte Distanz, hob den Kopf und gab ihm einen sanften Kuss auf den Mund, einen kurzen, unglaublich süßen Kuss, die vollkommene Art, hallo zu sagen, ein warmherziges Willkommen, das einen die vielen, vielen fremden Menschen auf dieser Welt vergessen ließ, weil diejenigen, die man kannte, so *absolut wunderbar* waren.

Sie trat einen Schritt zurück und sagte: «Und? Wollen wir uns ein Lebkuchenhäuschen basteln?»

Sam hatte sich eher zufällig für den Abendkurs entschieden, weil er geglaubt hatte, Lebkuchenhäuserbacken ließe genug Raum, um sich zu unterhalten, im Gegensatz zu einem Kochkurs zum Beispiel, wo man gleich ein ganzes Festmahl zubereiten musste. Wie schwer konnte es schon sein, ein Lebkuchenhaus zu backen?

Wie sich herausstellte, unglaublich schwer. Wenn das Dach nicht einsackte, kippten die Wände um. Die Fenster waren gefährlich krumm geraten, die Tür war im Vergleich zu den übrigen Proportionen lachhaft klein, und die Lebkuchen bekamen jetzt schon Risse, weshalb die armen Lebkuchenhausbewohner, wie Libby sagte, mit schrecklicher Zugluft würden leben müssen.

Sam konnte sich nicht erinnern, wann er das letzte Mal so gelacht hatte. Libby war die reinste, pure Freude, nahm sämtliche Fehler und Unzulänglichkeiten mit ausgelassener Heiterkeit hin und blieb trotz aller hieb- und stichfesten Beweise für das Gegenteil unerschütterlich optimistisch, was ihre Zukunft als Lebkuchenhausarchitekten betraf. Fröhlich malte sie die Dachschindeln auf, obwohl das Dach nicht auf den Wänden thronte, sondern in Bruchstücken auf dem Backpapier lag, während die Kursleiterin den kompetenteren Teilnehmern zeigte, wie man die Giebel mit Girlanden aus Zuckerguss verzierte.

«Das setzt voraus, dass das Lebkuchenhaus einen Dachgiebel hat», raunte Sam Libby zu.

«Wir haben sehr wohl Giebel!», sagte Libby glucksend. «Unsere sind eben horizontal.»

Und Sam konnte nicht anders. «Du bist entzückend!», sagte er.

Libby sah von ihrem Zuckerguss auf, und eine charmante Röte überzog ihre Wangen. Dann beugte sie sich wieder über den kollabierten Lebkuchenhaufen.

Schließlich durften sie ihr missglücktes Lebkuchenhäuschen in eine Tüte packen, und sie schlenderten Lebkuchenbruch mit Zuckerguss mampfend den Bürgersteig entlang.

«Ich dachte, du wärst ein guter Lebkuchenhäuserkonstrukteur», sagte Libby. «So was hast du mit Teddy doch bestimmt schon gemacht, oder?»

«Ich habe schon mal welche *gekauft*, ja, fix und fertig, im Geschäft», antwortete Sam.

Libby lachte, den Kopf leicht in den Nacken gebeugt, und weil sie den Mantel nach der Wärme in dem Kursraum trotz der Kälte draußen offen trug, reflektierte der Sternenanhänger um ihren Hals glitzernd die Lichter der Stadt.

«Das ist eine wunderschöne Kette», sagte Sam zu Libby, und das stimmte auch, obwohl er damit eigentlich meinte: *Sie passt zu dir*. Und das stimmte wahrscheinlich noch mehr.

Sie griff sich an den Hals und beruhrte sanft den Anhänger. «Danke. Das war ein Geschenk. Von meinem Vater. Als ich klein war, wollte ich Astronautin werden.» Libby lächelte verschmitzt, als würde sie ihn in ein Geheimnis einweihen. «Ich wollte ins Weltall fliegen und die Sterne aus nächster Nähe bewundern.»

«Das klingt wunderschön», sagte Sam. «Ich wollte immer nur Rockstar werden, und zwar aus völlig unpoetischen Gründen.»

Libby lachte. «Spielst du ein Instrument?»

«Nein», gab Sam zu. «Ich kann nicht mal singen. Ich habe keine Ahnung, wie ich mir das damals vorgestellt hatte.»

Libby lachte wieder. «Und ich werde schon beim Autofahren seekrank, was sämtlichen Phantasien, schwerelos durchs All zu schweben, ziemlich schnell ein Ende bereitete. Wie soll ich einen Flug in Überschallgeschwindigkeit meistern, wenn ich nicht mal eine Fahrt auf dem M4 überlebe?»

Sam gluckste.

«Stattdessen bin ich Lehrerin geworden. Ich hoffe, das klingt jetzt nicht peinlich, aber ich habe nun das Glück, Sterne aus nächster Nähe sehen. Eine andere Art von Sternen. O Gott, das klingt furchtbar schmalzig, oder?»

«Nein, es klingt schön», sagte Sam. «Mein Job ist nur zum Geldverdienen da. Aber ich glaube, du liebst deinen Beruf.»

«Tue ich», sagt Libby. «Außerdem lerne ich dadurch sehr interessante Männer kennen.» Sie schenkte ihm ein neckisches Lächeln mit gerade eben angedeuteten Grübchen.

Sam stieg auf das Geplänkel ein. «Ich wette, du hast schon eine ganze Sammlung gebrochener Herzen. Versklavst uns mit diesem unwiderstehlichen Lächeln und mit deinem Lachen und ziehst weiter zum nächsten Opfer.»

«Normalerweise schon», sagte Libby immer noch lächelnd. «Aber von den anderen hat noch keiner mit mir ein Lebkuchenhaus zerstört. Gut möglich, dass ich dich ein bisschen länger behalte. Ich würde zu gerne wissen, was du zum Valentinstag mit Schokoladenherzen veranstaltest.»

Sam lachte lauthals.

Damals war es nur vernünftig gewesen, der Adoptionsvermittlung als Hauptkontakt die Telefonnummer von Max zu nennen. Max hatte keinen Bürojob. Max' Mobiltelefon war verlässlich auf Empfang. Max stellte es nicht immer wieder zwischendurch auf lautlos, um an irgendwelchen Spontanbesprechungen teilzunehmen. Es war nur logisch, dass die Adoptionsvermittlung sich zuerst bei Max melden sollte.

Was allerdings bedeutete, dass Max derjenige war, der den Anruf entgegennahm, der sie darüber informierte, dass sie noch einmal für ein Kind ausgewählt worden waren.

Was bedeutete, dass Max am helllichten Tag in seinem Atelier saß, Alkohol trank und überlegte, ob er Arthur was davon sagen sollte oder nicht; ob er zurückrufen sollte, um das Kind abzulehnen, oder nicht; ob er der weltschlechteste Ehemann war, weil er so etwas auch nur dachte; ob er es durchstehen könnte, so kurz vor knapp noch einmal ein Kind zu verlieren.

Das war der Moment, als es an der Haustür klingelte.

Max fluchte, presste sich das Glas gegen die Stirn und überlegte, ob er aufmachen sollte – und kam zu dem Schluss, dass es vielleicht gut war, sich von diesen Gedanken loszureißen. Natürlich musste er Arthur von dem Kind erzählen. *Natürlich!*

Vor der Tür stand Sam. Er wirkte leicht panisch.

«Hast du schon mal Mürbteig gemacht?», fragte er anstelle einer Begrüßung.

«Machst du Mürbteig?», erkundigte sich Max.

«Ja. Für einen Pumpkin Pie. Für unser Thanksgiving-Dinner. Ich habe aus Versehen Libby dazu eingeladen. Und jetzt muss ich so tun, als könnte ich kochen. Dabei kann ich gar nicht kochen. Wie du vielleicht schon gemerkt hast.»

Sam stand vor ihm und steckte offensichtlich mitten in einer Art Minikrise. Max sah ihn an und dachte, dass er momentan nun wirklich nicht in der Lage war, die Minikrisen anderer Leute zu meistern, weil er gerade selbst in einer Krise steckte, und zwar in einer Megakrise. «Arthur und ich sind für ein Adoptivkind ausgewählt worden!», platzte es aus ihm heraus.

Sam blinzelte irritiert, dann fing er breit an zu grinsen. «Echt? Das ist ja wunderbar ...»

«Ist es nicht.» Max schüttelte den Kopf.

«Wollt ihr kein Kind?», fragte Sam vorsichtig.

«Doch, schon. Ich will ein Kind, und Arthur will auch ein Kind. Arthur wäre ein ganz wundervoller Vater. Er würde diesen kleinen, ernsten Versicherungsmakler von Kind ganz wunderbar großziehen. Wir könnten das. Ich glaube, wir wären richtig gut darin. Glaubst du nicht, dass wir das gut hinkriegen würden?»

«Doch», sagte Sam. «Ich glaube schon. Weil ihr es wollt, und das ist das Wichtigste. Weil ihr euch große Mühe geben würdet. Weil ihr Liebe geben könnt. Ich finde, du solltest dich setzen. Du siehst aus, als ...»

«Aber die suchen uns aus, und dann nehmen sie uns die Kinder wieder weg. Das erste Mal ist das passiert, ehe wir das Baby überhaupt kennengelernt haben, da war alles noch theoretisch. Es war zwar hart, aber wir konnten damit umgehen. Beim zweiten Mal hat Arthur sie im Arm gehalten, und sein Gesicht war ... Ihr Gesicht war ... Aber dann haben wir sie plötzlich doch nicht bekommen, weil ... Ich habe keine Ahnung, ob ich das noch mal durchstehe. Ich weiß nicht, ob ich das kann.»

«Ganz langsam», sagte Sam, trat ins Haus und machte die Tür hinter sich zu. «Hast du mit Arthur darüber gesprochen?»

«Ja», sagte Max. «Nein. Ich weiß nicht. Ich glaube, ich hab's versucht? Als es noch nicht konkret war, war mir nicht klar, wie sehr ich darüber in Panik geraten würde. Aber jetzt haben sie angerufen und gesagt, es gäbe ein Baby für uns, und ich bin direkt in ein Riesenloch gefallen, wie ein völlig Bekloppter.»

«Hör auf. Du bist nicht bekloppt», sagte Sam. «Vertrau mir. Du stehst nur gerade fürchterlich unter Stress.»

«Stimmt. Und wenn ich schon nicht in der Lage bin, mit diesem lächerlichen Stresslevel umzugehen, wie soll ich dann mit einem *Kind* umgehen?»

«Niemand glaubt im ersten Moment, er könnte mit einem Kind zurechtkommen. Ihr macht das schon. Wirklich. Ich bin mir sicher. Aber ich finde, du solltest dringend mit Arthur darüber sprechen, was es für dich bedeutet, möglicherweise noch mal ein Kind zu verlieren.»

Genau das wollte Max auf gar keinen Fall. Max wollte nicht aufs Tapet bringen, wie konkret ein neues Baby plötzlich geworden war. Max wollte Arthurs aufkeimende Hoffnung nicht, seinen neu erwachten Nestbautrieb, die verhaltene Vorfreude – weil Max die Kehrseite all dessen nicht wollte. Einerseits wünschte Max, sie hätten das erste oder zweite Kind bekommen; andererseits wünschte er, sie hätten mit der ganzen Sache gar nicht erst angefangen.

Dann klopfte es auch noch an der Terrassentür. «Himmel noch mal!», rief Max. «Kommt ausgerechnet heute die ganze Straße zu Besuch?»

Es war, wie sich herausstellte, Bill: «Waren wir heute nicht zur Arbeit verabredet? Ihr Schuppen ist abgeschlossen. Was ist denn los mit Ihnen? Sie sehen fürchterlich aus.»

Was bedeutete, dass Arthur mit Sicherheit merken würde, dass etwas nicht in Ordnung war. «Heute wird nicht gearbeitet», sagte Max. «Nur getrunken.»

«Und Mürbteig gemacht», ergänzte Sam.

«Mürbteig?» Missbilligung lag in Bills Stimme.

«Sam macht seinen Mürbteig», sagte Max, «während wir bei ihm in der Küche sitzen, trinken und uns über ihn lustig machen.»

❄

Pari kam bestens gelaunt aus der Schule. Das Krippenspiel würde *unglaublich* werden. Miss Quinn hatte sie erste Sätze proben lassen, und Pari würde bedeutende Dinge zu den Themen Versicherung und Klimawandel sagen, und einmal durfte sie sich sogar den Handrücken an die Stirn legen und so tun, als stünde sie kurz vor der Ohnmacht.

«Unser Krippenspiel wird das superbeste!», erzählte sie ihrer Mum.

«Hm», machte Mum und zeigte mit dem hölzernen Kochlöffel auf sie, weil sie gerade dabei war, in einem ihrer Riesentöpfe rumzurühren. «Ich habe schon von eurem Krippenspiel gehört.»

«Echt?», fragte Pari aufgeregt. «Von wem? Hat Miss Quinn dir gesagt, wie toll es wird?»

«Nein, Sam Bishop hat mir erzählt, dass ihr diesen Straßenhund mitspielen lassen wollt.»

«Ja!», rief Pari strahlend. «Das ist doch eine super Idee, oder? Wir arbeiten noch daran, aber am Ende kriegen wir Miss Quinn bestimmt rum.»

«Sie sollte auf keinen Fall zustimmen!», schimpfte Mum. «Auf gar keinen Fall. Im Gegenteil. Ich werde sie anrufen und ihr sagen, dass ich es für eine entsetzliche Idee halte, diesen Hund in euer Krippenspiel zu integrieren.»

Pari starrte ihre Mutter an. Sie war wie gelähmt, konnte nichts tun als ... ihre Mutter anstarren. Weil ... weil ... weil ihr Tag bis jetzt so schön gewesen war, so wunderschön, und weil sie das Krippenspiel *liebte* und weil es so, so toll wäre, Jack in dem Stück unterzubringen, und ... und ...

Mum rührte weiter in ihrem Topf und sagte: «Ich muss zu Anika rüber, die Mutter der Freundin ihrer Nichte hat gerade erfahren, dass sie noch ein Kind bekommt, und ich habe versprochen, ihnen zur Feier ein Lammcurry vorbeizubringen.»

Und sie *merkte* nicht mal was, dachte Pari. Sie merkte nicht mal, wenn sie so was absolut Schreckliches sagte!

«Jack wäre total super!», rief Pari wütend. «Das Ganze wäre total super. Du kannst das doch gar nicht beurteilen. Weil du nie aufpasst!» Und damit stürmte sie aus dem Haus.

Heiße Tränen brannten in ihren Augen. Sie stand zitternd im Garten, außer sich vor Wut. Draußen war es kalt, und sie hatte ihren Mantel vergessen, aber sie würde sicher nicht noch mal reingehen, um ihn zu holen, im Leben nicht! Sie hätte zu Teddy rüberlaufen können, aber da wollte sie auch nicht hin – sie wollte keine Tränen runterschlucken und zugeben müssen, dass ihre Mum gerade *alles* kaputt machte. Nur, weil ihre Mum sich nie kümmerte. Ihre Mum kümmerte sich lieber um die Wasauchimmer von Anikas Nichte, dabei *kannte* sie die nicht mal.

Pari schlüpfte durch den Zaun in den Nachbarsgarten, und von dort hinaus auf die Straße.

Jack kam auf sie zu, um sie zu begrüßen, froh wie immer, wenn er sie sah.

«Hau ab!», sagte Pari wütend und stampfte davon. «Hau einfach ab, Jack. Alles ist im Eimer, und ich will nicht, dass du um mich rumspringst, als wäre alles bestens. Mum ist nur zu Hause, wenn sie mir mit irgendwas das Leben kaputt machen kann! Das ist so fies! Sie schaut mich nicht mal an. Sie hat keine Ahnung, was ich mag und was nicht. Das ist ihr völlig egal. Das ist alles so schrecklich und jetzt *hau ab*!» Pari schrie Jack an, und der blieb verdattert stehen. Er wedelte nicht mit dem Schwanz, und Pari hatte ihn noch nie ohne wedelnden Schwanz erlebt. Er stand mitten auf dem Gehweg und winselte leise. Sie sagte streng: «*Platz*!», machte auf dem Absatz kehrt und marschierte davon.

Es würde ganz sicher *Stunden* dauern, bis irgendwer was merkte, dachte sie. Bis dahin war sie vielleicht schon halb bis zum Tower von London gelaufen. Das war sehr gut möglich!

❄

Glücklicherweise konnte Max der Herausforderung, aus dem Stegreif Mürbteig zu zaubern, nicht widerstehen. Ehe Sam es sich versah, hatte er das gesamte Projekt an sich gerissen, und Sams Küche war ein Chaos aus Mehl und Butter, die sich weigerten, eine Verbindung einzugehen, und die Max sich mit roher Gewalt gefügig zu machen versuchte. In Anbetracht der Tatsache, dass Max, als er ihm die Tür aufgemacht hatte, noch ausgesehen hatte, als stünde er am Rande eines Nervenzusammenbruchs, war Sam erleichtert, dass er offensichtlich die Kurve gekriegt hatte.

Er war sich sicher, Max würde zu dem Schluss kommen, dass er mit Arthur über die Sache sprechen sollte.

Also saß Sam mit Bill da, der der ganzen Kürbiskuchen-eskapade reichlich kritisch gegenüberstand und aussah, als hätte er am liebsten Reißaus genommen.

«Kommen Sie morgen zu Thanksgiving?», fragte ihn Sam.

«Bei mir wird kein Thanksgiving gefeiert», murrte Bill barsch.

«Keiner von uns feiert Thanksgiving», sagte Max fröhlich. «Was nicht bedeutet, dass wir uns nicht trotzdem an Sams kläglichen Kochversuchen erfreuen dürfen.»

«He! Für den Pumpkin Pie bist du verantwortlich», sagte Sam.

Max zuckte die Achseln.

«Bitte kommen Sie zu Thanksgiving», wandte Sam sich wieder an Bill. «Wirklich. Wir wollen auch den Christbaum schmücken.»

«Na endlich! Endlich wird euer Haus sein trauriges Dasein als schwarzes Loch mitten im Weihnachtsjubel beenden», sagte Max.

«Es ist kein schwarzes Loch im Weihnachtsjubel. Wir entfesseln den Weihnachtsjubel eben Stück für Stück, in angemessenem Tempo und zu seiner Zeit», entgegnete Sam erhaben.

In dem Moment wurden sie von Teddy unterbrochen, der von der Schule nach Hause kam. «Hi, Dad. Hi, Max, Hi, Mr. Hammersley.»

Alle drei erwiderten den Gruß, und Sam fragte: «Wie war's in der Schule?»

«Unser Stück wird so, so super!», berichtete Teddy begeistert. «Pari durfte heute ihre Szene proben. Sie war der

Hammer, hat total viel über Versicherungen erzählt, voll dramatisch. Und am Ende macht sie so ...» Teddy nahm eine Pose ein, den Kopf in den Nacken gelegt und die Hand an der Stirn, als würde er gleich in Ohnmacht fallen.

«Genau so sieht Arthur auch aus, wenn er über Versicherungen spricht», sagte Max, und bei der Erwähnung von Arthur zog eine kleine Wolke über sein Gesicht.

«Was macht ihr da?» Neugierig beäugte Teddy die Sauerei, die Max veranstaltete.

«Kuchenbacken», sagte Max.

«Vielleicht sollten wir einfach einen kaufen, oder?», schlug Teddy vor.

«Oh, Kleingläubige!», empörte sich Max.

«Teddy ist grundsätzlich kleingläubig», sagte Sam. «Er ist ein Zweifler. Mit der Kompetenz eines Viertklässlers zieht er alles in Zweifel.»

Teddy zuckte die Achseln. «Ich gehe rauf, *Mass Extinction Event* spielen.»

«Wie erbaulich!», sagte Max.

«Finde ich auch», entgegnete Sam. «Und was ist mit Hausaufgaben?», rief er Teddy nach.

«Mach ich danach. Muss erst ein bisschen ausrotten gehen», rief Teddy zurück.

❄

Sam ließ Max die Sauerei, die er mit dem Teig veranstaltet hatte, kneten und rollen und wieder kneten. Schließlich sah er auf die Uhr und sagte: «Weißt du, du kannst dem Gespräch mit Arthur nicht für immer aus dem Weg gehen.»

«Ich gehe ihm nicht aus dem Weg», antwortete Max.

«Haben Sie sich gestritten?», fragte Mr. Hammersley. «Sie sollten ihm Blumen kaufen.»

Max sah ihn spöttisch an. «Geben Sie neuerdings Beziehungsratschläge?»

Mr. Hammersley zuckte die Achseln. «Bei mir hat das immer gewirkt. Ich war siebenundvierzig Jahre lang verheiratet. Das ist nicht zu verachten.»

Dann klopfte es an der Tür, und Sam öffnete Diya Basak. Im selben Augenblick kam Jack hereingeschossen und stolperte dabei mal wieder über seine eigenen Pfoten.

Diya verzog das Gesicht und sagte: «Sieh zu, dass du deinen Hund unter Kontrolle bringst.»

«Sch, Jack», sagte Sam. «Immer mit der Ruhe.»

«Ich will Pari abholen», sagte Diya. «Sie hatte vorhin ihre bockigen fünf Minuten, aber jetzt muss ich zu einer Freundin, und Darsh stellt gerade das Essen auf den Tisch.»

«Pari?», fragte Sam verdutzt. «Pari ist nicht hier.»

«Was? Aber sie muss hier sein. Sie ist vorhin aus dem Haus gerannt.»

«Teddy?», rief Sam nach oben und ging zum Fuß der Treppe. Jack bellte aufgeregt, sprang immer wieder an ihm hoch und hätte ihn beinahe umgeworfen. «Still!», sagte Sam. «Beruhig dich.»

«Was denn?», rief Teddy von oben, dann tauchte sein Kopf über dem Treppengeländer auf. «Hallo, Jack.»

Jack bellte ihn an.

«Pari ist nicht bei dir oben, oder doch?», wollte Sam wissen.

Teddy sah ihn fragend an. «Hä? Nein. Sie ist nicht hier. Wir sind zusammen von der Schule nach Hause, aber sie ist gleich zu sich herübergegangen. Warum?»

Sam sah Diya fragend an.

Diya sah sehr ungehalten aus.

«Dann versteckt sie sich dadraußen irgendwo», sagte sie. «Wahrscheinlich bockt sie wegen irgendwas.» Sie drehte sich um und rief hinaus in die Dunkelheit, die sich inzwischen über die Straße gesenkt hatte. «Pari! Genug gebockt! Komm jetzt raus!»

Gemeinsam mit Diya spähte Sam nach draußen ins Dunkle. Nichts regte sich bis auf ein paar Blätter, die der schneidende Wind vor sich hertrieb. Und Jack, der auf dem Gehweg im Kreis rannte und bellte wie wild.

«Pari!», rief Diya, und dann sagte sie: «Bestimmt ist sie bei uns im Garten. Ich gehe dort nachsehen.»

Sam schaute ihr hinterher.

«Das ... das klingt nicht gut», sagte Max.

❄

«Pari!», rief Diya in den stillen, stummen, fast stockdunklen Garten hinaus. Sie steigerte sich in ihre Wut hinein, denn wenn sie aufhörte, wütend zu sein, dann müsste sie anfangen, sich Sorgen zu machen. «Hör sofort auf damit und komm ins Haus!»

Nichts rührte sich. Draußen auf der Straße konnte Diya immer noch diesen Hund bellen hören.

Darsh kam an die Terrassentür. «Was ist denn los?», wollte er wissen.

Und da konnte Diya nicht länger die Augen verschließen. «Pari ist weg.»

«Was?», fragte Sai, der inzwischen hinter Darsh aufgetaucht war. «Wo ist sie?»

«Warum ist sie nicht zu Hause?», fragte Darsh.

«Ich dachte, sie wäre nach nebenan gegangen, aber da

ist sie nicht», sagte Diya. Jetzt war sie wirklich beunruhigt. «Ruf du nach ihr. Auf dich hört sie – wahrscheinlich ist sie sauer auf mich.»

Darsh warf ihr einen neugierigen Blick zu und kam zu ihr hinaus in den Garten. «Pari! Komm rein. Ich habe dein Lieblingsessen gekocht.»

Immer noch Stille überall um sie herum. Bis auf diesen dämlichen Hund draußen auf der Straße.

«Pari!», rief Darsh noch einmal.

«Wo ist sie denn?», fragte Sai aus der Küche. «Glaubt ihr, sie ist entführt worden oder so was?»

«Sie ist doch nicht entführt worden!», blaffte Diya automatisch, während ihr die Vorstellung bleischwer im Magen lag. Pari war vorhin so wütend gewesen, aber Diya war mit ihrem Lammcurry beschäftigt gewesen und hatte sie kaum beachtet. Was, wenn es das letzte Mal – nein, das war albern, Pari hatte sich irgendwo versteckt und schmollte ...

«Diya? Wie hast du das gemeint, Pari ist sauer auf dich?», fragte Darsh.

«Ich glaube ... ich glaube, sie wollte, dass dieser alberne Straßenhund bei ihrem Krippenspiel mitmacht, und ich habe ihr gesagt, das ist eine entsetzliche Idee und dass ich bei ihrer Lehrerin Einspruch erheben würde. Aber ich ...»

«Mum», sagte Sai. «Weißt du eigentlich, wie sehr Pari diesen Hund liebt? Sie war wegen der Idee total aus dem Häuschen. Warum hast du das gesagt?»

«Weil es nun mal lächerlich ist!», keifte Diya hysterisch. «Außerdem hatte ich zu tun. Ich musste noch das Lammcurry für die Freundin von der Mutter von ...»

«War ja klar», murmelte Sai, und das Gefühl in Diyas Magen verstärkte sich. «Wir müssen sie suchen gehen.»

«Alles wird gut», sagte Darsh. «Wir finden sie. Sie kann nicht weit sein.»

«Und was, wenn wir sie nicht finden?», rief Diya. «Was, wenn sie tatsächlich entführt worden ist? Was hab ich nur getan?» Weshalb war sie ihr nicht nachgelaufen, weshalb hatte sie nicht gleich nach ihr gesehen?

«Wir finden sie», wiederholte Darsh. «Los geht's.»

Diya riss sich so weit zusammen, dass sie Mann und Sohn aus dem Haus begleiten konnte. Allerdings musste sie sich die Hand vor den Mund pressen, weil sie sonst aus lauter Angst und Sorge laut aufgeschrien hätte. Ihre Tochter war verschwunden – *verschwunden!* –, war weggelaufen, und das alles nur, weil sie ein *Lammcurry* gekocht hatte! Was hatte sie sich nur dabei gedacht ...

Der Straßenhund rannte immer noch wie verrückt auf der Straße im Kreis und bellte. Pen, eindeutig auf dem Weg zum Laufen, und Arthur, eindeutig auf dem Heimweg von der Arbeit, waren stehen geblieben und sahen ihn neugierig an.

«Hallo!», rief Pen fröhlich, als sie näher kamen. «Jack hat irgendwas. Vielleicht ist es den Eichhörnchen endlich gelungen, ihn in den Wahnsinn zu treiben.»

Darsh sagte: «Wir suchen Pari ...»

«Sie ist verschwunden!», fiel Diya ihm ins Wort, weil es ihr unter den Nägeln brannte. «Sie ist weg!»

«Wie bitte?», fragte Pen besorgt.

«Sie ist weggelaufen, weil ich ihr nicht zugehört habe», schluchzte Diya und wischte sich wütend die Tränen weg, weil Heulen *jetzt auch nicht weiterhalf*. «Wir müssen sie finden, ehe ihr was Schreckliches zustößt! Aber wir wissen gar nicht, wo wir suchen sollen ...»

Darsh legte ihr beruhigend die Hand auf die Schulter,

und Pen kam zu ihr, nahm ihre Hände und sagte: «Wir helfen alle suchen. Ist doch klar! Wir schwärmen aus und durchkämmen die Straßen.»

Arthur, das Telefon bereits am Ohr, sagte: «Ich rufe die Polizei.»

Trotz ihrer Panik bekam Diya vage mit, dass Sam, Max, Mr. Hammersley und Teddy aus dem Haus der Bishops gekommen waren und Emilia aus dem Haus der Pachutas, und sie hatte das Gefühl, alle würden sie anstarren und ihr Vorwürfe machen, weil sie ihr Kind dazu getrieben hatte, wegzulaufen. Aber sie hörte ihre Nachbarn auch sagen: «Ja, ja, natürlich. Natürlich helfen wir suchen.»

«Wir nehmen Jack mit», rief Teddy plötzlich. «Jack weiß bestimmt, wo Pari ist.»

«Woher sollte Jack das wissen?», fragte Darsh. Er klang verunsichert.

«Er ist sehr oft mit Pari zusammen. Er erkennt bestimmt ihren Geruch. Hunde haben supergute Nasen.»

«Jack ist doch kein Spürhund», sagte Darsh zweifelnd. «Ich glaube, es wäre besser, wenn wir ...»

Teddy löste sich aus dem Pulk Menschen vor seiner Haustür, lief auf die Straße und ging vor Jack in die Hocke. Er sah dem Hund sehr ernst in die Augen und sagte: «Jack? Kannst du uns helfen, Pari zu finden?»

Und der Hund bellte einmal laut und raste die Straße entlang, in seinem albernen Laufschritt, der immer so komisch aussah. In Diyas Augen wirkte Jack kein bisschen so, wie sie sich einen Suchhund vorstellte, und trotzdem ertappte sie sich dabei, wie sie lossprintete und ihm hinterherrannte.

«Diya!», schrie Darsh ihr nach.

Doch Diya hielt nicht an. Diya konnte nicht anhalten. Diya musste Pari finden und sichergehen, dass es ihr gutging; sichergehen, dass sie wusste, wie sehr sie sie liebte. Diya konnte nicht fassen, dass Pari das vielleicht nicht wusste.

Der Hund rannte und rannte, und Diya kam es schrecklich weit vor, aber Diya war seit einer ganzen Weile nicht mehr gerannt, und als der Hund laut bellend in eine Straße abbog, hielt Diya sich die Seite und rang keuchend nach Luft.

Aber da war sie! Pari, ihr kleines Mädchen, zusammengekauert in der Ecke einer Bushaltestelle, zitternd und frierend. «Jack?», sagte sie verwundert, als der Hund an ihr hochsprang und ihr das Gesicht ableckte, und dann noch viel verwunderter: «Mum?»

Diya stürzte sich auf sie und zog sie an sich, und Pari war so furchtbar, furchtbar kalt. Diya sagte: «Pari! Meine Pari! Was hast du dir denn nur dabei gedacht?»

«Du hast es gemerkt?», fragte Pari, dicht an ihre Mutter gedrückt. «Hast du echt gemerkt, dass ich weg war?»

«Ach, *Pari*!», schluchzte Diya und drückte sie noch fester an sich. Der Straßenhund stand derweil schwanzwedelnd daneben und leckte Pari das Gesicht ab.

❄

Als Diya Pari ins Bett brachte, wirkte Pari quietschfidel, als hätte sie nicht gerade furchtbare Strapazen hinter sich gebracht. Im Gegenteil, sie schien es zu genießen, im Mittelpunkt zu stehen. Aber Diya konnte trotzdem nicht aufhören, einen Wirbel um sie zu machen. Immer wieder spulte sich der Moment vor ihrem inneren Auge ab, als Pari sich an sie gekuschelt hatte, die Stimme voller Erstaunen, weil ihre Abwesenheit tatsächlich bemerkt worden war.

«Glaubst du, wir kommen in die Nachrichten?», fragte sie.

Diya versuchte, empört zu klingen. «Aber nein!»

«Die Polizei war doch da. Wir kommen bestimmt in die Nachrichten!»

Die Polizei war tatsächlich dagewesen, weil Arthur sie gerufen hatte, aber nur kurz. Diya bezweifelte, dass sie es bis in die Nachrichten schafften.

Sie blickte hinab auf ihr Kind, sah die glänzenden Augen angesichts dieses Abenteuers und hatte das Gefühl, Pari zum ersten Mal *wirklich* zu sehen. Ihre Tochter, die so abenteuerlustig war, die wollte, dass ein Hund in einem Theaterstück mitspielte und die wegen diesem Theaterstück völlig *aus dem Häuschen* war.

«Erzähl mir von eurem Krippenspiel», bat Diya.

Also erzählte Pari ihr alles von dem Krippenspiel, vom Klimawandel, von dem Versicherungsvertreter und von Jacks Rolle als Hund des Stallbesitzers. «Außerdem kannst du nie wieder was gegen Jack sagen, weil er mich nämlich *gefunden* hat», endete sie schließlich feierlich ihren Bericht.

Diya streichelte Pari übers Haar und staunte über sie. «Ja, das hat er.»

«Bloß gut, dass Jack da war», sagte Pari. «Bloß gut, dass Jack unser Straßenhund ist.»

«Ja. Gut, dass Jack unser Straßenhund ist», stimmte Diya ihr zu.

Eine Aussage, die Pari zu einem Freudentanz im Liegen verleitete.

❄

«Pari ist weggelaufen», verkündete Emilia, sobald Anna zur Tür rein war.

Anna, die nichts anderes wollte, als endlich aus den Klamotten rauszukommen, die sie den ganzen Tag getragen hatte, um es sich im Schlafanzug mit einer Tasse Kamillentee und ihren Katzen gemütlich zu machen, sagte abwesend: «Was? Wer?»

«Das kleine Mädchen», erklärte Emilia ungeduldig, «aus der indischen Familie zwei Häuser weiter. Sie ist weggelaufen. Wir haben alle nach ihr gesucht. Sogar die Polizei war da.»

Plötzlich war Anna ganz Ohr. «Hat man sie gefunden?»

«Ja, ihr geht's gut. Aber es war echt unheimlich.»

«Du warst unterwegs und hast sie gesucht?» An dieser Stelle hakte Anna nach. «Abends im Dunkeln? Allein? War das nicht gefährlich?»

Emilia sah sie vorwurfsvoll an. «Mum! Das sind unsere Nachbarn. Findest du nicht, dass wir helfen sollten, wenn Hilfe gebraucht wird? Würdest du etwa nicht wollen, dass dir jemand suchen hilft, wenn ich verschwunden wäre?»

Anna sah Emilia an und kam sich schrecklich egoistisch vor. Was war nur los mit ihr, sich so herzlos zu geben? «Ja», sagte sie. «Ja, natürlich würde ich das wollen. Ich sollte zu Diya Basak rübergehen und schauen, ob es ihr gutgeht. Ich sollte ... ich sollte ihr Suppe rüberbringen oder irgendwas.»

«Haben wir überhaupt Suppe?», fragte Emilia zweifelnd.

«Keine Ahnung. Irgendwas müssen wir ja haben.» Anna öffnete den Vorratsschrank und wühlte darin herum. Schließlich zog sie eine Packung Nudeln heraus. «Ich könnte Nudeln kochen», sagte sie.

❄

Diya stand da und starrte auf das Lammcurry, das sie gemacht hatte, um es der Mutter der Freundin von Anikas Nichte vorbeizubringen. Es fühlte sich an wie vor einer Ewigkeit.

«Für wen war eigentlich das Lammcurry?», fragte Darsh.

Diya wurde fast hysterisch, als sie antwortete: «Keine Ahnung. Ich weiß es beim besten Willen nicht!»

Ehe Darsh noch etwas dazu sagen konnte, klopfte es an der Haustür, und Diya nutzte die Gelegenheit, um sich zusammenzureißen.

Diya öffnete, und da stand Anna Pachuta mit einem Topf.

Diya rang sich ein strahlendes Lächeln ab und sagte: «Hallo, Anna! Wie nett, dass du vorbeikommst.»

«Ich habe euch Nudeln gemacht», sagte Anna und reckte das Kinn in Richtung Topf. «Ich dachte, ihr wollt vielleicht ... keine Ahnung, ich habe gehört, was passiert ist, und ich dachte, ihr wollt vielleicht ... na ja, ihr hättet vielleicht gern ein bisschen Gesellschaft auf eine Tasse Tee.»

Das war lächerlich, dachte Diya und starrte Anna an. Sie waren schließlich keine Freundinnen. Wieso sollte sie wollen, dass Anna auf eine Tasse Tee vorbeikam? Und gleichzeitig sehnte sich Diya plötzlich nach ihrer Gesellschaft, weil sie dann vielleicht ... zu Atem kommen würde, Luft holen und über alles noch mal in Ruhe nachdenken konnte, ohne sofort wieder in Panik zu geraten.

«Wie nett!», sagte Diya. «Komm doch rein.»

Darsh begrüßte Anna höflich, dann entschuldigte er sich und ging nach oben, um nach Pari zu sehen.

Diya machte sich am Wasserkessel zu schaffen.

«Wie geht es Pari?», fragte Anna, und ihre Stimme klang ein bisschen belegt.

«Es geht ihr gut. Zum Glück. Alles in Ordnung.»

«Und wie geht es dir?»

Und da sackte Diya ein kleines bisschen in sich zusammen. Sie starrte die Teetassen an, die sie aus dem Schrank geholt hatte, und sagte: «Ich ... ich weiß es nicht. Ich bin ... Meine Tochter ist heute von zu Hause weggelaufen. Sie ist *weggelaufen*!» Diya nahm ihren ganzen Mut zusammen und sah Anna an.

Anna, die sie weder missbilligend anschaute noch mitleidig. Anna sah selbst dermaßen erschöpft aus, als würde sie Diyas Emotionen spiegeln. «Sie ist wieder da. Es geht ihr gut. Alles ist gut», sagte Anna.

«Aber ...» Diya fühlte sich vollkommen hilflos.

«Manchmal hat man das Gefühl, Mutter zu sein, ist eine unmögliche Aufgabe», sagte Anna. «Immerzu ... für *alles* da zu sein.»

Und Diya trat zu ihr und ließ sich auf den Stuhl gegenüber sinken. «Genau! Jeden Tag gibt es so viel zu tun. Und wer macht es denn, wenn nicht du? Durch Hexerei erledigt es sich jedenfalls nicht.»

«Ich weiß», stimmte Anna ihr zu, und dann verfielen sie in gemütliches, fast vertrautes, nachdenkliches Schweigen. Nach einer Weile sagte Anna: «Ich glaube ... wir können gar nicht perfekt sein. Wir können nur unser Bestes geben. Und dazulernen. Oder?»

«Ja», antwortete Diya und musste wieder an Pari denken, wie sie sich auf ihren Schoß gekuschelt hatte, glücklich, dass sie wahrgenommen wurde. Dazulernen, dachte sie. Mehr konnte sie nicht tun. «Es ist seltsam», sagte sie.

«Ich glaube, ich habe eine Zeitlang vergessen, wie viel man von den Menschen lernen kann, die man liebt.»

«Von den Menschen, die man liebt», wiederholte Anna leise. «Stimmt.»

Anna lag gemütlich im Bett, mit einer Tasse Kamillentee und zwei schnurrenden Katzen, und wollte eigentlich lesen. Aber stattdessen starrte sie durchs Fenster hinaus in den dunklen Nachthimmel, ohne irgendetwas zu sehen, und dachte nach – über das Gespräch mit Diya, über ihr Zuhause, über *das Leben*.

Marcel kam ins Zimmer und sah sie verwundert an. «Ja, hallo», sagte er, nicht unfreundlich, «du bist wach?»

«Ja, ich bin wach», sagte sie und fragte sich, wann es angefangen hatte, dass sie meistens schon schlief, wenn Marcel abends nach Hause kam. Wann hatte sich diese Gewohnheit zwischen ihnen eingeschlichen? Sie wollte ... zur Ruhe kommen. Ihre Zeit und Energie künftig vielleicht mehr den Menschen widmen, die sie liebte. Und als sie Marcel ansah, ihm zusah, wie er die Uhr ablegte und sich durch die Haare fuhr, stellte sie fest, dass sie ihn tatsächlich noch immer liebte. Es war ewig her, seit ihr zuletzt solch ein Gedanke gekommen war. Plötzlich hatte sie das Gefühl, sie hätte Marcel seit Jahren nicht mehr richtig angesehen. Lange mit jemandem zusammen zu sein, dachte Anna, war irgendwann so wie das Atmen. Man vergaß, dafür dankbar zu sein. Vielleicht wurde man erst wieder dankbar, wenn man versuchte, den Atem anzuhalten.

«Wie war es bei der Arbeit?», fragte Anna.

Marcel hielt auf dem Weg ins Bad inne und schaute sie

an. Er sah genauso überrascht aus, dass sie mit ihm redete, wie eben, weil sie noch nicht schlief. Hatten sie sich wirklich so lange nicht mehr miteinander unterhalten? «Gut», antwortete er und drehte sich ganz zu ihr um. «Lang, wie immer. Und bei dir?»

Sie rutschte ein bisschen beiseite und machte ihm Platz. Was natürlich die Katzen störte, doch das war es wert, denn Marcel akzeptierte die wortlose Einladung.

«Auch lang», sagte Anna. «Und als ich nach Hause gekommen bin, habe ich erfahren, dass Pari Basak weggelaufen ist.»

«Ich weiß», sagte Marcel. «Verrückt, oder? Ich bin froh, dass die Sache gut ausgegangen ist.»

«Woher wusstest du davon?»

«Emilia hat mich angerufen. Um mir zu sagen, dass sie bei der Suche hilft.»

«Warum hat sie nicht mich angerufen?», sagte Anna leise.

«Wahrscheinlich, weil sie befürchtet hat, du würdest es nicht erlauben», sagte Marcel und sah Anna wissend an. «Du kannst ab und zu ein bisschen, sagen wir ... überfürsorglich sein.»

Das ließ sich nicht leugnen. Anna seufzte. «Ich weiß, und ich frage mich, warum ich ...» Sie schluckte schwer und sagte Michael die Wahrheit: «Ich glaube, ich bin neidisch auf Diya Basak. Sie hat zwar auch ziemlich viel um die Ohren, aber sehr viel weniger als ich. Sie ist den ganzen Tag zu Hause. Sie kann es sich *leisten*, den ganzen Tag zu Hause zu bleiben.»

«Anna.» Marcel griff nach der Hand, die nicht die Teetasse umklammerte. «Ich habe dir schon öfter gesagt, dass wir ...»

«Aber in Wirklichkeit möchte ich gar nicht zu Hause bleiben. Es ist einfach nur ... Ich fühle mich ständig überfordert. Immer ist viel zu viel zu tun, und nie habe ich Zeit für dich oder Emilia. Und als ich heute Abend bei Diya war, da ist mir klargeworden, dass ... dass es ihr genauso geht wie mir. Ständig gibt es irgendwas zu tun, das gerade wichtiger ist. Vielleicht ... muss ich lernen, manche Dinge, die es noch zu tun gäbe, einfach zu ignorieren. Für eine Weile wenigstens. Ich habe mich verheddert, und ich vermisse euch. Glaubst du, wir ...»

Sie konnte nicht weitersprechen, weil Marcel sich zu ihr beugte und sie leidenschaftlich küsste.

Er löste sich kurz und sagte: «Ja.»

Anna musste kichern und versuchte vergeblich, keinen Tee zu verschütten, während die Katzen fauchend das Weite suchten. «Du weißt ja gar nicht, was ich fragen wollte.»

«Die Antwort lautet ja, Anna. Die Antwort an dich lautet immer ja. Du musst nicht fragen», sagte Marcel.

Und Anna stellte die Teetasse weg.

14

STRASSENHUND SPÜRT VERMISSTES KIND AUF!

Der Truthahn behauptet, er wäre fertig.» Misstrauisch beäugte Sam den stattlichen Vogel in seinem Backofen. «Dann wird's wohl so sein.» Ellen zuckte die Achseln und schenkte sich ein Glas Wein ein.

«Das ging zu schnell», sagte Sam und schloss die Ofenklappe. «Ich traue dem Vogel nicht.»

«Du misstraust einem toten Truthahn.» Ellen zeigte mit dem Weinglas auf ihn. «Ich glaube, du hast ein ernstes Vertrauensproblem.»

«Ja, allerdings: Wenn es um Dinge geht, die ich kochen soll, habe ich ein massives Vertrauensproblem – weil sie nie tun, was sie tun sollen.»

«Weißt du, wer auch nicht tut, was er tun soll, Onkel Sam?», fragte Sophie, als sie, gefolgt von ihrer Schwester, in die Küche kam. «Dieser Zapfen!» Sie hielt Sam eine Art Rhinozeroshorn aus Pappmaché unter die Nase. Sophie und Evie waren sofort nach ihrer Ankunft mit dem Ding in sein Wohnzimmer verschwunden, und Sam hatte keine Fragen gestellt, weil er gelernt hatte, dass diese Strategie im Umgang mit seinen beiden halbwüchsigen Nichten die beste war.

Jetzt war es aber offensichtlich höchste Zeit, sich doch zu äußern. «Äh? Was ist das?»

«Der Zapfen für deine Wohnzimmerdecke», antwortete Sophie.

«Wir haben einen Prototypen hergestellt», erläuterte Evie. «Und der verhält sich anders als erwartet.»

«Wir müssen damit wohl noch mal zurück ans Reißbrett», beendete Sophie die Ausführungen.

«Ihr müsst meine Wohnzimmerdecke wirklich nicht mit Zapfen verzieren, Mädels.»

Die Teenager-Blicke, die er dafür kassierte, ähnelten verdächtig Teddys *«Wie dumm bist du eigentlich?»*-Blick.

«Dein Wohnzimmer ist *schlimm*, Onkel Sam», sagte Sophie.

«*Schlimm!*», bekräftigte Evie.

«Also ich finde es gar nicht so übel», meinte Sam mit einem Blick auf seine Schwester.

«Ich würde mich nicht auf einen Streit über Geschmack einlassen», sagte Ellen. «Ihrer ist unfehlbar.»

Siehst du? sagte der Blick, den die Mädchen ihm zuwarfen, und damit verschwanden sie wieder im Wohnzimmer.

«Ich glaube, ich muss die erteilte Blankogenehmigung zur Gestaltung meiner Wohnung noch mal überdenken», sagte Sam.

«Zu spät», erwiderte Ellen fröhlich. «Ich fürchte, du musst deine Lehrerin in ein Haus lassen, wo Zapfen von der Decke hängen.»

«Sie ist nicht meine Lehrerin», sagte Sam. «Sie ist ein eigenständiger Mensch.»

«Stimmt. Sie ist die Lehrerin deines Sohnes.»

«Okay, das ist schon präziser.»

«Jedenfalls bin ich schon sehr gespannt auf sie.»

«Du benimmst dich, ja?»

Ellen sah ihn beleidigt an. «Ich benehme mich *immer*.»

Teddy und Pari spielten auf der Straße mit Jack Doppelfangsti. Pari hatte sich das Spiel ausgedacht, weil sie so beide gleich viel mit Jack spielen konnten, was das Streitpotenzial erheblich verringerte, und das war laut Dad immer eine gute Sache.

Pen Cheever kam mit einer Schachtel auf dem Arm aus dem Haus und winkte. «Happy Thanksgiving!», rief sie Teddy fröhlich zu.

«Danke!» Teddy strahlte. Es war so schön, dass sie tatsächlich Thanksgiving feierten. Es fühlte sich besonders an, fast ein bisschen wie Weihnachten. Alle Nachbarn kamen zum Essen, und das war eigentlich unglaublich, denn seit Mum tot war, hatte Dad noch kein einziges Mal Gäste zu Thanksgiving eingeladen.

«Ich habe Apfelkuchen dabei», sagte Pen. «Das ist doch was Traditionelles für Thanksgiving, oder?»

Teddy nickte glücklich, und Pen steuerte auf seine Haustür zu. «Es gibt lauter gute Sachen zu essen!», sagte er begeistert zu Pari.

«Glaub ich auch. Meine Mum hat lauter Lieblingssachen von mir gemacht.»

«Teddy!» Sein Dad streckte den Kopf zur Haustür raus. «Kümmerst du dich bitte darum, dass Mr. Hammersley zum Essen rüberkommt?»

«Wird erledigt!», rief Teddy zurück, und er und Pari beschlossen, ein Wettrennen bis an die Haustür von Mr. Hammersley zu veranstalten.

Natürlich war Jack der Sieger. Er war ziemlich schnell. Manchmal sogar schneller als seine eigenen Beine.

Mr. Hammersley machte brummig die Tür auf, aber

weil das bei ihm ganz normal war, nahm Teddy es ihm nicht übel.

«Kommen Sie zum Essen, Mr. Hammersley?»

«Nach was sieht es denn aus?», knurrte Mr. Hammersley.

Er trug eine Krawatte, und Teddy vermutete, dass das ein Ja war.

«Auch wenn das ein dämlicher amerikanischer Feiertag ist!» Mr. Hammersley konnte einfach nicht anders.

Teddy straffte die Schultern und sagte streng: «Thanksgiving ist nicht dämlich. Sondern wichtig. Mein Dad sagt, der Ursprung ist zwar grenzwertig, trotzdem ist Thanksgiving eine gute Gelegenheit, sich daran zu erinnern, wofür man dankbar ist.»

Mr. Hammersley murrte dennoch weiter vor sich hin, während er sein Haus verließ, die Tür hinter sich zuzog und sorgsam absperrte.

«Mr. Hammersley?», sagte Pari. «Ist es nicht toll, dass Jack jetzt ein richtiger Held ist?»

«Jack war immer schon ein Held», antwortete Mr. Hammersley herablassend.

«Ja, aber jetzt ist er ein *richtiger* Held», bekräftigte Teddy. «Er hat Pari gefunden. Das ist ziemlich cool. Finden Sie nicht?»

«Sie war doch nur ein paar Straßen weiter.»

Als sie vor Teddys Haustür standen, ging auch nebenan die Tür auf, und Paris Eltern traten auf die Straße.

Die Kinder winkten ihnen fröhlich zu.

«Happy Thanksgiving!», rief Teddy.

Jack sprang auf sie zu, um ihnen ebenfalls seine Glückwünsche zu überbringen.

Hinter seinen Eltern kam auch Sai aus dem Haus. «Hallo, Sai», sagte Teddy. «Willst du wieder gegen mich verlieren?»

Sai grinste ihn an. «Ich habe inzwischen geübt.»

«Wir können aber nicht die ganze Zeit Videospiele spielen. Ich dachte, wir sollen euren Baum schmücken?», sagte Pari.

«Ach so», sagte Teddy. «Stimmt ja! Die Lichter haben wir schon drangemacht. Wir können sofort loslegen.»

«Ich dekoriere mit Sicherheit keinen Baum!», murrte Mr. Hammersley.

❄

Schließlich half Mr. Hammersley doch, den Christbaum zu schmücken. Hauptsächlich, indem er den jungen Leuten sagte, was sie alles verkehrt machten. Diya gab ebenfalls – mitunter konträre – Anweisungen. Doch das spielte keine Rolle, weil Teddy und Pari sowieso sämtliche Ratschläge ignorierten und Sophie, Evie, Sai und Emilia nur etwa alle zehn Minuten einen oder zwei Anhänger an den Baum hängten und deshalb ebenfalls nicht sehr empfänglich für Anweisungen waren. Arthur war der Einzige, der ernsthaft versuchte, sich an die Hinweise zu halten, und er gab irgendwann angesichts der Widersprüchlichkeiten frustriert auf. Anna und Marcel, die ebenfalls ihren Beitrag leisteten, wirkten irgendwie, als seien sie mit sich selbst beschäftigt. Pen saß zwischen Diya und Mr. Hammersley auf dem Fußboden und amüsierte sich prächtig, während Jack gemütlich danebenlag, den Kopf auf ihren Schoß gebettet, und das Spektakel beobachtete.

Ellen und Max standen ein wenig abseits, sahen zu und tranken Wein.

«Wollt ihr gar nicht helfen?», fragte Sam.

«Da würde ich mich für viel Geld nicht einmischen», sagte Max fröhlich und deutete auf die Szene rund um den Baum.

«Amen!» Ellen stieß mit ihm an.

«Das ist aber nicht die richtige Weihnachtsstimmung», rügte Sam. Und dann klingelte es an der Haustüre.

«Ist das deine Lehrerin?», fragte Ellen.

«Nicht meine!»

«Kennst du sie eigentlich schon?», fragte Max. «Sie ist entzückend.»

«Kennst du sie schon?», erkundigte sich Ellen.

Max schüttelte den Kopf. «Nur vom Sehen. Würde ich auf Frauen stehen, ich wäre sofort dazwischengeschossen und hätte sie ihm ausgespannt.»

Sam verdrehte die Augen, ging zur Haustür und öffnete.

Und da stand Libby. Libby, heute ganz in Winterweiß, mit einem kleinen, fröhlich verpackten Geschenk in der Hand, das sie Sam entgegenstreckte. «Hi!», sagte sie und zeigte lächelnd ihre Grübchen. «Happy Thanksgiving.»

«Man schenkt sich zu Thanksgiving eigentlich gar nichts», sagte Sam verwirrt und nahm die Schachtel entgegen.

«Ach so», antwortete Libby mit Unschuldsmiene. «Das konnte ich ja nicht wissen. Ist ja nicht mein Feiertag.»

«Komm rein», sagte Sam. «Aber ich muss dich warnen. Ich kenne nur wirklich schlimme Leute.»

Libby lachte, und Sam trat beiseite, um sie ins Haus zu lassen.

Als er die Einladung ausgesprochen hatte, war es ihm wie eine außerordentlich gute Idee erschienen. Ihr Lebkuchenhaus-Date war unglaublich gut gelaufen, sie hatten einander seitdem mit zunehmend zweideutigen Textnachrichten bombardiert, und es wäre Sam sehr seltsam vorgekommen, eine Party zu schmeißen, ohne Libby einzuladen. Ganz im Gegenteil, es war ihm nur natürlich erschienen, sie einzuladen. Sam wollte am liebsten jede freie Minute mit Libby verbringen, und ein ganzer Feiertag inklusive kollektivem Christbaumschmücken war noch viel besser. In Sams Vorstellung verbrachten sie einen Tag voller Frohsinn und Gemeinschaftlichkeit. Doch plötzlich hatte er eine Riesenangst, dass Libby von den anderen aufgezogen wurde.

Seine Sorge war unbegründet. Pari und Teddy begrüßten ihre Lehrerin zwar fröhlich, wandten sich dann aber sofort wieder der sehr viel bedeutenderen Frage zu, wie man am besten die Weihnachtsmäuse in den Baum hängte, um sie möglichst gut zur Geltung zu bringen. Sam stellte Libby reihum vor, und alle waren sehr nett zu ihr, sogar Mr. Hammersley, der auf sehr altmodische Weise liebenswürdig, ja beinahe galant war.

Und Ellen – seine liebe, süße, großartige Schwester Ellen – nahm Libby einfach in den Arm und sagte: «Ich habe schon viel von dir gehört, und ich freue mich sehr, dich endlich kennenzulernen.»

Libby antwortete auf die neckische Art und Weise, wie Leute auf diese Bemerkung nun einmal antworten: «Nur Gutes, hoffe ich.»

«So gut, dass ich es kaum erwarten konnte.»

Libby lächelte.

Und dann sagte sie etwas, das eigentlich völlig harmlos gemeint war und sich am Ende als Anfang einer Katastrophe entpuppen sollte.

Sie sagte: «Und das ist also der berühmte Jack, ja?», als

Jack sich erhoben hatte und sie mit freundlichem Schwanzwedeln begrüßte. Sie kraulte ihn hinter den Ohren.

«Der berühmte Jack», bestätigte Sam.

«Genau! Jack, der unbedingt in unserem Schultheater dabei sein muss!», rief Pari, die ganz plötzlich doch wieder die Ohren bei den Erwachsenen hatte.

«Ja, stimmt», sagte Teddy. «Wir sollten abstimmen. Wer findet, dass Jack bei unserem Krippenspiel *Jesus und die Klimawandelkrippe* mitmachen muss? Finger hoch.»

«*Jesus und die Klimawandelkrippe*?», wiederholte Ellen.

«Ja. Den Titel haben wir uns ausgedacht», erklärte Teddy.

«Es ist ein Weihnachtsstück», fügte Pari hinzu, als wäre das eine hinreichende Erklärung.

«Ein Versicherungsvertreter tritt auch auf», sagte Max.

«Aber der spielt eigentlich keine Hauptrolle.» Dieser kleine Dämpfer kam von Pari.

«Die Hauptrolle sollte Jack spielen», sagte Teddy.

«Also ich gestehe, mein Widerstand gegen Jack als Teil unseres Krippenspiels schwindet, vor allem angesichts der Tatsache, dass er inzwischen zur lokalen Berühmtheit aufgestiegen ist», sagte Libby.

«Wie meinst du das?» Sam sah sie verwundert an.

«Es steht doch im Internet. ‹Straßenhund spürt vermisstes Mädchen auf.›»

Jetzt waren sämtliche Augenpaare auf Libby gerichtet. Sogar die Teenies starrten sie an.

«*Im Internet*?», fragte Diya. «Eine Geschichte über Pari?»

«Ja! Ich meine, ich bin einfach davon ausgegangen, dass ihr gemeint seid. Wie viele Hunde mit Namen Jack gibt es schon in einer Straße namens Christmas Street?»

«Aber ... wie kommt das denn ins Internet?» Diya klang

verwirrt. «Ich habe jedenfalls kein Interview gegeben. Hat irgendwer von euch sich darüber ausgelassen?» Diya sah in die Runde.

«Ich glaube, das war in irgendeinem Blog ...», sagte Libby.

Und dann erklang sehr dünn und kleinlaut die Stimme von Pen. «Oh, nein!»

«Was, ‹Oh nein›?» Diya sah sie mit schmalen Augen an.

«Also ...» Pen kratzte sich am Kopf und sagte zögernd: «Ihr wisst doch, dass ich schreibe, oder?»

Worauf natürlich niemand etwas sagte, weil diese Frage keine Antwort verlangte.

«Ich schreibe einen Blog», erklärte Pen. «Einen Blog ... über unsere Straße.»

Das hingegen provozierte Reaktionen. Ziemlich viele Reaktionen. Reaktionen, die alle durcheinanderpurzelten.

«Was? Über uns?» Das war Diya.

«Was, über uns?» Das kam von Anna.

«Ich wusste es!», sagte Mr. Hammersley.

Max sah ihn entgeistert an. «Sie wussten, dass Pen einen Blog schreibt?»

Sam war genauso fassungslos – er hätte nicht geglaubt, dass Mr. Hammersley überhaupt wusste, was ein Blog war.

«Nein. Ich wusste, dass man heutzutage niemandem mehr trauen kann», erwiderte Mr. Hammersley.

«Wirklich, das ist keine große Sache», sagte Pen, doch sie klang ziemlich verzweifelt dabei. «Der Blog diente doch nur meiner Aufschieberitis. Ich habe beobachtet, was auf unserer Straße so passiert und dann ... habe ich darüber geschrieben. Ich hatte eigentlich schon damit aufgehört, aber die Geschichte mit Jack und Diya war so faszinierend, und ich dachte, ich sollte noch einen Epilog schreiben ... Ich habe nie eure Namen benutzt. Wirklich!»

«Wie lautet die Adresse?» Arthur hatte bereits sein Handy gezückt.

Unglücklich nannte Pen die Website, und alle zogen ihre Smartphones aus der Tasche.

Plötzlich fing Anna an zu kreischen. «Was ist das denn? Was schreibst du da über *meine Ehe*! In aller Öffentlichkeit, wo jeder es lesen kann! Über mein *Leben*!» Sie streckte Pen ihr Telefon hin.

«Moment, Moment, Moment, was ist denn das?» Jetzt fing auch Diya an zu kreischen. Sie sah Emilia finster an. «Läuft da etwa was mit meinem Sohn?»

Emilia fing erschrocken an zu blinzeln und suchte stammelnd nach einer Antwort.

Aber Anna war schneller. «*Was?*», rief sie. «Du hast was mit *dem*?»

«Mum, es ist ...», stammelte Emilia verzweifelt.

«Wir mögen uns einfach», sagte Sai.

«Kein Wort mehr, junger Mann! Wie oft haben wir dir gesagt, wie wichtig es ist, dass du dich aufs Lernen konzentrierst?»

«Aber, Mum ...»

«Moment!», fuhr Anna ihm ins Wort. «Was genau hast du gegen meine Tochter? Soll das heißen, sie ist automatisch schuld, wenn seine Leistungen nachlassen?»

«Tu doch nicht so, als wäre es dir recht, dass sie was mit meinem Sohn hat», fuhr Diya sie an. «Du hast mich doch noch nie leiden können.»

«Das stimmt doch gar nicht!»

Jack, durch die Schreierei aufgeschreckt, fing an, die beiden Frauen bellend zu umrunden.

Sam versuchte sich als Schlichter: «Vielleicht sollten wir uns alle wieder ein wenig beruhigen?»

Anna drehte sich zu Marcel um. «Marcel, was sagst du ...» Doch dann sog sie scharf die Luft ein und sagte: «Nein! Du wusstest Bescheid!»

Marcel senkte schuldbewusst den Blick. «Also ich wusste schon, dass Emilia und Sai zusammen sind.»

«Hast du diesen Blog gelesen?», fragte Anna. «Und es mit keinem Sterbenswörtchen erwähnt?»

Marcel schüttelte den Kopf. «Nein. Von dem Blog hatte ich keine Ahnung. Ich weiß nur, dass die beiden ein Paar sind.»

Darauf folgte ein Moment der Stille.

«Wir sollten wirklich ...», versuchte Sam es noch einmal, doch Anna fiel ihm ins Wort.

«Dir hat sie es erzählt?» Ihre Stimme klang so klein und verletzt und traurig, dass Sam alle so schnell wie möglich aus seinem Haus scheuchen wollte. Anna drehte sich zu ihrer Tochter um. Emilia stand immer noch schockstarr da. «Du hast es ihm erzählt? Und mir nicht?»

Emilia sah ihren Vater hilflos an.

Marcel erklärte: «Da bin ich von allein draufgekommen. Ich habe die beiden zusammen gesehen. Auf der Bonfire Night. Wärst du mitgegangen, hättest du es selbst kapiert.»

«Aha. Du hast es also rausgefunden und vor mir geheim gehalten!»

«Du hast es vor uns allen geheim gehalten!», präzisierte Diya.

Anna drehte sich abrupt um, murmelte eine Entschuldigung und stürmte aus dem Haus. Marcel versuchte, sie aufzuhalten und lief ihr hinterher. Emilia sah Sai an, machte eine entschuldigende Geste und rannte ebenfalls aus dem Haus.

«Los! Wir gehen!», verkündete Diya.

«Mum!», protestierte Pari.

«Wir gehen! Und zwar alle!», befahl Diya in einem derart furchterregenden Ton, dass niemand aus ihrer Familie zu widersprechen wagte.

«Nein, wirklich, ihr müsst doch deshalb nicht ... Ich meine, ich habe einen ganzen Truthahn im Ofen, und ...», stammelte Sam.

«Auf Wiedersehen!», verkündete Diya brüsk und führte ihre Familie aus dem Haus.

Sam sah sich in der Runde seiner verbliebenen Gäste um.

Pen war am Boden zerstört. «Das wollte ich nicht, ich wollte doch nur ...»

«Schon gut.» Sam versuchte verzweifelt, die Reste seiner Party zu retten. «So. Wir konzentrieren uns jetzt einfach auf was Schönes, Positives. Etwas, wofür wir dankbar sind! Arthur, Max! Ihr erzählt uns jetzt alles über das neue Baby.»

Max riss den Kopf hoch und sah ihn so entsetzt an, dass Sam wünschte, er wäre an diesem Morgen einfach nicht aufgestanden. Er wünschte, er hätte die ganze Thanksgiving-Sause einfach ersatzlos gestrichen.

«Welches Baby?», fragte Arthur und sah Max an, der so schrecklich schuldbewusst wirkte, dass Sam sich vor Mitgefühl krümmte.

«Äh ...», machte Max.

Ohne Max aus den Augen zu lassen, sagte Arthur sehr langsam: «Ich glaube, wir sollten besser auch nach Hause gehen.»

«Ja», sagte Max und starrte Sam finster an.

Entschuldigung, mimte Sam tonlos, obwohl er natürlich wusste, dass das nicht mal im Ansatz reichte, um diesen fürchterlichen Vertrauensbruch je wiedergutzumachen.

«Tja, ich vermute, das ist der einzige Schuh, den ich mir nicht anziehen muss», sagte Pen gequält.

«Ich verabschiede mich ebenfalls.» Mr. Hammersley erhob sich.

«Was?», rief Sam panisch. «Nein, bitte nicht. Bleiben Sie. Wir wollten doch ...»

«Ich brauche dringend ein bisschen Ruhe und Frieden», sagte Mr. Hammersley, wedelte mit der Hand vor seinem Gesicht, als stünde diese Geste explizit für *Ruhe und Frieden,* und verließ das Haus, Jack im Schlepptau.

«Bitte sei mir nicht böse, Sam, aber ich glaube, ich gehe auch», sagte Pen leise.

«Pen ...»

«Tut mir leid, aber wie du dir vorstellen kannst, bin ich augenblicklich absolut nicht in der Stimmung, für irgendetwas dankbar zu sein.»

«Pen, bitte, du darfst nicht ...» In dem Moment wurde Sam vom schrillen Gepfeife des Rauchmelders unterbrochen. Fluchend rannte er in die Küche, riss die Ofenklappe auf und zog in einer Rauchwolke einen ziemlich verkohlten Truthahn aus dem Ofen. Was war nur aus dem perfekten Thanksgiving-Fest geworden, das er Teddy angekündigt hatte? «Verdammt!» Das kam aus tiefster Seele.

«Kann ich irgendetwas tun?», fragte Libby zaghaft.

«Allerdings!» Sam schnaubte frustriert. «Du hättest Jack und den Blog einfach nicht erwähnen sollen.»

Nach einer kurzen Pause sagte Libby: «Ich konnte doch nicht wissen, dass ...»

«Ja, das ist mir auch klar, aber ab dem Moment, wo du erzählt hast, dass die Geschichte mit Jack online ist, ist hier alles den Bach runtergegangen.»

«Okay», sagte Libby. «Erstens schrauben wir bitte den

Tonfall runter, ja? Und zweitens: Das alles hier ist definitiv nicht meine Schuld.»

«Ich sage nicht, dass es deine *Schuld* ist», sagte Sam. «Ich sage nur, hättest du nicht erwähnt, dass ...»

«Was dann doch so klingt», erwiderte Libby leise, «als wäre es meine Schuld. Und immer noch in diesem Ton. Was wiederum nicht nach einem konstruktiven Gespräch klingt, weshalb ich glaube, ich sollte mich jetzt verabschieden.» Ihre Stimme war abgehackt, eindeutig missbilligend, und auch wenn sie Teddy noch schnell «Tschüs, Teddy, wir sehen uns in der Schule» zurief, kam ihr Abgang aus dem Haus doch irgendwie der Beschreibung «stürmen» sehr nahe.

Sam hustete.

«Tja», sagte Ellen. «Das hast du ja super hingekriegt.»

«Ist mir auch klar.» Sam seufzte. «Kommt auf die Liste mit Dingen, die ich heute, an Teddys Thanksgiving-Fest sonst noch vergeigt habe. Ich habe die Beziehung meiner Nachbarn ruiniert, die Gemeinschaft in der Nachbarschaft an sich, meine Beziehung zu Libby und den Truthahn. Ich erkläre Thanksgiving hiermit offiziell für *abgesagt*!»

Ellen stand an der Tür, ihre beiden Töchter hinter ihr, und sagte: «Du solltest ihr nachgehen.»

Sam lachte freudlos. «Nein. Sie hat recht. Das wäre im Augenblick nicht sehr konstruktiv. Ich brauche etwas Abstand.»

«Okay. Vielleicht auch nicht.» Und dann ging sie zu ihm und nahm ihn in den Arm. Weil Ellen eben Ellen war. Das konnte sie wirklich. Sie konnte ihn sogar in den Arm nehmen, wenn er das absolute Gegenteil von Umarmbarkeit ausstrahlte. «Sei nicht so hart zu dir», flüsterte sie und küsste ihn auf die Wange.

«Na los, Mädels, sagt auf Wiedersehen. Wir gehen jetzt.»

«Auf Wiedersehen, Onkel Sam», sagten sie im Chor, angesichts des Thanksgiving-Desasters ungewöhnlich folgsam.

«Auf Wiedersehen, Mädels», hörte Sam sich sagen und lauschte, wie sich die Tür hinter ihnen schloss. Und dann stieß er einen weiteren Fluch aus, als sein Blick wieder auf den verkohlten Truthahn fiel.

«Dad?», erklang hinter ihm die sehr kleine Stimme seines Sohns.

Sam nahm einen tiefen Atemzug und zwang sich, ein möglichst fröhliches Gesicht aufzusetzen, ehe er sich zu Teddy umdrehte. «Tja. Der Truthahn ist hinüber. Aber vielleicht ist noch ein bisschen Kürbiskuchen zu retten.»

Teddy zögerte kurz, dann ging er auf ihn zu und umarmte ihn. *Manchmal bist du deiner Tante Ellen ziemlich ähnlich*, dachte Sam und küsste seinen Sohn auf den Scheitel. *Oder deiner Mum?*, fragte er sich, weil Saras Umarmungen inzwischen schon so lange zurücklagen.

«Ich fand, Thanksgiving war schön», sagte Teddy an ihn gedrückt.

Sam konnte nicht anders. Er musste kichern. «Ja, klar, Teddy. Es war eine Katastrophe, und das darfst du ruhig sagen.»

«Ja, da war schon was los», gab Teddy zu. «Trotzdem. Es war schon viel schlimmer. Alles ist besser geworden. Es gibt jede Menge, wofür wir dankbar sein können, und alles andere wird schon. Hast du selbst gesagt, als wir hergezogen sind, und bis jetzt war das auch so. Die vertragen sich schon wieder, die können ja nicht für immer sauer bleiben. Das wäre total dämlich. So läuft das hier nicht. Weißt du, Dad, es läuft doch ganz gut hier.» Teddy sah zu ihm hoch.

Und in seinem Blick? Kein Zweifel, keine Skepsis. Stattdessen: Augen, die voller Vertrauen und Bewunderung zu ihm aufsahen. Es war einer dieser raren Momente, in denen Sam voll und ganz verstand, was es bedeutete, Vater zu sein. Weil trotz allem tief in Teddy der feste Glaube an Sams Fähigkeiten verankert war. Denn selbst wenn er gegen das Wie ankämpfte und gegen Sams Sicht der Dinge rebellierte, hatte Teddy im Grunde keine andere Wahl, als ihm zu *vertrauen*. Trotz allem konnte Sam in Teddys Augen gar nicht scheitern: Sosehr Teddy auch manchmal an ihm zweifelte, tief in ihm drin war es unmöglich zu glauben, Sam würde ihn, seinen Sohn, in die Irre führen. Vor die Wahl gestellt, würde Teddy immer Sam folgen, niemand anderem. Möglicherweise würde das eines Tages vergehen, würde Sams Einfluss auf Teddys Leben irgendwann schwinden, aber jetzt war er da, und Sam verspürte eine unerschütterliche Verantwortung.

Sam räusperte gegen den dicken Kloß in seinem Hals an. «Ich bin so, so froh, Teddy. Das ist alles, was ich will – dass es gut läuft. Das ist wirklich alles, was ich will.»

«Ich auch.» Teddy strahlte. «Ich will, dass es bei uns gut läuft.»

Bei uns, dachte Sam, und er hatte gedacht *bei dir. Ich will, dass es bei dir gut läuft.*

«Weißt du was?», sagte Sam. «Wie wär's, wenn ich dir dabei helfe, den Baum fertig zu schmücken?»

Teddy nickte, und Sam ging mit ihm ins Wohnzimmer. Er zwang sich, nur an den Baumschmuck zu denken und nicht an die diversen Katastrophen des Tages: dass Pen die Intimitäten der ganzen Straße im Internet verbreitet hatte; dass Diya und Anna wütend waren, weil ihre Kinder sich mochten; dass Max Arthur das neue Baby verschwiegen hatte; dass der Truthahn verkohlt war ... und dass Sam so furchtbar ungerecht gewesen war und das alles ausgerechnet an Libby ausgelassen hatte, die wahrscheinlich nie wieder ein Wort mit ihm sprechen würde.

Schweren Herzens öffnete er die Schachtel, die Libby mitgebracht und dagelassen hatte, als sie aus dem Haus gestürmt war. Ein Christbaumanhänger kam zum Vorschein: ein niedliches kleines Lebkuchenhaus.

«Häng's an den Baum», sagte Teddy fröhlich. «Und wenn du dich wieder mit Miss Quinn vertragen hast und sie uns besuchen kommt, dann sieht sie es.»

Ganz einfach, dachte Sam. Für Teddy war die Sache ganz einfach. *Wenn du dich wieder mit Miss Quinn vertragen hast.* Kein Platz für «falls».

Sam hängte das Lebkuchenhaus an den Baum und erzählte Teddy alberne Geschichten über sämtliche Anhänger am Baum, bis Teddy sich vor Lachen krümmte. Als sie fertig waren, hob er seinen Sohn in die Luft, damit er zur Krönung den Stern an der Spitze befestigen konnte.

«Ta-da!», machte Sam, und dann traten sie zurück, um ihr Werk zu bewundern.

Obwohl dieser Tag in vielerlei Hinsicht ein Schreckenstag gewesen war, hatten sie einen Weihnachtsbaum, den Sam mit seinem Sohn gemeinsam geschmückt hatte, und dieser Baum sorgte dafür, dass die Lage tatsächlich nicht mehr so düster wirkte.

«Weißt du, was noch in der Kiste ist?», fragte Teddy.

«Was denn?»

«Bobs Nikolausmütze.» Teddy hielt die rote Mütze in die Luft.

Sam lachte. «Bobs Nikolausmütze. Na dann. Auf zu Bob.»

Draußen war es eiskalt und stockfinster. In der Straße blinkte eigentlich um diese Uhrzeit schon fröhlich die Weihnachtsdekoration, aber niemand hatte die Lichter eingeschaltet. Nicht mal Max und Arthur, und das war wohl kein gutes Zeichen. Sam fragte sich, ob er zu ihnen rübergehen und sich entschuldigen sollte oder ob das die Sache nur noch schlimmer machen würde. Und weil er sich nicht entscheiden konnte, konzentrierte er sich lieber ganz auf Teddy, der damit beschäftigt war, Bob dem Flamingo seine Nikolausmütze aufzusetzen.

«Ab jetzt ist offiziell Vorweihnachtszeit!», verkündete Teddy.

Sam musterte den rosaroten Vogel mit der roten Mütze und versuchte, wenigstens ein bisschen Weihnachtsstimmung heraufzubeschwören.

❄

Jack trottete allein durch die dunkle Straße. Niemand rief nach ihm, niemand kam ihn suchen, und niemand bot ihm etwas zu fressen an. Jack kratzte an all den vertrauten Türen, doch überall hörte er nur Geschrei, vor dem er erschrocken zurückwich, oder eine erdrückende Stille, die ihn die Ohren anlegen ließ.

Nur Sam ließ Jack ins Haus. Er setzte sich mit ihm aufs Sofa und sagte: «Was für ein Tag!» Er kraulte ihm das Fell und wirkte so furchtbar traurig, dass Jack für eine Weile nichts anderes tat, als mit dem Kopf auf Sams Knie dazuliegen, weil Sam so aussah, als würde er genau das brauchen.

«Danke. Weißt du, ich glaube, deine Gesellschaft tut mir gut», sagte Sam. «Es klingt vielleicht seltsam, aber ich hatte gerade angefangen, mich an die Vorstellung zu gewöhnen ... nicht mehr allein zu sein. Ich hatte das Gefühl ... das Gefühl, es könnte tatsächlich einen Neuanfang geben. Einen rothaarigen Neuanfang.» Sam seufzte tief. «Oder auch nicht. Wer weiß das schon?»

Jack jedenfalls nicht, also wedelte er nur mit dem Schwanz, in der Hoffnung, dass das genügte.

15

Wer je eine Straße voller Nachbarn findet,
denen tatsächlich etwas am anderen liegt,
der sollte dies zu schätzen wissen.

Emilia hatte sich in ihren Schlagzeugraum eingesperrt, doch sie spielte nicht. Anna hatte sich eine Tasse Kamillentee gekocht und war fest entschlossen, mit überhaupt niemandem mehr zu sprechen.

«Willst du jetzt für immer schmollen?», fragte Marcel.

«Ich schmolle nicht», entgegnete Anna. «Schmollen wäre, wenn es keinen Grund gäbe. Es gibt aber definitiv einen Grund.»

«Anna.» Marcel wollte *seufzen.* «Du übertreibst.»

Anna hob die Augenbrauen. «Ich übertreibe?»

«Sie *heirate*t ihn ja nicht.»

«Noch nicht», sagte Anna. «Sie heiratet noch nicht. Das ist der nächste Schritt.»

«Sie sind doch noch Kinder.»

«Waren wir auch. Ich kann nicht fassen, dass du mir das verschwiegen hast. Ich kann nicht fassen, dass du das wusstest und ich ...»

«Du bist sehr streng mit ihr, Anna.» Marcel klang frustriert. «Ich weiß, dass du das aus Liebe machst und dass du nur das Beste für sie möchtest, aber manchmal bist du wirklich sehr hart zu ihr, und ich habe ihr versprochen, dass ich ...»

«Ich bin nicht hart zu ihr. Ich *verziehe* sie nur nicht.»

Marcel sah Anna an, als verdiene diese lächerliche Aussage nicht mal einen Widerspruch.

Anna runzelte die Stirn. «Ich würde es vorziehen, wieder nicht mehr miteinander zu sprechen», verkündete sie, doch dann blinkten plötzlich draußen auf der Straße Lichter und lenkten sie ab. Sie sah zum Fenster hinaus. «Ein Krankenwagen», sagte sie erstaunt.

❄

Pari saß stumm in ihrem Kinderzimmer und fühlte sich unglaublich schlecht behandelt. Sie hätte Teddy helfen sollen, seinen Christbaum zu schmücken, und mit ihm *Thanksgiving* feiern, etwas, das sie in ihrem ganzen Leben noch nicht gemacht hatte. Und sie wollten Miss Quinn überreden, Jack doch noch im Schultheaterstück mitmachen zu lassen, und Miss Quinn hatte tatsächlich so ausgesehen, als sei sie schon fast überzeugt, bis dann plötzlich alles, alles schiefgegangen war.

Sie war nach Hause geschleift worden, und dann hatten Mum und Dad und Sai mit einem lächerlich langen und furchtbar langweiligen Streit über diese alberne Sai-und-Emilia-Geschichte losgelegt. Pari hatte von Anfang an nicht kapiert, weshalb das ein so großes Thema war. Und als sie jetzt gesagt hatte, wie albern sie das alles fand, hatten sie ihr erzählt, sie wäre zu klein, um zu kapieren, was los war. Das war natürlich noch alberner, schließlich kapierte Pari alles Mögliche, und sie hatte gründlich die Nase voll davon, so behandelt zu werden, als wäre sie dumm.

Sie hätte natürlich wieder weglaufen können, aber draußen war es ziemlich kalt, und Pari hatte keine Lust, schon wieder zu frieren, also hatte sie sich in ihr Zimmer verzogen. Inzwischen waren alle mit Türenknallen fertig, und es war im Haus ziemlich still geworden.

Pari saß auf der Fensterbank, die Knie ans Kinn gezogen. Die ganze Angelegenheit war offenbar so lächerlich, dass nicht ein einziger Nachbar daran gedacht hatte, die Weihnachtsdekoration anzuknipsen. Sie wohnte in der langweiligsten, lächerlichsten Straße auf der ganzen Welt.

In dem Augenblick bog mit blinkenden Lichtern der Krankenwagen um die Ecke.

❄

Als Max geendet hatte, dehnte sich das Schweigen aus, bis er es nicht länger ertragen konnte. Es war typisch für Arthur, nicht sofort zu reagieren, wenn etwas ihm zu schaffen machte. Max glaubte, dass Arthur es für ein Zeichen der Zivilisiertheit hielt, nicht sofort mit einem Wutausbruch zu reagieren, aber Max wäre ein saftiger Wutausbruch lieber gewesen als dieses ewige Schweigen. Ehrlich gesagt, war das der Charakterzug, den Max an Arthur am allerwenigsten mochte. Es machte ihre Auseinandersetzungen nur noch schlimmer, fand Max.

Arthur räumte die Spülmaschine aus, und zwar schon so lange, dass Max inzwischen vermutete, dass er sie wieder eingeräumt hatte und sie noch mal ausräumte. Max saß im Wohnzimmer und sah zum Fenster hinaus auf die dunkle Straße. Er sollte aufstehen und die Weihnachtsbeleuchtung einschalten, aber ihm war nicht danach.

Er seufzte. «Wann, glaubst du, wirst du mit mir darüber sprechen, Arthur?», rief er in die Küche hinüber.

«Oh, entschuldige bitte», rief Arthur zurück. «Bist du

wütend, weil ich auf deine Unaufrichtigkeit nicht angemessen reagiere?»

Max seufzte. Er rieb sich die Augen und dachte im Stillen, dass das der Grund war, weshalb er diese Schweigebehandlung so hasste. Er hatte nichts entgegenzusetzen.

Dann kam Arthur ins Wohnzimmer. «Hattest du vor, es mir überhaupt irgendwann zu sagen? Oder hättest du diese Chance auf ein Baby einfach verstreichen lassen?»

«Natürlich wollte ich es dir sagen!», sagte Max. «Nach dem Wochenende. Ich wollte uns einfach noch ein letztes Wochenende gönnen, ehe ...»

«Ehe wir uns das Leben mit einem Kind ruinieren?»

«Ehe wir uns das Leben mit der *Aussicht* auf ein Kind ruinieren, an das du dein Herz verschenkst, nur damit ich dann hinterher wieder vor einem riesengroßen Scherbenhaufen stehe.»

«Erstens ...», hob Arthur an und verstummte.

«Erstens?» Max würde nicht zulassen, dass sie wieder in Schweigen versanken.

«Auf der Straße steht ein Krankenwagen», sagte Arthur.

❄

Pen gab sich alle Mühe, sich nicht selbst leidzutun. Ohne wirklichen Erfolg.

«Ich glaube, ich hab's echt vermasselt», sagte sie zu Chester, der angesichts ihrer Stimmung ein klein wenig sorgenvoller als sonst zu ihr herausglotzte. «Bin ich ein schlechter Mensch? Ich *will* kein schlechter Mensch sein. Ich will ein besserer Mensch sein. Das war so dumm von mir! Ich wusste ganz genau, dass ich das nicht machen sollte, und trotzdem ... trotzdem hab ich einfach weitergemacht. Ich fürchte, so definiert man ‹schlechter Mensch›. Ich bin ein schlechter Mensch. Jetzt hasst mich wahrscheinlich die ganze Straße, und zwar mit Recht!» Pen verstummte, sah Chester zu, wie er in seinem Goldfischglas Runde um Runde drehte, und wünschte, sie könnte die Zeit zurückdrehen. Hätte sie diesen dämlichen Blog doch nur nie angefangen. Warum hatte sie das getan?

Bis zu den Haarspitzen voll mit Selbstvorwürfen, ging Pen online und löschte ihren Blog. Alles. Von Anfang bis Ende. Und ersetzte ihn durch einen einzigen Satz.

Wer je eine Straße voller Nachbarn findet, denen tatsächlich etwas am anderen liegt, der sollte dies zu schätzen wissen.

Pen drehte sich um und sah Chester an. «Und du? Hasst du mich auch?»

Chester äußerte sich nicht, aber es sah so aus, als wollte er ihr den Rücken zukehren, also hasste er sie auch. Ach, Mist! Sogar ihr *Goldfisch* hasste sie. Das war der endgültige Beweis dafür, was für ein furchtbar schlechter Mensch sie war.

Pen stand auf, trat ans Fenster und überlegte, ob sie die Weihnachtsbeleuchtung anknipsen sollte. Die Straße vor ihrem Fenster sah so schrecklich finster aus. Sie hatte es sogar geschafft, *Weihnachten* kaputt zu machen.

Und dann bog draußen ein Krankenwagen um die Ecke.

❄

Sam ließ Jack vor die Tür, ohne groß darüber nachzudenken. Draußen war immer noch alles dunkel und still und irgendwie stickig, und Sam dachte, vielleicht sollte er die anderen an Jacks Fähigkeit, Menschen zu trösten, teilhaben lassen. Gut möglich, dass Mr. Hammersley auf ihn wartete.

Teddy kam nach seiner Dusche wieder nach unten und sagte: «Also. Wollen wir über deinen Plan reden, wie du dich wieder mit Miss Quinn versöhnst?»

Und dann tauchte Jack plötzlich wieder an der Hintertür auf, wie ein Wilder bellend und auf- und abspringend.

Teddy ließ ihn rein. «Wir haben doch einen ganzen verkohlten Truthahn übrig. Meinst du, Jack hat Lust auf Truthahn? Das wäre fast wie ein Weihnachtsgeschenk für ihn.»

«Vielleicht», sagte Sam, ohne richtig zuzuhören, weil Jack immer noch bellte und jetzt von innen an der Tür kratzte, als wolle er dringend wieder hinaus. Sehr seltsam. Waren das einfach nur seine verrückten fünf Minuten? «Was ist los, Jack?»

«Er benimmt sich komisch», stimmte Teddy ihm zu.

«Ja», sagte Sam gedehnt.

Plötzlich begann Jack, an Sams Hemdzipfeln zu zerren, dann an Teddys, dann wieder an Sams. Er wollte sie eindeutig nach draußen lotsen. Also gingen sie mit ihm hinaus und folgten ihm um das Haus von Mr. Hammersley herum und nach hinten in den Garten. Und dort lag Mr. Hammersley hingestreckt zwischen den Rosen, direkt neben der Steckdose für seine Weihnachtsbeleuchtung. Und machte keinen Mucks.

Sam eilte zu ihm und kniete neben ihm nieder. Zum Glück atmete Mr. Hammersley noch, aber er war nicht bei Bewusstsein.

«Was ist denn los mit ihm?», sagte Teddy angsterfüllt.

Sam sah zu ihm hoch und tastete hektisch in seiner Jackentasche nach dem Mobiltelefon, um den Notarzt zu rufen. «Nichts», log er panisch und automatisch. «Nichts. Alles gut. Geh du mit Jack ins Haus.» Teddy gehorchte nicht. Er fing an zu weinen. «Es geht ihm doch gut, oder? Er wird wieder gesund, ja?»

«Ja», sagte Sam zu ihm, und in dem Augenblick meldete sich am anderen Ende die Notrufzentrale. «Wir brauchen einen Krankenwagen», rief Sam.

❄

Sam versuchte, Teddy zurückzuhalten, während die Sanitäter sich um Mr. Hammersley kümmerten, ihn auf eine Trage luden und in den Krankenwagen schoben. Teddy sah stumm und mit großen Augen zu und klammerte sich an ihn. Sam wünschte, sein Sohn müsste so etwas nicht mit ansehen. Saras Tod war völlig anders gewesen. Sie hatten ihn lange kommen sehen, und sie war ganz leise gestorben, fast heiter, so wie Sara es wollte, und ohne dass Teddy dabei zusehen musste.

Aber Mr. Hammersley war nicht tot, brachte Sam sich in Erinnerung. Er hatte eben noch geatmet, und die Sanitäter verhielten sich nicht so, als wäre alles verloren.

«Was ist passiert? Kann ich was tun?»

Sam merkte plötzlich, dass Pen neben ihm stand, und dann, dass auch der Rest der Straße gekommen war. Sie standen da, zu einem angespannten, nervösen Haufen zusammengedrängt, und sahen zu.

«Ich weiß es nicht», sagte Sam, denn er wusste es wirklich nicht.

«Du solltest mitfahren», sagte Pen.

Sam zögerte.

«Ich komme mit Teddy nach. Wir treffen uns dort», bot Pen ihm an.

«Wir alle», sagte Arthur.

Darauf erhob sich zustimmendes Gemurmel.

Sam sah Teddy an.

Der nickte ihm ernst zu und sagte: «Fahr mit, Dad. Wir treffen uns dort.»

Sam erwiderte sein Nicken, küsste ihn auf den Scheitel und kletterte in den wartenden Krankenwagen.

16

```
Sie sind herzlich eingeladen zu unserem
diesjährigen Krippenspiel:

      Jesus und die Klimawandelkrippe.

   Freunde und Familie sind willkommen.
```

Als Sam das Wartezimmer betrat, wartete da nicht nur Teddy, sondern sämtliche Nachbarn. Alle sahen ihn erwartungsvoll an.

Sam zuckte hilflos die Achseln. «Die sagen mir nichts. Er ist noch am Leben, denn sie behandeln ihn immer noch, aber sonst weiß ich nichts.»

«Werden wir irgendwann informiert?», wollte Diya wissen.

«Ja, haben sie zumindest gesagt. Aber ihr müsst deshalb nicht alle hierbleiben. Das ist wirklich nicht ...»

«Natürlich müssen wir alle hierbleiben», widersprach Anna. «Er gehört schließlich zu unserer Straße. Er ist einer von uns.»

Sam bekam mit, wie Diya Anna einen Seitenblick zuwarf. Die Spannung im Raum war fast zu viel für ihn, und trotzdem verstand er, weshalb sie alle das Gefühl hatten, hier sein zu müssen.

«Wir hätten Jack mitnehmen sollen», sagte Teddy. «Mr. Hammersley hätte Jack jetzt bestimmt sehr gern bei sich.»

«Ich glaube, Hunde dürfen nicht ins Krankenhaus», sagte Pari. «Krankenhäuser sind doof.»

«Jack fragt sich bestimmt, was passiert ist.»

«Wir erzählen es ihm», sagte Pen und lächelte Teddy scheu an. «Sobald wir wieder zu Hause sind.»

«Haben die gesagt, wie lange es dauert, bis sie uns was sagen können?», wollte Anna wissen.

«Hast du noch was vor?», konterte Emilia einigermaßen bissig.

Anna sah sie an. «Nein. Ich sagte bereits, ich möchte hier sein. Ich wollte es nur wissen.»

«Keine Ahnung», sagte Sam. «Haben sie nicht gesagt.»

«Tja, sieht aus, als würden wir noch eine ganze Weile hierbleiben. Ich glaube, ich mache mich mal auf die Suche nach Tee», sagte Emilia.

Sam sah, wie Diya und Darsh erstarrten und ihre Blicke zu Sai wanderten, als wollten sie ihn daran hindern, ihr zu folgen.

Doch nicht Sai ging Emilia nach, sondern Anna. Sie stand auf und sagte: «Ich helfe ihr tragen. Wir sind gleich wieder da.»

Alle im Warteraum blickten ihr nach.

«Für so viel Tee sind vier Hände zu wenig. Ich helfe mit», sagte Max und ergriff die Flucht.

Sam betrachtete das verbliebene Häuflein Elend im Raum. Diya sah aus, als wäre sie ebenfalls am liebsten geflohen, hätte sie nur eine passable Ausrede gefunden, die es ihr erspart hätte, ausgerechnet mit Anna Tee holen zu müssen.

«Wisst ihr, meine Tochter ist völlig in Ordnung», sagte Marcel plötzlich. «Sie ist ein nettes, gutes Kind. Genau wie euer Sohn. Aber leider bin ich hier offenbar der Einzige, der wegen dieser Geschichte nicht völlig verkrampft ist.» Damit stand er auf und ließ Diya und Darsh fassungslos zurück.

«Er hat echt recht», sagte Pari. «Emilia ist total cool. Sie ist immer supernett zu mir.»

Diya sah ihre Tochter an. «Was hast du denn mit Emilia zu tun?»

«Ach, komm, Mum, sie und Sai waren die ganzen Sommerferien zusammen. Emilia hat den Sommer über auf mich aufgepasst. Sie war immer nett zu mir, zu uns allen. Ich kapiere echt nicht, was daran so schlimm sein soll. Ich mag sie.»

Sam hatte keine Ahnung, ob es hilfreich war oder nicht, jedenfalls wollte er nicht, dass alle wieder in betretenem Schweigen versanken. «Außerdem kann sie echt gut Schlagzeug spielen.»

Pen meldete sich ebenfalls zu Wort: «Ich weiß, dass ich an der ganzen Misere schuld bin, und es ist euch bestimmt egal, was ich denke, aber für mich sind das einfach zwei Kids, die sich mögen und die einander guttun, und das ist auf dieser Welt selten genug.»

«Max sagt genau dasselbe.» Arthur klang erschöpft und gleichzeitig entschlossen.

Diya sah ihn entgeistert an. «Was? Ihr wusstet auch von Sai und Emilia?»

Arthur hob wissend eine Augenbraue und blickte zu Sai hinüber. «Sie müssen durch unseren Garten, wenn sie von einem Haus zum anderen wollen.»

Sai wirkte ein klein wenig schuldbewusst.

«Und Max würde sagen, dass es schwer genug ist, Leute zu finden, mit denen man freiwillig Zeit verbringt. Solche Menschen muss man sich warmhalten. Genau deshalb sind wir doch alle jetzt hier, oder etwa nicht?» Arthur erhob sich. «Und jetzt entschuldigt mich bitte. Ich muss dringend meinen Mann suchen gehen und ihm all diese Sachen ins Gesicht sagen, anstatt hinter seinem Rücken über ihn zu reden.»

❄

Anna lief ihrer Tochter hinterher. «Emilia!», rief sie. Verdammt, warum war sie so schnell? Anna fühlte sich furchtbar alt, als Emilia endlich stehen blieb und Anna sie einholte – ihre Tochter war nicht mal ein bisschen außer Atem.

«Was denn?», fauchte Emilia. «Darf ich jetzt nicht mal mehr Tee holen gehen?»

«Nein, doch, natürlich ... Ich wollte mit dir reden.»

«Über was denn jetzt schon wieder, Mum?», blaffte Emilia sie an. «Mir ist schon klar, was für eine riesengroße Enttäuschung ich für dich bin und ...»

«Eine riesengroße Enttäuschung?», wiederholte Anna bestürzt. «Wie kommst du darauf?»

«Ich weiß, dass ich die falschen Dinge mag, zum Beispiel den falschen Jungen, und dass du dir eine ganz andere Tochter wünschst als mich und ...»

«Emilia! Das ist nicht wahr!», sagte Anna heftig. Sie packte Emilia an den Schultern und sah ihrer Tochter ins Gesicht. «Schau mich an. Das ist nicht wahr. Hörst du? Ich finde dich toll. Ich finde dich so unglaublich toll, dass es mir Angst macht. Du bist überhaupt keine Enttäuschung. Du bist wertvoller als alles, wofür ich je im Leben die Verantwortung hatte, und ich? Ich hab's total vermasselt. O Gott!»

Emilia starrte sie mit offenem Mund an. Sie wirkte so

schockiert, dass Anna das Herz weh tat. Wie konnte es nur dazu kommen, dass ihre eigene Tochter schockiert darüber war, wie sehr sie sie liebte? Wie um alles in der Welt hatte sie es derart vermasseln können?

«Ich gebe mir ab sofort mehr Mühe», gelobte Anna.

«Mehr Mühe womit?» Emilia klang verwirrt.

«Deine Mum zu sein. Dir zu zeigen, wie sehr ich dich liebe. Emilia, ich hab dich so wahnsinnig lieb. Du bist für mich das Allerwichtigste im ganzen Universum.» Sie musste an Marcels Worte denken und fügte hinzu: «Wenn ich manchmal streng mit dir bin, dann weil ... weil ich unbedingt vermeiden will, dass du dieselben Fehler machst wie ich. Weil ich unbedingt will, dass du ...»

«Deine Fehler, Mum?», fiel Emilia ihr gequält ins Wort. «Was denn für Fehler? Ich würde liebend gern alle möglichen Fehler machen, nur um zu sein wie du. Dad liebt dich so sehr, und wir leben in dieser wunderbaren Straße, und ich wäre selbst gern irgendwann Mutter und ... Ist dir eigentlich klar, dass dein Leben in meinen Augen kein *Fehlschlag* ist? Ist dir eigentlich klar, dass es für dich keine Tragödie sein sollte, dich in mir zu sehen?»

Einen Moment lang war Anna sprachlos. Es war, als hätte sie all die Jahre durch ein Kaleidoskop gesehen und die Dinge hätten sich plötzlich völlig neu zusammengesetzt. Sanft nahm sie Emilias Gesicht zwischen die Hände und schaute in die blauen Augen ihrer Tochter. Ja, es waren ihre eigenen, die ihren Blick erwiderten. All die Jahre hatte Anna Emilia davor bewahren wollen, ihre eigenen Fehler zu wiederholen, und jetzt wurde ihr auf einen Schlag klar, dass sie in Wirklichkeit sich selbst vor den Fehlern bewahren musste, die ihre Mutter gemacht hatte.

Anna fuhr sich mit der Zunge über die Lippen und sagte: «Was ich dir jetzt sage, ist wichtig, Emilia. Hörst du mir zu?»

Emilia nickte. Es war nur ein kleines Rucken mit dem Kinn. Sie hatte Tränen in den Augen, wirkte wie gelähmt.

«Du bist der wichtigste Mensch in meinem Leben. Alles, was ich tue, tue ich für dich. Alles, was ich falsch gemacht habe, habe ich für dich getan. Und das tut mir furchtbar leid. Versuche bitte, eines niemals zu vergessen, Emilia: Egal, was du tust, ich würde mich niemals von dir abwenden. Wegen nichts. Ich werde immer deine Mum sein. Und ich werde immer für dich da sein.» Was hätte Anna darum gegeben, diese Worte von ihrer Mutter zu hören. Was hätte sie für das Gefühl gegeben, unterstützt zu werden, ein Netz unter sich zu wissen, dass sie auffangen würde, wenn sie fiel. Anstatt sich so furchtbar allein zu fühlen, strampelnd und zappelnd und verloren, so sehr, dass sie um ein Haar alles Gute in ihrem Leben zerstört hätte, in dem Versuch, es zu beschützen. Sie musste dringend die Lektion lernen, die sie immer noch nicht gelernt hatte: den Menschen zu vertrauen, die sie liebte.

Emilia nickte noch einmal und sagte leise: «Ich auch, Mum. Immer.»

Anna zog Emilia an sich und nahm sie in den Arm, und Emilia barg das Gesicht am Hals ihrer Mutter – so wie früher, als sie noch ein kleines Mädchen gewesen war –, die Wangen tränennass. Anna streichelte Emilia sanft über die ach so vertrauten blonden Haare, die sie so mochte, und sie fragte sich, wann sie damit aufgehört hatte, auf diese Weise Trost zu spenden. Sie schwor sich, ab sofort wieder damit anzufangen, und zwar für den Rest ihres Lebens.

Sie hob den Blick. Ein Stückchen entfernt auf dem Flur stand Marcel. Und sie lächelte ihm zu.

«He», sagte Arthur zum stummen Rücken seines Mannes. Max stand auf dem Flur und sah zum Fenster hinaus.

Er warf einen Blick über die Schulter, sagte lediglich «Hi», und wandte sich wieder um zum Fenster.

«Wie ich sehe, hast du dich auf dem Weg zum Tee verlaufen», sagte Arthur und lehnte sich mit dem Rücken an die Fensterbank, damit er Max' Gesicht sehen konnte.

«Das ist ein Labyrinth hier», sagte Max leise.

«Hm», machte Arthur unbestimmt. «Max ...»

«Ich habe mich bereits entschuldigt, okay?», sagte Max. «Ich kann mich nicht immer wieder entschuldigen in der Hoffnung, dass beim fünfzigsten Mal endlich der richtige Augenblick gekommen ist, um ...»

«Stimmt das? Bin ich wirklich so?»

Max seufzte. «Nein. Aber ich weiß nicht, was ich sagen soll.»

«Weißt du, Max, eigentlich bin ich hier, um mich bei dir zu entschuldigen, vorausgesetzt, du hörst lange genug auf zu reden, um mir zuzuhören.»

Max hörte augenblicklich auf zu reden. Er musterte Arthur neugierig. «Entschuldigen wofür?», fragte er.

«Du hast recht. Du hast es mir schon so oft gesagt, aber ich habe dir nicht zugehört. Nicht richtig. Und das tut mir leid.»

Max antwortete nicht. Er zog die Augenbrauen zusammen und musterte Arthur aufmerksam.

Also redete Arthur weiter. «Ich habe die ganze emotionale Schwerstarbeit einfach bei dir abgeladen und ...»

Max protestierte: «Nein, hast du nicht ...»

Arthur ließ sich nicht unterbrechen. «Doch. Habe ich.

Das war schon immer so. Und ich dachte, es wäre in Ordnung. Ich dachte, du kannst eben besser mit Emotionen umgehen und ich dafür mit Zahlen, und das wäre eine tolle Aufgabenteilung. Aber weißt du, in letzter Zeit gab es bei uns ziemlich viele Emotionen und nicht mal annähernd genug Zahlen, um das auszugleichen, und jetzt sind wir in eine Schieflage geraten. Du rutschst ab, und du hast versucht, mir das zu sagen, aber ich habe nicht zugehört. Es tut mir leid.»

«Arthur», sagte Max, doch dann verstummte er, weil er beim besten Willen nicht wusste, was er sagen sollte.

Arthur rückte ein winziges Stückchen näher, in der Hoffnung, dass es ihm jetzt gestattet war, und tatsächlich: Max zuckte nicht vor ihm zurück. «Ich werde versuchen, in Zukunft ein bisschen mehr von dem emotionalen Ballast in meine Waagschale zu hieven. Und ich fange sofort damit an. Erinnerst du dich noch an unsere Anfangszeiten?»

«Natürlich erinnere ich mich! So lange ist das nun auch wieder nicht her.»

«Du hast mir nach einer Woche einen Heiratsantrag gemacht. Weißt du das noch? Nach *einer Woche*.»

Max lächelte ein verlegenes Lächeln. «Ich war ... etwas überschwänglich. Ich fand es so niedlich, wie deine Ohren rot wurden, weil du so hingerissen von mir warst.»

«Ich war entsetzt. Und ja, natürlich, auch von dir hingerissen. Du wusstest nämlich schon von Anfang an, dass ich immer und ewig von dir hingerissen sein würde. Du wusstest es einfach von Anfang an. Ich habe schon immer etwas länger gebraucht, und du hast mich an jeder neuen Ecke aufgefordert, Vertrauen zu haben, darauf zu vertrauen, dass du mich auffängst, wenn ich falle, und das habe ich auch immer getan. Ich weiß, dass du mich für zaghaft hältst, aber an deiner Seite bin ich das nicht, du hast mich immer viel schneller mit dir mitgezogen, als ich von alleine gehen würde, und das ist für mich auch völlig in Ordnung. Aber jetzt stehe ich hier vor dir und bitte dich um Vertrauen. Ich bitte dich, spring mit mir und vertraue darauf, dass ich dich auffange, wenn du fällst. Das *verspreche* ich dir.»

Max ließ den Blick forschend über Arthurs Gesicht gleiten, und der hielt den Atem an.

Und dann vergrub Max die Hände in Arthurs Haaren und küsste ihn so heftig, dass es für den Flur eines Krankenhauses wahrscheinlich absolut unangemessen war.

Und genau das machte diesen Kuss für Arthur natürlich zum besten Kuss seines Lebens.

❄

Emilia, Anna und Marcel kehrten in den Warteraum zurück, ohne Tee, dafür mit verweinten Augen. Max und Arthur kamen ebenfalls ohne Tee zurück, dafür hielten sie Händchen.

Sam war ziemlich erleichtert, weil sich offensichtlich einiges an Anspannung gelöst hatte, und sagte: «Ich habe noch nie so viele Menschen Tee holen und ohne Tee zurückkommen sehen.»

Woraufhin alle lachen mussten und sich noch ein bisschen mehr Anspannung löste.

Diya sagte ein wenig schüchtern – und das war an sich bereits ein kleines Wunder: «Also, Emilia. Sai hat uns erzählt, du spielst Schlagzeug?»

Emilia machte ein überraschtes Gesicht. Sie suchte Sais Blick und lächelte ihn strahlend an. «Ja. Stimmt.»

«Sie ist echt gut, Mum», fügte Sai hinzu und erwiderte verliebt Emilias Lächeln.

«Ach! Junge Liebe!», seufzte Max und drückte Arthur einen Kuss auf den Scheitel, woraufhin der zur Abwechslung mal nicht mit den Augen rollte.

Sam lächelte sie an. «Muss ich mich entschuldigen? Irgendwie habe ich das Gefühl, es wäre angebracht.»

Max schüttelte den Kopf. «Du dachtest, ich hätte schon mit ihm gesprochen, und genau das hätte ich auch tun müssen. Und ich hätte dir sagen müssen, dass es immer noch ein Geheimnis war. Langsam werde ich richtig schlecht im Lügen. Ich muss wirklich wieder mehr üben.»

Jetzt rollte Arthur doch mit den Augen. «Du bist ein Arsch.»

«Hier sind Kinder anwesend!», rügte Max.

«Angesichts all dieser wunderbaren Entspannungspolitik hier im Raum», sagte Sam, «sollten wir uns vielleicht jetzt dem letzten anstehenden Konfliktthema zuwenden.»

Sofort richteten sich sämtliche Augenpaare auf Pen.

Die sah aus, als würde sie am liebsten im Erdboden versinken. «Es tut mir so furchtbar, furchtbar leid», sagte sie. «Wisst ihr, als ich damit angefangen habe ... da kannte ich euch alle doch überhaupt nicht. Ich saß den ganzen Tag zu Hause, Tag für Tag, und bekam mit, was bei euch allen so los ist. Ich war neugierig, und wie gesagt kannte ich euch nicht. Ich wollte dringend mehr über euch erfahren, aber ich war viel zu feige, um den Schritt zu wagen, den Sam dann schließlich getan hat, um uns alle kennenzulernen. Und dann, na ja ... dann habe ich euch irgendwie in *Romanhelden* verwandelt, als wäre das, was vor meinem Fenster passiert, eine Geschichte und nicht das echte Leben. Auf die Weise konnte ich wunderbar verdrängen, was ich euch allen damit antue. Dabei wusste ich eigentlich immer, dass es falsch war, und jetzt weiß ich nicht, was ich tun soll, außer mich immer wieder zu entschuldigen und euch zu sagen, dass es mir furchtbar, furchtbar leidtut und ich so was nie, nie wieder tun werde.» Mit großen, flehenden Augen sah Pen sie alle an, einen nach dem anderen. «Jetzt, wo ich euch alle persönlich kenne, bin ich unendlich froh, so wunderbare Nachbarn zu haben. Ich kann selbst nicht fassen, dass ich euch behandelt habe wie Figuren in einer Geschichte, dabei seid ihr alle viel mehr als das. Ihr seid wunderbare, komplexe, liebenswerte Menschen, und ich fühle mich geehrt, euch zu kennen, und ich hoffe von ganzem Herzen, dass ihr mich auch weiterhin kennen wollt.»

Darauf sagte keiner ein Wort.

Das Schweigen im Wartezimmer hielt an, bis ein Arzt durch die Tür trat, offensichtlich erstaunt über die Anzahl von Menschen, die dort versammelt saßen.

«Oh», sagte er. «Ich hatte nicht mit einem ganzen Komitee gerechnet.»

«Wie geht es Mr. Hammersley?», fragte Teddy besorgt.

Der Arzt lächelte ihn warmherzig an. «Dem geht es erstaunlich gut. Er hatte einen leichten Herzinfarkt, aber ohne ernsthafte Folgen. Er muss natürlich ein bisschen besser auf seine Gesundheit achtgeben, vor allem auf seine Ernährung; er sollte sich ein bisschen mehr bewegen und es langsam angehen lassen. Aber im Großen und Ganzen ist alles in Ordnung. Weihnachten ist er jedenfalls längst wieder zu Hause. Also: Sind Sie die Angehörigen?» Der Arzt sah Sam und Teddy an.

Ehe Sam irgendetwas erwidern konnte, antwortete Anna: «Ja.» Sie sah zu Pen hinüber und lächelte ihr zu.

Diya schenkte Pen ebenfalls ein Lächeln, ehe sie zu dem Arzt sagte: «Wir sind alle eine Familie.»

❄

Bill erwachte in einem Krankenzimmer. Davor hatte er schon immer große Angst gehabt. Er sah nach oben an die kahle, weiße Decke und dachte: *Jetzt ist es so weit. Das ist der Anfang vom Ende.* Ab jetzt gab es für ihn keine Zukunft mehr. Es hatte ihn also doch eingeholt. Alt war er, zu nichts mehr nütze; er würde einfach verschwinden, allein und vergessen, jämmerlich und einsam, irgendwo in einem Heim.

Bill schämte sich der Tränen, die sich in seinen Augenwinkeln sammelten und die Decke über seinem Kopf verschwimmen ließen.

Der Arzt sprach mit ihm. Erzählte ihm etwas über sein Herz, dass es bloß ein leichter Infarkt gewesen sei – zwar ein Infarkt, aber nur ein ganz leichter – und dass es sehr gut möglich sei, dass er noch viele Jahre vor sich habe – vorausgesetzt, er sei bereit zu ein paar kleinen «Veränderungen in seinem Lebenswandel».

Bill hörte gar nicht hin. Veränderungen in seinem Lebenswandel erforderten mehr Aufwand, als es der Mühe wert war. Klar, wenn man so jung war wie dieser Arzt, war es leicht, einen Sinn in so was zu sehen. Schließlich sagte der Mann irgendwas wie: «Dann werde ich jetzt mal Ihrer Familie Bericht erstatten. Sind Sie bereit, Besuch zu empfangen?»

Bill löste den Blick von der Decke und sah ihn an. Er hatte sich bestimmt verhört. «Meiner Familie?»

«Ich dachte mir doch, dass Sie sie sehen wollen.» Der Arzt lächelte ihm zu.

Bill gab ein Geräusch von sich, das ebenso gut *ja* wie *nein* hätte heißen können, aber in Wirklichkeit hieß es: *Welche Familie?*

Und dann kam Teddy ins Zimmer gerannt, gefolgt von dem kleinen indischen Mädchen, dahinter Teddys Vater, Max und sein Mann, dann diese Frau, die ständig rannte, und der polnische Kerl mit seiner Frau und dem polnischen Mädchen, die wiederum Hand in Hand mit dem indischen Jungen, und ganz zum Schluss kam auch noch das indische Ehepaar ins Zimmer. Es waren so viele Leute im Raum, dass sie sich regelrecht hineinquetschen mussten.

Bill starrte sie fassungslos an.

Teddy trat an sein Bett, nahm seine Hand und drückte sie. «Ich bin so froh, dass es Ihnen bessergeht, Mr. Hammersley», sagte er.

«Oh!», machte das kleine indische Mädchen. «Da kommen aber viele Schläuche aus Ihnen raus!»

«Pari!», erklang die entsetzte Stimme ihrer Mutter.

«Wir haben gehört, dass Sie wieder ganz auf die Beine kommen», sagte Teddys Vater und lächelte ihn an, als ... als würde ihm tatsächlich was daran liegen. Als würde er sich tatsächlich was aus ihm machen!

«Aber wir haben auch gehört, dass Sie sich künftig gesünder ernähren müssen. Keine Sorge, ich habe schon ganz viele Ideen», sagte die schwarze Frau, und Bill hatte sofort literweise grüne Schleimgetränke vor Augen. Eine schreckliche Vorstellung. Das wollte er nun wirklich auf keinen Fall. Und außerdem: diese ganze Aufregung. Diese ganzen *Menschen*.

Doch dann sah Bill sich um, sah sie alle um sein Bett versammelt stehen und dachte auf einmal, er könnte sich vielleicht doch an grüne Schleimgetränke gewöhnen, und auch daran, diese schreckliche Menschenmenge künftig öfter um sich zu haben. Das wäre ... das wäre womöglich gar nicht so schlecht.

Verwundert sagte er: «Was machen Sie denn alle hier?»

«Max hat den Arzt in seiner unnachahmlichen Art und Weise davon überzeugt, dass wir alle eine Besuchserlaubnis bekommen», erklärte Max' Ehemann. «Und seine Überzeugungskraft kennen wir schließlich alle.»

Doch das war nicht die Frage, die Bill gestellt hatte. Er versuchte es noch einmal. «Nein ... ich meine, was machen Sie denn alle hier?»

Sam fragte sanft: «Wo sollten wir denn sonst sein?»

«Wir sind hier, weil wir Ihre Familie sind», erklärte Teddy.

Bill sah seine Nachbarn an, und sofort war ihm wieder so lächerlich rührselig zumute. Das musste an den Medikamenten liegen.

«Machen Sie sich um Jack keine Sorgen», sagte Sam. «Wir passen alle auf ihn auf, bis Sie wieder nach Hause kommen.»

«Wir werden versuchen, ihn ins Krankenhaus zu schmuggeln!», raunte Teddy für alle hörbar und erntete dafür allgemeines Gelächter.

Nur Bill lachte nicht, sondern starrte seine Nachbarn weiter an. «Ich dachte, Sie hätten einen Riesenstreit.»

«Ist vorbei», sagte Anna. «Wir haben uns alle wieder versöhnt.»

«Wir haben uns alle ausgesprochen», fügte Diya hinzu.

«Und wir bekommen ein Kind», sagte Max und erntete dafür von Arthur ein warmes Lächeln.

«Ein Kind!», wiederholte Bill fassungslos. «Wie soll das denn gehen?»

«Jemand anders bekommt es für uns», erklärte Max. «Uns fehlen dazu leider ein paar entscheidende Körperteile.»

«Ich hätte auch nicht geglaubt, dass sich die Welt *so sehr* verändert hat», sagte Bill, und schon wieder erklang allgemeines Gelächter.

«Es ist also alles geregelt», sagte Sam. «Jetzt fehlt nur noch, dass Sie bald wieder nach Hause kommen.»

«Und wir müssen das mit dir und Miss Quinn wieder hinbiegen», sagte Teddy und erklärte dann laut, damit nur jeder es mitbekam: «Dad und Miss Quinn haben sich nämlich auch gestritten.»

Die Folge war allgemeine Bestürzung.

«Also das müssen wir definitiv wieder hinbiegen», sagte Diya.

«Absolut.» Max sprang ihr zur Seite. «Wir werden die gebündelten Kräfte der Straße auf dein *romantisches Ränkespiel* lenken.»

«Bloß gut, dass ihr zwei bald ein Kind habt und euch gar keine Zeit mehr bleibt, euch in mein *romantisches Ränkespiel* einzumischen», sagte Sam.

«Genau. Und deshalb muss es schnell gehen. Abgesehen davon, werde ich die Federführung mit Freuden Diyas kundigen Händen überlassen.»

«Muss ich etwa wieder was backen?», fragte Diya.

«Ich kann helfen», sagte Anna.

«Ich bin sehr, sehr froh, dass wir in der Sorge um mein Liebesleben so harmonisch vereint sind», sagte Sam, «aber ich glaube trotzdem, dass ich das ganz gut alleine ...»

Zu seinem Verdruss erntete er dafür lediglich allgemeines Kopfschütteln und jede Menge verneinender Kommentare.

Selbst Bill fühlte sich gemüßigt, ihn zu korrigieren: «Sie haben kein glückliches Händchen bei den Frauen», sagte er. «Wenn Sie wollen, dürfen Sie sich gern ein paar von meinen Schnitzereien borgen. Das könnte hilfreich sein.»

«Um Himmels willen!», rief Sam.

«Was hast du denn für eine Idee, wie wir das mit dir und Miss Quinn wieder hinbiegen?», wollte Teddy wissen.

«Ich weiß nur», raunte Max, «bald ist Weihnachten. In der Christmas Street. Und das bedeutet, es muss etwas umwerfend Gutes sein.»

❄

Der Tag des Krippenspiels war gleichzeitig der Tag, an dem Mr. Hammersley wieder nach Hause kam.

Außerdem war dieser Tag zufällig der Tag, an dem Arthur und Max den winzig kleinen Jungen zu sich nach Hause holten, dem sie drei Tage zuvor begegnet waren.

Sam half Mr. Hammersley in seinen Mantel und sagte: «Ich dachte, wir könnten, ehe wir zur Schule gehen, noch kurz bei Arthur und Max vorbeisehen und das Baby besuchen.»

«Ein Krippenspiel!», brummte Mr. Hammersley und knöpfte sich den Mantel zu. «So was Albernes habe ich noch nie im Leben gehört.»

Aber Sam registrierte sehr wohl, dass Mr. Hammersley nicht darauf bestand, zu Hause zu bleiben; außerdem war Sam dabei gewesen, als Mr. Hammersley vom Arzt das Okay bekommen hatte, die Vorführung zu besuchen.

Dabei hatte durchaus geholfen, dass Libby am Ende doch damit einverstanden war, Jack als «Krippenhund» einzusetzen. Er trug zur Feier des Tages ein besonders festliches rotes Halsband und übte auf der Straße mit Teddy und Pari seine Rolle. Angesichts der Tatsache, dass sein Part lediglich darin bestand, mucksmäuschenstill im Stall zu liegen, hoffte Sam sehr, dass Jack sich selbst übertraf und vom Publikum nicht hinausgebuht wurde.

Als Sam mit Mr. Hammersley auf die Straße trat, fragte Teddy aufgeregt: «Können wir endlich los?»

«Gleich. Habt ihr Lust, vorher bei Max und Arthur noch schnell das neue Baby anzuschauen?»

«Ja!», rief Teddy.

«Ich kenne ihn schon», sagte Pari lässig. «Ich war mit Mum vorhin drüben.»

«Ach so?», sagte Sam amüsiert, weil Pari ihre Nase krausgezogen hatte. «Und hast du gar keine Lust, ihn noch mal zu sehen?»

«Der macht nicht besonders viel», sagte Pari.

«Noch nicht!» Sam lachte. «Aber es dauert nicht lange, und er läuft und jagt mit Jack durch die Gegend.»

Gemeinsam mit Mr. Hammersley gingen Sam und Teddy zu Max und Arthur hinüber und klopften.

Arthur machte ihnen auf und wirkte unendlich zufrieden mit sich selbst und der ganzen Welt.

«Und? Geben sich die Leute die Klinke in die Hand?», fragte Sam.

«Allerdings», rief Max von nebenan. «Aber kommt nur rein, die Angeberei wird uns bestimmt nicht so schnell langweilig.»

«Es ist nur ein Baby. Ihr habt alle mal so angefangen», sagte Mr. Hammersley.

«Stimmt», antwortete Max. «Aber niemand von uns war auch nur halb so hübsch wie er.»

Der kleine Junge war tatsächlich hübsch. Wenn auch

nicht ganz so hübsch, wie Teddy gewesen war – zumindest in Sams Erinnerung. Teddy war das niedlichste Baby der Welt gewesen. Und dieses hier war unglaublich winzig. Sam konnte sich nicht daran erinnern, dass Teddy je so klein gewesen war. Der Kleine verschwand fast in Max' Armen, lag gemütlich in die Armbeuge gekuschelt und schlief mit der seligen Erschöpfung, mit der alle Neugeborenen die Welt begrüßen. Max beugte sich vor und öffnete ein kleines bisschen den Arm, damit Teddy etwas sehen konnte.

«Du musst jetzt eine Bemerkung über seine wunderschöne Nase machen», sagte Max. «Arthur kennt kein anderes Thema als diese formschöne Nase.»

«Sei still!» Arthur klang ein klein bisschen verlegen und gleichzeitig immer noch sehr, sehr zufrieden.

«Ist der süß!», sagte Sam. «Das zweitschönste Baby, das ich je gesehen habe.»

Max musterte Teddy mit todernster Miene und sagte schließlich: «Hm. Ich glaube, ich bin bereit einzuräumen, dass auch Teddy ein niedliches Baby war.»

«Wie heißt er denn?», wollte Teddy wissen.

«Jack», sagte Max.

Teddy machte kugelrunde Augen. «Echt?»

«Nein», sagte Arthur. «Er heißt Charlie.»

Sam lachte.

«Wir sind am Ende doch zur Vernunft gekommen, weil wir dachten, dass Jack seinen Namen wahrscheinlich lieber für sich behalten möchte», sagte Max.

«Im Interesse der geistigen Gesundheit unserer Straße wollten wir es vermeiden, dass hier künftig nach gleich zwei Wesen namens Jack gerufen wird», fügte Arthur hinzu. Und nach einer kurzen Pause sagte er: «Außerdem gefällt uns der Name Charlie.»

«Charlie passt», sagte Teddy. «Außerdem rennt er sowieso bald mit Jack durch die Gegend, und dann ist es gut, wenn sie zwei verschiedene Namen haben.»

«Wollen wir mal nichts überstürzen», sagte Arthur. «Ich werde jedenfalls noch eine Weile die Zeit genießen, wenn er noch nicht so mobil ist.»

«Was sagst du, Bill?», fragte Max. Mr. Hammersley hatte sich bis jetzt noch gar nicht geäußert. «Hat er deinen Segen?»

Mr. Hammersley blickte von oben auf das Baby herab, und Sam dachte schon, gleich käme etwas Garstiges, doch stattdessen sagte er: «Er hat Glück gehabt, der kleine Kerl.»

Max musste heftig blinzeln, und diese Reaktion verriet Sam, dass er damit nun gar nicht gerechnet hatte. «Danke sehr!», sagte Max freudestrahlend.

«Es tut mir sehr leid, dass ich jetzt das Krippenspiel mit dem Versicherungsmakler verpasse», sagte Arthur zu Teddy.

«Charlie ist wohl noch zu klein fürs Theater, oder?», fragte Teddy.

«Ein bisschen», antwortete Arthur. «Ich bestehe darauf, dass ihr mir das Stück morgen noch mal vorspielt, Pari und du.»

«Arthur ist nämlich sehr neugierig auf den heldenhaften Versicherungsmakler», erklärte Max.

«Pari und ich spielen es dir zusammen mit Jack vor», sagte Teddy. «Eigentlich ist nämlich Jack der echte Star in unserem Stück.»

«Und wie sieht es mit den Plänen danach aus?» Max warf Sam einen bedeutsamen Blick zu.

«Ich hoffe, es funktioniert», sagte Sam. «Libby und ich

haben uns geschrieben, und es klingt, als hätte sie meine Entschuldigung angenommen. Es besteht also Grund zur Hoffnung.»

«Natürlich wird es funktionieren», entgegnete Max. «Die Idee ist genial.»

«Es ist wirklich schade, dass wir nicht schon früher wussten, dass ihr ausgerechnet heute euer Baby kriegt», sagte Teddy plötzlich. «Charlie hätte das Jesuskind in der Krippe spielen können!»

«Vielleicht nächstes Jahr», sagte Arthur.

«Dieses Jahr hat er nämlich schon genug damit zu tun, das schönste Weihnachtsgeschenk der Welt zu sein», sagte Max.

❄

Die ganze Straße ging geschlossen zur Schule, nur Arthur, Max und Charlie fehlten. Vielleicht war es ein bisschen übertrieben, mit einer derart großen Gruppe das Krippenspiel anzusehen, aber es fühlte sich großartig an. Sam saß umringt von einer Horde Menschen, die er vor ein paar Monaten noch nicht mal gekannt hatte, sah seinem Sohn bei seinem allerersten Krippenspiel zu, und plötzlich wurde ihm etwas klar: Er und Teddy, sie hatten es geschafft. Sie hatten sich auf ein riesengroßes Abenteuer begeben und waren schließlich hier gelandet, mitten in einem Netz aus Unterstützung, wie Sam es sich niemals erträumt hätte. Umgeben von all diesen wunderbaren Menschen, die sich alle etwas aus seinem Sohn machten und die alle ihr Leben bereicherten. Sam dachte daran zurück, wie einsam sie beide gewesen waren, sie hatten nur einander gehabt, und er dachte daran, wie jeder einzelne Bewohner ihrer Straße ihr

Leben auf seine ganz eigene Weise heller und strahlender gemacht hatte.

Teddy stand auf der Bühne, ein Engel in rieselndem Schnee inmitten der Wüste, und verkündete die frohe Botschaft. Sam sah sich verstohlen um – sah in lauter vertraute Gesichter, die ihm alle so lieb und teuer geworden waren – und dachte: *Eine frohe Botschaft, in der Tat.*

Jack schlug sich erstaunlich wacker, im Grunde, indem er einfach nur Teddy oder Pari kreuz und quer über die Bühne folgte. Pari kostete als Versicherungsmakler jede einzelne Zeile Text genüsslich aus. Sie war in Sachen Klimawandel unerbittlich, hatte jedoch eine wunderschöne Zeile Text, die besagte, die Aufgabe einer Versicherung sei es, einem genug Raum zu verschaffen, um zu genießen, was man liebt. «So wie unser Klima und das Christuskind», endete sie.

Am Ende bekamen sie vom Publikum stehenden Applaus, und Jack stand auf der Bühne und blickte in die Menge und wedelte mit dem Schwanz, als sei der Erfolg allein sein Verdienst.

«Wie hat es Ihnen gefallen?», fragte Sam Mr. Hammersley.

«Hat das kleine Mädchen – wie heißt sie gleich, Pari? – tatsächlich einen Versicherungsmakler gespielt?»

Sam lachte.

«Sam!» Von irgendwo kam seine Schwester auf ihn zugerannt und nahm ihn stürmisch in den Arm. «Teddy war phantastisch!»

«Glaubst du, er hat eine Zukunft auf der Bühne?»

«Nein. Aber er war trotzdem phantastisch. Und? Gehst du jetzt nach hinten und redest mit Miss Quinn?» Ellen sah ihn eindringlich an.

«Sicher nicht.»

Ellen seufzte. «Sam ...»

«Halt, halt, spar dir deine Standpauke. Ich glaube, wir haben unseren Streit so gut wie beigelegt. Zumindest habe ich mich bei ihr entschuldigt, und ich glaube, sie hat die Entschuldigung angenommen. Sie wirkt allerdings, als wäre sie ein bisschen auf der Hut.»

«Aber wir haben einen Plan!», mischte Diya sich ungebeten ins Gespräch. «Wir haben einen *sehr guten Plan*, um sie zurückzugewinnen.»

❄

Als sie auch mit den allerletzten Eltern zu Ende geplaudert hatte, überlegte Libby, nach Hause zu gehen und sich mit einem großen Glas Wein und einem ausgiebigen Wannenbad zu belohnen. Die Arbeit an dem Krippenspiel war anstrengend gewesen, hatte viel Kraft und diplomatisches Fingerspitzengefühl im Umgang mit den verschiedensten Akteuren gefordert, und hinter alldem hatte die ganze Zeit die höchst unbefriedigende Situation mit Sam gelauert. Es war lächerlich, sich in einem so frühen Stadium einer Beziehung derart von einem Streit tangieren zu lassen, und es war lächerlich, dadurch völlig aus dem Gleichgewicht zu geraten – als wäre Sam bereits ein so fester Bestandteil ihres Lebens, dass sie ihn *vermissen* konnte. Es war wirklich lächerlich, und vielleicht bestand ein Teil des Problems darin, dass Teddy sie so sehr an ihn erinnerte. Wie auch immer, Libby war jedenfalls froh, die Aufführung hinter sich gebracht zu haben, und sie hoffte, dass sie jetzt wieder etwas mehr Luft bekam, um rauszufinden, was sie in Sachen Sam unternehmen wollte.

Womöglich lag ihr ja mehr an ihm als ihm an ihr. Er hatte jedenfalls in keiner seiner SMS, die er ihr seit ihrer letzten Begegnung geschickt hatte, auch nur ansatzweise durchklingen lassen, dass er sie vermisste.

Und dann, hinter der Bühne, saß plötzlich Jack direkt neben ihrem Mantel, nach dem Libby auf dem Weg nach draußen gerade hatte greifen wollen.

«Jack!», sagte sie überrascht. «Was machst du denn noch hier?» Sie sah sich um, doch sie war allein hinter der Bühne, und sie wusste genau, dass der Saal ebenfalls leer war, denn von dort war sie gerade gekommen.

Jack wedelte freudig mit dem Schwanz und protzte mit der Rolle aus Bastelpapier, die jemand an seinem roten Halsband befestigt hatte. In verschnörkelter Schrift stand darauf zu lesen: *Folge den Sternen*.

Libbys Blick wanderte zu Jack, dann zu der Nachricht und wieder zu Jack. «Was ist das? Führst du etwas im Schilde?»

Jack wedelte zur Antwort noch einmal mit dem Schwanz.

«Verstehe», sagte Libby. «Deine Schnauze ist versiegelt.» Natürlich hätte Libby den Zettel einfach in die Tasche schieben und ignorieren können. Sie könnte jetzt einfach nach Hause gehen, zu ihrer Badewanne und einem Glas Wein ...

... aber sie wollte nicht. Sie wollte Sam sehen. Wollte, dass er sie zum Lachen brachte. Wollte das Gefühl erleben, das er in ihr auslöste, wenn er sie ansah. Außerdem war Weihnachten. Sollte man nicht wenigstens zu Weihnachten bekommen, was man sich wünschte?

Also trat Libby ins Freie, fest entschlossen, den Sternen zu folgen, was immer das auch bedeuten mochte. Sie hatte nicht damit gerechnet, dass es so wörtlich gemeint war.

Denn direkt vor dem Schultor lag ein kleiner Haufen sanft schimmernder Plastiksterne und ein paar Meter weiter schon der nächste, und wiederum ein paar Meter weiter noch einer. Und ehe sie es sich versah, folgte Libby tatsächlich den Sternen, mit dem neugierig schnüffelnden Jack an ihrer Seite, bis hin zur Kreuzung an der Christmas Street.

Wahrscheinlich wäre sie von hier aus einfach weiter bis zu Sams Haustür gelaufen, hätte sie ihn nicht am anderen Ende der Straße stehen sehen. Er stand unter einem Gartentorbogen und winkte ihr zu.

Langsam ging Libby auf ihn zu. Und wie durch ein Wunder fing jedes Haus, an dem sie vorbeikam, plötzlich an zu leuchten. Tausende kleine Blinklichter, zu Sternen arrangiert, begleiteten sie auf ihrem Weg durch die Straße. Es war ... hinreißend. Absolut und ganz und gar hinreißend. Als Libby bei Sam angekommen war, blieb sie stehen, warf einen Blick über die Schulter zurück zu den blinkenden Sternen an jedem einzelnen Haus in der Straße, und dann drehte sie sich wieder zu Sam um, der unter dem Torbogen stand, die Hände in den Hosentaschen vergraben.

«Hi», sagte er mit einem schüchternen Lächeln. Und auch wenn Libby sowieso geneigt gewesen war, Sam zu verzeihen, schon bevor sie den Sternen bis zu einer Straße gefolgt war, die nur für sie allein mit tausend funkelnden Lichtern erstrahlte, war es dieses scheue Lächeln, das den Ausschlag gab. Dieses scheue Lächeln brachte Libby dazu, ihre Hände an seine Jacke zu legen, ihm ihr Gesicht entgegenzustrecken und ihn zu küssen. Ein weicher, süßer, wunderbarer, vollkommener Kuss; ein Kuss, der aus Sternen gemacht war.

Mit geschlossenen Augen stand Libby vor ihm und atmete ihn ein.

«Mist!», flüsterte Sam. «Jetzt habe ich den Mistelzweig in der Tasche gar nicht zum Einsatz gebracht.»

«Der ist auch unnötig», sagte Libby und machte die Augen auf. «Völlig unnötig, weißt du? Auch wenn ich mich damit vielleicht zu weit aus dem Fenster lehne», fügte sie hinzu, weil die unglaubliche Intensität zwischen ihnen ihr plötzlich ein wenig Angst machte.

«Ich habe extra für dich eine ganze Straße beleuchtet. Okay, meine Nachbarn haben mir dabei geholfen – ziemlich viel geholfen –, aber trotzdem: Libby! Damit habe *ich mich* vielleicht ein bisschen zu weit aus dem Fenster gelehnt.»

«Ich bin nach London gezogen, in diese völlig fremde Stadt, und sie fühlt sich erst wie ein Zuhause an, seit ich dich getroffen habe», sagte Libby.

Sam lächelte sie an, so sanft und süß, und Libby dachte, dass sie den Rest ihres Lebens nichts anderes mehr tun wollte, als in Sams lächelndes Gesicht zu sehen. «Ich bin nach London gezogen», sagte er, «in diese völlig fremde Stadt, und habe hier ein unglaubliches Zuhause gefunden, und ich will, dass du ein Teil davon wirst. Leider bin ich in Sachen Dates nicht sehr gut ...»

«In Sachen Dates ist niemand gut», fiel Libby ihm ins Wort.

«... aber eines weiß ich: Du raubst mir nicht den Atem, Libby. Du gibst ihn mir zurück. Du gibst mir das Gefühl, als könnte ich zum ersten Mal seit ewiger Zeit wieder richtig Luft holen, und dieses Gefühl würde ich gern behalten. Falls du mich willst. Obwohl ich ab und zu ein absoluter Volltrottel bin.»

«Mit absoluter Volltrotteligkeit kann ich umgehen», sagte Libby. «Solange die Betonung auf ab und zu liegt.»

«Ja!» Sam lachte. «Das will ich doch hoffen!»

Libby wollte sich gerade vorbeugen, um ihn noch einmal zu küssen, da wurde sie von dem Umstand abgelenkt, dass sich plötzlich Schneeflocken in Sams sandblonden Haaren verfingen. Anstatt ihn zu küssen, legte Libby den Kopf in den Nacken und sah in den Himmel hinauf: Es schneite. Schneeflocken fielen herab, reflektierten das Licht der blinkenden Sternenlichter und funkelten wie winzige Diamanten auf dem schwarzen Samt des Himmels über ihren Köpfen.

Es sah aus, dachte Libby, und bei dem Gedanken schnürte es ihr fast die Kehle zu, als würde es Sterne schneien.

Sie sah Sam in die Augen und flüsterte ehrfürchtig: «Hat deine Zauberstraße es schneien lassen?»

«Das wäre ihnen durchaus zuzutrauen», sagte Sam, und dann küsste er sie, bis sie rosige Wangen hatte und ihre Wimpern einen Kranz aus Schneeflocken trugen.

Epilog

Erzählte Jack diese Geschichte, würde er sagen:

Am Weihnachtsmorgen, in einer Straße namens Christmas Street, bekam ein Hund namens Jack ein Bücherregal geschenkt, das von einigen Mitgliedern seiner Familie mit Schnitzereien und Farbe verziert worden war. Der Mann namens Bill hatte, so erzählten sie ihm, seinen Namen in die Front geschnitzt. Der Mann namens Max hatte sein Porträt auf die Rückseite gemalt. Und das Bücherregal war dazu gedacht, Spielzeug und Belohnungen aller Art für Jack darin zu deponieren.

Das Bücherregal stand in einem Gartenschuppen, und darin türmten sich Leckerlis, perfekt zum Tauziehen geeignete, gut durchgekaute Seilstücke, Lieblingstennisbälle und zerfledderte Kuscheltiere, die man zerbeißen, werfen und apportieren durfte. Jacks Familienmitglieder gingen oft zu dem Regal, um etwas hineinzulegen oder ein neues Spielzeug herauszuholen, wenn sie mit ihm spielen wollten. Jack liebte sein Bücherregal.

Und Jack liebte sein neues Bett. Es stand im Haus von dem Jungen namens Teddy und dem Mann namens Sam. Er liebte die Tatsache, dass sie den Gartenzaun zwischen ihrem Garten und dem von dem Mann namens Bill niedergerissen hatten, weil er so nach Belieben zwischen den zwei Häusern hin- und herlaufen konnte. Er liebte es, wenn die Frau namens Libby bei Sam und Teddy zu Besuch war, weil sie die beste Fellkraulerin von allen war. Und er liebte es, wenn dann auch noch Bill bei Sam und Teddy zu Besuch war, weil dann alle seine Lieblingsmenschen an einem Ort versammelt waren.

Nur was das kleine Menschenwesen betraf, das gerade gelernt hatte zu krabbeln und ständig an seinem Fell zerrte, da war sich Jack nicht so sicher. Aber vielleicht, dachte Jack, würde es sich noch zum Besseren verändern.

Weil sich alles zum Besseren veränderte.

Jack hat eine Familie verloren und viele Familien gefunden. Für Jack ist jeder Tag Weihnachten.

Jack ist ein ganz besonderer Hund.

Danksagung

Von Herzen danke ich der kleinen Armee, die es braucht, ein Buch zu veröffentlichen! Ein ganz besonderes Dankeschön gilt:

Thalia Proctor und Maddie West, die mir die einzigartige Gelegenheit gaben, meine zauberhafte Geschichte und all ihre Figuren zu teilen, dafür, dass sie mir dieses wunderbare Projekt anvertrauten, mir zwischendurch immer wieder aufmunternd zujubelten und dafür sorgten, dass dieser kreative Prozess mit derart viel Freude verbunden war;

dem gesamten Team bei Little, Brown, allen, die sich mit Freude in dieses Projekt gestürzt und es in die bestmögliche Form gebracht haben;

meiner Agentin Andrea Somberg für ihre unermüdliche Unterstützung und ihren unerschütterlichen Glauben;

Sonja L. Cohen, die immer bereit war, meine Entwürfe zu lesen und auch dann noch manische Schreibergüsse hinnahm, als wir schon längst in der Harry-Potter-World hätten sein sollen.

Das Gleiche gilt für Larry Stritof;

Kristin Gillespie, Erin McCormick, Jennifer Roberson und Noel Wiedner dafür, dass sie wahre Lichtblicke sind;

Aja Romano, die mir so viel über Erzählstruktur beibrachte, auch wenn ich dann trotzdem alles ignoriert habe;

der unglaublichen Netzgemeinde bei Fandom, Twitter, Tumblr und Slack für ihre Nachsicht hinsichtlich meiner Vorliebe für Weihnachtsromanzen, und dafür, dass sie mir jeden Tag aufs Neue und auf bestmögliche Weise gezeigt hat, wie ich eine bessere Schriftstellerin werden kann, und dafür, dass sie mir jeden Tag aufs Neue und auf bestmögliche Weise gezeigt hat, wie sehr ich es liebe zu schreiben;

Mum, Dad, Ma, Megan, Caitlin, Bobby, Jeff, Jordan, Isabella, Gabriella, und Audrey: Ich seid mein liebstes Chaos. Ich liebe euch alle von Herzen.

Julie Caplin

Das kleine Café in Kopenhagen

PR-Frau Kate organisiert eine Pressereise nach Kopenhagen. Unter den eingeladenen Journalisten ist auch der zynische Ben, der von dem Hype um den dänischen Hygge-Trend überhaupt nichts hält und eigentlich lieber gegen die Ungerechtigkeit in der Welt anschreiben würde. Kein Wunder, dass zwischen ihm und Kate sogleich die Fetzen fliegen. Überhaupt entpuppt sich die bunte Reisegruppe als reinster Flohzirkus. Aber dem Charme des idyllischen Kopenhagens kann sich auch Ben letztlich nicht entziehen. Und erst recht nicht dem von Kate …

Eine im wahrsten Sinne süße Liebesgeschichte im idyllischen Kopenhagen.

416 Seiten

MIX
Papier aus verantwortungsvollen Quellen
FSC® C083411

Das für dieses Buch verwendete Papier ist FSC®-zertifiziert.